Ursula Sigismund

ZARATHUSTRAS SIPPSCHAFT

K LV

URSULA SIGISMUND

ZARATHUSTRAS SIPPSCHAFT

Menschliches, Allzumenschliches von Nietzsches Verwandten

Roman

KRANICHSTEINER LITERATURVERLAG

Die Deutsche Bibliothek - CIP-Einheitsaufnahme

Sigismund, Ursula:
Zarathustras Sippschaft: Roman/Ursula Sigismund. - Darmstadt
Kranichsteiner Literaturverlag, 1992

ISBN 3-929265-00-1

ISBN 3-929265-00-1

Titelbild: Beate Koslowski "Zarathustras Sippschaft", 1992

Druck: Druckwerkstatt Kollektiv GmbH, Darmstadt

Erstauflage 1977, Ehrenwirth Verlag, München

Schlechtes Wetter in der Sonnenstube der Schweiz, Nebel über dem Lago Maggiore, Regen im Tessin. Mairegen. Er senkt sich wie ein Vorhang über das Trauerspiel meiner Ferientage und den Schatten eines Berges, von dem die Leute sagen, daß hinter ihm die Sonne untergeht, wenn sie dagewesen ist. Wolken schweben wie Schleierfische, Riesenvögel und Dunstkrokodile um seinen wahrscheinlich schönen Gipfel, verwandeln sich, lösen sich auf. Wieder ein paar Milliarden Tropfen mehr im See. Leider wird das Wetter davon nicht besser.

Regen fällt und rauscht. Er tut das andauernd, unablässig, unentrinnbar, kontinuierlich, stetig, gewichtig, unausgesetzt. Er fällt lükkenlos und gleichmäßig, es ist ein gestriger, heutiger und morgiger Regen, untilgbar und gelassen. Er nimmt zu, wächst an, entfaltet sich, braust auf, flaut ab und nieselt vor sich hin; ein unermüdlicher Regen, ein besitzergreifender, Kleidung verunstaltender, Schuhe zur Schnecke machender, pfützenbildender, totaler, senkrechter, permanenter, nasser Regen. Synchronisiert zu werden braucht er nicht, er murmelt in allen Sprachen.

Ich beschließe, ihn zu ignorieren, schreibe bei der Hintergrundmusik seines Rauschens einen Brief an meine Familie, nehme meinen nassen Schirm, riesle die Dorfstraße hinunter und stecke den Brief in den nassen Briefkasten. Über der Klappe steht geschrieben: Levata al passegio del fattorino. Was das heißt, habe ich im Wörterbuch nachgesehen: Leerung, wenn der Postbote vorbeikommt.

Wenn! Dies Wort, das im italienischen Text nicht enthalten ist, scheint mir die Hauptsache zu sein, denn es bedeutet: Zwar kommt der Beamte vorbei, nur ist sein Kommen ungewiß. Er kann krank sein, es kann regnen oder gewittern, seine Frau kann ein Kind bekommen. Aber wenn das alles nicht zutrifft, dann kommt er! Nichtvorbeikommen ist menschlich.

Menschlich ist auch, daß ich meine Zeit nicht mit Briefschreiben und dem Zählen von Regentropfen verstreichen lassen will. Ich bin in Ranzo und möchte nach Ascona. Dort kenne ich neben der Kirche ein altes Haus, die Casa Borrani, eine Antiquitätenhandlung großen Stils, in der ich das Wetter vielleicht vergessen könnte, und hinter der Kirche weiß ich ein Lokal, in dem ich eine frische Forelle essen könnte. Also brauche ich einen Dampfer von Ranzo nach Ascona. Ich ziehe meine noch nicht getrockneten Schuhe an, nehme abermals den Schirm und finde am See unter schmalem Blechdach den ›Orario Navigazione Lago Maggiore‹ – welch klingender Name für einen Schiffsfahrplan. Waagerecht und rot sind Zahlen unterstrichen, die ich als Uhrzeiten erkenne, während links, in senkrechter Folge, die Ortsnamen stehen, die man mit den Uhrzeiten in Verbindung bringen soll. Um das zu begreifen, habe ich schon zu lange gebraucht; ich benutze beide Zeigefinger, um senkrecht mit waagerecht auszubalancieren und werde naß, weil ich keine dritte Hand habe, um den Schirm zu halten: Ranzo ab elfuhrdreißig.
Allerdings, bei gutem Wetter werde ich hier nicht fortwollen, denn was kann es Schönres geben, als hoch über dem See zu frühstücken und ihn nicht nur zu ahnen. Zu sehen, wie blau er sein kann. Wie er fröstelt und die Farbe wechselt, wenn er vom Wind gestreichelt wird. Wie der Kirchturm vor ihm steht, und die Sonne das rötliche Ziegelkäppchen anstrahlt und den Friedhof nebenan, so daß die Kreuze aufleuchten, und ich die bemoosten Rückseiten der Familiengräber erkenne, von denen ich weiß, wie kitschig sie von vorn sind. Der Turm hat unter dem Käppchen offne, gerundete Fenster, und ich sehe die Glocke, die dreimal am Tag metallisch bellt und so hoch ausschlägt, daß sie sich fast überschlägt, aber nur für kurze Zeit. Sie scheint altersschwach zu sein, und vielleicht ist auch der Küster alt und hält nichts von endlosem Gebimmel.

Wirklich, die Sonne ist da und sieht aus, als wolle sie bleiben. Sie hat die Wolkengespenster vertrieben, sie wird Blätter und Gräser trocknen und mich verführen, nachher den Regenschirm nicht mit-

Liebe freie SGD-Mitarbeiterin,
lieber freier SGD-Mitarbeiter

Lokales und Überregionales haben uns in diesem Jahr zu einem "geistigen Verzehrpräsent" angeregt, und wir hoffen sehr, daß es Ihnen mundet.
Die Darmstädter Schriftstellerin Ursula Sigismund erzählt - zum Greifen nah und in lebhaften Bildern - von ihrer Kindheit und Jugend im Hause Nietzsches und ihren Erfahrungen mit der Verwandtschaft.
Der stark autobiographische Roman aus dem Weimar der 20er und 30er Jahre schlägt eine Brücke zur zukünftigen Kulturhauptstadt.
Dieser Veröffentlichung in einem kleinen aufstrebenden Darmstädter Verlag gilt unsere Unterstützung.

Wir hoffen, daß Sie viel Freude an der aparten Unterhaltung haben und wünschen Ihnen frohe Festtage.

Ihre

Studiengemeinschaft Darmstadt

zunehmen. Wie gut ich es habe! Alles geht nach Wunsch. Ich bin als Kind dazu erzogen worden, das nicht selbstverständlich zu finden, sondern immer vernünftig und bescheiden zu sein, auch wenn mir etwas nicht gepaßt hat. Das Nietzsche-Wort »Gelobt sei, was hart macht!« meine ich schon zu kennen, so lange ich lebe. Ob ich es glaube, weiß ich zwar heute noch nicht, erinnre mich aber, schon als Kind den großen Philosophen als Denker und Vorbild respektiert zu haben. Vorbildlich wurde uns auch seine Mutter Franziska geschildert, in unsrer Familie ›Tante Fränzchen‹ genannt; sie war eine Pfarrerstochter vom Lande, eines der elf Kinder meines Urgroßvaters, Pfarrfrau mit achtzehn, und ihren Sohn Fritz hat sie schon bekommen, als einer ihrer Brüder – mein Großvater – erst fünf Jahre alt war. Wahrscheinlich wäre von Tante Fränzchen bei uns nie die Rede gewesen, wäre sie nicht die Mutter des berühmten Friedrich und seiner Schwester Elisabeth, die ihren Bruder um fünfunddreißig Jahre überlebte, seine Werke verwaltete und uns frühzeitig beigebracht hat, an sein Genie zu glauben und an Mutter Fränzchens Seelengröße. Alle Menschen in dieser Familie, auch der sonst so überragende Fritz, waren bescheiden und gütig, fleißig und tapfer, zartfühlend und edel, gehorsam aus Verständigkeit und infolgedessen nachahmenswert. Obwohl mein Vater, Vetter des längst verstorbenen F.N. und Mitarbeiter der noch lebenden Elisabeth diese Familiensaga damals nur begrenzt geglaubt haben mag, hat er sie sich bei unsrer Erziehung zunutze gemacht, zu einer Zeit, als ich täglich um sechs aus dem Bett gejagt wurde, um mich in einer großen, kalten, mit Seerosen verzierten Porzellanschüssel zu waschen. Dann aß ich eine Margarinestulle mit Pflaumenmus, trank Malzkaffee und hatte einen Schulweg von einer halben Stunde. Maulte ich, bekam ich gesagt, die heutige Jugend sei ein verzärteltes, anspruchsvolles Geschlecht. Er sei, sagte mein Vater, genau wie Nietzsche, Sohn eines Landpfarrers gewesen, habe als Junge spätestens um fünf auf den Beinen sein müssen, um die Familien-Morgenandacht zu absolvieren, habe eine Schüssel Hafergrütze gegessen und sei zu Fuß ins Nachbardorf zur Schule gegangen.

Und? Hast du das etwa gern gemacht?
Danach wurden wir nicht gefragt, pflegte er zu antworten. Es war so üblich. Und mein Vater – dein Großvater also – mußte noch früher aufstehen als ich. Um vier, wenn die Hähne krähten.
Ich habe mir damals ausgerechnet, daß der Urgroßvater meines Großvaters wahrscheinlich gleich nach Mitternacht aus den Federn mußte. Und was er wohl gefrühstückt hat? Geschnitzelte Steckrüben? Heuschreckenmarmelade?
Gemessen an meiner Vergangenheit und der meiner Vorväter bin ich jetzt ein Luxusgeschöpf. Nach einem Frühstück mit Hochland-Darjeeling, Toastbrot, Tessiner Butter, Tannenblütenhonig und Greyerzer Käse, nehme ich meinen Regenschirm – das hätte der Urgroßvater meines Großvaters auch getan – und steige hinab ans Seeufer, um nach Ascona zu fahren. Die Zeit stimmt. Das Schiff kommt. Es regnet nicht.
Die Casa Borrani am Kirchplatz, ein Haus mit barocker Fassade, ist zu. Auch das Hoftor, ein hölzernes, ist nach Bauernart mit einem dicken Riegel verschlossen, nichts steht angeschrieben, und ich weiß nicht, ist der Besitzer gestorben oder zum Mittagessen gegangen. Meine Enttäuschung ist nur so lang wie die Gasse hinter der Kirche; dort finde ich das Lokal, wo ich eine Forelle essen möchte, und wirklich, es gibt sie: Lebende Forellen – des Truites vivres – living trouts! Während ich esse, scheint noch immer die Sonne, und das Tor der Casa Borrani wurde inzwischen geöffnet, es führt in einen Hof, in dem vielerlei herumsteht: Eine römische Mädchengestalt hält eine Schale, randvoll mit Regenwasser, auch steinerne und tönerne Vasen sind hochgefüllt, und ein Regal aus rohen Brettern ist überladen mit Figuren, Tongefäßen und Mineralien, die der Regen blankgewaschen hat. Der Besitzer des Hofes und Hauses ist ein ehemaliger Rechtsanwalt, ein Jude. Nicht mehr jung wahrscheinlich. Ich kenne ihn nicht, aber ich weiß etwas von ihm, das mich auf eigentümliche Weise neugierig macht. Ein Raum an der Rückseite des Hofes mit Tür und Fenstern ist als Büro eingerichtet, dort sitzt einer am Schreibtisch, ein alter Herr mit großem Gesicht, einem

wulstigen Kinn, dicken Augenbrauen und ach – einer Hakennase – jüdischer könnte der überhaupt nicht aussehen. An den traue ich mich nicht heran. Und hätte ihn doch gern etwas gefragt.
Was ich von ihm weiß: Er handelt schon lange erfolgreich mit Antiquitäten und betreibt nur gelegentlich private Rechtsberatung. So kam eines Tages zu ihm, vermutlich in dieses Büro, ein schwedischer Maler und bat ihn streng vertraulich um einen Rat. Er sei, behauptete er, illegitimer Sohn eines bekannten Schweizer Bankiers und Kunstsammlers, der ihn, den Sohn, zwar nicht offiziell anerkennen wolle, ihn aber möge, und einige seiner Millionen würde er ihm bei seinem Tod schon gönnen. Der Schwede erklärte, daß er als Künstler leider keine Ahnung habe, wie man ein Erbschaftsdokument verfaßt, er wolle aber dem alten Herrn, der ein bißchen eigenwillig sei, mit Geschäften überlastet und außerdem zur Zeit verreist, diese Arbeit abnehmen, so daß der nur zu unterschreiben brauche. Das wurde in gutem Deutsch hervorgebracht und muß plausibel geklungen haben.
Wenn ich mir vorstelle, ich sei die uneheliche Tochter eines Millionärs und meiner Sache sicher, was wünschte ich mir? Etwas von seinem Geld. Was täte ich? Ginge ich zum Gericht? Wohl nicht. Alte Herren jener Generation, vor allem die reichen, haben meist strenge Moralbegriffe und würden bei einem Rechtsstreit dem unehelichen Nachkommen zu beweisen versuchen, daß es ihn nicht gibt. Sicher finden sich in Romanen über dieses Thema glückliche Lösungen, aber im Leben stellt sich der notwendige deus ex machina meist nicht ein. Auch die Geschichte des Malers endete nicht wie gewünscht; was dabei herauskam, war ein Sensationsprozeß wegen Urkundenfälschung, der Ende der fünfziger Jahre durch alle Zeitungen ging, mehr oder weniger sachlich beschrieben, auch mit Fotos des gar nicht wie ein Schwede aussehenden Schweden bestückt, und in einer Illustrierten ausführlich und ironisch erzählt, unter der Überschrift: O mein Papa!
Vergessen habe ich die Story nicht, sie plagt mich gelegentlich noch heute und steckt in einer meiner unaufgeräumtesten Gehirnschub-

laden. Soll ich aufräumen? Eine Beschäftigung für verregnete Ferientage. Warum ich mich an den Antiquar nicht herantraue: Ich spüre seine Überlegenheit. Sie steht ihm auf dem faltigen Gesicht geschrieben, hängt an der vorgeschobnen Unterlippe, den schweren Augenlidern. Wenn ich ihn anspreche, werde ich befangen sein, ungeschickt, auch weil ich die Geschichte des Malers weiß und andres, Dazugehöriges, schwer Zusammenzureimendes. Wie müßte ich fragen?

Nein, besser nicht. Besser schau ich mich erst einmal um. Da stehen zwischen Gläsern und Keramiken ein paar chinesische Figuren, kaum größer als mein Zeigefinger, zartgrau und grünlich – Speckstein nennt man das, woraus sie gemacht sind –, und wahrscheinlich stellen sie den weisen Konfuzius dar, den die Chinesen zu seinen Lebzeiten so schlecht behandelt haben, daß sie ihn jahrhundertelang verehren mußten. Eins der Männchen gefällt mir besonders. Ich möchte es haben. Warum? Ich weiß nicht, ich nehme es in die Hand, so gut fühlt sich das an, ein Ding, an dem man sich festhalten könnte. Was kostet es? Auf dem Preisschildchen steht: sfr 100 –

Nein. Arm bin ich nicht, aber hundert Fränkli für ein chinesisches Männchen sind bei mir nicht drin. Ich werde nachher am Lido spazieren gehen und mir einen hübschen Stein suchen, um mich daran festzuhalten.

Jetzt geht ein Herr über den Hof ins Büro. Ich sehe, wie er den Antiquar begrüßt und denke, daß dort ein Geschäft gemacht wird. Könnte den kleinen Konfuzius in die Tasche stecken und gehen. Niemand würde es merken. Aber ich stehle nicht. Ich habe als Kind gelernt, daß stehlen Sünde ist, und war folgsam. Außer den sprichwörtlichen Kirschen in Nachbars Garten habe ich nie etwas geklaut und tue das auch heute nicht, schade. Etwas nehmen, das einem gefällt, es einfach mitgehen lassen, das muß Spaß machen. Ich könnte das Männchen auf meinen Schreibtisch stellen und mir täglich von ihm erzählen lassen, wo ich es her habe, aber daraus wird nichts: Ich stehle nicht. Mein Vater, Sohn eines Landpfarrers, der um fünf

aufstehen und nach der Morgenandacht Hafergrütze essen mußte, hat mich so gut erzogen.
Jetzt die Treppe hinauf, eine alte aus dunklem Holz, die ein bißchen knarrt. Hinter der Empore ein feierliches Speisezimmer, zwar nicht sorgsam eingerichtet, aber mit vielem angefüllt, was neubarocke Kunstliebhaber sich wünschen und bezahlen können. Ich setze mich in einen Eichenstuhl mit steifer Lehne neben eine Kredenz mit kupfernen Deckelgefäßen und China-Porzellantöpfen, alle so schön, daß sie zu nichts zu gebrauchen sind. An der Wand mir gegenüber steht ein holzgeschnitzter Evangelist, fast lebensgroß, braune Kutte, Spitzbart, elegante Andachtshaltung. Er sieht mich aus sorgsam gemalten Augen an, und ich fühle mich beobachtet.
Ich kann mir vorstellen, wie TT dort unten im Büro des Anwalts gesessen hat, und daß er auf sympathisch lässige Weise gut gekleidet und gepflegt war: hellgrauer Anzug im englischen Stil, weißer offner Hemdkragen. Nicht als typischer Künstler ist er aufgetreten und nicht als armer Schlucker, der es nötig hat, ein Ding zu drehen. Wären die üppigen Männerfrisuren von heute schon üblich gewesen, dann hätte er ausgesehen wie Winnetou in Zivil, und ich glaube, das hätte ihm selbst gefallen und zu dem Gebilde gepaßt, das er seinen Lebensstil nannte, zurechtgebastelt aus vielen Kulturen rund um den Erdball und einem Zeitraum von etwa zweitausend Jahren.
Du mußt wissen, pflegte er zu sagen, ich bin in meinem Innren ein Naturmensch! Das hält sich allerdings in Grenzen, weil ich so vieles andre in mir vereine. Ich bin auch Epikuräer, weil ich mir Seelenruhe wünsche, und manchmal ein wenig Zen-Buddhist, weil ich an Intuitives glaube. Und als Philosoph bin ich Anhänger von Nietzsche und fühle mich in der Einsamkeit meiner Inseln dem Zarathustra verwandt – jedenfalls strebe ich an, ein freier Mensch zu sein und erlaube meinem Friseur nicht, mir die Haare zu scheren wie einem Galeerensklaven!
Auch striegeln durfte der Friseur dieses unschwedische Haar nicht,

das dunkel und trotz seiner Glätte widerspenstig war und nach allen Seiten auseinanderstrebte. TT strich es zurück, ohne etwas damit zu bewirken, er tat das besonders eifrig, wenn er redete und je mehr er redete, überhaupt gestikulierte er gern, ließ die Hände mitsprechen, kräftige, etwas eckige Hände. Er bewegte sie mit geschlossnen, ganz graden Fingern, den Daumen abgespreizt, wie eine Kasperlfigur, die flüstert: Jetzt will ich euch mal was verraten . . . TT sprach gut deutsch, machte charmante kleine Fehler, bemerkte sie manchmal, verbesserte sich und lachte über sich. Er lachte gern und viel und laut, er schüttelte sich, riß den Mund auf, kniff die Augen zu, lehnte sich beim Essen die Gabel haltend im Stuhl zurück, zog die Lippen breit, daß wir all seine weißen Zähne sahen, und zischte vor Vergnügen wie eine Lokomotive, die Dampf abläßt. Das war die Vorform für das naturmenschliche Riesengelächter, ein an- und abschwellendes Getöse mit Variationen, einem Tobsuchtsanfall ähnlich, mit dem er mich allerdings nicht anstecken konnte, weil es mich staunen machte. War das vorbei, dann zog er sein Taschentuch, wischte sich das Gesicht und bemerkte trocken: Ich lache wie ein Neandertaler.

Jedoch wird er im Büro des Anwalts nicht gelacht haben, auch als Naturmensch wird er sich dort nicht oder nur mit Maßen gezeigt haben, auch nicht als ehemals reicher Erbe, der sein Geld im Laufe von zwanzig Jahren auf unerklärliche Weise verbrauchte und deshalb des nächsten millionenschweren Vaters bedürftig war. Er wird schlicht von seinen acht Kindern gesprochen haben und von sich als verarmtem Grundbesitzer, der seiner Familie mit Hilfe des illegitimen Erzeugers die Heimat erhalten möchte, und dem Anwalt wird diese Rolle eingeleuchtet haben. TT glaubte sie selbst.

Mal nachrechnen – wann hat er dort unten gesessen und so herzbewegend gelogen? Vor zwölf oder fünfzehn Jahren, eine alte Geschichte, warum interessiert sie mich überhaupt? Ich brauche bloß in die Zeitung zu sehen, da kann ich jeden Tag lesen, wie einer den andren übers Ohr haut. Fort mit der alten Geschichte. Aber Altes wegzuwerfen ist nicht leicht.. Ein zu alter Käse, das geht noch, man kann ihn im Klosett runterspülen. Eine alte Kommode mit Schubfächern, vollgestopften, das ist schon schwerer, es kostet vielleicht mehr Mühe, als sie zu behalten. Eine alte Geschichte loszuwerden, kann man sich höchstens einbilden; man tut, als habe man sie vergessen, und in Wirklichkeit hockt sie irgendwo wie eine Spinne in ihrem Loch, und darum bleibe ich im Eichenstuhl mit der steifen Lehne sitzen und rechne, von den Augen des Barock-Evangelisten beobachtet, wie viele Jahre vergangen sind, seit TT mich auslachte, weil ich zum Schwimmen einen Badeanzug brauchte –, wie viele, seit er mir aus Ägypten ein Seidentuch mitbrachte, so groß, daß ich mich hineinwickeln konnte –, wie viele, seit er mir erklärte, er sei in seinem Innren Philosoph geworden und wie viele, seit er sagte: Geld bleibt nicht bei mir. Ich sollte wahrscheinlich nicht zwei Frauen und acht Kinder haben, sondern besser als Einsiedler leben . . .

Ich stehe auf und gehe in den Hof hinunter, wo ich das Chinesenmännchen noch einmal betrachte und bemerke, daß der Antiquar jetzt allein ist. Er bemerkt mich auch, kommt hinter dem Schreibtisch hervor und schaut mich unter seinen schweren Augenlidern nicht unfreundlich an. Daß er mich wie ein Verkäufer fragt, ob er etwas für mich tun könne, wundert mich zunächst. Haben Sie bestimmte Liebhabereien, gnädige Frau?

Ich bin verlegen. Er hat trotz seiner Liebenswürdigkeit etwas Einschüchterndes, auch bin ich ja mit der Spinne in der unaufgeräumten Gehirnschublade noch gar nicht fertig. Liebhabereien, bestimmte, sage ich – eigentlich nicht. Mir gefällt vieles, was ich hier sehe, aber leider habe ich für so was kein Geld.

Es gibt bei mir auch für wenig Geld schöne Sachen, sagt er und lächelt.

Ich denke an den Chinesen, den ich gern gestohlen hätte, aber das kann ich ihm nicht erzählen und auch nicht, daß ich den Hunderter nicht übrig habe und es vielleicht nie so weit bringen werde, sagen zu können: Diese entzückende Figur, nur hundert Franken? Ist ja geschenkt!

Wenn Sie sich weiter umsehen wollen, sagt der Antiquar sehr nett, und wenn Sie eine Frage haben, ich stehe Ihnen gern zur Verfügung.
Eine Frage habe ich, aber eine ganz andere: Ich möchte wissen, ob das Gespräch mit TT so war, wie ich es mir vorstelle. Und wie er ihn fand. Und warum er nicht auf den Gedanken gekommen ist, daß ...
Nein, ich frage nicht, ich sehe mich um, aber jetzt pro forma, die Antiquitäten interessieren mich kaum noch. Unaufmerksam betrachte ich die an den Wänden aufgehängten Kupferpfannen und einen steinernen Löwen, der mich an meinen Kater Florian erinnert, so friedlich hat er den Schwanz ums Hinterteil geringelt und die Vorderpfoten übereinandergelegt. Ich werde gehen. Stehlen kann ich nicht, kaufen möchte ich nicht, und fragen will ich nicht, außerdem hat sich der Himmel schon wieder verdunkelt, gleich wird's regnen, es regnet schon – vielleicht könnte ich in dem Lokal, wo ich die Forelle gegessen habe, einen Café Crème trinken. Im Torbogen stehend, höre ich es donnern und sehe es gießen, der Regen hat es so eilig, sich aufs Pflaster zu stürzen, daß er sich überschlägt und in Millionen Blasen und Spritzern aufstiebt; das gluckst und raschelt und klimpert in der Gosse, und ich ziehe mich in den Hof zurück, wo ich vom überhängenden Dach geschützt bin. Die Schale des römischen Mädchens wird gleich überlaufen, Konfuzius glänzt vor Nässe. Der Antiquar hat in seinem Büro das Licht angeknipst und sitzt am Schreibtisch. Er ist allein. Jetzt werde ich ihn doch fragen. Er kann ja sagen, er habe den Fall vergessen oder: Ach wissen Sie, ich komme mit so vielen Leuten zusammen. Dann werde ich mich entschuldigen und noch eine Weile in die Vitrinen sehen, bis der Regen nachläßt.
Aber nein, er hat den Fall nicht vergessen.
Dieser Schwede, sagt er, ein Maler, nie habe ich eine Arbeit von ihm gesehen, dieser Thiel – seinen Vornamen weiß ich nicht mehr –, das war ein unmöglicher Mensch. Ein Größenwahnsinniger, der seine eignen Lügen glaubte, und darum wirkte er so überzeugend. Ich

habe ihm auch geglaubt. Ein Verrückter. Er hat sich und mich ins Gefängnis gebracht.
Das offne Wort bringt mich in Verlegenheit. Als wir damals befreundet waren, sage ich schnell, da hat er noch Geld gehabt. Keine Ahnung, wo es geblieben ist. Und diese Erbschaftsgeschichte verstehe ich überhaupt nicht.
Ich schon, sagt der Antiquar.
Jetzt komme ich mir wie eine Lügnerin vor, denn ich verschweige etwas, eine ganze Menge, eine Spinne mitsamt ihrem Netz – und verschweigen ist so schlimm wie lügen, und lügen wie stehlen, auch das habe ich als Kind gelernt, und als ich erwachsen wurde, habe ich gesehen, wie's gemacht wird, wie man verschweigen und lügen und stehlen kann, einer für alle und alle für einen, und so gedeichselt scheint es in Ordnung zu sein. Die Spinne in meiner Gehirnschublade sitzt schon nicht mehr still, sie tobt herum, daß mir ganz komisch zumute ist, sie will raus und soll nicht und will doch. Der alte Herr merkt nichts davon, jedenfalls zeigt er's nicht.
Dieser Mann, sagt er, hat früher nie gearbeitet, jedenfalls nicht um zu verdienen. Sein Vater, von dem er behauptet, er sei nicht sein leiblicher Vater gewesen, war Bankdirektor wie der, den er hier beerben wollte, und wird ihm wohl ein schönes Stück Geld vermacht haben. Auch Grundbesitz, Inseln in den Stockholmer Schären. Dort lebte er im Sommer mit seiner Familie, und er wird nicht schlecht gelebt haben. Als das Thielsche Vermögen alle war, hat er gefunden, es sei an der Zeit, mal wieder einen Bankier zu beerben.
So ein Gauner, sage ich.
Nein, ein richtiger Gauner war er nicht, sonst hätte er's geschickter angefangen. Was bei dem Prozeß herauskam, wissen Sie?
Ich schüttle den Kopf. Bin neugierig.
Um das Testament zu fälschen, hat der Thiel ein Vorsatzblatt aus einem großen Buch genommen, einem Kunstbuch, das der Bankier ihm zu Weihnachten geschenkt hatte. Mit Widmung. Eine echte Unterschrift war also da. Und der Kerl ist sich womöglich besonders schlau vorgekommen, als er sich auf dem Blatt die gewünschten

Millionen selbst vermachte. Nein, glauben Sie mir, ein echter Gauner wüßte, daß so was spätestens bei der Testamentseröffnung herauskommt. Es kam sogar schon vorher heraus, und wir kamen beide in Untersuchungshaft, weil Thiel behauptete, den Rat mit dem Vorsatzblatt habe er von mir.
Der Antiquar zuckt die Achseln und schüttelt den Kopf und sieht unter den schweren Augenlidern auf den Hof hinaus, wo Regen in die Schale des römischen Mädchens fällt, und ich habe das Bedürfnis, ihn für den gehabten Ärger um Entschuldigung zu bitten. Ob denn jemand daran geglaubt habe, frage ich.
Ob jemand das glaubte oder nicht – es mußte untersucht werden! Eine dumme Geschichte, sie ärgert mich heute noch.
Dann verzieht er den Mund, er meckert sogar ein bißchen, auf einmal macht ihm die Erinnerung Spaß. Dieser Bankier, sagt er, auch ein Mensch, mit dem ich nichts zu tun haben mochte – er ist inzwischen gestorben, und ich will nicht schlecht über ihn reden –, der war anscheinend dem Thiel gar nicht böse. Er schüttelte ihm nach dem Prozeß die Hand und wünschte ihm alles Gute. Damals hat's mich gestört: Millionäre unter sich! Heute finde ich's komisch, ein albernes Volk, diese reichen Leute. Ich bin ja nicht arm, aber zu denen gehöre ich nicht.
Ich auch nicht, sage ich.
Das glaube ich, sagt er freundlich.
Vielleicht entschließe ich mich doch, vom Chinesenmännchen zu reden, solange der Antiquar das Lächeln in den Mundwinkeln hat. Aber nein, er soll nicht denken, ich wollte es billiger haben, das gäbe ein neues Gespräch, und die Spinne, die sich grade beruhigt hat, käme wieder aus dem Loch. Außerdem ist mir auch hier meine Erziehung im Wege, die sogenannte gute, die bürgerliche, wenn auch nicht besonders christliche. Von den Morgenandachten, die er als Junge hören mußte, hatte mein Vater fürs Leben genug und schickte uns höchstens bei schlechtem Wetter in die Kirche, aber stehlen und lügen sollten wir nicht, auch nicht heucheln und nicht verschweigen. Und feilschen? Das gehörte irgendwie in denselben Topf.

Ob er noch wisse, wann der Prozeß gewesen ist, frage ich den Antiquar.
Vor zwölf oder fünfzehn Jahren, sagt er.
Das Sitzen wird ihm am Ende gefallen haben. Da konnte er philosophieren, sage ich und merke, daß ich jetzt gehen muß. Sonst erzähle ich dem netten Mann mit den schweren Augenlidern doch eine Geschichte, die ihn nicht interessiert, denn solche und schlimmere wird er kennen, er hat sie früher in seiner Anwaltspraxis zwischen Aktendeckeln breitquetschen müssen, und daß ihn das nicht glücklicher gemacht hat, sieht man ihm heute noch an.
Ich stehe auf und behaupte, es regne nicht mehr und ich dürfe mein Schiff nach Ranzo nicht versäumen. Einen guten Tag noch und herzlichen Dank – nichts zu danken, schauen Sie doch mal wieder herein.
So reden sie hier wohl – mal wieder hereinschauen (auf der Durchreise nach Rom oder Sizilien z.B.) –, nein, wahrscheinlich werde ich nicht so bald hereinschauen oder nie wieder, wer weiß. Zwei Tage noch in Ranzo, und was ich jetzt brauchte, um die Spinne in ihrem Netz zu beruhigen, wären ein Stapel alter Briefe oder Notizbücher, wäre ein Stadtplan von Stockholm, lauter Gegenstände, die ich nicht mit an den Lago Maggiore genommen habe, stattdessen einen Bikini, den ich nicht im geringsten brauchen kann, aber was wußte ich schon, daß mir hier die Vergangenheit in so provozierender Form begegnen würde. Den Stadtplan von Stockholm – besser noch eine Umgebungskarte, auf der auch die Schären verzeichnet sind und nicht nur als Sandkörner –, die könnte ich auf dem Fenstertisch ausbreiten und meinen Zeigefinger darauf herumreisen lassen, um mich zu erinnern. Draußen der See, der sich wieder verhüllt hat, Spazierengehen fällt aus, meine Leinenhose trocknet vor sich hin, und die mit Zeitungspapier ausgestopften Schuhe stehen unter der Heizung. Das Wetter ist eben auch nicht mehr, was es einmal war. Vor fünfzig Jahren in den Stockholmer Schären war es jedenfalls immer schön, eine unglaubhaft schöne Zeit vor unglaubhaft langer Zeit. Unglaubhaft auch, daß ich dies alles in meinem mit mittleren Fähigkeiten

ausgestatteten Kopf aufbewahren konnte, fast ohne es zu merken und bestimmt, ohne etwas dafür zu tun. Ein Wunder. Ich wundre mich, ich habe jetzt Zeit dazu. Gewöhnlich verlange ich von meinem Gehirn, diesen sonderbaren Wulsten, deren Aussehen ich aus dem Lexikon nur ungefähr kenne, daß da alles mögliche gespeichert wird: Uhrzeiten und Namen und Telefonnummern, Fleisch- und andre Preise, Straßennamen und -nummern, und wie ärgre ich mich, wenn das nicht klappt, obwohl es Telefonbücher gibt, Name Schall und Rauch ist und die Preise auf jeden Fall steigen, ob ich sie im Kopf habe oder nicht. Viel zu selten erinnre ich mich der in meinem Gehirn versteckten Geschichten, die durch ein paar Worte, durch Geräusche oder einen Geruch hervorgelockt werden können. Dem Regen und dem Nebel, die sich unerhörterweise in diesem Mai im Tessin breit machen, verdanke ich, mich mit diesem Wunder beschäftigen zu können.

Dennoch – nichts überstürzen. Nicht gleich ein halbes Jahrhundert zurückrasen, fünfundzwanzig Jahre genügen erst einmal. Diese Zeit war auch nicht eine von den besten, jedenfalls nicht in Mitteldeutschland, wo von einem Wirtschaftswunder noch keine Rede sein konnte. Immerhin, ein Telegramm aus Stockholm wurde nach Weimar in Thüringen vermittelt und mir ausgehändigt wie die selbstverständlichste Sache der Welt. Wir lebten also schon fast wieder in normalen Zeiten, oder etwa nicht? Der Text: Bin zum Wochenende auf Durchreise nach Schweiz in Kassel, hoffe, dich zu sehen, Anschrift usw. TT. Daß der keine Ahnung hatte, wie es bei mir aussah, war klar, aber wann hatte er die je gehabt? Dennoch habe ich meine Papiere zusammengesucht, bin zu vorgeschriebner Zeit auf die Polizei gegangen, vielmehr auf das Einwohnermeldeamt, Abteilung Interzonenpässe, habe dort Schlange gestanden und ein liebes Gesicht gemacht. Was meinen Sie, Herr Wachtmeister? Ob das geht?
Der, nicht mehr jung, pyknisch-freundlich, mit einem forschenden Blick über den oberen Brillenrand, fragte, von wem das denn sei,

dieses Telegramm aus Stockholm? Von einem Verwandten? Ich, errötend (ja, ganz gewiß errötend, ich fühlte das): Von meinem Bruder. Er lebt schon lange in Schweden, und ich habe ihn sooo lange nicht gesehen. Könnten Sie? Bitte!
Antwort: Mal sehen, was sich tun läßt. Er verschwand mit meinen Papieren, kam einige Zeit nicht wieder, dann, wichtigtuerisch und blinzelnd, stellte er ein paar Fragen über meine Familienverhältnisse, und auf einmal ging es ganz schnell. So eine kleine Ausnahme, meinte er, können wir schon mal machen, wir sind schließlich keine Unmenschen. Ein Interzonenpaß für drei Tage, und schon haben Sie Ihr Wochenende in Kassel, bitte sehr, junge Frau! Na, wie sind wir zu Ihnen? Unterschrift hier rechts unten, bitte ein bißchen kräftiger.
War das geträumt?
Zuhause: Ob ihr es glaubt oder nicht! Sie glaubten es und wären am liebsten alle mitgefahren, alle, einschließlich Schwiegermutter und Schwägerin. Drei Tage in die Westzone (so sagten wir damals), was für ein Fest! Jetzt die Haare waschen, mein bestes Kostüm ausbürsten und bügeln, Sonnabendfrüh mit einem Zug nach Erfurt, zu früh, das machte nichts, dort in den Interzonenzug und hinter Gerstungen über die Grenze und beinah nicht gemerkt, wo denn wirklich diese Grenze war. Man sieht wieder, dachte ich, daß man sich immer zuviel Angst machen läßt; das geteilte Deutschland, die Aussichtslosigkeit, an die wir uns gewöhnt zu haben glauben – vor einem Telegramm aus Schweden gerinnt das schon. Die Leute, das Gerede! Ich bin jetzt optimistisch und werde von jemandem, der Europäer ist, gesagt bekommen, wie sie wirklich aussieht, die große Welt, und daß wir hinter dem, was wir heimlich den eisernen Vorhang nennen, uns unnütz einschüchtern lassen. Und selber schuld sind.
Ganz ohne etwas Leichtsinn war dieses Leben wohl nicht zu schaffen. Erst kurz vor Kassel habe ich angefangen zu rechnen: Wie lange ist es denn her? Erkennen wir uns noch? Achtzehn Jahre, genauer, siebzehneinhalb, ist das lange? Alt sind wir noch nicht, reif auch

noch nicht richtig, denn wann in aller Welt, werden wir das, vielleicht, wenn wir soundso viele Kinder haben, das und das erreicht, den und den Titel erworben haben oder, wie wir jetzt so oft sagen, etwas durchgemacht haben – Krieg, Trennungen, Ängste, Entbehrungen, Bombenschaden, Hunger, Ungewißheit und wiederum Ängste – wenn es darauf ankäme, wäre ich heute eine reife Frau, und dieser Schwede, der es immer gut gehabt hat und keine Sorgen um sein und seiner Familie Leben zu haben brauchte, wäre noch ein Jüngling und ich ihm überlegen. Ist es so?

Kassel Hauptbahnhof, hier, Kassel Hauptbahnhof . . .

Jowist, da ist sie, sagte er, gab mir einen Kuß auf die Nase und fügte hinzu: Du bist dir ähnlich. Was vielleicht so zu verstehen war, daß ich mich nicht sehr verändert hatte; in neunzehneinhalb Jahren, von denen die meisten mühselig und manche ohne Hoffnung gewesen sind, in zahllosen halbdurchwachten, durchfrorenen Nächten und viel zu langen Arbeitstagen, an denen geschuftet und gespart werden mußte, gegeizt mit allem, nur nicht mit den eignen Kräften – in dieser Zeit bin ich mir also ähnlich geblieben und wußte nicht, was ich davon halten sollte. Daß er sich ähnlich war, hatte ich erwartet: ein bißchen derber zwar, gut gekleidet, wie gewohnt, mit etwas mehr naturmenschlichem Trend zum Jäger, Fischer oder Gutsherrn, die braune Haut nicht mehr so fleckenlos, die Indianerhaare aber unverändert und auch die breiten, weißen Zähne, und obwohl er mich am Arm beinahe feierlich die Bahnhofstreppe hinunter durch die Halle zu seinem Wagen führte, hatte ich das Gefühl, es könne gleich wieder ein Riesengelächter fällig sein, wenn ich nur die richtigen Worte fände, es hervorzurufen.

Stattdessen habe ich nach Vera gefragt: Ist sie nicht hier?

Nein, antwortete er, wir sind nicht mehr verheiratet, und er sah mich nicht an, während er heftig das Volant drehen und uns aus der engen Parklücke herauslotsen mußte. Moment! Ich erzähle dir das später. Ich bin hier mit Rüt, die du gleich sehen wirst – sie ist sehr lieb, wenn auch ganz anders als Vera. Schade, ich sollte vielleicht mit beiden Frauen auf Reisen gehen, aber das wäre – Moment! Ich

muß mich jetzt zurechtfinden, ich erzähle dir das später.
Hier verläßt mich mein Erinnerungsvermögen, vielleicht wegen der Enttäuschung, Vera nicht wiederzusehen, vielleicht auch, weil ich mich umschauen mußte, denn nun war ich ja in diesem fremden Land, das bei uns »drüben« hieß und so begehrt war, als wäre es das Paradies, obwohl wir doch längst schon wußten, das Paradies auf Erden gibt es nicht, wir Menschen sorgen ja dafür, daß seine geringsten Ansätze sorgfältig vernichtet werden. Sicher habe ich im Fahren hinausgesehen, und zwar aufmerksam, und TT bemerkte das vielleicht nicht, warum auch, für ihn war Kassel eine Stadt wie viele, bedauerlicherweise sehr zerstört und zum Übernachten ungünstig, zumal er morgen weiterfahren mußte, und wenn es diese Ursula nicht gäbe, die er wiedersehen wollte, dann hätte er wohl eine andre Reiseroute genommen. Gesagt hat er das nicht, und ob ich daran dachte, weiß ich nicht, möglicherweise nein, denn ich befand mich da trotz aller schlimmen Erlebnisse in einer Ahnungslosigkeit dem westlichen Europa gegenüber, die haarsträubend gewirkt hätte, wenn überhaupt jemand sie bemerkte.
Im Hotel saß am festlich gedeckten Tisch eine zarte Frau mit einem Fuchspelz um den Hals, und sie war der von mir vermißten Vera so unähnlich, daß mir nichts zu sagen einfiel, aber das schadete nichts, denn Rüt sprach sowieso nicht deutsch, und da ich mein bißchen Schwedisch verlernt hatte, begnügten wir uns, einander freundlich anzublicken. Wahrscheinlich habe ich das Essen genossen und zwischendurch TTs viele Fragen beantwortet. Irgendwann, als ich etwas ganz Ernstes sagte, hat er gelächelt und mich unterbrochen: Ich bin einmal sehr verliebt in dich gewesen, weißt du das noch? Habe ich es dir gesagt? Sicher bin ich sehr ungeschickt gewesen, ich Dummkopf.
Rüt verstand das nicht, sie verzog keine Miene. Vera, das weiß ich, hätte gelacht und ihm die widerspenstigen Haare ein bißchen geordnet. Sie fehlte mir, und ich weiß, ich hätte mich wohler gefühlt, wenn sie dabei gesessen hätte. Trotzdem, nichts gegen Rüt, sie ist, wie er sagt, ihm eine gute Frau, sie hat ein Kind mit in die Ehe ge-

bracht und zwei mit ihm gemacht, das jüngste ist ein Sohn und noch klein, und jetzt, meint er, sollten wir es vielleicht dabei belassen, acht sehr gute Kinder, und acht ist eine gute Zahl, es bedeutet das Zeichen für Ewigkeit – ha, du lächelst, du lachst mich aus –, aber kennst du mich denn nicht mehr? Ich war immer ein philosophischer Mensch, und das hat sich nicht geändert.

Rüt fröstelt, sie ist müde, sie zieht den Fuchskragen über der Brust zusammen und sagt etwas Leises. Sie möchte schlafen gehen. Sie ist schnell müde, sagt TT, als sie gegangen ist, und sie hat es nicht leicht mit den Kindern, mit ihren und meinen – und auch mit mir. Aber jetzt laß uns reden! Sag mir, wie du bist und was du machst. Ich hätte dich ja gern etwas anders, nicht besser, meine ich, sondern egoistischer, versteh mich richtig! Du solltest angenehmer leben. Du solltest fortgehen aus diesem häßlichen Stück Deutschland –

Aber Thüringen ist doch nicht häßlich, widerspreche ich, ein sehr schönes Land, du kennst es nicht genug.

Nein, aber ich meine ja auch nicht die Landschaft, sondern das Politische, von dem ich zuwenig weiß, wie ich zugeben muß, und daß du dort immer arbeiten mußt und durchhalten – du bist ein Durchhaltemensch geworden –, das finde ich schade. Ihr hättet viel früher fortgehen sollen, schon vor dem Krieg, in ein andres Land, wo freie Menschen leben, warum habt ihr das nicht gemacht?

Freie Menschen – wo gibt es die?

Siehst du, sagt er, du weißt es nicht einmal. Du ordnest dich unter die Verhältnisse und hältst wieder durch, du kennst es nicht anders. Man sollte dich zwingen, ein glückliches Leben zu führen . . .

Und weil mir seine Rezepte vom Glücklichsein ein bißchen auf die Nerven gegangen sind, habe ich versucht, ihn vom Thema abzubringen: Warum fahrt ihr in die Schweiz? Es ist Juni, und bei euch in den Schären beginnt jetzt die schönste Zeit.

Ah, sagt er, ich habe dort eine Aufgabe, eine Idee, etwas sehr Gutes, glaube ich. Eine Gründung sozusagen. Ich möchte am Lago Maggiore etwas gründen, ein Zentrum für Kultur und Kunst und Philo-

sophie, du kennst mich, so etwas war schon immer mein Wunsch. Nur fehlt dazu das Geld.
Ich sage sehr verwundert, daß ich ihn für einen Millionär halte.
Er: Nein, das ist gewesen. Geld, mußt du wissen, bleibt nicht bei mir. Das Leben auf meinen Inseln mit Frauen und Kindern ist nicht so billig, wie man es haben möchte, und zum Bankdirektor war ich niemals geboren, so sehr mein Vater sich das gewünscht hätte. Ich bin Künstler. Und ich habe in Ascona einen Mäzen gefunden, der ist fabelhaft reich, nur leider auch geizig, und ich weiß noch nicht, wie ich es anfange, ihn für diese Stiftung zu überzeugen. Es könnte wunderbar sein! Ein großes, elegantes Haus ist vorhanden, wo ich der Major Domus sein möchte. Nur eben – der alte Geizhals müßte mir genug Geld geben, um meine Idee zu verwirklichen.
So und ähnlich hat er geredet, immer in dieser Sprache, die mich im stillen amüsierte, einem Gemisch aus Drastischem und sorgsam erarbeiteter deutscher Grammatik, mit dem er mich zu überzeugen versuchte, daß mein Durchhalten falsch und seine Kulturbemühung wichtig sei und seine Lebensweise die einzig richtige, nur das Geld, das er dafür brauchte, eben leider zur Zeit nicht vorhanden.

Eine Schülermütze mit schwarzem Lackschirm trug er, als ich ihn zum ersten Mal sah. Die Mütze fand ich häßlich, der Junge aber imponierte mir sehr. Er war mit seinem Vater in Spanien gewesen und redete davon wie von einem Ausflug in die nähere Umgebung: Neulich in Toledo ...
Wenn er gesagt hätte: gestern auf dem Himalaja – dann wäre mir das nicht wunderbarer vorgekommen. Ich war vier Jahre jünger und einen Kopf kleiner als er, und das Wort Spanien hörend, dachte ich an Don Rodrigo, den stolzen Cid. Wie einstmals Don Quijote von la Mancha glaubte ich, dies Land sei angefüllt mit Rittern, edlen Burgfräulein und Abenteurern. Die Erlebnisse des Ritters von der traurigen Gestalt waren mir vertraut – schließlich handelten sie von einem, der wie ich des Mittags Linsen oder Eierkuchen aß, und daß er von seinem wenigen Geld so viele Ritterbücher kaufte, wie er

kriegen konnte, das verstand ich. Wenn er Weinschläuche oder eine Schafherde für Feinde hielt und sie bekämpfte, fand ich ihn zwar lächerlich, dachte aber: ein Glück, daß der in Spanien lebte! In Deutschland würde so einer ja eingesperrt.

Torgel Thiel hat mich von meinem Spanien-Bild nicht befreit, denn er wußte nichts davon. Er beachtete mich nicht. Die häßliche Mütze schick auf dem dunklen Kopf, ging er zwischen meinem und seinem Vater im Weimarer Goethepark spazieren, wohlgelaunt, selbstsicher, die Hände in den Taschen vergraben. Ich trottete nebenher.

Junge, sagte sein Vater, nimm die Hände aus den Taschen.

Jowist, antwortete Torgel und gehorchte und ließ die Arme ein bißchen an den Seiten baumeln. Dann krochen die Hände wieder in die gemütlichen Taschen. Sein Vater bemerkte es nicht, und auch mich schien er nicht zu bemerken, selbst bei der Begrüßung hatte er mich nicht angesehen, sondern sich mit meiner Mutter unterhalten und mir, statt seiner Hand, eine Riesenbonbonschachtel hingehalten.

Ich war verlegen und sagte: dankeschön.

Er sprach mit meiner Mutter und tätschelte mir den Kopf. Ich zog den Kopf weg. Er schien es nicht zu beachten. Eigentlich gefiel er mir – sein Lächeln über dem silbergrauen Spitzbart kam mir nicht hochmütig vor, seine Hände waren schön und gepflegt, seine Gestalt war etwas behäbig, aber nicht dick. Irgendwie sah er wie ein gescheiter Weihnachtsmann aus.

Beim Abendessen nach dem Spaziergang im Park muß er mich jedoch bemerkt haben. Er sagte zu meinem Vater: Ihre Kleine dort gefällt mir! Sie hat hübsche Augen und hübsche Ohren und macht nicht viel Wesens von sich. Wissen Sie, Augen und Ohren sagen viel über den Charakter eines Mädchens aus. Aber ein bißchen blaß ist die Kleine. Schicken Sie sie doch in den Sommerferien zu uns auf die Schären.

Dann fragte er mich über den langen Eßtisch hinweg, wann ich Ferien bekäme, und ich stotterte, das habe unsre Lehrerin uns noch nicht gesagt, und kam mir dabei schrecklich ungeschickt vor. Torgel, an der Kinderecke mir gegenüber sitzend, betrachtete mich

amüsiert und erklärte von oben herab: Da sieht man wieder, daß die Deutschen zu gern arbeiten. Schwedische Menschen wissen immer, wann sie Ferien bekommen.
In dem Augenblick habe ich mir vorgenommen, mich auf keinen Fall wie eine bestellte Ware zu Familie Thiel in die Stockholmer Schären schicken lassen.

Aber Tante Elisabeth, sagte mein Vater, ist dafür.
Wieso – was hat denn die davon?
Er lächelte: Sie meint, vielleicht würdest du was davon haben. Du wirst nächstens dreizehn, du bist unsre Große, hat sie gesagt. Dieser Thiel ist für uns nicht irgendwer und auch nicht bloß ein netter, reicher Mann, sondern – also, kurz gesagt, er ist ein Nietzsche-Verehrer und hat zur Gründung des Archivs eine Menge Geld gegeben.
Und darum soll ich –?
Du sollst nicht, erwiderte er ärgerlich, aber schließlich kannst du mal anfangen, so was zu kapieren. Mit meiner Arbeit im Archiv verdiene ich das Geld für uns alle, und schließlich muß ich mich danach richten, was die Tante sagt. Mir ist das auch nicht immer bequem! Und schließlich sollst du ja in Schweden nichts leisten, sondern bloß –
Ich muß ihn wohl erschrocken angesehen haben, sonst hätte er nicht mitten im Satz aufgehört. Er beschäftigte sich mit dem Deckblatt seiner Zigarre, tat einen tiefen Zug, so daß sie aufglühte, und dann sagte er: Übrigens sind die Thiels doch sehr nett, sie haben Geschmack und sind hochgebildet – eine ganz vorzügliche Familie, wie Tante Elisabeth zu sagen pflegt.
Bei dem Wort ›vorzüglich‹ hat er die Lippen gespitzt und hinterher die Nase kraus gezogen, woran ich sah, daß seine gute Laune zurückgekehrt war. Er hörte auf die Tante, wir alle hörten auf sie, wenn wir auch manchmal nicht wußten, warum. Sie hatte eben bei uns mitzureden, und oft machte sie es so geschickt, daß wir erst hinterher merkten – schon wieder ist etwas nach ihrem Willen gegangen.

Eine nie gekannte Neugier überkam mich; ein fremdes Land, reiche Leute! Ich habe meine Mutter gefragt: Weißt du, wie die dort leben?
So ähnlich wie auf einem Gut, antwortete sie, nur daß rundherum Wasser ist und sie mit dem Motorboot nach Stockholm fahren, anstatt mit dem Auto. Komm her, ich zeig's dir auf der Landkarte.
Der springende Löwe Norwegen-Schweden, an seinem Vorderbein innen ein Auswuchs, dort liegt Stockholm. Rundherum unter dem Sprung aufstiebender Sand – das sollen die Schären sein? Sandkörner im blauen Meer, na so was, wie winzig sind die denn!
Dummes, so winzig sind sie nicht. Sieh mal, auf der Karte ist Bremen mit drauf, das kennst du, ein roter Punkt. Auf einer Karte bedeutet ein Punkt –
Ach so. Ja natürlich. Ist Torgels Mutter eine alte Dame?
Eine alte Dame? Warum?
Weil sein Vater ein alter Herr ist.
Torgels Mutter lebt nicht mehr. Sie ist jung gestorben, als er und seine Schwester noch klein waren.
Schrecklich, sagte ich, und etwas würgte mich im Hals. Ich schluckte ein paarmal und sagte: Ich könnte das nicht.
Was könntest du nicht, fragte meine Mutter zerstreut. Sie hatte den Schulatlas vor mir liegen lassen und sich an die Nähmaschine gesetzt. Sie nähte immerzu irgendwas für einen von uns, setzte mit der rechten Hand das Rad in Schwung, und ihre Füße auf der Trittfläche taktierten zu seinem Geschnurr.
Ich könnte nicht ohne dich leben, sagte ich.
Mußt du ja auch nicht, antwortete sie, sich nach der Schere umsehend, und als sie sie gefunden hatte, warf sie mir einen freundlichen Blick zu. Aber vier Wochen, mein Herzchen, das hältst du schon aus.
Gut, vier Wochen ohne die Mutti, mal sehen, wie das ist. Ohne die Geschwister, na, das wird mir bestimmt nichts ausmachen, und ohne den Vati gehts auch. Mal nicht angeschnauzt werden, wenn ich zu spät zum Essen komme ...

Bloß, dort darf ich wahrscheinlich auch nicht zu spät kommen, und ich trödle doch so gern. Sicher gibts dort feines Essen, mehrere Gänge und so. Falls ein Diener hinter meinem Stuhl stehen sollte, um aufzupassen, ob ich die falsche Gabel nehme, werde ich mich mit ihm anfreunden wie mit Otto, den mein Vater aus dem Krieg mitbrachte und ihn seinen Burschen nannte. Mit dem bin ich dick befreundet gewesen, und ich durfte bei ihm, als ich ein kleines Ding und meine Schwester Mechthild ein Baby war, frühmorgens, während die Eltern noch schliefen, im Nachthemd auf dem großen Bohnerklotz sitzen, eine rote Jacke über dem Nachthemd, und so lange mit dem Klotz hin und her flitzen, bis das Parkett blank genug war. Dann kroch ich wieder ins Bett, um mich wecken zu lassen, und beim Frühstück, wenn Otto meinem Vater den Kaffee gebracht hatte, goß er mir heiße Milch in den Becher und hielt die Haut mit einem Löffel zurück, weil er wußte, wie ich mich davor ekelte. Dann blinzelten wir einander zu. Leider hatte Otto zu oft Krach mit dem Kindermädchen, und eines Tages ging er und machte in seinem Heimatort eine Gastwirtschaft auf. Er schickte mir ein Foto von sich mit dickem Bauch und einer Uhrkette drauf, und die Widmung hatte er auf die weiße Weste geschrieben, weil man sie dort am besten sah: Zum Andenken an die schöne Zeit in Berlin! Dein Otto.

Um nach Stockholm zu reisen, würde ich in Berlin umsteigen müssen, und dabei dachte ich nicht an Otto mit dem Bohnerklotz, sondern an die Plastiken der alten Ägypter, die ich aus einem Buch kannte, aus dem Buch mit dem Sperberkopf, und nur aus ihm. Meinen Liebling, die Königin Nofretete, die da noch Nefertete hieß, betrachtete ich so oft, daß ich nicht nur die Seitenzahl auswendig wußte, sondern auch die Seite aufschlagen konnte, mit einem Griff. Wie im Traum. Mit einem Griff auch Amenophis IV., den es mehrmals gab, aber der auf Seite 152 war mir der liebste mit seinen mandelförmigen Augen, seiner Zartheit und Unnahbarkeit. »Kalkstein« stand klein gedruckt unter dem Namen, und das Ganze erinnerte ein bißchen an ein Anisplätzchen aus Großmutters Backform, so

hübsch, daß man nicht wagt, es zu essen. Auf Seite 25, der Schreiber, der seine Granitbeine so begabt unter sich verschränkte (ich habe es nachzumachen versucht, es tat weh), der schrieb für den König. Ich sah es ihm an. Er schrieb für den zarten Amenophis und war aufmerksam. Ein anderer König mit einem schier unaussprechlichen Namen wurde auf Seite 146 von einem Gott umschlungen, was ich irgendwie ungehörig fand, und wie dieser Ptah seine Hände auf eine etwas sonderbare Weise um des Königs schlanken Leib gelegt hatte, das verursachte mir stets einen angenehmen Schauer am Rükken, obwohl ich mir nicht denken konnte, daß die Geste andres ausdrücken sollte als göttliches Wohlwollen. Der Geflügelhof auf Seite 136 gefiel mir nicht mehr, seit mein Vater gesagt hatte: Da fräcksen sie die Gänse, das ist Tierquälerei. Und auch 122/123 pflegte ich schnell zu überblättern – Menschenquälerei. Gefangene. Wie konnten die Männer mit derart gefesselten Armen aussehen, als machten sie sich nichts daraus?
Ja weißt du, sagte mein Vater, ob die gelitten haben, das war nicht nur dem Sieger, sondern auch dem Künstler ganz wurscht. Du würdest dich überhaupt wundern, wenn du wüßtest, wie die Leute damals gewesen sind, du mit deinem Ägyptenfimmel. Lies mal den Text. Die Bilder kannst du schon auswendig.
Ich nahm das Buch mit dem Sperberkopf immer wieder zur Hand, weiß aber nicht mehr, ob ich den Text las, vielleicht hier und da. Wann Amenophis und Nofretete gelebt haben, wollte ich wissen, und dann rechnete ich hin und her und vor und zurück und bekam 3000 Jahre heraus, und doch war vor gar nicht langer Zeit ein Abbild der Königin mit einer verschütteten Bildhauerwerkstatt ausgegraben worden, bunt bemalt und unbeschädigt, und das genau im Jahre meiner Geburt. Meiner! Diese Königin hatte etwas mit mir zu tun, irgendwas Geheimnisvolles, über das ich nicht reden konnte, aber ansehen mußte ich sie mir, und zwar allein, und zwar jetzt auf der Reise nach Stockholm.
Bitte, ich möchte in Berlin ins ägyptische Museum gehen!
Unsinn, sagte mein Vater, du wirst dich verlaufen.

Bestimmt nicht, behauptete ich, wir haben doch früher dort gewohnt.
Na gut, sagte er, du könntest bei Onkel Eduard übernachten und am nächsten Tag weiterfahren, dann hast du sogar Zeit, dich zu verlaufen.
Er stand auf, um den Stadtplan von Berlin und Papier und Bleistift zu holen, breitete alles in seiner umständlichen Art auf den Tisch, zeichnete den Anhalter Bahnhof und die Straßenbahnhaltestelle mit Schienen und Richtungspfeilen, versah ein kleines Rechteck mit einer Nummer und ließ es in Richtung Lustgarten fahren, und wo ich aussteigen sollte, machte er einen roten Punkt und sagte: Hier fragst du den Polizisten.
Wenn aber keiner da ist?
Da ist einer.
Und wenn er nicht Bescheid weiß?
Der weiß Bescheid.

Nach Berlin und hindurch zu fahren war im Jahre 1925 nicht so aufregend wie heute. Mein Vater, Sohn eines Landpfarrers, der so viel vom frühen Aufstehen hielt, sorgte dafür, daß wir im Morgengrauen frühstückten, er verlangte, daß ich einen Strohhut aufsetzte, der mir verhaßt war, und dann zogen wir zusammen den familieneignen Handwagen mit meinem Koffer zum Bahnhof. Ich reiste in einem Wagen dritter Klasse, stieg am Anhalter Bahnhof aus, in die richtige Elektrische ein und fuhr bis zum befohlnen roten Punkt. Dort stand der befohlne Polizist. Er trug einen in der Sonne glänzenden Helm, hörte auf den schönen Titel »Schutzmann«, und ihn fragte ich nach dem ägyptischen Museum.
Det jibts nich, sagte er.
Doch, das gibt es, versicherte ich. Bestimmt. Ich habe davon gelesen.
Ach wat, sagte er, mich freundlich musternd. Na, warte mal 'n bißken, ick habe hier zu tun.
Er hob die Arme und verwehrte mit weißem Handschuh den einen

das Weiterfahren und lockte die andren, und als alles im Fluß war, sah er mich wieder an: Also, wat fürn Museum?
Das ägyptische.
Tut mir leid, sagte er kopfschüttelnd, da biste hier falsch. Sowat ham wir hier nich. Tschuldige, ick muß wieder winken, und du mußt mal 'n bißken rüberjehn . . .
Und während er die heranbrausenden Autos zum Stehen brachte, und ich verblüfft und zögernd über die Straße ging, rief er mir nach: Überhaupt, Frolleinchen, wat willst du denn bei die ollen Mumien!
Der weiß Bescheid, hatte mein Vater gesagt, und wie war die Wirklichkeit? Keine Ahnung hatte der, und viel schlimmer, auch der Vater schien keine Ahnung zu haben. Betrogen und enttäuscht trödelte ich in irgendeiner Richtung weiter, und Tränen stiegen mir in die Nase, so daß ich mich schnauben mußte. Was jetzt? Nach Friedenau zu Onkel Eduard und ihm etwas vorheulen, weil es kein ägyptisches Museum gibt? Nein, womöglich hat der auch keine Ahnung. Diese Männer tun, als wüßten sie alles, und man glaubt ihnen noch. Ich wünschte, ich hätte mein Sperberkopf-Buch mitgenommen und könnte es dem ungebildeten Schutzmann unter die Nase halten, diesem Doofling, dem bei Ägypten nichts andres einfällt als: olle Mumien. Hier, würde ich sagen, hier steht es gedruckt, »Kopf der Königin Nofretete, brauner Sandstein, Berlin, Ägyptisches Museum«.
Mein Buch war aber nicht bei mir. Ich setzte mich auf eine Bank, schnüffelte und haderte mit der Welt, keine Zeit, mich zu wundern, daß ich mitten im Grünen saß, keine Zeit für Bäume und Blumen, nichts als meine Ägypter im Kopf. Hätte ich wenigstens den Text richtig gelesen, dann säße ich jetzt nicht so hilflos und vor Ärger schwitzend da – siehst du, wird mein Vater sagen, und Onkel Eduard: siehst du! Das sagen sie immer, aber ich sehe nichts, und ich weiß nichts, runter mit dem dummen Hut, der mir das Gehirn zusammenquetscht, jetzt ist mir schon ein bißchen wohler.
Und weil mir ein bißchen wohler war, habe ich nochmal gefragt,

einen Opa, der am Stock in den Anlagen spazierte und Vögel fütterte, und der sagte: Ägyptisches Museum? Doch, das gibts schon, aber – Momentmal – es heißt nicht so. Es heißt – Momentmal – es heißt Altes Museum, jawohl, da sind die ägyptischen Bildwerke drin, und dort drüben hinter den Bäumen, das ist es.
Ich brauchte nur dem Spazierstock, dem Zeigestock, nachzugehen und eine große Treppe hinauf, und dann habe ich sie betrachten können, meine Nofretete und meinen Amenophis. Auch die Gefangnen des Sahure und die Kraniche, die im Gänsemarsch gingen, und den aufmerksamen Schreiber. Das königliche Anisplätzchen war fast so klein wie die Abbildung im Buch, aber manches, was ich zu kennen glaubte, war ganz anders als das Gekannte, und viel Buntes und Unerwartetes und Unheimliches war da, und das Gipsgesicht einer Frau, deren Nase etwas abgeschabt war, sah aus wie meine Klavierlehrerin, wenn ich mal wieder nicht geübt hatte. Die Nofretete aus meinem Geburtsjahr hat mich ein bißchen eingeschüchtert, sie stand in einem Glaskasten für sich, war grell bemalt und beleuchtet und sah über mich und alles hinweg. Sie war zum Staunen. Zum Liebhaben nicht. Zum Liebhaben fand ich eine andre aus braunem Sandstein, beiseite stehend mit ganz kleinem Lächeln, schmucklos. Das ganz kleine Lächeln schien mir traurig zu sein – warum? Vielleicht weil sie so frühzeitig Königin werden mußte, anstatt wie andre Mädchen zu schwimmen, zu tanzen und Rad zu fahren. Außerdem hatte sie einen gefährlichen Beruf, ein Krieg konnte kommen, und wenn der verloren würde, dann würde sie mit Amenophis fortgejagt werden, wie bei uns der Kaiser Wilhelm, der doch, wie meine Lehrerinnen mir beigebracht hatten, stets das Beste gewollt hat. Und dann der Kopfschmuck, der sie viel mehr gedrückt haben wird als mich mein Hut – Himmel, wo ist mein Hut? Ich habe ihn auf der Bank liegenlassen, das dämliche Ding.
Den Hut habe ich nicht wiedergefunden, und ich nahm mir vor, über meine Erlebnisse zu schweigen wie eine ägyptische Mumie. Beim Abendessen erzählte ich alles dem Onkel Eduard, der am Hinterkopf aussah wie mein Vater, aber vorne lustiger und gemütli-

cher. Er lachte und sagte, ich sei ein kleines Kamel. Das soll aber keine Beleidigung sein, fuhr er fort. Ein Kamel ist ein kluges Tier, es findet den Weg durch die Wüste, und Berlin, siehst du, ist eben eine Häuserwüste.
Richtig nett, dieses »siehst du« von Onkel Eduard. So ließ ich es mir gefallen. Am nächsten Morgen kaufte er mir einen neuen Hut, der mich nicht drückte, und brachte mich zum Stettiner Bahnhof. Gute Reise, mein kleines Kamel!

Warum meine Lehrerinnen so gut von Kaiser Wilhelm dachten, habe ich mir damals nicht überlegt, sondern es als Tatsache hingenommen. Die erste hieß Fräulein von Gütschow und unterhielt eine Privatschule, in der sie allein zwei Dutzend Schüler unterrichtete, alles Kinder aus solchen Familien, die sich »die guten« nannten, ohne zu erröten. Der Unterricht fand im Parterre einer Villa statt, in derem oberen Stockwerk zu ihrem Leidwesen ein Schauspielerehepaar mit vier Kindern wohnte. Keine gute Familie, sagte Frl. v. G. Die Leute spielen in diesen modernen Stücken mit, da sieht man schon. Vielleicht können sie nichts dafür, müssen ja auch leben, und Theaterleute sind eben so, aber was die wohl mit ihrem Geld machen, die Kinder laufen immer so schäbig herum. Zigeunerkinder, die überhaupt nicht in unsre Schule passen würden.
Ich habe mich dennoch mit Kurti angefreundet, der einen selbstgemachten Flitzebogen über der Schulter trug und die selbstgeschnitzten Pfeile seiner Verachtung durchs offne Fenster auf Fräulein von Gütschows Katheder schoß. Während des Unterrichts. Junge, warum bist du denn nicht in der Schule!
Ich bin heute krank! schrie Kurti vergnügt.
Er borgte mir seine Karl-May-Bücher, glaubte an Manitu, baute in unsrem Garten einen Wigwam und redete schlecht über meine Lehrerin. Vergeblich habe ich mir den Kopf zerbrochen, warum sie einander nicht leiden konnten, mein Freund und das alte Fräulein, obwohl doch jeder für sich so nett und mir sympathisch war. Später glaubte ich das zu verstehen, freilich ohne die beiden danach fragen

zu können. Fräulein von Gütschow ist, nachdem sie ihre Privatschule aufgeben mußte, enorm zusammengeschrumpft und eines natürlichen Todes gestorben. Kurti wurde in derselben Zeit groß und hübsch und ist eines unnatürlichen Todes gestorben. In Polen.

Zur Zeit meiner Schwedenreise ging ich aber nicht mehr zu Frl. v.G., weil ihre Schule vom Staat geschlossen worden war – so drückte sie sich aus. Ich fand das nicht nett vom Staat gegen das Fräulein, aber günstig für mich, denn ich hoffte, endlich eine richtige Schule besuchen zu dürfen, ein großes Haus mit vielen Klassen, zahllosen Schülern, scheppernder Pausenklingel, einem staubigen Schulhof und einer Turnhalle. Ich sehnte mich danach, aber mein Vater war dagegen. Er erklärte, kein Kind sei imstande, jeden Vormittag fünf bis sechs Stunden ernsthaft zu arbeiten, Schule überhaupt in ihrer derzeitigen Form sei eine Barbarei und außerdem ungesund. Ich weiß noch immer nicht, wie er diese vernünftigen Ansichten mit seiner Vorliebe für das Preußentum vereinigte, mit seiner Meinung, Ordnung, Pünktlichkeit und gutes Benehmen seien notwendig, ja unerläßlich, und ich habe das Wort »unerläßlich« damals verabscheut, besonders in Bezug auf Pünktlichkeit.

Ich durfte also nicht in eine öffentliche Schule gehen, sondern bekam von unsrem Hausarzt attestiert, dazu nicht imstande zu sein – keine Ahnung warum, denn mir fehlte nichts. Die neue Privatlehrerin wohnte in einer Mansarde am andren Ende der Stadt und unterrichtete im Wohnzimmer; sie hieß Fräulein Bieber, besaß einen Goldfisch, eine Kuckucksuhr und ein Bild ihres Verlobten in Dragoneruniform, war klein und dick und silberhaarig. Auch sie dachte gut von Kaiser Wilhelm, doch das war nicht der Grund, warum mein Vater mich ihr anvertraute, eher ihre ostpreußische Herkunft, denn er hatte sich, während sie in Marienburg lebte und ihren Dragoner beweinen mußte, als preußischer Hauptmann in der Schlacht bei Tannenberg bewährt. Darüber, glaube ich, haben sich die beiden bei seinem ersten und einzigen Besuch unterhalten, fast nur darüber. Beim Abschied an der Wohnungstür vielleicht ein paar Worte über den Deutschunterricht: Was werden Sie mit meiner Tochter lesen? Wilhelm Tell, Wallenstein, ausgezeichnet. Übrigens, Mathematik hat sie noch nicht gehabt, also wissen Sie ... Ach, Sie halten auch nichts davon? Ich sehe, wir verstehen uns, wozu braucht ein Mädchen Mathematik? Offengestanden, ich habe selbst keine gekonnt, und geschadet hat mir das noch nie ...

Den Unterricht bei Fräulein Bieber genoß ich mit Ingeborg, deren Vater wie meiner ein pensionierter Major war, darüber hinaus Besitzer eines klingenden Adelsnamens und einer mit Perlenschnüren mehrfach umschlungenen Gattin, die ich nicht leiden konnte. Weil ich es so gelernt habe, war ich dennoch artig zu ihr, zumal sie eines Herzfehlers wegen geschont werden mußte – bei solchen Leuten weiß man nie, ob sie nicht bei der geringsten Aufregung tot umfallen.

Ingeborgs Vater dachte nicht nur gut von Kaiser Wilhelm, sondern liebte und verehrte ihn, nannte ihn ›seine Majestät‹, trug einen ebensolchen Schnurrbart und ein Monokel. Ich erschrak immer, wenn er das kleine Glas mit Hilfe eines mimischen Tricks aus dem Auge fallen ließ, ich wollte mich bücken, es aufzuheben, und war erleichtert, es an einer Schnur baumeln und den großen Herrn lächeln zu sehen. Ingeborg wurde von einer Gouvernante gepflegt und bewacht, teils ihrer Adligkeit wegen und auch, weil ihr von Geburt her der linke Arm fehlte. Nach Ansicht ihrer Mutter war sie ein kränkliches und hilfloses Kind, in Wirklichkeit aber weder das eine noch das andre, hatte vielmehr eine Bärengesundheit und das Gemüt eines Faustkämpfers, was mindestens drei Personen hätten bezeugen können: die engelsgeduldige Gouvernante, Fräulein Bieber und ich. Daß sie sich in den Unterrichtsstunden langweilte, war gewiß nicht ihre Schuld, aber bitter war, daß ich das in den Pausen abbüßen mußte. Kaum hatte Fräulein Bieber den Raum verlassen, um in der Küche ihr Mittagessen vorzubereiten, sprang Ingeborg auf, warf mich vom Stuhl und verlangte, ich sollte meine Kräfte mit den ihren messen. Das wollte ich nicht. Ich wollte in Ruhe mein Frühstücksbrot kauen, worüber sie in Wut geriet und mich mit ihrer

Prothese verprügelte, vorne mit einem weißen Handschuh überzogen, und besonders da war sie verdammt hart. Kam Fräulein Bieber wieder herein, dann saß ich unter dem Tisch und Ingeborg obendrauf und zeterte, ich sei eine Wassersuppe ohne Saft und Kraft, die ausdrucksstarke Beleidigung mit ihrer weißen Faust auf der Tischplatte bekräftigend, Holz auf Holz.
Zum dreizehnten Geburtstag bekam sie eine neue Prothese, zierlicher und teurer und zum Prügeln nicht geeignet; sie mußte sie in acht nehmen und trauerte einige Zeit der alten nach. Aber bald fand sie heraus, daß ich nicht nur eine Wassersuppe war, sondern auch eine Heulsuse, die man nicht unbedingt vom Stuhl werfen mußte, sondern auch durch Schimpfworte fertigmachen konnte. Ja, sogar ganz ohne ihr Zutun, durch bloße Dichterworte war ich aus der Fassung zu bringen, und tief befriedigt sah sie bei der Lektüre der ›Piccolomini‹ meine Tränen rinnen, während der arme Max sich zwischen seinem Vater und Wallenstein entscheiden sollte.
Ich glaube, du bist nicht normal, sagte sie kopfschüttelnd. Und der Max war ja auch schön blöd. Ich an seiner Stelle hätte den Alten einfach erschlagen.

Von einem blau-gelb-karierten Leinenkleid wüßte ich heute nichts mehr, wenn mir zwischen Sassnitz und Trelleborg nicht schlecht geworden wäre. Ich benutzte das Kleid, um aufzufangen, was so eilig aus mir heraus wollte, und saß verzweifelt, das gräßliche Zeug im Schoß haltend, und schämte mich. Irgend jemand half mir, meinen Mageninhalt ins Klosett zu kippen – es schien dreimal so viel zu sein, wie ich gegessen hatte –, half mir das Kleid ausziehen und auswaschen, und eine Stewardeß hängte es zum Trocknen auf. Sie fragte, ob sie mir ein Vorbeugungsmittel geben sollte.
Nein danke, sagte ich ärgerlich, vorbeugen kann ich mich schon selbst.
Ich fror, wickelte mich in meinen Mantel, ich lag herum und litt, dachte an meinen Koffer unten im Gepäckraum, unerreichbar wie die Heimat, ich wollte am liebsten sterben oder wenigstens wieder

nach Hause. So fuhr ich nach Schweden, ohne Kleid, ohne Mageninhalt, Verzweiflung im Bauch, ein großes kleines Mädchen, den Kopf voller Heimlichkeiten und Unheimlichkeiten, ordentlich erzogen, gehorsame Unwahrheiten sprechend, dennoch eigentlich nicht verlogen, ab und zu ein bißchen aufsässig, ohne zu wissen, warum, schnell abzulenken durch Nettigkeit oder etwas, das ich schön fand: Nofretete, die Sonne auf dem Kreidefelsen bei Sassnitz, die Ostsee, als mir noch nicht übel war.

Jetzt aber war mir übel. Ja, ich hätte sterben mögen; ich kannte das vorher nicht. Was ich kannte – Krankheit, Gekränktheit, Enttäuschung, Verdruß, Ärger, Traurigkeit, Angst vor Strafe, Angst vor Ingeborgs Holzarm, Angst vor Gespenstern – dies alles, nicht einmal ein böser Traum war zu vergleichen mit jener Übelkeit, die mich lebensmüde machte. Wenn jemand, statt mir aus dem bekotzten Kleid zu helfen, versucht hätte mich umzubringen (wie? na, mit dem Revolver oder dem Totschläger, wie Mörder das so machen, irgendwie), dann hätte ich gesagt: Bitte. Mir egal.

Und das bloß, weil mir schwindlig war, weil ich schwitzen und erbrechen mußte? Warum wälzte sich der leere Magen in mir herum wie ein wildes Tier? Warum hatte ich Angst? Wovor? Ich fürchtete nicht, das Schiff könnte untergehen, ich wünschte es ja. Ein vergeblicher Wunsch. Die Eisenbahnfähre zwischen Sassnitz und Trelleborg ist kein Ozeandampfer. Wäre ich doch auf dem Ozean! Der Kapitän müßte kommen, er würde die Arme ausbreiten und sagen: Meine Herrschaften, seien Sie standhaft. Wir sind in Gottes Hand.

Dann wüßte ich, daß ich sterben dürfte.

Ich durfte aber nicht. Niemand bemerkte meine Verzweiflung, nicht einmal richtig besorgt waren die. Sie ließen mich herumliegen, bis das Schiff im Hafen von Trelleborg einlief, dann gab mir die Stewardeß mein kariertes Kleid und der Zollbeamte meinen Koffer, und kaum hatte ich eine schwedische Brise um den Kopf, da wollte ich wieder leben, wollte Schweden sehen, obwohl es inzwischen dunkel geworden war und ich einen Schlafwagenplatz dritter Klasse

besaß. Vor den beiden Damen in meinem Abteil genierte ich mich nicht: Guten Abend (Knicks), mein Bett ist das oberste, stört es Sie, wenn ich noch etwas draußen bleibe, vielen Dank
Ein artiges Kind. Mich benehmen, das hatte ich gelernt, und darum waren die meisten Leute nett zu mir. Fast alle. Das Leben war schön und spannend. Ich reiste ins Ausland, und hier würden die Leute ebenfalls nett zu mir sein, obwohl ich ihre Sprache nicht verstand, das schadete aber nichts, denn Fräulein Bieber, die es schließlich wissen mußte, hatte gesagt, daß die schwedischen Schulkinder deutsch lernen, weil Deutschland das Land der Dichter und Denker ist. Schon allein Goethes und Schillers wegen lernen sie Deutsch und schreiben Aufsätze über deren Werke, genau wie wir. Welche Sprachen in der Schule gelehrt werden, sagte Fräulein Bieber, das richtet sich nach der Bedeutung eines Volkes, sei stolz, daß du eine Deutsche bist, wir brauchen den Kopf nicht hängenzulassen, weil Deutschland den Krieg verloren hat.
Schande über das Versailler Diktat! bekräftigte Ingeborg und pochte mit der Prothese auf den Tisch.
Ein bißchen leid taten mir die schwedischen Kinder, die abseits aller Bedeutsamkeit sich in der Schule also viel mehr anstrengen mußten als wir, aber daran dachte ich nicht, als ich, im D-Zug durch Südschweden sausend, draußen in der Nacht den Erlkönig gesehen habe. Den Nebelstreif mit Kron und Schweif. Mit seinen Töchtern, den alten Weiden, die tanzten und winkten, sich verschleierten und entschleierten, die zwischen den vielen, Mondlicht spiegelnden Seen ihren Nebelkönig umgeisterten und sich von mir erblicken ließen, während ich, vom Rhythmus der Gleise gerüttelt, mich am Fenstergriff festhielt, während mein immer noch leerer Magen anfing zu knurren und meine Füße gefühllos wurden. Schließlich trugen die fühllosen Füße mich samt meinem romantischen Gemüt ins Abteil und die Leiter hinauf ins enge Bett, wo sie als Eisklumpen unter der mit kaltem Leinen bezognen Wolldecke lagen, als gehörten sie nicht mir. Erlkönig hatte mir das angetan.
Auf dem Stockholmer Bahnhof im Morgenlicht kam ich mir vor,

als ob ich mich verlaufen hätte, matt und zerknittert und wie am Ende meiner Kräfte. Hatte ich überhaupt geschlafen? Geweckt worden war ich jedenfalls und mit kalten Füßen die Leiter hinabgestiegen, hatte in der ratternden Engigkeit mich zu waschen versucht, die Zähne geputzt – Wasser schwappte und spritzte aus dem Glas und tropfte über mein Spiegelgesicht. Ich kam mir verloren vor und seltsam erwachsen. Einsam. Ist so die wirkliche Einsamkeit? Nicht wie die im Wald, wenn mein Vater seinen Spazierstock neben mir schwenkte, wenn er mit uns atmen übte und sagte: Herrlich! diese Luft!

Jowist, da ist sie.

Die Stimme kannte ich und auch die Hand, die nach meinem Koffer griff, und dies war also nicht die wirkliche Einsamkeit.

Du siehst aus wie dein eignes Gespenst, sagte Torgel. Keine gute Reise gehabt? Seekrank? auf dem kleinen Teich?

Er zeigte seine Zähne, die mich einen Augenblick an die meines Bruders Henning erinnerten, breit, mit gleichmäßigen Kanten, und ich betrachtete sie, während er kopfschüttelnd lachte, als hätte ich einen guten Witz gemacht.

Aber jetzt ist es vorbei?

Ja, schon lange. Bloß jetzt habe ich schrecklichen Hunger.

Also werden wir einen Lunch einnehmen, sagte er ernsthaft. Dann mit beinahe feierlicher Miene: Ich heiße dich willkommen!

Er stellte meinen Koffer wieder hin und reichte mir die Hand. Ich hätte um ein Haar einen Knicks gemacht.

Wir werden bei Signe lunchen, sagte er, Signe ist hier, um uns zu sich zu holen, dort kommt sie, und jetzt hat sie uns gesehen, hallo Signe, dies ist Ursula aus Deutschland, und dies, Ursula, ist Signe, meine Schwester.

Schwester?

Eine Mutter war das. Sanft und damenhaft. Dunkles Haar wie Torgel, nur daß es sich gefällig und willig um den Kopf legte, hinten im Knoten zusammengefaßt. Ich spürte gleich, daß ich vor einer Dame stand, einer Gräfin, einer Fürstin, und sie lächelte und ließ dabei wie meine Nofretete die Zähne nicht sehen. Ihre Augen waren schokoladenbraun. Was für eine Schwedin war das? Was für eine Schwester? Ich benahm mich, wie ich es gelernt hatte, gab ihr die Hand und war befangen.

Aber nicht lange. Signe sah zwar immer und überall wie eine Fürstin aus, aber ihr Schloß war ein Landhaus mitten in Stockholm; weiße Möbel und bunte Gardinen, ein Haus, das aussah, als ob Kinder drin wohnten, und gleich kamen zwei Jungen und drei Mädchen die Treppe heruntergepoltert und aus dem Garten hereingelaufen und sahen mich neugierig an. Mein Magen knurrte. Ein langer heller Tisch war gedeckt. Beim Anblick von zwei wuchtigen Käsewürfeln tat mein Magen einen Sprung.

Wir setzen uns, sagte Signe. Und wir sprechen heute alle deutsch.

Inte alle, piepste das kleinste der drei Mädchen. Inte ich!

Inte, erklärte Torgel, das bedeutet »nicht«. Es ist ihr Lieblingswort.

Gelächter. Lillan, die nicht deutsch sprechen wollte, lachte mit, und dann sagte sie: Lieblieng, waasisdaas?

Du bist das, antwortete Signe.

Der Platz an einer Schmalseite des Tisches war noch frei, als schon jeder in der Runde sein Käsebrot in der Hand hielt, und wie zu Hause war es das Ende, das wir »oben« nannten, wegen der Fensternähe, der Türnähe, des bequemeren Stuhles wegen oder weil man es uns so beigebracht hatte. Wo Vater sitzt, da ist oben. Der Vater kam und hatte so lange Beine, daß er seinen Stuhl von hinten besteigen konnte – das freilich hatte meiner noch nie getan. Er setzte sich immer umständlich, manchmal auch ächzend, ohne etwa alt oder dick zu sein.

Signes Mann war schlaksig wie ein Junger, und trotz seiner sommersprossigen Stirnglatze fand ich ihn hübsch. Er trug einen rotblonden Schnurrbart, aus dem er sich später für mich ein Haar ausgerissen hat, um es unter das Mikroskop zu legen und mich hineinschauen zu lassen.

Siehst du, lilla Urschula, hier hast du einen Baumstamm aus dem

Gesicht eines schwedischen Biologen, sagte er. Wenn ein Floh auf ihm säße, würdest du dich fürchten – jasso, hier haben wir ja einen!

Er entzog den Baumstamm meinem Blick und schob zwischen Daumen und Zeigefinger etwas Entsetzliches an seine Stelle, ein Ungeheuer mit schwer bewaffnetem Maul und langen, behaarten Beinen.

»Urschula«, so nannten mich auch die Kinder. Lillan rief mich so und winkte mir von ihrem Tischende mit der bunten Serviette.

Ich heiße Ursula, sagte ich. Eine Urschel, das ist etwas Dummes.

Andersch, der mit seinem Bruder Lasse mir gegenüber saß, rotblond, sommersprossig und schmal wie sein Vater, antwortete bedächtig: Wir sprechen das Sch wie wir es schreiben.

Es wird nicht so geschrieben, sagte ich.

Doch, erwiderte er und zeichnete mit dem Finger ein S in die Luft. Ebensogleich wie bei meinem Namen, verstehst du? Bei mir ist am Ende das gleiche Sch.

Lasse grinste und gab ihm einen Puff, den er zurück bekam.

Ich schüttelte den Kopf. Ein S ist ein S und kein Sch, wollte ich dem Andersch antworten, der sich logischerweise mit einem S schreiben mußte, aber ich merkte, daß ich keine Lust hatte, mit ihm zu streiten. Ich mochte ihn so gern, als er sagte »ebensogleich wie« und mich dabei freundlich ansah. Ihm zuliebe würde ich seinen Namen so aussprechen, wie er wollte, und ihn meinen aussprechen lassen, wie er wollte, egal, ob's richtig war oder falsch. Ich erwiderte den Blick seiner wasserblauen Augen und sah, daß sie von schwarzen Wimpern umrahmt waren, und fühlte, daß ich errötete. Signe hatte uns zugehört, sie lächelte. Ihr habt beide recht, sagte sie. Ihr könntet nachher zusammen zum Skansen gehen, ihr zwei. Andersch, du solltest ein Wörterbuch mitnehmen, damit ihr euch versteht.

Wir vergaßen das Wörterbuch und verstanden uns auch so. Andersch nahm mich bei der Hand, als wir über die Straße gingen, vielleicht weil man ihm gesagt hatte, ich sei keinen Großstadtverkehr gewöhnt – und da war schon das Tor zum Skansen, und Andersch

winkte dem Pförtner, wie man einem guten Freunde winkt. Als wäre er der Besitzer des Skansen. Was ist das überhaupt?
Ja, das ist ein Garten, glaube ich zu sagen – oder ein Park, ja, so sagt man, ein großer Park. Mit animals und auch Kyrkor und Häuser. Du wirst sehen. Komm, gib Handen, warschogud.
Bauernhöfe mitten in der Stadt, Windmühle und Dorfkirche aus Holz und bunt gestrichen, als ob sie zum Spielen gemacht wären. Auch die Häuser sind aus Holz, in alle Stuben kann man hineingehen, nichts ist verboten, man stört niemanden, die Leute sind hübsch aufgeputzt und lächeln – ein glückliches Volk scheinen diese Schweden zu sein. Arme Leute von früher, die bei uns keine Arbeit bekämen, können hier wohnen, ihre bunten Röcke und weißen Blusen sind tadellos; sie spinnen ein bißchen oder schnitzen ein Pferdchen und lassen sich von uns betrachten. Der Kessel über dem Herd ist blitzblank. Ganz in der Nähe leben Braunbären und Elche und Eisbären und unzählige Vögel – eine Insel in der Stadt, das ganze Schwedenland mitten in Stockholm.
Komm dahinauf, sagt Andersch, da werden wir Djurgarden sehen.
Was werden wir? Wie heißt das bitte?
Schau mir an, sagt er, und sprich mir nach: Dschüwelgorden.
Ich verrenke mir ihm zuliebe die Zunge und bin sicher, ich lerne das nie. Eine komische Aussprache haben die, sie treiben es schlimmer als die Engländer. Dschüwelgorden ist groß, sagt Andersch, aber der ganze Stockholm ist größer. Wir gehen weiter hinauf, warschogud, gib Handen – da oben, du wirst sehen, da hast du gleich der ganze Stadt vor deinen Füßen.
Eine Stadt aus Inseln, Straßen aus Wasser, Felsen mitten darin, steil aufragend, die haben sie stehen lassen, weil sie sie nicht fortschaffen konnten, und oben haben sie weiter gebaut. Schiffe überall, beinahe mehr Schiffe als Autos, ein Königsschloß im Wasser, Kirchen im Wasser, und dort, sagt Andersch, das mit drei golden crowns, das ist Stadshüsed – und er zeigt mir einen steifen Turm, auf dem etwas funkelt, und dann spricht er einen langen schwedischen Satz, der

geht einfach mit ihm durch. Ich verstehe nur, daß er ihn beenden muß, weil er ihn angefangen hat, sonst verstehe ich nichts, sehe ihm zu, wie er redet, bis er verstummt und rot wird, was mir leid tut, drum nicke ich und sage »jasso« und gebe ihm zum Weitergehen die Hand, damit er merkt, alles ist in Ordnung.
Mit Torgel am nächsten Morgen ist die Verständigung fast ohne Schwierigkeiten, aber so viel Spaß wie mit Andersch machts mir nicht, obwohl Torgel nett ist, wir in einem feinen Auto durch die Stadt fahren, und er mir wie ein Vater alles erklärt. Er weiß alles. Stadshüsed, sagt er, ist soeben erbaut worden, und es ist das schönste und modernste Gebäude von Europa.
Ach wirklich? Ja, das hat Andersch mir gestern erzählt. Auf schwedisch. Ich habe ihn verstanden.
Torgel lacht. Ach, wirklich?
Wie denn die Leute da drüben auf dem Felsen leben können, frage ich ihn, der alles weiß. Wie kommen sie da rauf?
Man fährt mit einem Aufzug.
Bitte, das möchte ich!
Aber das ist nichts Besondres, sagt er. Wir fahren lieber zur Thielska Galerie, denn ich habe Pa versprochen, sie dir zu zeigen.
Thielska Galerie ist ein weißes prächtiges Haus mit einem Kupferdach. Es liegt zwischen hohen Bäumen am Wasser, und ich finde, es würde zu Signe passen, weil sie wie eine Dame aussieht, eine Fürstin. Hat der Name etwas mit euch zu tun?
Er hat nicht nur mit uns zu tun, sagt Torgel. Es ist unser Name. Wir haben einst hier gewohnt. Jetzt ist es Museum geworden.
Auf einmal habe ich Respekt vor ihm; ich gehe mit ihm die Stufen zur Haustür hinauf und sehe ihn von der Seite an, den einstigen Museumsbewohner, wie kommt sich so einer vor? Anscheinend nicht besonders. Er hat wie immer die Hände in den Taschen, und jetzt nimmt er eine heraus, um mir die Tür aufzuhalten, er ist hier noch ein bißchen zu Hause. Leise gehen wir auf dicken Teppichen. Nur wenig Leute sind da, die auch leise gehen und flüsternd sprechen. Diese Räume haben etwas Feierliches.

Wie konntet ihr so viele große Bilder haben? Waren sie früher auch schon hier?
Pa hat sie gesammelt. Manchem dieser Maler hat er zu Ruhm verholfen, und ich bin stolz auf ihn, daß er so ein Kunstkenner ist. Darum ist auch einiges auf seinen Wunsch gemalt, zum Beispiel die Adler dort – es sind unsre Adler, die auf unsren Inseln leben.
Ich kann mir zwar nicht vorstellen, daß sie Adler haben, die ihnen gehören, aber wer weiß. Ich fühle mich eingeschüchtert und frage lieber nicht. Die Vögel sind gewaltig und sehen aus, als sei der Maler mit ihnen geflogen, immer malend, keine Feder hat er vergessen, keine Kralle. Ich mache mir nichts aus den Adlerbildern und sage zu Torgel, ich fände sie schön.
Ein andres Gemälde zieht mich unheimlich an, es bedeckt eine ganze Wand: Ein Ritter in glänzender Rüstung mit Schild und Schwert hat eine nackte Frau im Arm, die ist einen Kopf kleiner als er, und nur ein Schleierchen weht da, wo Eva das Feigenblatt hatte. Der Ritter steht neben ihr, als wollte er sie beschützen, aber mir scheint, er tut nur so.
Ich glaube, ich mag das Bild nicht, sage ich zu Torgel.
Warum?
Wenn einer nackt ist und der andre angezogen, das kommt mir irgendwie unanständig vor.
Torgel grinst. Der Ritter ist nicht angezogen, sagt er, sondern gerüstet.
Ja, aber ich habe das Gefühl, er ist gegen sie gerüstet, bloß weiß ich nicht, warum. Sie sieht doch so hilflos aus.
Torgel lacht, jetzt lacht er mich aus, sein braunes Gesicht läuft rot an. Du bist nicht dumm, du fühlst das schon richtig. Ein Mann muß gegen die Hilflosigkeit einer Frau gut gerüstet sein.
Jetzt schnell etwas andres, das Gespräch ist mir irgendwie peinlich.
Kann man in solch einem Hause wohnen? Wie fühlt man sich? Ist es nicht immer wie auf einem Fest?
Komm hinauf, sagt Torgel und zeigt mir die Räume im ersten Stock.

Dort ist es gemütlicher, und ich kann mir vorstellen, wie er da mit seiner Mutter gewohnt hat, die auf vielen Gemälden und Zeichnungen zu sehen ist; ein Gesicht wie ein ganz junges Mädchen mit krausem Haar, das auf jedem Bild anders frisiert ist, auch angezogen ist sie jedesmal anders. Sicher hat sie viel Zeit gehabt und, wenn ein Maler kam, sich extra kostümiert. Das sage ich aber nicht, denn sie ist tot, und ich will Torgels Gefühle nicht verletzen.
Wie findest du sie? fragt er.
Ich finde sie schön.
Ja, sie war schön, aber Lill, obwohl sie ihr gleicht, ist häßlich. Dieses ist Lill, meine jüngste Schwester, als sie klein war. Sie ist so jung wie du.
Lill sitzt in einem zu großen Stuhl und hält sich rechts und links an den Lehnen fest, was mit den kurzen Ärmchen und kleinen Händen Mühe zu machen scheint, sie hat ein winziges Gesicht mit kleinen, tiefliegenden Augen und einen Puppenmund. Das einzig Große an ihr sind die Haare, ein ganzes Gebüsch von krausem Haar steht ihr um den Kopf.
Die ist doch nicht häßlich. Ich finde sie süß.
Das ist etwas andres. Der Carl Larsson hat sie so gesehen, antwortet Torgel. Ein Maler muß das Besondre eines Menschen erkennen, das Schöne oder das Edle und auch das Süße. Er muß es sichtbar machen, sonst ist er kein Künstler.
Das Schlimme auch?
Jowist, auch das Schlimme.
Meine alten Ägypter waren aber sehr große Künstler, und doch haben sie es nicht sichtbar gemacht. Sie haben getan, als ob es nichts Schlimmes gäbe, sage ich, an die Gefangnen des Sahure denkend und an meinen Vater, der mir erklärt hat, es sei den Künstlern damals wurscht gewesen, ob die Menschen gelitten haben.
Torgel lacht. Deine Ägypter, tsts, du bist gut! Gehören die alten Ägypter dir?
Er wirft sich in einen Korbsessel, und ich erlebe zum erstenmal sein Naturmenschen-Gelächter. Der Sessel sieht aus wie der, auf dem die

winzige Lill sich festklammert, nur daß Torgel ihn ausfüllt und ihn unter der Wucht seines Lachens fast zertrümmert.
Du bist sehr komisch, Urschula, ruft er, als er wieder atmen kann, und reich bist du auch, reicher als Pa und ich! Ich sollte mich oft mit dir über Kunst unterhalten, das bringt so viel Spaß.
Um wieder zu Signe zum Lunch zu fahren, steigen wir in den Wagen, der vor dem Gartentor hält, und ich erkenne den Fahrer von vorhin, der tippt mit dem Finger an die Mütze.
Nimmst du immer dasselbe Taxi?
Inte Taxi, sagt Torgel. Der Wagen gehört uns, und der dort ist unser Chauffeur.
Gleich wird er sich wieder totlachen über mich, denke ich und frage schnell, wie er denn heißt, der Chauffeur.
Er heißt Nilsson. Alle Chauffeure heißen so, wenn sie nicht Andersson heißen. Hallo Nilsson, sagt Torgel und setzt sich neben ihn, und während ich im breiten Fond so viel Platz habe, daß ich mich quer legen könnte, unterhalten sich die beiden und lachen laut, und ich bin ärgerlich, daß ich sie nicht verstehe. Sicher reden und lachen sie über mich ...

Was mir hier fehlt: ein Tagebuch, das es nicht mehr gibt, leuchtend blauer Einband mit roten Rosen, ein Geschenk von Tante Elisabeth. Ob ich es damals hübsch fand, weiß ich nicht mehr; ihr Geschmack muß es jedenfalls gewesen sein, und sie sagte dazu: Wenn ein kleines Mädchen eine große Reise tut, braucht es ein Buch, um alles aufzuschreiben, das Großartige und das Liebliche. So redete sie. Aber weil sie fast achtzig Jahre alt war und mir schon viele, viel schönere Sachen geschenkt hatte, und weil ich gelernt hatte, sie zu ehren, habe ich mich bedankt und ihr versprochen, es zu benutzen. Und wirklich habe ich es mit nach Schweden genommen und dort mit Feder und Tinte und ungelenken deutschen Buchstaben hineingeschrieben – ich hatte noch mit dreizehn Jahren eine krakelige Kinderschrift. Ich habe das Rosenbuch mit Heimlichkeiten angefüllt, die niemand erkennen konnte außer mir. Unsichtbare Erlebnisse standen auf jeder Seite zwischen den Zeilen, und doch habe ich später niemanden hineinsehen lassen, für den Fall, daß mein Text verraten könnte, was ich weggelassen hatte. Aber eines Tages fand ich meine Kindergeheimnisse abgeschmackt: Rosen auf blauem Grund. Ich verbrannte sie in einem Kanonenofen mit langem, schwarzem Rohr, einzeln verbrannte ich die Seiten, die sich sekundenschnell in zartglühende Gebilde verwandelten und die Tintenschrift noch zeigten, bis ich sie mit dem Feuerhaken zerstörte. Aus. Niemand konnte mehr nachlesen, was für ein kindisches Gör ich gewesen bin.

Mit diesen Schuhen, sagte Signe nach dem Lunch, wirst du draußen auf den Felsen nicht gehen können. Komm, wir kaufen dir andre.
Ich habe aber kein schwedisches Geld, sagte ich.
Laß uns nachschauen, ob ich welches habe, antwortete sie.
Wir kauften blaue Leinenschuhe mit einer weißen, beweglichen, rauhen Sohle, und ich weiß heute noch, wie sie rochen. Wir tragen alle solche, sagte Signe, wenn wir draußen sind.
O, wie schön, ihr kommt mit? alle? (Schrecklich, sie wußte gleich, daß ich an Andersch dachte.)
Ja, sagte sie, nicht sofort, aber nächste Woche. Ernest gibt uns für die Ferien immer sein Gästehaus.
Wer ist Ernest?
Ach, pardon. Ernest ist mein Vater, der auch der Vater von Torgel ist und von Lill, unsrer jüngsten Schwester, die so alt ist wie du. Die zwei hatten übrigens eine andre Mutter als ich. Meine lebt noch, sie ist alt, aber Torgels Mutter ist jung gestorben.
Ich weiß, ich habe sie auf den Gemälden gesehen. Sie war schön und hatte jedesmal etwas andres an.
Signe betrachtete mich ernsthaft, beinahe prüfend und hat nichts geantwortet. Und dann lächelte sie ein bißchen verschmitzt, so ähnlich wie meine Mutter beim Spielen lächelte, wenn sie gesagt hatte: Ich sehe was, was du nicht siehst . . .
Im Motorboot zog ich gleich die neuen Schuhe an und setzte mich neben den Steuermann Torgel. Wie gut kannte er den Weg durch

die Felsenklippen, die wie Bimssteine aus dem Wasser ragten; an hellgelben Sandbuchten vorbei und hölzernen Landungsstegen, auf denen Kinder saßen und winkten. Vorbei an grünem Waldgrund und dunkelroten Holzhäusern mit blitzweiß gestrichnen Fensterrahmen, an gefleckten, steinigen Hängen vorbei, wo Schafe kletterten und träge die Köpfe hoben, vorbei an Bojen, hellrot, die auf den Wellen schaukelten, von ihren Zungen unablässig beleckt, vorbei an nackten, blankgewaschnen Felsplatten und Geröllhalden, wo zwischen der Unordnung von Tangbündeln, angeschwemmten Hölzern, Moospolstern und verkrüppelten Birken Möwen hockten und aufflogen und aufkreischten und turmhoch aufwuchsen, flatternd und flügelklatschend und federnstiebend brausten sie auf und nieder, unser Motorengeräusch mit rostigem Geschrei übertönend. Wäre ich allein gewesen, dann hätte ich mich gefürchtet vor dieser Vogelmiliz mit unzähligen Schnäbeln, Krallen und Schwingen.
Warum tun sie so wild?
Sie beschützen ihre Nester, sagte Torgel. Sie bemühen, unsre Angst zu erwecken. Möglich auch, daß er sagte: Sie erwünschen, uns zu ängstlichen – jedenfalls einen Satz, der mich amüsierte, und er fuhr fort: Ich lese auf deinem Gesicht, daß ich nicht gut gesprochen habe. Hier draußen vergesse ich immer mein Deutsch. Das kommt, weil das Schwedische ist eine Natursprache, die sich in der Landschaft gebildet hat, so zwischen Fels und Wald, bei Wind und Wellen. Aber das verstehst du vielleicht noch nicht.
Ich saß auf der Ruderbank neben dem Steuermann Torgel, der hier seinen Weg fand wie ich zu Hause mit dem Fahrrad durch wohlbekannte Straßen. Wenn wir andren Booten begegneten, winkten wir, und wir lachten, wenn wir von Wellen geworfen und von aufstiebendem Wasser durchnäßt wurden. Wir sahen Möwenheere aufsteigen, hörten sie kreischen und sich wieder beruhigen. Fast hatte ich vergessen, warum wir unterwegs waren, da zog Torgel in großem Bogen in eine Bucht ein und sagte: Dort sitzt Lill, sie erwartet uns.
Ich sah sie erst, als sie auf der Mole zurücklief, und als wir anlegten,

stand sie schon auf der Landungsbrücke und fing das Tau, das Torgel ihr zuwarf. Geschickt wie ein alter Seemann befestigte sie es, und ich erkannte ihr Haargebüsch, das genauso war wie auf dem Kinderbild, und als sie das Tau gewickelt hatte und sich umdrehte, erkannte ich ihre kleinen, tiefliegenden Augen, die mich musterten. Kühl. Dann verzog sie ganz wenig ihren Puppenmund, streckte mir die Hand her und sagte: Guten Tag. Ich heiße dir willkommen.
Dich, verbesserte Torgel. Es heißt dich.
Was sie antwortete, habe ich nicht verstanden.
Kaum bin ich da, schon schimpfst du mir, sagte er.
Mich, verbesserte sie. Es heißt mich.
Sie lachten, und dann fingen sie an zu konjugieren: Ich schimpfe dich, du schimpfst mich, er schimpft ihn! Richtig, weiter alle zusammen – wir schimpfen ihr, ihr schimpfen sie, nein, falsch, noch einmal, Urschula, du mußt uns helfen! Lachend und konjugierend liefen wir um die Bucht und durch den Kiefernwald, und ich vergaß, daß ich heute morgen noch mich vor dem Haus gefürchtet hatte, in dem sie hier wohnten: wer weiß, was für ein Museum das wieder ist. Wie ist euer Haus auf der Insel? hatte ich gefragt.
Sehr gut, hatte Torgel geantwortet.
Nun standen wir davor und hörten auf zu konjugieren, und ich sah, dies war wirklich ein gutes Haus. Ein mütterliches Haus, behäbig und freundlich, mit rotem Gesicht, weißbewimperten blanken Augen und einem Mittelscheitel. An seiner Eingangstür stand eine Frau, die sah genauso aus. Torgel umarmte sie, klopfte ihr den Rükken und sagte zu mir: Das ist Lüwla. Sie ist unsre Beste und sie macht hier alles.
Inte alles, rief Lill. Die Dummheiten, die machst du!
Hier werde ich es gut haben, dachte ich, aber erst wenn etwas Wichtiges erledigt ist. Ich mußte so nötig aufs Klosett, daß mir auf einmal alles andre egal war. Keine Minute konnte ich mehr warten, sonst würde etwas Schreckliches passieren. Bitte, wo ist –
Dein Koffer ist schon in deinem Zimmer, sagte Lill. Ich zeige es dir.

Warum das plötzlich so schlimm war, konnte ich nicht begreifen. Vielleicht weil unterwegs meine Augen und Ohren, meine Nase und meine Haut so viel zu tun hatten – sehen, hören, schnuppern und spüren – keine Zeit für die Därme, mein Frühstück zu verdauen. Aber jetzt. Die Treppe hinauf mit dieser Qual in den Eingeweiden. Ein hübsches Zimmer mit einem leckeren Bett, aber bitte wo – Ich konnte natürlich die Schenkel zusammenkneifen und komisch dastehen, aber das war nur ein Aufschub, und nirgends eine Tür, die so aussah, als ob . . . Hier möchtest du Hände waschen und Haare kämmen, sagte Lill liebenswürdig.

Ja danke, aber erst brauche ich was andres, bitte wo ist das!

Jasso, ich verstehe, du willst zu daas! Komm, wir gehen zusammen.

Die Treppe wieder hinunter, lieber Gott, steh mir bei. Zur Haustür hinaus, auch das noch, auch noch um die Ecke und über solche Felsenbuckel. Gleich ist es um mich geschehen. Da, ein Kieferngebüsch, könnt' ich mich doch darin verkriechen. Jetzt ein Hüttchen, rot wie das Wohnhaus, zwei schmale Türen, komisch, daß sie es nicht drinnen haben, soll mir aber egal sein, wenn ich nur bis dahin durchhalte.

Lill öffnete die linke Tür, schob mich und sich hinein (was soll das, ich brauche sie nicht), und in angenehmer Dämmerung sah ich einen runden Holzdeckel, der meine Rettung bedeutete. Seufzend setzte ich mich auf das düstre Loch, den Deckel noch in der Hand, da begriff ich etwas, das mir den Atem verschlug, Blase und Dickdarm verriegelte, obwohl ich es doch so eilig hatte.

Neben mir ein zweiter runder Holzdeckel auf einem zweiten düstren Loch, und die neue Freundin, so neu, daß ich noch nicht wußte, ob ich sie mochte. Sie trug einen Hosenanzug, der aus einem Stück geschnitten war, jetzt erst sah ich das, und ich sah, daß sie ihn aufknöpfte, und wie ein Schmetterling puppte sie sich aus, ließ ihre Hülle zu Boden fallen und setzte sich. Nackt.

Du sollst jetzt nicht staunen, sagte sie vergnügt. Mach etwas! Ich mache auch. Wir leben hier wie die Fischer, mußt du wissen.

Und die – gehen die auch zusammen?
Sie nickte. Nur Pa geht allein, nebenan, da dürfen wir nicht hinein.
Der erste Schreck war überstanden, ich konnte mich entleeren, machte es gründlich und fühlte mich wohl. Schielte ein bißchen nach meiner Genossin und stellte fest, daß sie trotz ihrer jungenhaften Gestalt zwei kleine Brüste hatte wie ich. Nein, kleiner.
Ja, du siehst, sagte sie trocken, ich habe auch. Ich leide sie nicht gern, ich wäre lieber ein Junge. Aber du hast mehr, ich weiß schon, obgleich du angezogen bist. Du bist ein richtiges Mädchen.
Ich sah mich um. In diesem Plumpsklo gab es feines, weiches Papier neben jedem Sitz und ein mit schneeweißem Mull verhängtes kleines Fenster.
Lill schlüpfte in ihre Verpuppung. Du könntest jetzt fertig sein, schlug sie vor. Das Zusammensitzen war gut für unser Kennenlernen. Wir werden Freunde, denke ich.

Ich glaube, ich habe mich an diese Einrichtung schnell gewöhnt. Der Ort, von dem man in Deutschland sagte, daß ihn sogar Kaiser und Könige allein besuchen, um das, was wir alle müssen, heimlich zu tun, als sei es eine Untat, wurde für mich ein Ort des Vergnügens. Freundschaft und Verdauung wurden gleichermaßen gefördert, Meinungsverschiedenheiten wurden ausgetragen, Pläne geschmiedet und die besten Einfälle geboren. Los, Urschel, wir machen was!
Ob ich das erste Erlebnis mit den Doppelsitzen einst ins Rosenbuch geschrieben habe, weiß ich nicht mehr – ich glaube, nein. Dem nassen Lago Maggiore den Rücken kehrend, auf der Heimreise nach Deutschland, wo inzwischen die Sonne schien, habe ich nachgedacht, ob ich mich geirrt und das Buch doch nicht verbrannt habe. Vielleicht fände ich es auf dem Boden in einer Kiste, und wie gern läse ich nach, was ich damals aufgeschrieben, und was ich weggelassen habe. Aber nein, ich werde es nicht finden, zu deutlich erinnre ich mich der Zeremonie des Verbrennens und der Erleichterung, et-

was los zu sein, was mich anscheinend behinderte, ein paar Eierschalen, einen Kaulquappenschwanz, die dumme Urschel, wie auch immer ich es nennen soll. Jetzt versuche ich, mir vorzustellen, was ich mit Kinderschrift aufs linierte Papier gebracht habe. Vielleicht so:

Thiels haben eine Menge Boote, Ruderboote und Motorboote, auch ein großes mit einer Kajüte und ein Segelboot, das Zarathustra heißt. Torgel hat es so genannt, weil er Friedrich Nietzsche verehrt.

Nicht aufgeschrieben habe ich, daß ich das komisch fand, unpassend sogar und ein bißchen unverschämt. Einen toten Philosophen, der bedeutende Werke geschrieben hat, den ehrt man auf andre, feierlichere Weise, das wußte ich genau. Man macht es wie in Weimar im Nietzsche-Archiv mit Lorbeerkränzen zum Beispiel. Mit einem Chopinkonzert angesichts der Marmorbüste. Mit dem Vortrag eines Professors über den Berühmten vor geladnen Gästen, alle im dunklen Anzug, anschließend Geselligkeit mit Tee und Brötchen, wobei die Zuhörer, die unberühmten, sich im Abglanz des Großen und des Vortragenden spiegeln und einander sagen können, wie wunderbar es wieder gewesen sei, und wie zutiefst sie alles verstanden haben. So, dachte ich, ehrt man einen toten Philosophen. Daß ich das langweilig fand, war eine andre Sache und vermutlich meine Schuld. Wie weiter? Etwa so:

Als Lill und ich das erste Mal ruderten, hat sie gesagt, wir machen jetzt eine Regatta. Ich kannte das Wort nicht. Du wirst schon sehen, hat sie gesagt und dann mich so kommandiert, daß ich einen tollen Muskelkater bekam. Ich habe mich aber zusammengenommen.

Kein Wort davon, wie rücksichtslos ich sie fand, und wie ich mich schämte, ihr zu gehorchen, und ihr dennoch gehorchte. Wie wütend ich auf sie war und den Tränen nahe und den ganzen Abend so unversöhnlich, daß ich allein aufs Klosett ging . . .

Dann: Heute ist Signe mit ihren Kindern angekommen. Lill will Helga nicht dabei haben, sie sagt – wir leiden einander nicht. Andersch und Lasse spielen mit Torgel und den Fischerjungen Fußball

bei den vier Häusern, die sie das Dorf nennen, dort sind auch Kuhställe und der Heuboden, und die dicke Magd Britta wohnt dort in einer Hütte. Sie hat kein Bett, sie will keins, sagt Lill. Sie schläft sitzend in Kleidern, legt die Arme auf den Tisch und den Kopf darauf. Schrecklich, finde ich. Lill sagt, sie wäscht sich nur sonnabends, und zwar ganz früh am Brunnen im Dorf – dazu zieht sie sich aus. Die Kinder sind einmal in der Dämmerung aufgestanden und haben sich in Büschen versteckt, um zu sehen, wie die dicke Britta sich wäscht, aber sie hat sie entdeckt und wollte sie verhauen. Torgel soll sich fast totgelacht haben. Auf dem Fußballplatz hat er zwei Tore gebaut, die fabelhaft echt aussehen. Lill und ich interessieren uns nicht für Fußball, aber wir sehen zu und machen uns lustig.
Nichts davon, daß Andersch mich nicht beachtete, daß ich zu wissen glaubte, warum, ganz klar, sein Bruder Lasse wird ihn ausgelacht, ihn verkohlt haben, so sind Jungen, sie hacken auf einem herum, der sich mit einem Mädchen einläßt, und der ist dann feige – auch schwedische Jungen sind anscheinend nicht besser. Nichts davon, wie enttäuscht ich war, wenn er zwischen zwei Fußballstößen zurückspringend, das Haar aus der Stirn strich, uns einen Blick zuwarf und Lill, nicht mir, etwas zurief und ich mich genierte zu fragen: Was hat er gesagt?
Im Tagebuch wahrscheinlich: Wenn wir ins Dorf gehen oder zum Baden, sollen wir immer auf den schmalen, ausgetretnen Pfaden bleiben, denn es gibt Kreuzottern im Moos. Lill sagt: ich fürchte mich nicht, aber Pa hat schreckliche Angst, daß wir gebissen werden.
Die Trampelpfade durch Moos und Blaubeerkraut, die habe ich noch vor Augen, als sei ich sie gestern gegangen. Die unsichtbare Niederschrift, wie ich Andersch begegnet bin, gehört an diese Stelle; keine Lill, kein höhnender Bruder war dabei. Endlich sah er mich an, und sicher errötete er unter den Sommersprossen, als er sagte: Du mußt hier vorsichtig sein, weißt du? Warschogud, gib Handen. Vorsichtig, warum? fragte ich, um mit ihm zu reden.

Weil – sagte er und beschrieb mit der freien Hand eine Schlangenlinie – Serpentina, verstehst du?
Hand in Hand durchs Blaubeerkraut, die wasserblauen Augen mit den schwarzen Wimpern so nah. Wie dünn seine Beine waren, wie kurz und verwaschen die Hosen, vielleicht geerbt vom Bruder, dem größeren, kräftigeren, der ihn meinetwegen verhöhnte. Unsre Hände wurden eine an der andren etwas feucht, zu reden war nichts. Machte nichts. Kaum aber hörten wir die Freunde auf dem Dorfplatz lärmen, da ließ er mich los und begann zu laufen, keine Sekunde mehr hatte er Zeit für mich, seine dünnen Beine trugen ihn von mir weg, den Feigling. Im Weglaufen sich umdrehend und zurückschauend und rückwärts stolpernd rief er: Servus, ich muß . . .
Wie ich mich kenne, werde ich rundum alle Badeplätze aufgezählt haben, wahrscheinlich gewissenhaft nach Lage und Qualität. Damit werde ich zwei oder drei Seiten gefüllt haben und anschließend habe ich vermerkt: Wir baden hier nackt, es ist so üblich. Anfangs habe ich mich geniert, aber Lill sagte, die Jungen gucken nicht nach uns, sie wissen, wie ein nacktes Mädchen aussieht, und machen sich nichts draus. Du wirst dich daran gewöhnen.
Kein Wort davon, auf welch dramatische Weise ich lernte, mich daran zu gewöhnen: Alle guckten. Sie grinsten. Ich tappte in einem himmelblauen Badeanzug über die Felsenbuckel zum Steg hinunter und fand sie boshaft, die Splitternackten, und erschrocken war ich, mich schämen zu müssen, weil ich angezogen war.
Sei nicht dumm, Urschel, zieh ihn aus, hatte Lill getuschelt.
Ich war dumm und behielt ihn an. Beim Schwimmen vergaß ich ihn für eine Weile, denn da sahen sie ja nur meinen Kopf. Wieder draußen, wollte ich fort. Ins nächste Gebüsch. Ich haßte sie alle. Aber meine Kommandeuse rief: Urschel, du wirst hierbleiben!
Ich streifte den nassen Anzug ab, er klebte an mir, und ich haßte auch ihn. Wo ist mein Badetuch, das mollige, schnell schnell hineingewickelt, Mutti, warum sind die alle so gemein! Und plötzlich sah ich etwas Himmelblaues durch die Luft flitzen, ein komischer Vogel

flatterte über dem Wasserspiegel, er stürzte hinein und versank. Wer hat mir das getan? Alle haben sie es getan, alle! Ich weiß heute nicht mehr, was ich dachte, vielleicht daß er siebenmarkfünfzig gekostet hatte (und das war teuer) oder daß er neu war, und, was sage ich, wenn ich nach Hause komme. Aber daß ich gerannt bin, weiß ich noch, ohne Badetuch und ohne irgendwas da, wo Eva das Feigenblatt hatte, und hinein, um meinen Badeanzug vor dem Ertrinken zu retten. Und konnte vor Schreck kaum schwimmen und konnte nicht tauchen und hörte die Bande lachen und johlen und wäre selbst fast ertrunken (meinetwegen, aber die sind schuld!).

Also, ich lebe noch. Irgendwie haben sie mich gepackt und herausgezogen, immer lachend und johlend, während ich heulte und spuckte, und als ich wieder gucken konnte, sah ich, daß sie auch meinen Himmelblauen gerettet hatten. Torgel trug ihn wie einen Schal um den Hals und rief: Du mußt uns jetzt verzeihen! Es war so ein ungemeines Vergnügen.

Daß Pa nicht nur ein gescheiter Weihnachtsmann war, habe ich schon sehr bald bemerkt. Wie mein Vater bestimmte er offenbar alles, und wie zu Hause fand ich das unbequem, wunderte mich aber nicht. Dazu waren Väter da.

So wirds gemacht! Keine Widerrede.

Im Gegensatz zu meinem Vater sagte Pa so etwas mit lächelnder Miene. Das Bestimmen schien ihm Spaß zu machen, vielleicht weil er so viel Geld hatte.

Komm her mit deinem Teller, Kindchen. Du ißt noch was.

Wir aßen und ließens uns schmecken, wir hielten uns hinterher, auf der Verandatreppe sitzend, die Bäuche, wir gingen schwimmen und rudern und Beeren suchen, kamen pünktlich zu Tisch, wurden rund und braun.

Sie wird hübsch bei uns, die Kleine, sagte Pa.

Wie mein Vater hielt er viel vom gesunden Leben, stand früh auf, ging mit Stock und Schirmmütze in den Wald, und wenn wir uns nicht rechtzeitig verkrümelt hatten, mußten wir mitgehen, im Gänsemarsch auf den schmalen Pfaden. Wir mopsten uns wohlerzogen und blieben stehen, wenn er uns etwas zeigen wollte, wenn er mit Spazierstock und Schöpfergeste vor uns die Landschaft erschuf, eine Bucht, eine Felsenschlucht, eine Lichtung mit Farngefieder. Er sah mich an und sagte: Na, Kindchen, ist das etwa nix?

Nie wußte ich, was ich darauf zu antworten hatte, ja oder nein? Beides wäre falsch gewesen.

Darauf er: Die Kleine sagt nix, sie strahlt mich nur an. Eine angenehme Kleine.

Pa war Schachspieler. Nein, falsch, er war zwei Schachspieler, er spielte mit sich selbst, und zwar immer. Morgens zwischen Spaziergang und Frühstück, mittags vor dem Essen und danach, abends, wenn es noch hell war und wir nicht ins Bett wollten, und später, wenn wir ins Bett mußten, obwohl es immer noch hell war. Er spielte, um nachzudenken oder um nicht zu denken, wenn er vergnügt war und wenn er sich ärgerte, zum Einschlafen und zum Aufwachen, und wenn er sich besiegt hatte, baute er die Figuren wieder auf, drehte das Brett um und tat den ersten Zug.

Nur wenn er schläft, spielt er nicht, sagte Torgel.

Irrtum, erwiderte Pa, du merkst es nur nicht, weil du selber schläfst. Wenn mir ein guter Zug einfällt, komme ich im Nachthemd herunter und ziehe. Es gibt in diesem Haus nur eine Sache, die ich so gern tue wie Schachspielen.

Nämlich?

Essen. Hast du je so gute Sachen gegessen, Kindchen, wie Lisa sie kocht?

Nein, niemals, wirklich.

Pa grinst fröhlich. Er hat ein ganz anderes Lachen als Torgel, still und fein. Sein Mund über dem silbergrauen Spitzbart verzieht sich beinah zierlich, ein bißchen spöttisch auch, das bringt mich in Verlegenheit. Er sagt: Daß du noch nichts Bessres gegessen hast, besagt zwar nichts. Was ißt man bei euch in Weimar am großen Familientisch? Pellkartoffeln und Quark?

Ja, sage ich zögernd, und zum Beispiel Brotsuppe –
Tsts, macht Torgel, tststs (gleich gehts los.)
Ruhe, befiehlt Pa. Du bist jetzt still. Ich will von diesem kleinen Mädchen wissen, was es zu Hause zu essen bekommt. Also?
Also zum Beispiel, ach, nun fällt mir nichts ein. Also – o ja, zum Beispiel Heringskartoffeln.
Aha, sagt Pa. Weiter.
Und dann etwas – also, wir Kinder nennen es »geliebteste Soße«. Das ist so ein Name –
Wie bitte? Nochmal.
Geliebteste Soße. Weil wir die Soße so gern essen, in die werden Kartoffelstückchen geschnitten, nachdem sie mit Speck und Zwiebeln – nein, ich weiß leider die Zubereitung nicht genau.
Macht nichts, sagt Pa. Weiter, was noch?
Kochkäse.
Kochkäse ist keine Mahlzeit, sagt Pa. Nimm dich ein bißchen zusammen, Kind. Also, sage ich wieder, um Zeit zu gewinnen – zum Beispiel, ach ja, Sauerkraut mit Eisbein.
Eisbein? Was ist das? Etwas Kaltes?
Nein, Eisbein ist nicht kalt, es schmeckt –
Daß es schmeckt, ist noch kein Beweis, daß es nicht kalt ist, sagt Pa.
Also gut, es ist natürlich nicht kalt, sondern ganz fettes Schweinefleisch, das im Sauerkraut mitgekocht wird, weil –
Geschenkt, sagt Pa. Weiter.
Ich bin verzweifelt. Er macht mich fertig. Ich sage: Möhrengemüse. Das hasse ich, es ist ekelhaft. (Ich will nicht mehr erzählen, was bei uns gegessen wird, der quält mich.)
Kindchen, sagt Pa, du magst doch Käse?
Ja, sage ich, beinahe heulend, für Käse tu ich alles.
Er hebt die Riesenkäseglocke und nimmt das Messer und schneidet ein Stück, so dick wie noch nie und reicht es mir über den Tisch. Ich bin so gerührt, daß mir die Tränen kommen, und heulend fresse ich den Käse, einfach so aus der Hand wie ein Butterbrot. Die and-

ren sehen zu und sind still. Lisa, die an allem schuld ist, das aber nicht weiß, kommt grade mit dem Nachtisch zur Tür herein, Pa winkt ihr, ihn auf den Tisch zu stellen, sie tut es, und ich schnuppre, fange an, mich zu beruhigen, habe nämlich einen ausgezeichneten Geruchssinn, rieche zum Beispiel, wer vor mir durchs Treppenhaus gegangen ist (dieses Parfüm mag ich überhaupt nicht, Maiglöckchen aus der Retorte, und gleich weiß ich auch, wie die Dame aussieht –)

Aber davon ist jetzt nicht die Rede, sondern von der Nachspeise, die im Jahre 1925 die Köchin Lisa auf den Tisch des Millionärs Thiel gestellt hat, der mir im Moment unbequem war, aber nicht unsympathisch. Ich zerdrückte die letzten Tränen, weil die Nachspeise so ungeheuer gut roch, und dann sagte ich: Götterspeise mag ich auch nicht.

Götterspeise, bitte wie? was für Götter sind das?

Man kann sie auch Großmutterflammeri nennen, sagte ich, und ich finde, das paßt besser.

Warum?

Weil – Großmütter, wenn sie alt sind, dann zittern sie so –

Klar, sagte Pa. Weiß schon. Torgel, du nimmst dich zusammen. Also, Kindchen, ich will dir mal was sagen. Du wirst eines Tages – hörst du zu? – du wirst einmal eine erwachsene Frau, und ich glaube, eine hübsche, schade, daß ich dann schon im Grabe liege und dich nicht sehen kann. Aber eine Frau muß nicht nur hübsch sein, sondern auch Geschmack haben. Sie muß wissen, was Qualität hat auf dieser Welt. Alle Dinge, mit denen sie sich umgibt, alles, was sie anzieht, was sie ißt, was sie verschenkt, sagt etwas über ihre Persönlichkeit aus, verstehst du das?

Ich weiß nicht, ob ich ihn verstand. Ich nickte und schielte nach dem Pudding.

Hör zu, Kindchen, sagte Pa. Du mußt lernen, was Qualität ist, und das lernst du nicht in der Schule. Eine Sache kann erstklassig sein, sie kann gleichgültig und kann minderwertig sein, egal ob sich's um ein Kunstwerk handelt, ein Kleidungsstück oder eine Mahlzeit. Du mußt lernen, das zu unterscheiden, und beim Essen und Trinken fängt es an. Verstanden?

Ich nickte. Meine Nase war vollauf beschäftigt mit dem Duft dieser Nachspeise, mit der wir immer noch nicht anfangen konnten, weil Pa nicht aufhörte zu reden. Sie war warm, duftete nach Aprikosen und hatte eine goldbraune Kruste, die sich zu bewegen schien. Ja, sie bewegte sich, sie züngelte und flackerte, ich traute meinen Augen kaum.

Hilfe, schrie ich, der Pudding brennt!

Alle lachten, Pa auf seine zierliche, fast geräuschlose Weise, Lill etwas lauter, den Kopf mit dem Haargebüsch schüttelnd, und Torgel schob seinen Stuhl zurück, um den Eßtisch nicht umzuwerfen und seinem Naturmenschengelächter freien Lauf zu lassen, endlich durfte er. Lisa lugte durch den Türspalt. Ich war schon wieder den Tränen nahe. Was hatten sie? Warum löschten sie das Feuer auf dem Pudding nicht?

Auf einmal war die bläuliche Flamme weg, als hätte ich sie mir nur eingebildet. Lüwla faßte die Form umsichtig an den silbernen Griffen und bot uns die Speise an, Lüwla, die nicht mitgelacht hatte und selten etwas sagte. Sie hätte ich fast vergessen. Sie war immer dabei, unauffällig saß und aß sie mit uns, sie sprach nicht deutsch, sie nuschelte, wenn sie von einem der Thiels angesprochen wurde, einen kurzen Satz, nicht unfreundlich, aber trocken; ihre Antwort war Pflicht und wurde pflichtgemäß gegeben. Lüwla, das war klar, hätte das Feuer auf dem Pudding gelöscht, wenn es nötig gewesen wäre.

Ich aß, so viel ich konnte, und schmeckte nicht heraus, wie die Speise zubereitet war, sie mußte aus dem Schlaraffenland sein. Auf einmal fiel mir ein, daß ich mit Großmutterflammeri und Möhrengemüse mein Elternhaus schlecht gemacht hatte.

Aber Thüringer Klöße, sagte ich, die sind was Besondres.

Aha, erwiderte Pa. Erklär mal.

Sie müssen weiß sein, aber nicht ganz weiß, sondern ein bißchen grünlich. So wie – nein, ich kenne nichts, was diese Farbe hat. So

ähnlich, wie wenn man unter Wasser schwimmt. Ein bißchen glasig, aber ganz locker.
Alle hörten zu. Pa sagte: Und weiter?
Man nimmt zwei Gabeln, in jede Hand eine und reißt den Kloß vorsichtig auf. Dann duftet er, denn innen ist er mit gebratnen Bröckchen gefüllt, die schmecken schon allein so gut, daß Frieda immer aufpassen muß, daß wir sie nicht vorher aufessen.
Frieda ist eure Köchin?
Nein, sie macht auch alles andre, sauber und so. Aber wenn's Klöße gibt, müssen wir unsre Zimmer selber aufräumen, denn das ist immer eine furchtbare Wirtschaft, und wir müssen helfen, Kartoffeln zu schälen, weil wir ein paar Eimer davon brauchen, und dann müssen wir sie reiben, abwechselnd, weil man das nicht lange aushält und sich die Finger kaputt reibt. Das Geriebne kommt in einen Sack und der in eine Presse mit vielen Löchern, und Frieda dreht die Schraube und strengt sich an, und brauner Saft quillt aus den Löchern. Wenn sie den Sack rausnimmt und aufmacht, dann ist innen ein weißes Zeug, ganz trocken, es sieht hübsch aus und riecht sonderbar, eigentlich nicht nach Essen, aber gut.
Und dann?
Ach, dann wirds aufregend, weil inzwischen Frieda einen großen Topf Kartoffelbrei gekocht hat, und einer muß das ausgepreßte Kartoffelzeug auf einem Holzbrett ausbreiten, und sie gießt den heißen Brei darüber, sie pustet und flucht und kriegt einen roten Kopf, weil es dampft und anstrengend ist, aber es ist wichtig, sagt sie, es ist die Hauptsache. Die gekochte Masse muß mit der rohen vermischt werden, zuerst mit dem Löffel und dann mit Friedas roten Händen, die davon noch röter werden. Und dann – ja dann jagt sie uns aus der Küche, damit wir die Bröckchen nicht von der Pfanne klauen und auch, weil sie uns jetzt nicht mehr brauchen kann.
Die Thüringer Klöße sind akzeptiert, das ist offenbar etwas Erstklassiges, sagte Pa. Was eßt ihr dazu?
Fetten Schweinebraten mit viel Soße.

Er zog die Nase kraus und sagte etwas zu Torgel, was ich nicht verstand. Dann zu mir: Das wäre nichts für uns.
Du meinst, nichts für Lisa, warf Lill ein. Pa überhörte das.
Wir essen gerne, was das Land hervorbringt, erklärte er. Was hier wächst und weidet und schwimmt, was man selber pflücken und fangen kann.
Und was Lisa befiehlt, sagte Lill trocken und bekam, wenn ich nicht irre, von Torgel unter dem Tisch einen Tritt.
Pa stand auf, er hielt, wie es der Brauch war, seinen Kindern die Wange hin, nahm Kuß und »tack för maten« entgegen und von mir einen Knicks, wobei er nicht uns, sondern seinen Schachtisch anschaute, und sagte beiläufig: Manche kleinen Mädchen sind sehr vorlaut . . .
Was Pa meint, sagte Torgel, das meine auch ich: wir leben wie die Naturmenschen. Ist es nicht gut, die Beeren zum Nachtisch selbst zu sammeln? Ich fühle mich frei, wenn ich frühmorgens mit den Fischern hinausfahre, die Netze zu holen, und wenn ich Lisa einen Goldbutt auf den Küchentisch lege, dann habe ich für unsre Mahlzeit gesorgt, ohne Geld zu bezahlen. Ich verachte Geld, es ist ein Zivilisationsprodukt, und ich finde, die Menschheit müßte ohne Geld auskommen, so wie die ersten Christen oder wie wir hier auf der Insel. Heute früh habe ich eine Menge Stinte gefangen. Schon mal gegessen?
Nein, ich weiß nur, daß man sich freuen kann wie ein Stint.
Später habe ich sie gesehen, die Stinte, silbrig und sterbend, ein ganzer Haufen, und sie freuten sich nicht, denn sie bekamen die Köpfe abgerissen und mußten in kochendem Öl schwimmen, bis sie knusprig verhutzelten. Und schmeckten so gut, daß ich vergaß, sie zu bedauern, obwohl sie mir leid getan hatten, jeder einzelne, der in Lisas Hand noch einmal aufzappelte, ein letztes Mal. Die Beeren zappelten nicht. Still ließen sie sich von uns pflücken, lagen im Korb wie angemalt, lauter kleine Kunstwerke, stolz und lieblich und duftend; sie ließen sich von uns in eine Schüssel drapieren, mit Sahne übergießen und ließen sich aufessen.

Stinte heißen so auf deutsch wie auf schwedisch, sagte Torgel bei Tisch.
Pa schmunzelte und klopfte ihm den Rücken. Dieser Knabe wird ein guter Europäer! Er fängt einen Fisch und schaut gleich ins Wörterbuch, das macht er richtig. Weißt du, Kleine, ein Mensch, der nicht mehrere Sprachen spricht, ist überhaupt keiner, verstehst du das?
Ich knusperte an meinem Fisch und murmelte: Ich kann ja noch nicht mal Schwedisch – und Französisch nur so ein bißchen.
Schwedisch brauchst du nicht, antwortete er. Ich spreche schwedisch, norwegisch und dänisch nur, weil ich hier lebe. Aber Französisch und Deutsch, Englisch, Spanisch und Italienisch sollte jeder Europäer können.
Ich vergaß zu essen, zählte in Gedanken nach und sagte erschrokken: Kann ich mir überhaupt nicht vorstellen.
Pa hat Russisch vergessen, warf Torgel ein.
Aber, wenn Sie nachdenken, wie machen Sie das, ich meine – in welcher Sprache denken Sie? Kommt man nicht durcheinander?
Pa ließ ein hohes Knurren hören, das klang, wie wenn ein Huhn in der Sonne sitzt, eine Gewohnheit von ihm, wenn er zögernd antwortete, und dann sagte er: Jeweils (das Wort gefiel mir so, daß ich seitdem versuchte, es zu benutzen) – nun also, jeweils in der Sprache, in der ich grade spreche. Allerdings nicht im Russischen, obwohl sich das grade sehr gut zum Nachdenken und Nachempfinden eignet.
Ich erinnre mich an diesen Satz, aber nicht, ob ich ihn verstanden habe. Nein, ich verstand ihn nicht. Von den Russen wußte ich, daß sie lange Bärte trugen, abends Märchen erzählten, im Winter auf dem Ofen schliefen oder mit Pferdeschlitten glöckchenbimmelnd durch dick verschneite Wälder fuhren. Manchmal von Wölfen angefallen und im Ernstfall aufgefressen wurden. Sie tranken etwas, das sich wie Kuhmist anhörte, aber sicher keiner war, lebten hauptsächlich von Erbsensuppe und waren arm – nette Leute, aber ein

bißchen beschränkt. Die Frauen trugen Kopftücher, sie blieben zu Hause und wurden darum nicht so oft gefressen, was gut war, weil ja jemand die Öfen heizen und die Erbsensuppe warmhalten mußte. Das alles habe ich aber damals nicht gesagt, sondern: Und in welcher Sprache träumen Sie?
Pa legte das Fischbesteck auf den Teller, verzog auf seine zierliche Art den Mund über dem Spitzbart und sah mich an, bis ich verlegen wurde. Sagte dann zu Torgel: Die Kleine ist gar nicht so dumm, wie sie aussieht.

Das Gedankenbild, das ich als Dreizehnjährige von den Russen hatte, veränderte sich bald, spätestens, als ich nicht mehr zu Fräulein Bieber ging und Tamara in unsre Klasse kam, Tamara aus dem Kaukasus, deren Vater ein russischer Fürst war, vor den Bolschewiki nach Deutschland geflohen. Ich bewunderte sie und fand sie schön, ihre dunklen Augen, ihr ganz kurzes, schwarzes Haar, das mir wie eine Pelzkappe vorkam, ihre leicht gekrümmte Nase – Prinzessin aus fremdem Land in einem hellroten Kleid, ein deutsches Lesebuch vor sich auf dem Schulpult.
Tamara, sind deine Russen so wie auf Seite zweiundsiebzig?
Sie schlug die Seite auf und las, die Zeilen mit dem Zeigefinger nachzeichnend, verzog die Lippen und schüttelte den Kopf.
Sag etwas Russisches, Tamara, wir hören es so gern.
Sie sagte etwas Russisches und lachte, wenn wir es nachzusprechen versuchten. Als dein Vater noch Fürst war, Tamara, wie groß ist euer Reich gewesen?
Unser Reich, wiederholte sie verwundert, was soll das heißen?
Russische Fürsten, erklärte mir mein Vater am Mittagstisch, sind nichts Besondres. Es gibt viel zu viele von der Sorte, Großfürsten sogar. Lies Dostojewskij, dann merkst du, was für ein armes Luder ein russischer Fürst sein kann.
Ich las Dostojewskij und vergaß die netten Armen, die auf dem Ofen schliefen. Mit ihren Erbsensuppe kochenden Frauen verflüchtigten sie sich in ihre eignen Märchen, und auch Tamara paßte

nicht in Dostojewskijs Romane – schließlich saß sie neben mir auf der Schulbank und schrieb deutsche Grammatik von mir ab. In dieser düsteren und selbstquälerischen Gesellschaft gab es zwar schöne Mädchen, es gab Liebe und Güte, aber unglücklich waren sie alle – ihre Welt war so schrecklich in Unordnung, daß sie sich und einander nicht helfen konnten – und obwohl mir diese Leute bekannt vorkamen, manchmal sogar wie Freunde, hätte ich sie mir in meiner Umgebung nicht vorstellen können. Ich vergaß, nein, ich nahm überhaupt nicht wahr, daß ich Romane las, die aus Tamaras Sprache in meine übersetzt waren, und jahrelang zweifelte ich nicht: so sind die Russen. Wer könnte seine Landsleute besser kennen als ein Schriftsteller?

Viel später habe ich gelernt, ›Sowjets‹ zu sagen und vorsichtshalber nichts von alledem zu glauben, was ich bisher gehört, gelesen oder neuerdings gesehen hatte. Die Soldaten mit den engen, schrägen Augen waren weder Söhne von den bärtigen Märchenerzählern, auch nicht ihre Enkel und auch nicht aus Dostojewskijs Welt, eher schon die Söhne der Bolschewiki, die Tamaras Eltern verjagt hatten, aber nachgedacht habe ich darüber nicht oft, nicht in dieser Zeit der Verwirrung und gleichzeitigen Erleichterung und einer dennoch zähen und dumpfen Verbissenheit, mit der wir lebten, als wir es fertig gebracht hatten, zu überleben. Nicht aus eigner Tüchtigkeit, nicht einmal, weil wir uns zur rechten Zeit geduckt hatten, zufällig oder glücklicherweise – wer wußte das schon. Wir aßen Erbsensuppe wie die Märchenrussen und waren arm wie sie, aber diese Armut war es nicht, die Torgel meinte, als er behauptete, die Menschheit müsse wieder lernen, ohne Geld zu leben.

Wieder? fragte ich. Wie denkst du dir das? Und Menschheit? Das Wort klingt wie von Goethe oder Schiller.

Ich meine alle, antwortete er mit großer Armbewegung. Auf der ganzen Welt. Du mußt wissen, ich bin in meinem Innren Kommunist.

Du bist gut, sagte ich. Etwas andres fiel mir zunächst nicht ein. Meine Zweifel, ob das in Ordnung sei, wenn ein Millionärssohn sich Kommunist nennt, konnte ich nicht gleich formulieren.

Er, ernsthaft: Ja, es ist gut, sich als Kommunist zu fühlen. Das ist eine große Brüderschaft über alle Grenzen hinweg.
Ich: Aber – ich meine – wissen deine Kommunistenbrüder denn etwas von dir, und – ich meine – sind sie nicht eigentlich arm – oder?
Im Gegenteil, reich, antwortete er. Wenn sie ihre Gedanken verwirklicht haben werden, dann sind sie viel reicher als ich, weil dann gehört ihnen alles, die ganze Welt, so wie bei uns auf der Insel allen alles gehört, den Leuten im Dorf ebenso wie Pa und Lill und mir, und so wie die Fische allen gehören, wenn ich mit Kalle und Halvar frühmorgens die Netze einhole. Wir teilen immer brüderlich. Du weißt wohl nicht viel vom Kommunismus, lilla Urschula.
Aber auch nicht so wenig, wie du denkst, sagte ich beleidigt. In Berlin haben die Kommunisten, als der Krieg zu Ende war, auf den Dächern gesessen und in die Straßen geschossen, das war gemein! Und dann wurden sie immer stärker, sagt mein Vater, und sie sitzen im Reichstag und haben mitzubestimmen, zuviel, sagt mein Vater, aber anstatt, daß wir ohne Geld auskommen, mußten wir in der Inflation einen Liter Milch mit Millionen bezahlen, findest du das etwa gut?
Torgels Gesicht wurde verdächtig rot, und schon zog er die Lippen breit, daß ich seine kräftigen Zähne sah. Gleich würde das Naturmenschengelächter losgehen, mit dem er mich so verlegen machen konnte, und um das zu verhindern, schrie ich: Jawohl! Du hättest mal sehen sollen, was für einen großen Karton unser Milchmann für die vielen Scheine gebraucht hat und was für eine dicke Handtasche meine Mutti, und doch war das alles nichts wert, Milliarden und Billionen! Warum haben deine Kommunisten das denn nicht verhindert, wenn sie so gegen das Geld sind und es abschaffen wollen!
Mein Geschrei hatte etwas genützt, er blieb ernsthaft.
Die Aufblähung ist vorbei, sagte er. Wir haben davon in der Schule gelesen.
Die was?

Inflation heißt Aufblähung, sagte er freundlich. Das Wort kommt aus dem Lateinischen. Übrigens sind es nicht meine Kommunisten, die bei euch im Reichstag sitzen. Mit der deutschen KP glaube ich nichts gemeinsam zu haben.
Was meinte er? Ich schwieg, um mich nicht zu blamieren. Aber jetzt haben wir ja den Hindenburg, sagte ich nach einer Weile und erinnerte mich, wie Ingeborg bei Hindenburgs Wahl auf dem Schultisch mit dem Holzarm einen Trommelwirbel geschlagen hatte, daß die Tintenfässer tanzten. Wie wir uns alle gefreut haben! sagte ich.
Nun ja, meinte Torgel, ein alter Generalfeldmarschall, so was gefällt den Deutschen. Wir Schweden sind nicht so militaristisch . . .
Mein erstes politisches Gespräch. Es verlief im Sande einer schwedischen Badebucht, unrühmlich für mich, die ich nicht wußte, woher mir die Abneigung gegen die Kommunisten kam, aber keine gegen Hindenburg und Ingeborgs Trommelwirbel zu dessen Ehren, der gottlob nicht auf meinem Rücken stattgefunden hatte.

Du hast ja noch viel vor, Kindchen, sagte Pa, dem beim Essen ab und zu etwas für mich einfiel. Französisch kannst du nur ein bißchen, aber das wird sich bessern, und später gehst du auf Reisen, um die andren Sprachen zu lernen und auch sonst noch eine Menge.
Ich schüttelte den Kopf. Zum Reisen haben wir kein Geld, sagt mein Vater. Hierher hat es auch nur gereicht, weil Sie mich eingeladen haben und die zu Hause mich solange vom Wirtschaftsgeld abrechnen können.
Pa zog die Augenbrauen hoch und ließ sein gedankenvolles Knurren hören.
Dann: Du weißt noch nicht, was es in der Welt alles zu lernen gibt, mit oder ohne Geld. Du bist nämlich ein Glückspilz, weil du diese Tante hast, die bestimmt für dich sorgen wird. Sie ist eine bedeutende Frau.
Meine Tante – welche? Ach so, Tante Elisabeth, ja die – was ist sie? Eine bedeutende? Wirklich?

Das ist mein Ernst, sagte er feierlich. Ich halte sie für die bedeutendste Frau des Jahrhunderts.
Ach – ja, ich weiß nicht. Meinen Sie? Nein, das kann ich mir nicht denken. (Bedeutende Leute gab es früher einmal, sie sind immer tot. Lebendige Bedeutende kann ich mir nicht vorstellen, überhaupt seit Schiller und Goethe ist das vorbei, nur Bismarck war noch bedeutend und natürlich Friedrich Nietzsche und der Graf Zeppelin. Aber heute? Leute, die jetzt herumlaufen sind alle durchschnittlich, die Berühmten sind im Lexikon begraben, und berühmte Frauen hat es ja auch früher nicht gegeben, außer der Queen und Katharina der Großen und Jeanne d'Arc. Tante Elisabeth? Bedeutend?)
Aber nett ist sie, lenkte ich ein. Weihnachten bekommen wir einen Wäschekorb voller Geschenke, jedes Jahr, für jeden etwas, alles wunderschön verpackt, und Ostern kriegen wir ein Riesennest mit Eiern, und wenn ich ihr mein Zeugnis bringe, kriege ich für jede Eins eine Mark.
Siehst du, sagte Pa.
Jetzt ist er unlogisch, dachte ich, das ist doch kein Beweis für Berühmtheit, und ich sagte: Die Markstücke holt sie aus einem gestickten Beutel, und sie sind blitzneu. Wie geputzt.
Sie hat viele Einser, erklärte Lill, vor der ich schon geprahlt hatte. Lill bekam manchmal einen Dämpfer von mir, sie brauchte das, sonst jagte sie mich zu sehr herum (Los, Urschel, wir machen was! Und ich trödelte doch so gern.) Leider hatte ich ihr mit den guten Zeugnissen nicht besonders imponiert, und auch Pa schien nicht viel darauf zu geben.
Gut gut, sagte er, aber du kannst das jetzt noch nicht beurteilen, wie diese Elisabeth ist; du wirst das später einsehen. Deine Mutti ist eine schöne und sicher auch liebe Frau, aber deine Tante ist großartig. Und daß du sie beide hast, ist dein Glück.
Tack för maten, Kuß und Kuß und Knicks. Faulenzen auf der Verandatreppe, am weißen Geländer lehnend, im Magen den gebratnen Dorsch, im Kopf die Tante. Wie soll ich mir das Glück vorstellen, das sie mir bringt? Sie ist ja nicht für mich auf der Welt, sondern

für ihren toten Bruder und für dieses Archiv, das sie hat bauen lassen, lang bevor ich geboren war. Eine kleine, hübsche, alte Frau aus Marzipan mit schwarzen, altmodischen Kleidern, wohlriechend und großmütterlich, mit irgend etwas Eisernem im Gesicht, wenn ihre Marzipanfinger mir die Markstücke abzählen, auch wenn sie, wie sie zu sagen pflegt »einen lieben Kuß« haben will, den sie kriegt (es ist gar nicht unangenehm), und auch, wenn sie seufzt, sie sei so froh, daß sie uns habe, weil doch der liebe Gott ihr keine eignen Kinder beschert hat . . .

Ja, schon recht, wir Kinder sind so eine schöne Bescherung. Wir nehmen die Markstücke und die Ostereier, wir sind ganz froh, wenn sie vorbei ist, die Bescherung, die gegenseitige, wir machen leise die Tür zu, weil wir das so gelernt haben, wir fühlen uns erleichtert und wissen nicht, warum. Aus Undankbarkeit wahrscheinlich – Kinder sind immer undankbar. Eine liebe Tante, Schenktante, Weihnachtstante, man muß das einsehen, von ihr bekommen wir immer alles, und das bekämen wir sonst nicht. Klar? Du mit den vielen Einsen, wo du doch sowenig Taschengeld kriegst, du solltest nicht so mißtrauisch sein, wenn einer sagt, sie ist die bedeutendste und so weiter. Womöglich hat er recht. Aber irgendwie ist es mir ungemütlich.

Lill, später auf dem Klosett bei unsrer Doppelsitzung wollte wissen: Wie denkst du denn über die Tante? Du hast ausgesehen, als ob du Pa nicht glaubst.

Ich weiß nicht. Ich denke nichts. Dein Pa weiß das besser.

Lüg nicht, Urschel, du denkst was. Sag das.

Nackt saß sie neben mir, wie stets, und ich überlegte, woran sie mich erinnerte – etwas wohlbekannt Fremdartiges, geheimnisvoll Unwirkliches in dieser, von Mullgardinen und goldbraunen Holzwänden erzeugten Dämmerung. O ja, an eine Märchenfigur erinnerte sie mich, an eine Nixe, die kleine Seejungfrau von Andersen, die ihren Fischschwanz mit zwei Beinen vertauscht, wenn sie bei den Menschen ist, und dann muß sie natürlich auch aufs Klo. Das bleibt ihr nicht erspart. Daß sie am Rücken braungebrannt, von vorne aber weiß ist (nicht nur an den Brüsten, die sie nicht leiden kann), das

kommt daher, weil sie auf den Felsenklippen, sich sonnend, immer auf dem Bauch liegt, damit sie schnell ins Wasser robben kann, wenn Gefahr droht. Die Beine bedecken sich dann von selbst mit Schuppen und wachsen zum Schwanz zusammen, ihr krauses Haargestrüpp lockert sich, verlängert sich und züngelt hinter ihr her ... Ich habe doch schon gesagt, was ich von Tante Elisabeth denke. Mehr ist es nicht. Laß mich.
Weißt du, was ich glaube, sagte meine Seejungfrau mit glitzernden Augen, ihre braunen Arme auf die weißen Oberschenkel stützend: Sie beherrscht euch, die Tante. In meinen Gedanken sitzt sie über euch auf einem Thron, den sie selbst gebaut hat. Sie bestimmt alles.
Einer muß bestimmen, murmelte ich. Bei euch bestimmt euer Pa.
Aber wir gehorchen nicht. Wir tun bloß so.
Ihr macht auch nichts andres als wir. Pünktlich zum Essen und danke sagen –
Jowist! Das ist nur die Außenseite. Du kennst unser Stockholmleben nicht. Dort machen wir, was wir wollen.
Jetzt prahlt sie, dachte ich und sagte: Ich mache auch gleich, was ich will, ich gehe nämlich schwimmen. Über die Tante weiß ich noch, daß es Leute gibt, die sie nicht mögen, aber ich weiß nicht, warum. Zu uns ist sie nett. Manchmal erzählt sie uns von ihrem berühmten Bruder.
Die Seejungfrau stieg in ihre Hosen, steckte die Arme durch die Armlöcher und war wieder Lill. Ja? sagte sie erfreut. Weiter!
Wie krank er war, und wie schrecklich sie mit ihm gelitten hat, und daß er sterben mußte, obwohl sie ihn so gut gepflegt hat, und dann tut sie uns ehrlich leid, wenn sie anfängt zu weinen, und meine Schwester Mechthild, die eigentlich ein bißchen doof ist und so was nicht versteht, weint mit, und Tante Elisabeth wischt sich und ihr mit einem Spitzentaschentuch die Tränen ab und sagt, sie sei ein gutes Kind. Ich weine nicht mit, aber sie tut mir ehrlich leid, wirklich. Sie hat für ihn getan, was sie konnte. Ich graule mich nur ein bißchen vor dem fünfundzwanzigsten Todestag – der ist bald. Da werde ich wieder ein Gedicht aufsagen müssen.

Wir waren auf dem Weg zur Badebucht. Lill ging vor mir her, sie drehte sich um und sagte: Wieder? Mußt du das oft?
Nicht oft, aber wenn so ein Tag ist. Ich habe schon geübt mit dem Vati, aber das Gedicht war mir zu schwer und zu lang. Es fängt so an:
»O Lebens Mittag! Feierliche Zeit!«
Ich habe mich gleich versprochen und habe gesagt: O Lebens Mittag! Schauerliche Zeit! Peinlich war das.
Lill kicherte. War er böse?
Nein, er hat gegrinst und schongut gesagt. Ich glaube, wir suchen was andres aus, hat er gesagt.

Und wie war sie nun wirklich, die Tante? Im Lexikon – noch nie habe ich sie dort gesucht und merke zum ersten Mal, daß es falsch ist, unter N nachzusehen – im Lexikon also steht:
»Förster-Nietzsche, Elisabeth, Schwester des Philosophen Friedrich Nietzsche, geb. Röcken bei Lützen 10. 7. 1846, gest. Weimar 8. 11. 1935, war verheiratet mit dem Schriftsteller und Kolonisator Bernhard Förster (1843–1889). Sie pflegte ihren geisteskranken Bruder, sammelte den Nachlaß und gründete das Nietzsche-Archiv in Weimar. E. F-N. nahm einen umstrittenen Einfluß auf die Herausgabe der Werke ihres Bruders.«
Geboren am 10. Juli 1846. Folglich bin ich einen Tag vor ihrem 75. Geburtstag neun Jahre alt geworden, und wahrscheinlich ist es da gewesen, daß ich das Gedicht vom Wanderer aufsagen mußte, der sich in der Nacht von einem singenden Vogel angelockt fühlt, aber der Vogel, der nicht nur singt, sondern auch spricht, hat für sein Vogelweib geflötet – das sagt er dem Mann ziemlich barsch und bedauert ihn hinterher. Tante Elisabeth weinte und behauptete, der einsame Wanderer sei sie. Das ist mir damals übertrieben vorgekommen, weil sie doch immer von vielen Leuten umgeben war, aber wenn ich sie traurig sah, hatte ich das Bedürfnis, sie zu trösten; drum ging ich mit ausgebreiteten Armen zu ihr und lehnte mein Gesicht an ihre feuchte Marzipanwange. Gestern, zum Geburtstag,

hatte sie mir einen Puppenwagen geschenkt, und daß sie sich einsam fühlte, kam wahrscheinlich daher, weil sie ihren Bruder nicht mehr hatte, von dem sie immer sprach, als sei er erst vorige Woche gestorben. Auch ihren Mann hatte sie verloren – dein Onkel Bernhard, sagte sie, der Arme, starb fern der Heimat in Amerika –, aber von ihm redete sie selten, und ich wußte damals nur, daß er einen ganz andren Bart hatte als Nietzsche, mehr großväterlich, und daß er gern Leberwurst aß, obwohl er Vegetarier war.
Elisabeth war klein. Eine kleine Dame mit der Haltung eines Generals. Sie trug ihr Haar als silbergraues Löckchengewusel, das die Ohren frei ließ, und auf dem Gewusel ein Häubchen, das mir aus einer vergangnen Welt zu stammen schien, obwohl ich wußte, daß es extra für sie angefertigt wurde. Auch ließ sie sich mit einer Pferdedroschke zur Stadt hinunter fahren, zur Modistin und zur Schneiderei, und manchmal nahm sie mich mit, weil ich ein liebes Kind war und ihr das hilfreiche Händchen hinhalten konnte, und ich tat das, ich enttäuschte sie nie. Um belohnt zu werden? Ein bißchen schon. Aber auch, weil es sich so gehörte. Die Leute, bei denen sie ihre Garderobe bestellte, nannten sich Hoflieferanten, begleiteten uns bis vor die Tür und waren so artig und respektvoll, daß ich mich manchmal genierte, vor allem, wenn ich mir vorstellte, Kurti oder ein andrer meiner Kumpane könnte vorbeikommen, während ich der Tante in die Kutsche steigen half. Dann hätte ich weggucken und meine Ohren vor Hohngelächter verschließen müssen und dabei aufpassen, daß ich nicht über ihr Kleid stolperte, das fußlang war, und immer schwarz – ich glaube, ich habe sie nie anders gesehen. Ich erinnere mich an üppig Gebauschtes, an Falten und Volants und an die Spitzenhalskrause, aus der ihr Lockenkopf mit dem rosigen Gesicht emporragte, auch an ihre blanken schwarzen Halbschuhe, wenn sie beim Sitzen die Beine übereinanderschlug und wie ein Backfisch mit dem oberen wippte, und ich weiß noch genau, wie zwischen den Rüschen an ihren Handgelenken die flinken Marzipanhände mit dem silbernen Lorgnon hantierten.
Klein war sie, aber sonst? Dick, dünn oder mollig? Nein, sie war

einfach ein wandelndes Gewand, altmodisch und würdevoll. Ich fand das angemessen. Sollte sie etwa wie die Charleston-Damen der zwanziger Jahre mit Bubikopf und ausrasiertem Nacken herumlaufen, die Röcke eng und höchstens bis zum Knie? Breite Lackgürtel um die Hüften schnallen und aus auffälligen Zigarettenspitzen rauchen? Nein, das hätte für die Schwester des Philosophen nicht gepaßt, nicht für die Hüterin und Herausgeberin seiner Werke, für die Bewohnerin dieses feierlichen Hauses, die über ein Häuflein Untertanen verfügte – mein Vater gehörte dazu und ihre silberhaarige Sekretärin, der Hausdiener Karl, die Köchin Rosa, der Gärtner, auch der Droschkenkutscher und außerdem eine Menge Weimarer Damen von Familie und Adel, die jeden Sonnabendnachmittag den Archivberg hinaufkletterten, angetan mit Spitzenblusen aus der Mottenkiste, auf der Zunge Lobeshymnen und bewundernde Attribute.

Jour fixe in den Vandevelde-Räumen, die große Fenster hatten und irgendwie mit einem Kostbarkeitsschimmer überzogen waren, und alle Möbelstücke schienen etwas Betendes an sich zu haben, selbst der Kamin mit einem großen goldnen N darüber, stand wie ein Heiligenschrein an der Wand, und ich habe mich oft gewundert, daß sich die Besucher dadurch nicht gehindert fühlten, so laut durcheinanderzuquatschen. Wenn Nietzsche das miterlebt hätte, ob er es gemocht hätte? Ich fress' einen Besen, sagte mein Vater, wenn er es gemocht hätte.

Jour fixe für jeden, der sich für Friedrich oder Elisabeth Nietzsche interessierte – sie, die Hausherrin, machte da keinen Unterschied. Karl reichte dünnen Tee in Zwiebelmustertassen herum und ausgezeichnete Weißbrötchen, die immer zu schnell alle waren. Daß von meinen Eltern mindestens einer dabei sein mußte, schien ungeschriebnes Gesetz zu sein, darum war sonnabends zu Hause bei gutem Wetter schon am Frühstückstisch Gewitterstimmung: Wer geht heute? Du oder ich? Müssen wir etwa beide? Na, vielleicht ist heute nichts Besondres los . . . Und dann mußten sie doch beide gehen, weil wichtiger Besuch von auswärts zu kommen drohte.

Lill hatte mir die Haare abgeschnitten, mit der Papierschere von Pas Schreibtisch, ripsraps. So, jetzt gefällst du mir viel besser, sieh mal in den Spiegel. Und jetzt ist es nach dem Baden nicht mehr so eine Wirtschaft, bis sie trocken und gekämmt sind. Bist du nicht froh? Ich habe es gut gemacht, muß ich sagen.
Ich gefiel mir auch besser, ganz neu war ich mir. Aber froh nicht. Lill selbst hatte kurze Haare und hatte mich überredet, aber mein Vater wird es abscheulich finden. Ein Mädchen muß lange Haare haben, die kurzen Zotteln sind unweiblich – so wird er sagen und mir kein Geld für den Friseur geben, und dann muß ich sie wieder wachsen lassen.
Schön braun war ich geworden. Überhaupt fand ich mein Spiegelbild hübsch. Grüne Augen. Hatte ich je so grüne Augen gehabt? Und so rote Lippen? Ich könnte jetzt einen Freund bekommen, dachte ich, einen, der mir die Schultasche nach Hause trägt und weiß, daß Fuchsien meine Lieblingsblumen sind. Er sollte wie Andersch aussehen, aber deutsch sprechen müßte er und keinen großen Bruder haben, der ihn meinetwegen verhöhnt. Ach, die kurzen Haare! Was mache ich bloß? In drei Tagen bin ich wieder in Weimar, und dann sind sie bestimmt noch nicht länger.
An die Rückreise erinnre ich mich nicht mehr, wohl aber an den gefürchteten Augenblick auf dem Weimarer Bahnhof, der überraschend anders verlief, als ich erwartet hatte. Mein Vater lachte und sagte: Donnerwetter! Zeig dich mal von der andren Seite!
Ich drehte mich und stotterte, ich sei nicht beim Friseur gewesen, wirklich, es habe überhaupt nichts gekostet, und ich wunderte mich über sein »Donnerwetter«, das hier eine ganz andre Bedeutung zu haben schien, als ich gewöhnt war. Er nahm mir meinen Koffer ab und betrachtete mich, während wir die Bahnhofstreppe hinuntergingen, immer noch lächelnd und erfreut. Wirklich nicht schlecht, sagte er, als wir draußen waren und ich mich nach dem hauseignen Handwagen umsah, und dann winkte er einer Taxe . . .
Die langen Haare abschneiden zu lassen ohne Vatererlaubnis, das war ein Abschnitt. Abschnitt der Haare, Abschnitt meines Lebens,

was für ein Zusammenhang! Hier war etwas Ungenehmigtes getan worden, ungeplant, und nichts von alledem passierte, was sonst bei unerlaubten Taten mit Sicherheit eintrat – so wie wenn's gewittert, und man weiß genau, nach dem Blitz wird es donnern, nur weiß man nicht, wann. Der Donner kam nicht, obwohl meine selbstbewußte Freundin mit der Papierschere blitzschnell geschnippelt hatte, ripsraps, zwanzig Zentimeter abbes Haar am Fußboden, ein neuer Abschnitt, der alte war vorbei, vergangen die Zeit, in der ich mir alles vorher genehmigen ließ, weil sich's so gehörte, weil ich es nicht anders kannte. Ich war nicht wie dieser Samson, den man mit den Haaren zugleich seiner Stärke beraubte, im Gegenteil, ich fühlte mich erneuert, gekräftigt, das unerwartet freundliche »Donnerwetter« mit der Betonung auf der dritten Silbe machte mir Mut, gleich noch einmal etwas ohne Genehmigung zu tun. Ich besann mich darauf, wie satt ich es hatte, zu Fräulein Bieber zu gehen und mich von Ingeborg unter den Tisch jagen zu lassen, und ich ging in eine Schule – eine richtige – und teilte dem Direktor mit, daß ich in die Schule gehen wollte. Der Direktor war maßvoll verwundert. Ob wir nicht erst mal meinen Vater anrufen sollten, meinte er.

Wir haben kein Telefon.

Ja, wo wohnst du denn – lebt ihr auf dem Lande?

Ich bemerkte, daß er mit der Zunge anstieß, und wunderte mich. Darf ein Direktor lispeln? Ich gab meine Adresse an, nur eine Viertelstunde entfernt. Mein Vater ist Archivar des Nietzsche-Archivs, sagte ich.

Der Direktor nahm seine Brille ab, betrachtete mich, setzte sie wieder auf, betrachtete mich wieder und fragte, ob er meinen Vater denn im Archiv anrufen könne.

Nein, das geht nicht. Man darf dort nicht stören.

Also mein Kind, sagte er, wenn du wirklich hier zur Schule gehen willst, dann müßte ich das mit deinem Herrn Papa erst einmal besprechen. Er kann mich hier jederzeit besuchen.

Besuchen? Hierherkommen? Das macht er nicht, sagte ich enttäuscht. Ich verstehe überhaupt nicht, warum man mir nicht er-

laubt, zur Schule zu gehen, rief ich und war auf einmal den Tränen nahe. Alle Mädchen, die ich kenne, dürfen das, nur ich nicht (und Ingeborg, dachte ich, aber ich hütete mich, das zu sagen).
Der Direktor, der viel zu viele Mädchen kannte, die lieber nicht zur Schule gehen wollten, war gerührt. In meinem Beisein schrieb er einen Brief an meinen Vater, und der las ihn stirnrunzelnd, quittierte ihn mit kopfschüttelnder Brummigkeit, und dann beantwortete er ihn. Nach einigem Papierkrieg bekam ich meinen Wunsch erfüllt: Ich durfte mit fünfundzwanzig Mädchen in einem richtigen Klassenzimmer sitzen, begann schon in der dritten Stunde zu gähnen, wußte nichts von a plus b und nichts von der Quadratur des Kreises, konnte zwar die Irrfahrten des Odysseus erzählen, mußte aber das Meer, in dem sie stattgefunden hatten, an der Wandkarte verzweifelt suchen, und im deutschen Aufsatz bekam ich die Noten: Inhalt sehr gut, Interpunktion ungenügend. Meine Zeugnisse wiesen von da an nicht mehr so viele Einsen auf. Tante Elisabeth bedauerte das – sie habe mir immer so gern acht oder zehn blanke Markstücke ausgehändigt, sagte sie.

Ich habe nie begriffen, warum in meiner Schulzeit fast alle Lehrer allergisch waren gegen die Frage: Wann sind die Sommerferien?
Das spielte sich etwa so ab: Die Vertrauensschülerinnen, zwei von der Klasse beauftragte brave Mädchen (eine davon etwas braver) kämmten sich vor der Geschichtsstunde die Haare, stellten sich neben das Lehrerpult und warteten. Die Tür öffnete sich, vierundzwanzig Schülerinnen wuchsen aus ihren Bänken empor, und das etwas bravere Mädchen sagte: Herr Dr. Pfeifer, die Klasse möchte wissen, wann die Sommerferien anfangen.
Das klang wie ein Gedicht.
Herr Dr. Pfeifer, der grade den Mund geöffnet hatte, um zu sagen ›Fenster schließen, setzen‹, weil ohne diese drei Worte die Stunde nicht beginnen konnte, war meuchlings aus dem Konzept gebracht: Sommerferien, wieso? Ihr könnt es mal wieder nicht abwarten. Also, ich weiß das nicht aus dem Kopf. Fenster schließen, setzen.
Die Gelegenheit ist verpaßt, sechsundzwanzig Mädchen sollen sich auf die Römerzeit konzentrieren, niemand hat Lust. Herr Dr. Pfeifer: Was ist denn heute los! Ach so, die Sommerferien. Wenn ich's euch jetzt sage, paßt ihr noch weniger auf. Außerdem weiß ich das nicht aus dem Kopf.
Meine Freundin Dora meldet sich, sie bekommt einen freundlichen Wink, sie erhebt sich auf eine impertinente Art, die wir bewundern und unnachahmlich finden und sagt: Bitte, wo können wir uns erkundigen, wann die Sommerferien –
Setzen! Jetzt ist unser Lehrer ärgerlich. Er kommt auf die punischen Kriege zu sprechen, von denen wir dachten, wir hätten sie hinter uns, und niemand ist vorbereitet außer Lore H., aber die ist auch nicht vorbereitet, sondern sie weiß sie noch. Lore sagt die punischen Kriege auf, und dann fragt sie leider nicht nach den Sommerferien, obwohl vier Mädchen hinter ihrem Rücken raunen, zischeln, blasen und wispern. Lore bleibt brav. Herr Dr. Pfeifer tut, als ob er nichts

merkt. Unter seiner Führung kehrt die Klasse aus dem vollständig zerstörten Karthago nach Rom zurück und verweilt dort, bis es läutet. Die eine Vertrauensschülerin, die sich mit der andren schon seit dem zweiten punischen Krieg dezent in den Haaren gehabt hat, steht auf und sagt mit fester Stimme: Herr Dr. Pfeifer, wir möchten aber doch wissen, wann die Sommerferien –

Setzen!

Er nennt uns Quälgeister, er fängt an, in seiner Aktentasche zu wühlen, findet ein Notizbuch, blättert darin und sagt: Voriges Jahr haben sie am zwölften Juli angefangen.

Die Vertrauensschülerin, die stehen geblieben ist, erwidert: Entschuldigen Sie, aber das ist es nicht, was wir wissen wollen.

Meine Freundin Dora beginnt, mit dem Pultdeckel zu klappern, und alle außer den Vertrauensschülerinnen machen mit. Dora hat diesen Tip von ihrem Freund Hansi bekommen und ihn der Klasse vermittelt; er ist bei den Lehrern bekannt und unbeliebt. Wir klappern so leise, daß es auf dem Gang nicht gehört wird, zumal jetzt dort der Pausenlärm aufschwillt. Wir wissen, eine Klasse, die sowas macht, muß eigentlich einen Gesamttadel erhalten – eigentlich –, danach müßte sie mit dem Klassenbuch zum Direktor und bekäme von dem eine Gesamtpredigt. Der Direktor würde sich dabei unbehaglich fühlen und es nicht fertig bringen, in die vielen Mädchenaugen zu blicken, außerdem lispelt er und weiß, wie die Bälger sich nachher über ihn lustig machen. Nichts würde passieren. Nur peinlich würde es sein. Für ihn.

Herr Dr. Pfeifer sieht sich seine Mädchen an, sie sind zwischen sechzehn und siebzehn, manche sind hübsch, die meisten ziemlich selbstbewußt. Eine steht, die andren sitzen und alle außer der Braven klappern sie. Leise und einstimmig. Ich glaube, unser Lehrer mag uns, er zeigt es nur nicht gern, weil er das für unpädagogisch hält, und vielleicht findet er es auch unpädagogisch, Anfang Juni von den Sommerferien zu sprechen. Er beginnt wieder, in seiner Aktentasche zu wühlen, dann schaut er auf die Uhr und sagt, es habe längst geläutet, und wir wüßten doch, daß wir in der Pause nicht im Klassenraum sitzen bleiben dürften. Jawohl. Und wir wissen, daß wir nicht rausgeworfen werden, solange er vorn steht. Wir sitzen und klappern. Herr Dr. Pfeifer bekommt rote Ohren, gleich gibts den Gesamttadel, die Gesamteintragung ins Klassenbuch für schlechtes Gesamtbenehmen – einige hören auf zu klappern. Da erhebt sich meine Freundin Dora auf die von uns bewunderte, impertinente Art und sagt: Herr Dr. Pfeifer, mein Vater möchte wissen, wann die Sommerferien anfangen? Mit der Miene eines Unschuldslammes.

Alle warten. Unser Lehrer möchte jetzt endlich Pause haben, er schwitzt schon, zieht aber nicht sein Taschentuch, sondern den Taschenkalender, klappt ihn auf, dreht sich zur Tafel und schreibt: Sommerferien vom 5. Juli bis 7. August. Und verläßt den Klassenraum.

Vier Wochen nach Schweden, mein Koffer war gepackt und ich ein bißchen aufgeregt in dem Bewußtsein, daß es diesmal anders sein würde – ein Schulmädchen war ich ja noch, aber ein Kind nicht mehr –, und so nervös, daß ich nicht wußte, ob ich mich freuen sollte und nicht einmal Lust hatte, in Berlin Station zu machen, um meine geliebten Ägypter zu besuchen. Auch meine Eltern kamen mir sonderbar vor, fast so, als hätten sie etwas gegen die Reise, und dabei war schon alles geregelt: Pa zahlte das Reisegeld und hatte angeordnet, daß ich erster Klasse fahren sollte. Weil ich das noch nie gemacht hatte, fragte ich meine Mutter, ob ich mich da anders benehmen müßte als sonst. Nein, sagte sie lächelnd, aber du kannst nach dem Abendbrot mal in mein Zimmer kommen.

Jetzt wußte ich, daß mir etwas bevorstand. Ihr Zimmer – wir nannten es das Damenzimmer – war hübsch, aber etwas steif. Und doch mochte ich den lavendelfarbnen Teppich und ihren Schreibtisch aus rotem Mahagoni und besonders die Bücherregale, die so anders aussahen als die meines Vaters, fröhlich und nicht streng geordnet, was mich übrigens nicht gestört hat, denn nach einem bestimmten Buch zu suchen und sechs andere, neugiererregende zu finden, war mir ein Vergnügen. Ich setzte mich auf das Sofa mit der steilen Rücklehne, kam mir vor wie Besuch, strich meinen Rock glatt und wartete.

Meine Mutter sagte nichts. Sie kramte zerstreut auf dem Schreibtisch herum. Dann: Wir sollten vielleicht spazieren gehen, dabei kann man besser reden. Ich muß – ich habe dir nämlich etwas zu erklären –

Darauf warte ich schon, antwortete ich.

Wir gingen spazieren und redeten über das Wetter. Wie es war, und wie es in Schweden sein würde, und ob ich nicht einen Pullover –

Ja, natürlich nehme ich einen Pullover mit. Zwei sogar. Jetzt möchte ich aber wissen, was du mir sagen willst. Schlimm?

Ach nein, schlimm eigentlich nicht, nur ein bißchen schwierig. Aber du bist ja fast ein erwachsnes Mädchen und so lieb und vernünftig – du wirst es schon richtig verstehen, denke ich.

Hm. (Keine Ahnung, wie erwachsen ich bin. Vernünftig? weiß ich auch nicht. Wahrscheinlich tu ich nur so.) Sag doch endlich! Ich bin gespannt. Wollt ihr mich etwa an diese Millionäre verkaufen?

Sie lachte. Das wäre ein Geschäft, sagte sie. Aber nun mal ernsthaft – Torgel ist vier Jahre älter als du, nicht wahr?

(Wußt' ich's doch, sie wollen mich mit ihm verheiraten.)

Als er geboren wurde, war ich im Mädchenpensionat, sagte sie, ich habe mir das ausgerechnet. Und dein Vater war Leutnant. Ich kannte ihn schon, er schrieb mir reizende Briefe über Kunst und Literatur, die ich der Vorsteherin zeigen mußte – darüber war ich wütend, aber ich habe es gemacht. Stand ja auch nichts Anstößiges drin, aber trotzdem – nein, was ich sagen wollte, damals war er in Schweden bei Thiels – er kannte die Familie, und damals hat er mit der jungen Frau – mit seiner Mutter – also, jetzt kannst du dir schon denken, was ich meine.

Ich kann mir nichts denken. Keinen Schimmer. Ich weiß überhaupt nicht, was du meinst! Vati hat mir nie gesagt, daß er dort zu Besuch war. Und was hat er, und mit wessen Mutter? Mit seiner, hast du gesagt.

Ja, schon gut, ich habe mich eben zu unklar ausgedrückt, gab sie zu.
Sie steckte ihren Arm unter meinen. Ihr Gesicht, ich konnte es in der Sommerabenddämmerung erkennen, zeigte eine etwas gekünstelte Fröhlichkeit. In seinem Vorgarten bastelte einer unsrer Nachbarn an seinen Rosen. Wir grüßten und gingen schnell vorbei, und dann sagte ich, um ihr zu helfen: Du meinst wohl, daß er sich in Torgels Mutter verliebt hat, und das kann ich mir ganz gut vorstellen. Ich habe sie gesehen, auf Gemälden und Zeichnungen, da war sie reizend, so nach dem damaligen Geschmack. Außerdem hatte sie sicher viel Zeit.
Ja, sagte meine Mutter. Du hast mich verstanden.
Weiter nichts? Ist das alles, was du mir sagen wolltest?
Sie räusperte sich und schien verlegen zu sein. Sie kam mir jung und unerfahren vor und ich mir alt und weise. Ich sagte, ich fände, daß mich das nichts anginge, in wen er mal verliebt war. Vor zig Jahren! Wo er noch nicht mal mit dir verheiratet war! Und überhaupt –
Ja? Was überhaupt?
Du weißt doch, wie gern er damit angibt, wie viele Herzen er gebrochen hat, Weiberherzen, wie er zu sagen pflegt.
Ich kann das nicht leiden, dachte ich, lachte aber und sah sie von der Seite an. Sie lachte nicht mit, sondern sagte ernsthaft: Dies ist doch etwas andres.
Warum? Weil die so viel Geld hatte?
Mir scheint, du mißverstehst mich jetzt absichtlich, sagte sie leise und ärgerlich. Und nach einer Pause: Aber es ist ja gut, daß du dich nicht aufregst – ich sollte zufrieden sein! Ihr Jungen heute seid eben anders.
Ich wüßte auch nicht, warum ich mich aufregen sollte. Weil mein Vater eine Liebschaft mit einer Millionärin hatte? Als ich noch nicht auf der Welt war? Und höchstens vier Wochen lang?
Nein nein. Darüber nicht. Aber siehst du – die Folgen. Ich glaube, du hast mich wirklich nicht verstanden. Torgel ist –
Torgel ist was? O ja, ich hatte kapiert. Eine ganz schnelle und dicke

Wut auf meinen Vater kam in mir hoch und überrumpelte mich so, daß ich keine Worte fand. Dies war etwas andres als der gelegentliche Alltagsärger, den ich mit ihm hatte, den wir alle hatten – seine Brummigkeit, seine Strenge waren uns bekannt, sie kamen ihm zu, und wir rechneten stets mit seinem ›Sowirdsgemacht‹. Aber war er je verlogen und feige gewesen? Durfte er ein Geheimnis haben und sich um Verantwortung herumdrücken? Die kleine dumme Mutti neben mir, mit dem mühsam abgerungenen Geständnis war ja viel mutiger als dieser Drückeberger, der es nicht fertig brachte, mir seine Sache selbst zu erzählen. Seine, jawohl, seine! Daß sie verliebt waren und sich zusammen hingelegt haben, die reizende, jedesmal anders frisierte Schwedin und der Leutnant aus Deutschland, nein, das ging mich wirklich nichts an. Aber: die Folgen. Welch wohlerzogne Ausdrucksweise für die neun Monate, in denen die Dame Thiel ihr Baby ausbrüten und über dessen Machart schweigen mußte, das Baby, aus dem inzwischen ein junger Mann geworden war, blaue Augen und schwarzes Haar wie mein Vater, und die wohlgeformten, etwas eckigen Hände hatte er auch von ihm. Nur bewegte er sie anders. Übrigens war seine Abstammung mittlerweile ganz uninteressant geworden.
Komm, laß uns umkehren, sagte ich und konnte nicht verhindern, daß meine Stimme sich verquetscht anhörte. Meine Mutter blieb stehen und drückte meinen Arm. Bist du nun unglücklich oder entsetzt? Das täte mir leid. Aber ich dachte –
Ich bin nicht entsetzt, brummte ich, und auch nicht unglücklich. Ich weiß nur nicht, wie ich das finde. Soll ich's dem Torgel etwa erzählen?
Um Himmels willen, im Gegenteil! Es ist ein Geheimnis.
Wir kehrten um zwischen Holzzäunen und schweigenden Gärten, die im Abenddunst standen, und als wir in unsre Straße einbogen, war die Sonne untergegangen, und rundum auf den Balkons gingen die Lampen auf, eine nach der andren. Wir redeten nicht, sie vielleicht aus Ergriffenheit und ich aus Wut. Warum war ich nur so wütend?

Schönes Geheimnis, murmelte ich schließlich, und es klang immer noch so verquetscht. Typischer Fall von einem Geheimnis: der, den es angeht, weiß nichts, aber sonst alle.
Nicht alle, beteuerte meine Mutter. Nur dein Vater und ich. Und jetzt du. Drei, sagte ich. Und Lüwla, die sowieso alles weiß, was die Familie angeht. Und die beste Freundin der Dame, der sie sich damals händeringend anvertraut hat, und ihr Ehemann, dem sie es schließlich doch gestanden hat, und noch eine andre beste Freundin und ihr nächster Freund, einer von den Malern vielleicht – nein, ich finde, sie hätte den Mund halten sollen, und zwar richtig. Aber das konnte sie nicht, diese Romanfigur. Gut, daß sie nicht mehr lebt, sonst müßte ich sie jetzt verachten.
Ach, erwiderte meine Mutter bekümmert, du bist ungerecht. Aber du bist ja noch so jung. Romanfigur, so sagst du heute. Wenn du älter bist, wirst du die arme Frau bestimmt verstehen. Sie mußte schon auf den Geliebten verzichten, und da finde ich wirklich, es war zu viel verlangt, daß sie mit ihrem Geheimnis allein bleiben sollte.
Wir standen an unsrem Gartentor, einem grüngestrichenen, von Weinlaub überwachsnem Holztor, das abends abgeschlossen werden mußte, und ich ärgerte mich plötzlich, weil es so schwer ging, und das schon seit Jahren. Das hatten wir auch ihm, dem Drückeberger, zu verdanken, denn er hatte verboten, es reparieren zu lassen. Aus Geiz? Nein, aus Bequemlichkeit. Oder aus Rechthaberei. Was war das für ein Vater, den ich bis jetzt nicht gekannt hatte? Das Holz hat sich bloß verzogen, pflegte er zu sagen, und wenn da ein Zimmermann rangeht, der reißt nur die Weinranken ab und will dann auch noch Geld haben. Niemand wird bestellt! Ihr müßt das Tor beim Abschließen eben ein bißchen anheben.
Wir hoben es an, drehten ächzend den Schlüssel im Schloß und gingen ins Haus. Weder im Wohnzimmer noch in der Bibliothek brannte Licht. Er war also ausgekniffen. Vor mir! Das geschah ihm recht. Schlafen gegangen, mit einem Buch ins Bett geflohen, die Tür wird er verriegelt haben, gut so, ich ginge ohnehin nicht mehr zu

ihm, und morgen früh, ehe ich abreise, sage ich ihm nicht auf Wiedersehen. Und ich lasse mir von Lill die Haare abschneiden, noch kürzer als das vorige Mal.

Zur Ruhe kam ich an diesem Abend nicht. Ich schlich mich unbemerkt in meines Vaters Arbeitszimmer, ein paar Meter nur über den Korridor, niemand sah mich, meine Eltern schliefen eine Treppe höher. Barfuß, im Nachthemd habe ich unter I im Lexikon geblättert: Inzest. Ein schreckliches Wort. Blutschande – noch schrecklicher. Schande ist, wenn Geschwister sich lieben, und wenn sie gar ein Kind bekommen, wird das arme Ding blöd – oder hochbegabt und später wahnsinnig. Nein, das wäre fürchterlich, und auch meine Eltern haben den Gedanken fürchterlich gefunden, drum wollten sie mich vor solch einem Schicksal schützen, denn schließlich konnten sie nicht wissen, ob ich mich vielleicht in diesen Torgel verlieben und das mit ihm machen werde, was Männer und Frauen zusammen machen, wenn sie sich mögen. Der kann es bestimmt schon. Ich zwar nicht, aber ich würde es lernen, wahrscheinlich, o ja, sogar sicherlich. Leider kam ich mir auf einmal nicht mehr so erwachsen und weise vor wie vorhin, sondern eher ungeschickt und unreif, und der Gedanke, morgen früh mit dem, was ich neuerdings wußte, und dem, was ich immer noch nicht wußte, nach Stockholm zu reisen, war mir peinlich. Wie dumm von mir, entsetzlich dumm, daß ich die Gelegenheit nicht benutzt hatte, zu meiner Mutter zu sagen: Hör mal, wie ist das eigentlich, wenn man zusammen schläft – du könntest mir das mal erklären –, schließlich bin ich kein Kind mehr. Was hat sie bloß gedacht? Vielleicht nichts. Sie war ja selbst ganz durcheinander, weil sie sich dazu durchringen mußte, mir das von TT zu gestehen. Dabei hat sie überhaupt nicht an mich gedacht, oder doch, aber nicht so – oder sie hat sich eingebildet, ich wüßte, weil irgend jemand mir schon – meine Freundin Minka zum Beispiel, die ein Jahr älter ist als ich und auch sonst irgendwie älter, aber die ist mir immer ausgewichen und hat gesagt, ich sei ein Unschuldslamm, und das fände sie süß. Jetzt schäme ich mich im stillen, weil ich etwas wissen wollte, was keiner mir freiwillig erklärte;

was ist mit mir? Bin ich zu jung? Also, wenn mir niemand das verraten will, muß ich eben selber dahinter kommen. Und nicht zum ersten Mal habe ich in der stillen Bibliothek unter G die notwendigen Wörter gesucht, und wiederum mit wenig Erfolg: Geschlecht. Geschlechtsorgan. Zwei Zeichnungen daneben, schematische Darstellungen wie im Mathematikbuch; ich bekam kalte Füße und wurde nicht klug aus ihnen, so beziehungslos standen sie auf dem Papier nebeneinander, und wieder hätte ich fast das weibliche Organ für das männliche gehalten, weil da etwas Rübenähnliches nach oben abstand, aber aus den Wörtern neben den Pfeilen ging hervor – dies mußte die Gebärmutter sein. Bloß wie sich eins zum andren finden und sich, dem Text gehorchend, ›körperlich vereinigen‹ sollte, war nicht zu erkennen. Ich fror, rieb meine Füße an den Waden, wikkelte mich in die Wolldecke, die über dem Schreibtischstuhl hing und nach meines Vaters Zigarren roch, und griff mir den Band B. Beischlaf: leider nichts Neues. Besamung: total botanisch. Begattung? das Wort kam in der Schule in Bezug auf die Säugetiere vor, und immerhin, der Mensch ist ein Säugetier. Er begattet sich, vielmehr einander gegenseitig. Aber da war nicht einmal eine Zeichnung zu finden und im Text nur wieder die körperliche Vereinigung, unter der ich mir fast nichts vorstellen konnte, außer daß sie mit den Geschlechtsorganen bewerkstelligt wird, irgendwie. Noch einmal zurück zu Band G. Er lag auf dem Eichenholztisch unter der Lampe mit dem grünen Seidenschirm, der mit Perlen verziert war, und leider hatte ich ihn zugeklappt, und ich blätterte und geriet an die Geschütze, über die es seitenlange Beschreibungen gab und viele Bilder von Gewehren und Kanonen und Patronen, mit denen die Menschen einander umzubringen pflegten. Völlig klar. Hier sind genaue Erklärungen notwendig. Morden, das muß erlernt werden, aber sich zu lieben und sich zu vermehren, scheint offenbar so leicht zu sein und so selbstverständlich, daß es nicht näher erläutert zu werden braucht. Dies Lexikon, von meinen Eltern ›das neue‹ genannt, war von 1902, und wahrscheinlich haben sie es zur Hochzeit bekommen und, auch ohne unter G oder B nachzusehen, haben sie immerhin vier Kinder zustandegebracht, genau genommen viereinhalb. Im Eichenschrank neben dem Schreibtisch, dessen Tür ein boshaftes Quietschen von sich gab, stand der ›Große Meyer‹ von 1884, den ich wahrscheinlich gar nicht erst aufzuschlagen brauchte; zu der Zeit war Tante Elisabeth mit ihrem Bernhard verheiratet gewesen und, um mit meinem Vater zu sprechen, ich fress' einen Besen, daß die zwei es nicht richtig gekonnt haben, mit oder ohne Lexikon ...

Ich hatte eine schlechte Nacht, reiste ab und war vernünftig. Am Ende könnte ich diese Sache einfach vergessen? Oder so tun, als gäbe es sie nicht? Auf dem Anhalter Bahnhof war ich schon andrer Ansicht; ich kaufte mir eine Banane und eine Salzstange und nahm mir vor, Torgel alles zu erzählen, genau wie ich es erzählt bekommen habe, unter dem Siegel der Verschwiegenheit. Vielleicht weiß er es überhaupt: seine Mutter hat ihm sterbend einen rührenden Brief hinterlassen. Passen würde das in die Geschichte. Wäre eigentlich gut, einen großen Bruder zu haben, wo ich doch zu Hause die Älteste bin, die alles, was schief geht, in die Schuhe geschoben kriegt.

Später in Sassnitz beim Anblick der Kreidefelsen: Nein, ich sage nichts. Womöglich ist er entsetzt oder er glaubt mir nicht. Naturmenschengelächter. Womöglich ist es nicht wahr! Seine Mutter, diese Romanfigur, wollte sich interessant machen.

Auf der Fähre, auf der mir bemerkenswert wenig übel war: Ich sag's ihm doch. Mal abwarten, wie er jetzt aussieht, der erste Eindruck soll entscheiden. Seine Zähne, ich fand schon damals, daß sie denen von Henning ähnlich sahen. Sonst allerdings sieht Henning anders aus, er ist blond und viel schmaler, aber wenn er lacht ...

Nachts auf der Strecke durch Südschweden, wo ich vor vier Jahren den Erlkönig gesehen hatte: Ich sag's ihm nicht. Habe ja überhaupt noch nicht an Pa gedacht, der Millionär ist, ein netter sogar, eine Seltenheit, dieser Mann, und vielleicht hätte Torgel gar keine Lust, einen andren Vater zu kriegen. Er könnte es ablehnen und abstreiten, von einem deutschen Archivar abzustammen, den er kaum kennt – ja, wenn es Friedrich Nietzsche gewesen wäre! Und beweisen könnte ich ihm nichts, denn ich weiß nichts. Ich weiß nicht nur nicht, wie Kinder gemacht werden, sondern auch nicht, woran so eine mit mehreren Männern schlafende Romanfigur merkt, von wem sie das Kind hat.

Auf dem Stockholmer Bahnhof wurde ich von einem fremden Mann abgeholt, der die Mütze vom Kopf nahm und mir meinen Koffer tragen wollte. Ich zögerte. Wenn es der Chauffeur war, der Andersson oder Nilsson hieß, wieso erkannte er mich? Er mußte ein Gedächtnisgenie sein, nein, ein Genie schlechthin, denn vor vier Jahren habe ich ganz anders ausgesehen. Er sagte etwas, das ich nicht verstand, und weil ich ihn nicht durch Mißtrauen beleidigen wollte, gab ich ihm den Koffer und ging beklommen neben ihm her. Er führte mich zu einem eleganten Riesenwagen, wie Millionäre und Mädchenhändler ihn haben, damit brachte er mich irgendwohin, dort hielt er, öffnete die Tür und sagte etwas, das ich nicht verstand. Er gab mir meinen Koffer. Jetzt aufgepaßt! Wenn der nächste fremde Mann kommt, muß ich mit dem Koffer wegrennen und um Hilfe schreien.

Auf einmal war Torgel da. Er lachte und zeigte seine vielen Zähne, die Hennings Zähnen ähnelten, er umarmte mich, gab mir einen Kuß auf die Nase und sagte: Jowist, da ist sie!

Seine blanken blauen Augen, sein Lachen, seine eckigen Hände – alles stimmte. Die Indianerhaare aber waren merkwürdig kurz und ordentlich frisiert, gradezu gestriegelt.

So kennst du mich nicht, rief er, nicht wahr? Ich kenne mich selbst nicht, seit ich Soldat bin. Aber du siehst dir ähnlich! Nur bist du ein richtiges Mädchen geworden. Neulich, vor Jahren warst du noch ein Kleinkind.

Sein Lachen war doch anders als das von Henning und anders als das meines Vaters. Viel ausgelassner. Aber wegen der kurzen Haare sah ich, was ich früher nicht gesehen hatte: die steile Stirn. Die Kopfform. Und wie die Nase angesetzt war. Natürlich konnte ich es ihm nicht gleich sagen, das wäre ein Überfall gewesen, außerdem

hatten wir keine Zeit für längere Gespräche, dort, in einem Stockholmer Vorort, an irgendeiner Straßenkreuzung.
Wir fahren nach Dalarö, sagte Torgel. Da liegt mein Boot.
Er fuhr schnell, und mir wurde übel, und schon nach kurzer Zeit bat ich ihn gurgelnd, zu halten und mich hinauszulassen. Ich kotzte in einen Graben, mich irgendwo festhaltend, an einem Baum oder einer Telegraphenstange, und Torgel war erschrocken und voller Mitleid. Weiterfahrend gab er vorsichtig Gas und bremste und schaltete musterhaft, aber mein Magen, einmal in Aufruhr, beruhigte sich nicht, er schien sich senkrecht gestellt zu haben und gab in Abständen alles von sich, was drin war, und als nichts mehr drin war, versuchte er sich umzustülpen und mich von innen zu erwürgen. Torgel mußte alle paar Kilometer anhalten, er stieg mit mir aus und umfaßte mich, während ich mich übergab, damit ich nicht in den Graben fiel. Wie ein Vater machte er das. Wie ein Bruder. Wahrscheinlich brauchte ich nichts zu sagen oder nur eine Andeutung zu machen, um zu merken, ob er wußte, was ich wußte. Im Boot wartete Lill.
Du bist bleich, sagte sie, du mußt Farbe kriegen bei uns. Aber hübscher bist du geworden und ich häßlicher. Wie findest du mich? Sei ehrlich!
Ich betrachtete sie, ihre runde Stirn, ihre drollige Knopfnase, sommersprossenübersät, die kleinen Augen, mit denen sie so kühl und kritisch gucken konnte, ihre stämmige Figur, die strammen, etwas zu kurzen Beine. Ihr dickes, krauses, honigfarbnes Haar sträubte sich um ihren Kopf und flatterte. Ich mühte mich, mir eine diplomatische Antwort einfallen zu lassen, wußte keine und dachte: Nein, ich sage nichts. Auch nicht unter dem Siegel der Verschwiegenheit, auch nicht, falls er es weiß. Ein Geheimnis mit ihm vor ihr? Unmöglich. Dazu ist sie zu gescheit. Sie würde mich durchschauen und mich systematisch ausquetschen. Auf dem Doppelklo.
Während Torgel den Motor anließ und hinaussteuerte, setzte Lill sich neben mich auf die Bank. Sie trug wie damals einen vorne geknöpften, blauen Hosenanzug, und mir schien, als sei inzwischen

keine Zeit vergangen; erst gestern war es, daß ich diese Wasserlandschaft gesehen, gehört und gerochen hatte, die Felsenklippen und bewaldeten Inseln, die roten Holzhäuser mit weißen Fensterrahmen, die hölzernen Landungsstege, die angeschwemmten Rundsteine und vertrockneten Tangbündel, die Moospolster zwischen Geröll, die Möwenschwärme, flügelklatschend und federstiebend, ihr rostiges Geschrei, das Blubbern und Klatschen der Wellen am Boot. Nein, hier verging keine Zeit, hier wiederholte sie sich jede Stunde, jeden Tag, jeden Monat, jedes Jahr. Ich wünschte, es wäre auch bei mir keine Zeit vergangen, dann wäre ich noch dreizehn und wüßte nicht mehr als mit dreizehn.

Lill war redselig und noch mit ihrer Häßlichkeit beschäftigt. Sie hatte hier draußen wohl niemanden, dem sie sagen konnte, wie ihr zumute war, wenn sie in den Spiegel sah.

Ich werde im Leben keine schöne Frau, erklärte sie, und aus Kleidern mache ich mir nichts. Torgel findet es schlimm, daß ich immer wie ein Fischer angezogen bin. Was sagst du?

Ich – ach, ich weiß nicht. Mir gefällst du so sehr gut, behauptete ich.

Ich brauche auch nicht schön zu sein, sagte sie, ich will berühmt werden! Eine Künstlerin muß nicht schön sein. Ich male jetzt. Ich habe ein Atelier in Stockholm.

Ich sagte ›owieschön‹ und dachte ›aha‹, und wie von selbst ergänzte sich in meinem Kopf der Roman von Torgels reizender Mutter und ihren Liebhabern. Einer von den Malern, den der kunstsinnige Pa in seinem Hause mit dem Kupferdach beschäftigt und gefördert hat, ist der Vater von Lill. Von ihm hat sie das Talent, die runde Stirn, die Sommersprossen und die Nase eines Clowns.

Du wirst mich oft zeichnen sehen, teilte sie mir mit. Meine Skizzen anfertige ich im Sommer hier draußen – heißt es so? Nein, schadet nichts. Im Winter, in Stockholm, male ich die Landschaften. Alle Farben habe ich im Kopf.

Ich sah mich nach Torgel um, er saß am Steuerruder und sah aus, als habe er uns vergessen. Aber was ich im Kopf habe, dachte ich,

das wißt ihr alle beide nicht. Dann nahm ich mich zusammen, sagte zu Lill, ich sei neugierig auf ihre Kunst und wollte wissen, was sich inzwischen verändert hätte.
Nicht viel. Ein Bootshaus ist gebaut worden, in dem auch die Boote liegen, die mir eigentümlich sind – ich glaube, so sagt man nicht, aber du verstehst schon. Und Signe mit ihren Kindern kommt nicht mehr hierher, weil sie jetzt selbst eine Insel besitzt. Wir können sie aber besuchen, wenn du willst, dann kannst du Andersch wiedersehen, aber ich glaube, du wirst nicht mehr verliebt sein in ihn, denn er ist noch ein Knabe und viel zu jung für dich.
Ach, sagte ich. Und fragte mich, woher sie das wußte. Ich glaubte, nie davon gesprochen zu haben.
Wir werden uns auch diesmal vertragen, du und ich, sagte sie. Ich merke schon, du bist wie damals ein guter Kamerad, und wie damals redest du wenig und gehorchst mir zu.
Ich: Also, was meinst du – ich gehorche dir oder höre dir zu?
Sie: Beides. Darum ist es ja so angenehm.

Das Bootshaus, gut eingebuchtet und geschützt, auf Pfahlbeinen im Wasser stehend, wurde einer meiner Lieblingsplätze. Ich mochte seinen Geruch nach Teer und feuchtem Holz, saß lesend, träumend oder wartend auf einem zusammengerollten Tau unter dem gewölbten Dach, wo Netze, Hanfleinen, Bootshaken, Anker und Ketten wie zur Dekoration herumhingen, lag auch gern bäuchlings auf dem Steg, der zwischen den Booten hindurch nach draußen führte oder saß im Schatten, während ringsum die Mittagshitze knisterte, ließ Füße ins Wasser baumeln, ließ Zeit verstreichen und hielt sie still, die Füße, um unter mir die Seichtwasserlandschaft zu betrachten, sanftwellig und bläulichgrün. Das wuchs und belebte sich, je länger ich hinsah: Spiraliges wand sich aus Moosbüscheln und wieder hinein, Winziges zuckte auf und ab, blaßblättriges Pflanzenzeug bildete Liliputwälder, Garnelen huschten daraus hervor, rudernd mit ihren Fadenbeinen, zierlich und zartrosa oder dick und glotzgesichtig, und Schwärme von Kleinstfischen mit blauen Kinderaugen fuhren rhythmisch hin und her – zick, links, zack, rechts. Das zappelte und glitt herum, schwerelos, mühelos, eilig, sich fortwährend wiederholend, das wurde immer farbiger unter meinen Blicken, da formten sich Hügel und Täler und Wohnhöhlen für Miniaturdrachen und glitschiges Würmervolk, und an den Holzpfählen, da wo sie von Nässe geschwärzt und moosbegrünt im Sandgrund steckten, saßen ganze Muschelgesellschaften, reglos und dicht beieinander.

Viel Zeit, solcher Miniwelt zuzuschauen und inzwischen die übrige Welt, und weswegen sie mich plagte, zu vergessen. Zeit, mit den kinderäugigen Fischen um die Wette zu schwimmen – es gab sie zu Tausenden, und sie schwammen besser als ich –, Zeit, in warmer Felsenkuhle zu liegen, Sonnenbrand zu bekommen, die krebsrote, empfindliche Haut zu pflegen und da, wo sie verschrumpelnd sich ablöste, vorsichtig papierdünne Fetzen zu entfernen. Die neue Schicht darunter glänzte kränklich und bekam die gewünschte Brauntönung und ich eine neue, gute Laune. Nicht mehr ägerlich verwirrt wie auf der Reise, sondern in leichtsinniger Gelassenheit sagte ich mir: Die Geschichte geht mich ja nichts an. Mir wurscht, wer damals mit wem, und was daraus geworden ist. Vergangenheit. Nicht meine Sache. Und womöglich ist es ja nicht wahr.

Was mich irritierte: Daß ich dem Pa gegenüber meine Unbefangenheit eingebüßt hatte. Er schien sich nicht verändert zu haben, seine Hände, sein silbergrauer Spitzbart waren so gepflegt wie vor vier Jahren, seine Stimme klang so freundlich wie damals, wenn er mir eine Käsescheibe herüberreichte und sagte: Komm her mit deinem Teller, Kindchen! Der Teller, den ich ihm hinhielt, war der gleiche wie vor Jahren, das Zimmer um uns, der runde Eßtisch, nichts hatte sich verändert, die gebratnen Fische nicht, und nicht die gekochten mit Buttersoße, auch nicht die goldbraun überkrusteten Aufläufe, von Lisa in der Küche so unvergleichlich gezaubert. Lisas Schürze war unverändert, adrett in der Taille gebunden, sie selbst wie immer etwas mürrisch, sommersprossig, langbeinig und so mager, als würde sie vom Duft der Speisen satt, die sie für uns kochte. Auch

Lüwla war unverändert mit ihren weißbewimperten Augen, dem Mittelscheitel und ihrer Behäbigkeit; wie damals redete sie nur, wenn sie angesprochen wurde, und man hätte sie vergessen können, wenn sie nicht zum Hause gehört hätte wie dessen Holzwände und die weißen Fensterrahmen und die ländlichen Möbelstücke, die wir nicht vergaßen, weil wir sie täglich benötigten. Auch der Schachtisch des Hausherrn hatte sich in all den Jahren nicht verändert und nicht das Seehundsfell, auf dem er stand, das weiße Geländer der Verandatreppe nicht, und nicht das Kieferngebüsch rechts um die Ecke – dahinter das Klohaus, rot wie das Wohnhaus, zwei Türen, und hinter der linken zwei Sitze, die rechte war, wie damals, für uns verschlossen. Wie immer setzte ich mich in der angenehmen Dämmerung neben Lill, ich ließ sie bestimmen, wovon gesprochen wurde, war die gute Kameradin, die ihr zuhörte und ihr gehorchte, nur daß ich nicht mehr dreizehn war und mehr wußte als mit dreizehn, und das war schließlich der Grund, warum ich verlegen wurde, wenn ich bei Tisch dem Pa gegenüber saß und meinte, daß er mich durchschaute. Bei allen Mahlzeiten, also zweimal täglich, ertrug ich, daß er mir die Gedanken von der Stirn ablas und auf seine zierliche Art lächelte, die mir nun ironisch vorkam, und wenn er dazu die Augenbrauen hochzog und sich einen Spaß zu machen schien aus meiner Verlegenheit, dann geriet ich ins Stottern. War dieser alte Herr, der soviel von Geld verstand und ein halbes Dutzend Sprachen beherrschte, naiv oder weise? Ahnungslos oder längst mit allem fertig? Dennoch: die Geschichte ging mich ja nichts an. Vergangenheit. Nicht meine Sache. Aber warum plagte sie mich, wenn ich ihm gegenübersaß, warum verging mir der neu erworbne Leichtsinn, wenn er mit mir redete und sogar, wenn er mir nur den Käse reichte?

Du mußt mehr essen, Kindchen, sagte er. Früher hast du immer zweimal genommen.

Ja, ich weiß nicht, antwortete ich. Vielen Dank. (Etwas Intelligenteres wollte mir nicht einfallen.)

Gut, daß Torgel nur zum Wochenende da war. Er hatte in einer

Stockholmer Kaserne seinen Militärdienst abzuleisten, und daß er das idiotisch fand, nützte ihm nichts; sein Schwedenland, auf dessen Freiheit er so stolz war, und sein König, der so gut Tennis spielen konnte, hatten das für seine Pflicht erklärt.
Ich gehorche aus Brüderlichkeit, sagte er, obwohl ich die Uniform lächerlich finde und einen Widerwillen habe gegen kurze Haare und stramme Haltung. Ich diskutiere mit meinen Soldatenbrüdern und versuche, sie zu überzeugen.
Überzeugen – wovon?
Von meinen Gedanken, meiner Lebensphilosophie. Wir reden bald darüber, Urschula, vergiß nicht, mich daran zu erinnern.
Am nächsten Sonnabend brachte er ein Mädchen mit. Kerstin war groß und sah sehr schwedisch aus, und trotz der Selbstsicherheit, die sie zur Schau trug, entging mir nicht, wie verliebt sie in Torgel war. Sie beachtete mich nicht, was anscheinend niemandem auffiel außer mir, und ich tat, als ob ich es nicht merkte, und verbarg sogar vor Lill, daß ich mir in Gesellschaft dieses Paares überflüssig vorkam und irgendwie zu jung.
Gut für ihn, daß er eine Freundin hat, sagte ich auf dem schmalen Weg zur Badebucht.
Waas! Eine? trompetete Lill mir über die Schulter zu. Er hat ein Dutzend. Er bringt jedesmal eine andre mit, du wirst sehen.
Sonntagabend auf dem Dorfplatz machten die Fischer sich den Spaß, einen jungen Stier loszulassen und ihn zu reizen. Der Stierknabe wußte nichts von den Kämpfen seiner spanischen Verwandten, und die Fischer waren keine Toreros, und doch senkte er seinen wolligen Kopf, und seine Kulleraugen und die kräftigen, spitzen Hörner sahen auf einmal gefährlich aus. Mit schrägen Sprüngen hopste er über den Wiesenplatz, kreuz und quer, täppisch und bedrohlich zugleich, und die dicke Britta (von der Lill behauptete, daß sie sich nie auszöge, kein Bett habe und auch keins haben wollte) kam mit einem Eimer aus dem Kuhstall und schimpfte, und die Männer lachten, und ich fürchtete mich. Rannte. Hinter mir Gelächter und Getrappel, ein Blick zurück, ein Schreck im Bauch – nur

noch ein paar Meter zwischen dem Wollkopf und mir, die Hörner just in Höhe meiner Kniekehlen – o Hilfe, mit der Rennerei habe ich den Stierknaben erst recht angeregt. Fast hätte ich die dicke Britta umgestoßen, sah die Leiter zum Heuboden, hastete hinauf, daß sie schwankte, und blieb auf ihr stehen, aufatmend, mich an der obersten Sprosse festhaltend, vorsichtig zurückschauend. Unten ein Idyll: Brittas mollige Hand kraulte den Nacken meines Verfolgers, der sich das ruhig gefallen ließ, nur sein Schwanz hatte die Erregung noch nicht vergessen, und ab und zu zuckte sein Fell. Britta klopfte ihm die Lenden und ging, ohne die feige Deutsche auf der Leiter eines Blickes zu würdigen.

Das Heu roch wunderbar. Ich rupfte ein Büschel heraus, warf es dem Stier auf die Nase und beschloß, mir da oben eine Kuhle zu suchen, in der ich mich erholen könnte. Aber ich schien nicht allein zu sein. Jemand wisperte hier und lachte dort, bekannte Stimmen tönten und lachten und mischten sich, und ohne zu sehen, erkannte ich den Jemand und die Jemandin – Torgel und Kerstin. Was nun? Sitzen bleiben? Dann werden sie glauben, ich belausche sie, denn wie alle Liebespaare nehmen sie sich natürlich wichtig und meinen, jeder möchte wissen, wovon sie reden. Runterklettern mit den vor Schreck noch lahmen Kniegelenken? Das wäre auch nichts. Ich raschelte und räusperte mich und dachte: Jetzt werden sie sich ärgern.

Torgels Kopf erschien irgendwo über den Heuschwaden, und sein Gesicht sah nicht unerfreut aus. Komm her, Urschula, rief er, komm zu uns! Wir philosophieren ein bißchen.

Zögernd watete ich in Richtung Philosophenkuhle, versuchte, unbefangen zu wirken, Kerstins Mimik nicht zu beachten und ließ mich von Torgel an seine freie Seite ziehen. Er legte um jede von uns einen seiner Arme und lachte: So fühle ich mich wohl! Zwei Mädchen geben einem Mann erst das richtige Gleichgewicht.

Kerstin stand auf, klopfte sich die Halme vom Kleid und sagte: Du kannst nun mit der Deutschen weiterphilosophieren.

Sie bestieg die Leiter, auf der ich gekommen war, und blieb auf ihr stehen, und ihr Kopf sah aus wie aus dem Heu gewachsen. Sie rief uns etwas zu, das wie eine Bosheit klang, Torgel antwortete amüsiert, sie giftig, und dann er auf deutsch: Verschwinde oder komm wieder her!

(Ich hätte mir denken sollen, daß sie deutsch kann, natürlich hat sie es in der Schule gelernt, sie ist Primanerin oder Studentin, nur eben zu hochnäsig, um mit mir zu reden.) Als ihr Kopf verschwand, konnte ich mich der Schadenfreude nicht erwehren und hätte gern gesehen, wie sie die Leiter hinab dem kleinen Stier auf den Rücken stieg und ihre Hochmutsmiene sich in eine Schreckensmiene verwandelte. Scheinheilig sagte ich: Die arme Kerstin!

Torgels kurze Unaufmerksamkeit kam mir gelegen, mich seinem Arm zu entziehen und mir eine eigne Kuhle herzurichten, vorsichtig raschelnd im Abstand von einem halben Meter.

Was tust du da! sagte er vorwurfsvoll.

Das siehst du ja. Ich mache mich selbständig.

(Jetzt müßte ich »es« ihm sagen können, ein intimes Gespräch führen von Kuhle zu Kuhle, ganz anders als er sich's vorgestellt hat.)

Was habt ihr denn philosophiert, fragte ich (und kam mir schlau vor). Habt ihr von Nietzsche geredet?

Nicht grade Nietzsche, antwortete er. Philosophieren ist für mich ein Sammelwort, mußt du verstehen, jeder denkende Mensch ist Philosoph – auch ich bin einer. Philosophie ist Liebe zur Weisheit, und weise möchte ich gern sein. Kennst du Lao-tse? Ich habe seine Aphorismen gelesen, neulich, die ganze Nacht, ich konnte nicht einschlafen. Kennst du sie?

Mhmhm – nein.

Lao-tse war Chinese, sagte er, sich aufstützend und unversehens näher raschelnd. Seine Lehre ist über zweitausend Jahre alt. Er hatte schon bei seiner Geburt weiße Haare und konnte gleich sprechen. Sein Vater war ein Lichtstrahl. Schön, nicht? Ich möchte auch einen Lichtstrahl zum Vater haben.

Ich grub mich tiefer ins Heu, um zwischen uns ein Hindernis zu errichten, und fragte: Wer war seine Mutter?

Weiß ich nicht. Mütter sind ja nicht so wichtig, Frauen überhaupt sind der animalische Teil der Menschheit, den es allerdings auch geben muß. Ich kenne meine Mutter nicht und bedaure selten, sie nicht mehr zu haben. Der Mann ist eben das schöpferische Wesen in der Natur, in ihm bildet sich der Geist, er ist der Lichtstrahl, der die Weisheit zeugt –

Da kannst du aber von Glück sagen, daß du ein Junge geworden bist.

Er stutzte und warf sich herum, mir bäuchlings ein weiteres Stück nähergerückt, und, das Kinn in den Händen, sah er mich ernsthaft an: Also gut, bleiben wir auf der Erde. Ich bin kein Lichtstrahl, und auch Pa ist keiner, obwohl ein sehr besondrer Mensch, der dafür sorgt, daß wir ein geistiges Leben führen und ein naturhaftes zugleich, so daß wir von den allgemeinüblichen Zielen der Menschen nicht abhängig sind. Verstehst du, was ich meine?

Du meinst, daß er sehr viel Geld für euch ausgibt, sagte ich.

Urschula, ich wußte nicht, daß du so praktisch denkst! Du mußt noch viele Erfahrungen sammeln, damit wir uns verstehn.

Dann gehe ich jetzt, sagte ich ärgerlich, stand auf und klopfte mir wie Kerstin die Halme vom Kleid. Ich gehe Erfahrungen sammeln, damit ich deine Gedankenflüge verstehen kann! Du bist unerträglich.

Das hat Kerstin auch gesagt, antwortete er vergnügt.

So?

Ja, weil ich mir nichts daraus mache, daß sie mich nicht erhört.

Bei mir handelt es sich aber um etwas ganz andres, rief ich und ärgerte mich über meine Ausdrucksweise.

Jowist! Dann komm wieder her. Ich verspreche dir, erträglich zu sein. Wie soll ich es machen? Soll ich dich wieder in den Arm nehmen? Ich finde, es redet sich besser so.

Nein danke, sagte ich höflich und machte es mir von neuem in meiner Kuhle bequem.

Du bist spröde, Urschula, und das ist schade. Du solltest das Leben lieben und lieben überhaupt. Was ist los? Hat man es dir verboten?

Vielleicht ist ja die Atmosphäre bei euch so – der Nietzsche war ein sehr großer Mann, aber von Liebe hat er nichts verstanden. Sein Wunschbild war einsame Größe in den Bergen, und das kann ich sogar nachfühlen, denn ich sähe mich auch gern stark und unabhängig. Aber nicht einsam. Nicht ohne Frauen. Eine gewisse innere Einsamkeit muß natürlich jeder Mann ertragen können –
Aha, sagte ich.
Ich spüre, daß du nicht mit mir zufrieden bist, sagte er betrübt. Vielleicht ist es die Sprachbarriere, obwohl ich glaube, sehr gut Deutsch zu sprechen, aber vielleicht ist es etwas andres. Wir sollten uns näher sein.
Er robbte in meine Kuhle herüber, so schnell, daß ich es nicht verhindern konnte.
Aber ganz still liegen! Sonst schreie ich.
Ich liege ganz furchtbar still, behauptete er.
Ich lag ebenfalls still und dachte, daß ich »es« ihm auf keinen Fall sagen könnte und diese einzig mögliche Gelegenheit verpassen würde, weil ich mir selbst unglaubwürdig vorkam. Meine Behauptung, wir wären Halbgeschwister, würde er für den Trick eines spröden deutschen Mädchens halten und mich einfach auslachen, und ich hätte dann nicht einmal mehr den stillen Triumph meiner Schweigsamkeit (ich weiß etwas, das du nicht weißt, ich sage es aber nicht, erzähl du nur von der Größe des männlichen Geistes).
Ja, ich bin spröde, sagte ich. Ich liebe zwar das Leben, und vielleicht liebe ich auch überhaupt, wie du so schön sagst, aber ich möchte nicht angetatscht werden – nimm deine Hand da weg! Meine Mutter hat gesagt –
Er lachte. Sag das nochmal! Wie nennst du, was ich mache?
Du sollst mich nicht antatschen.
Antatschen, wiederholte er entzückt. Ein schönes Wort, sehr bildhaft. Und deine Mutter hat gesagt, du sollst mich das nicht machen lassen. Was fürchtet sie?
Na, was Mütter so fürchten. Laß mich! Du tatschst schon wieder. Und das nennst du philosophieren.

Nein. Es war Kerstin, die es so genannt hat. Wenn ich philosophiere, meine ich es ernst. Jetzt möchte ich lieber über dein Sprödigtum mit dir reden – heißt es so?
Nein, aber ich weiß schon. Bloß, da gibt es nicht viel zu reden. Ich bin eben so. Warum sollte ich anders sein?
So redet ein kleines Mädchen, das nichts von Liebe versteht. Hast du einen Freund?
Hm. Ja.
Das ist schon gut. Liebst du ihn?
Ach, ich weiß nicht. Was man so Liebe nennt. Ich finde –
Ja, weiter! Was findest du?
Daß da eins nicht zum andren paßt in meinem Leben. Morgens in der Schule haben wir Emilia Galotti oder Faust, erster Teil, und da lernen wir, wie tragisch es ist, wenn unschuldige Mädchen verführt werden, wobei man natürlich so tut, als wüßten wir über alles Bescheid, und – und nach dem Mittagessen kommt ein netter Junge, den ich mag, und holt mich zum Schwimmen oder Tennisspielen.
Das ist doch gut, oder nicht? Was macht ihr?
Wir schwimmen oder spielen Tennis und reden harmloses Zeug, und zum Abendbrot gehen wir nach Hause.
Selber schuld! Beim Schwimmen oder Tennisspielen kann man sich doch sehr gut lieben. Ich wette, es liegt an dir, daß ihr es nicht macht. Oder beide sind schuld. Du bist spröde, und er ist ungeschickt.
Ich brummte irgend etwas und war entsetzlich verlegen. Endlich hatte ich jemanden, der bereit war, mit mir über mein Problem zu sprechen, wenn ich aber weiter darauf einginge, würde er es falsch verstehen – vielleicht würde er versuchen, mich zu küssen, was mir womöglich gefallen würde, und natürlich könnte er nicht begreifen, warum ich mich sträubte, und würde meinen, der arme Friedrich Nietzsche sei verantwortlich für meine Sprödigkeit, und das Ganze hinge wieder an dem einen Faden.
Nein, sagte ich, das ist alles nicht richtig in Ordnung.
Laß es uns in Ordnung bringen, tuschelte er. Ich bin in dieser Sache ein sehr körperlicher Mensch! Wir machen keine Emilia Galotti und

keine Gretchen-Tragödie, sondern wir haben zusammen unsre Freude, und später, zu Hause, kannst du es deinem Freund beibringen.

Ehe ich seine Worte begriffen hatte, mußte ich mich schon verteidigen. Wir wälzten uns im Heu und rangelten und rauften, und ich wehrte mich mit allen Kräften und wunderte mich, wie kräftig ich mich wehren konnte, und ich spürte seine warme Haut und roch das Heu und seinen Atem, der nicht schlecht war, aber auch nicht aufregend gut, und ich fühlte mein Herz klopfen und dachte Inzest – schrecklich! Blutschande – entsetzlich!

Auf einmal mußte ich niesen.

Ich nieste nicht zweimal oder dreimal, sondern mindestens drei dutzendmal, und zuerst fand ich es komisch. Ich nieste und lachte. Dann fluchte ich, so gut das zwischen zwei Eruptionen möglich war, und dann bedeckte sich meine Stirn mit Schweiß und mein Gesicht mit Tränen, und die Wolkenbrüche aus meiner Nase wollten und wollten nicht nachlassen. In regelmäßigen Abständen fuhren sie aus mir heraus und schüttelten mich, und ich dachte nicht mehr an Inzest, und Blutschande war mir total egal, und ich wußte nicht mehr, was ich nicht sollte und nicht, was ich wollte – hatschi! Weder zum Denken noch zum Tun blieb mir die geringste Zeit, und schemenhaft sah ich zwischen einem Hatschi und dem nächsten die Gestalt meines Bruders und Aufklärers, der anfangs mich festgehalten und mir behutsam den Rücken geklopft hatte, dann aber, nach dem zwölften, fünfzehnten oder zwanzigsten Hatschi mich losließ und untätig, mit bedauerndem Gebrumm dabeisaß, während ich mit dem Unwetter in meinem Rachen fertigzuwerden versuchte. Ich nieste und tobte und weinte, bis ich erschöpft und mit verstopfter Nase ins Heu sank und nur einen Wunsch zu haben glaubte: in Ruhe atmen. Aber dazu mußte ich mir die Nase putzen. Kaddstu bir ei Tschtuch gebed, bibbe?

Welch ein Glück, ich konnte wieder sprechen, aber verstanden wurde ich nicht. Bibbe ei Taschetuch, flehte ich. Ich buß bich schnaubeb!

Jetzt schien er begriffen zu haben. Er kniete neben mir, betrachtete mich besorgt wie neulich, als er mir half, in den Graben zu kotzen, und tränenden Auges beobachtete ich, wie er in seinen Hosentaschen kramte, kopfschüttelnd und achselzuckend, rechts nicht und links nicht und nicht in der Gesäßtasche: Nein, leider, da ist keins, willst du bitte meinen Hemdzipfel benutzen?
Ich habe seinen Hemdzipfel nicht zum Schnauben genommen, sondern bin fortgelaufen, schnüffelnd, die Leiter hinunter und über den Dorfplatz, den schmalen Pfad durchs Blaubeerkraut, wo ich glücklicherweise niemanden traf, am Klohäuschen und am Kücheneingang vorbei, hinein ins Haus, hinauf in mein Zimmer, wo ich ein Taschentuch fand und wieder Luft bekam und mich eine Weile schämte wegen des Nasenunwetters, obwohl mir das doch eigentlich gelegen gekommen war. Nachgelaufen ist er mir nicht. Vielleicht ist er Kerstin suchen gegangen, um sie zu versöhnen und ihr zu erzählen, wie er mit der Deutschen philosophieren wollte, die aber leider zu nichts zu gebrauchen sei.
Am nächsten Morgen war er fort, und die Sache schrumpfte schnell zu einer ganz unnützen Begebenheit zusammen, nicht wichtiger als eine oder zwei Seiten einer irgendwann einmal gelesnen komischen Geschichte. Was in diesem Ferienalltag wichtig war: ein von Lill und mir neu entdeckter Badeplatz zum Beispiel, einer mit Steilfelsen, von denen zu springen ganz schön gruslich war – nackt, die Nase zwischen Daumen und Zeigefinger, und kerzengrade hinein in die blaugrüne Geheimnistiefe. Meine Haut war wichtig, wo sie sich pellte und zum wievielten Mal, und wie das aussah, was unter der Pelle hervorkam. Die Walderdbeeren auf den Lichtungen, die mir so dick und feuchtrot in die Hand tropften, waren wichtig und die andren, goldgelben, die es nur hier gab und deren Namen ich nicht behalten konnte; sie standen wie kleine Rokokoperücken über grüngezackten Blattkrausen, jede einzeln auf steifem Stengel, und sie schmeckten uns, daß wir sie nur deshalb nicht gleich aufaßen, weil wir wußten, sie würden mit der von Lisa gerührten Sahne noch besser schmecken.

Lisa übrigens – und das war nicht nur wichtig, sondern aufregend – hat in dieser Zeit eines Tages gekündigt, eines Vormittags, kurz vor dem Lunch muß es gewesen sein, und ich begriff, daß es für Pa eine Katastrophe war. Zornig stocherte er im Essen und redete auf Lüwla ein, während sie, anscheinend ungerührt, ihre kurzen, trocknen Antworten nuschelte, die ihn nicht beruhigten; er stapfte aus dem Zimmer, ohne aufgegessen zu haben, ohne unser ›tack för maten‹ entgegengenommen zu haben, ohne einen Blick auf den Schachtisch.

Ich verstand weder Lüwlas Seelenruhe noch die boshafte Vergnügtheit Lills, und ich fragte, ob er ihnen denn nicht leid täte in seiner Verzweiflung, weil die beste Köchin der Welt ihn verlassen wollte.

Achwo, sagte Lill, nicht ein bißchen, denn sie geht ja nicht. Wir haben jedes Jahr dasselbe Theater! Immer wenn sie Ferien haben will, muß sie drohen, daß sie uns verläßt, denn Pa meint, sie braucht keine Ferien, nirgends ist es so schön wie hier. Dann droht sie, und sie weiß schon, daß er verzweifelt, und daß sie ihre Ferien bekommt und mehr Geld als vorher. Dann zieht sie ihre besten Sachen an und reist in ein elegantes Hotel und läßt sich bedienen, aber wenn sie zurückkommt, erzählt sie, wie schlecht das Essen war, und daß sie selbst viel besser kochen kann. Und wir geben ihr recht. Komm mit, Urschel, ich muß mal, ich habe so viel verdrücktes Gelächter im Bauch.

Wenn Lisa aber mal heiratet? fragte ich auf dem Doppelklo.

Die heiratet nie. Guck sie dir doch an! Einer unsrer Fischer hat sie mal haben wollen und jeden Abend bei ihr in der Küche gesessen. Sie ist ganz kalt gewesen und hat ihm immer nur etwas zu essen hingestellt, als ob er dafür gekommen wäre. Sie will nichts andres als kochen, für uns, und einmal im Jahr braucht sie den Krach mit Pa und ihre Ferien.

Ich dachte an Trudchen, die als Mädchen für alles zu uns gekommen war, nachdem Frieda, die Spezialistin in Thüringer Klößen, einen Küchleinzüchter aus ihrem Dorf geheiratet hatte. Frieda hatte, genau wie vor ihr Ilse, Bertha und Röschen geschworen, niemals heiraten zu wollen oder jedenfalls nicht den, der da immer ankam, denn das sei ja nur ihr Landsmann, Cousin (Kuseng) oder Nachbar, aber eines Tages kündigte sie dann doch die Hochzeit an, genau wie vor ihr Ilse, Bertha und Röschen, und später wurde unsre ganze Familie zur ›Girmse‹ eingeladen, auch ›Gärmse‹ genannt, zu der sie im Dorf so viel Zwetschgenkuchen buken, daß wir morgens, mittags und abends welchen essen und auch noch welchen mitnehmen mußten. Frieda bekam bei meinen Eltern fünfunddreißig Mark im Monat, wovon sie zwanzig aufs Sparbuch einzahlte, arbeitete von sieben Uhr morgens bis nach dem Abendbrot, hatte nur jeden zweiten Sonntag frei und nahm ihre Ferien zur Erntezeit, damit sie auf dem Felde helfen konnte.

Nach ihr kam Trudchen, die aus Schlesien stammte, an Heimweh litt und epileptische Anfälle hatte. Mindestens zweimal im Monat fiel das arme Ding frühmorgens auf dem Weg zur Küche die Treppe hinunter. Trudchen liebte einen Straßenbahnschaffner und tuschelte mit mir von ihm, wenn ich ihr beim Geschirrspülen half – eine unglückliche Liebe, die mich rührte und amüsierte –, darum lief ich, das morgendliche Gepolter auf den Holzstufen hörend, jedesmal hinaus und graulte mich standhaft, wenn sie aus dem Munde schäumend und augenrollend um sich schlug und zuckte und sich dabei weder Arme noch Beine brach. Türen klappten, mein Vater stapfte heran, fluchte über seinen Bademantel, der ihm nicht gehorchte, und dann schleppten wir Trudchen wieder hinauf in ihr Zimmer, legten sie ins zerwühlte Bett, und wenn es möglich war, blieb ich bei ihr, bis Farbe in ihr Gesicht zurückkehrte, die Lider flatterten, die Augen auflebten. Ich gab ihr ein Taschentuch und entlockte ihr enttäuschende Neuigkeiten über ihren Schaffner, von dem sie behauptete, er sähe aus wie Jung-Siegfried, der aus dem Nibelungenfilm. Immer wieder habe ich mir vorgenommen, ihn eines Tages zu verfolgen, herauszubekommen, wo er wohnte, ihn zu stellen und ihm mal richtig Bescheid zu sagen. Schließlich war das arme Trudchen ja aus Liebe krank! Seinen Fahrplan wußte sie aus dem

Kopf, und stundenlang fuhr sie an ihren freien Nachmittagen auf seiner Strecke hin und her, bis seine Arbeitszeit vorüber war. Dann sah sie zu, wie er Geldtasche und Fahrtenbuch seinem Kollegen übergab, sah ihn an die Mütze tippen und um die nächste Straßenecke verschwinden. Dann ging sie nach Hause. Am nächsten Morgen fiel sie die Treppe hinunter. Eines Tages war es so schlimm mit ihr, daß sie ins Krankenhaus mußte und dann in ihre Heimat zurück, wo sie gestorben ist. Aus Liebe, ganz bestimmt.

Mit siebzehn Zarathustra gelesen und mich gefragt, was der für ein Mann war, der ihn schrieb; er nannte den Leib »eine große Vernunft« und ist an progressiver Paralyse zugrunde gegangen. Weil Elisabeth das in ihren Büchern bestritten hat – auch in einem der zwei Bände, die sie mir geschenkt hat –, habe ich mir den fremden Ausdruck herausgeschrieben und meine Freundin Minka gefragt, die mehr wußte als ich, und die fragte ihren Vater, der Arzt war, und der sagte: Das ist etwas Böses. Paralysis progressiva bekommen solche Weltfremden wie der arme Nietzsche, wenn sie sich bei einer Hure anstecken und Syphilis kriegen und nicht merken, daß sie sie haben. Die geht dann ins Gehirn und zerfrißt es. Eine Schande? Ach wo. Das meint die alte Dame, weil sie eine Pfarrerstochter ist.

Hat er das wirklich gesagt? Und was ist eine Sy – wie heißt das Wort?

Syphilis ist eine Geschlechtskrankheit. Früher sagte man Franzosenkrankheit. Noch nie gehört? Du kleines Schaf.

Ich bin kein Schaf. Was kann ich dafür, wenn ich so was nicht gesagt bekomme? Wissen das meine Eltern?

Natürlich wissen sie's, alle Welt weiß es, antwortete Minka. Nur Förster-Lieschen tut, als wäre es nicht wahr, weil sie sich einen Heiligen aus ihm gemacht hat. So sagt mein Vater. Dafür konnte der Nietzsche nichts, sicher hat er sich's nicht so gedacht. Ein Glück, daß er nicht miterleben muß, was sich da heute im Archiv abspielt – sagt mein Vater. Aber reg dich nicht auf – wenn einer was Besond-

res ist, wird er immer mißverstanden und trotzdem als Denkmal aufgebaut, doch, glaub mir, das ist so!
Wahnsinn durch Geschlechtskrankheit. Scheußlich. Warum hat der kluge und ungewöhnliche Mann keine einzige Frau gefunden, die ihn liebte und zu ihm paßte? Ins Hurenhaus mußte er gehen, weil die feinen Damen, die seinen Geist verehrten, nicht mit ihm schlafen wollten. Ins Bordell, in den Puff – diese Wörter kannte ich, aber Bescheid wußte ich nicht. ›Leichte Mädchen‹, so hießen sie bei Maupassant in der Novelle ›La maison Tellier‹. Das war aber eine ganz vergnügliche Geschichte, und die Dirnen von Madame Tellier waren nett und anständig, sie nahmen ihren Beruf ernst und weinten in der Kirche bei einer Kommunion. Bei denen erwischte sicher niemand die Syphilis, die Franzosenkrankheit. Und warum hat Nietzsche nichts gemerkt? Warum ist er nicht zum Arzt gegangen? Ich fragte Minka, ob ein studierter Mann so unerfahren sein könnte. Sie zuckte die Achseln und sagte: Ich glaube ja. Grade so einer.
Unglaubhaft also nicht und doch verwirrend. Wie Elisabeth hätte ich weinen mögen über den armen Fritz, voller Mitleid mit dem Philosophen, der gegen das Mitleid war. »Wo in der Welt geschahen größere Torheiten als bei den Mitleidigen?« läßt er Zarathustra sagen. Und: »Man soll sein Herz festhalten«. Nein, ich, wenn ich damals gelebt hätte, ich hätte es nicht festgehalten, ob er nun das Mitleid wollte oder nicht. Wie seine Schwester hätte ich für ihn getan, was ich konnte – aber tat sie, was sie konnte? Für ihn? Ist sie so uneigennützig gewesen, wie sie uns glauben machen will? Nach wie vor schienen mir das zwei verschiedne Leute zu sein, der Weltberühmte, dessen Werke in zahllose Sprachen übersetzt worden sind, und der einsame, unglückliche Fritz: Übermensch der eine, Künder eines neuen Weltgefühls – und der andre ein Pfarrerssohn, ein fleißiger, gütiger, vom Schicksal geschlagner Mann, der bewundert und verehrt wurde, aber aufrichtig geliebt nur von seiner Mutter und seiner Schwester. Aufrichtig? Wirklich? Ob die alte Dame aus Marzipan überhaupt jemals aufrichtig geliebt hat?
Zarathustra gelesen, immer wieder, von Zeit zu Zeit und immer

wieder weggelegt, weil ich das Buch so biblisch fand und mich andauernd belehrt und an vielen Stellen beleidigt fühlte.
Manches poetisch gefunden: »Gut und böse und Lust und Leid und Ich und Du – farbiger Rauch dünkte mich's vor schöpferischen Augen. Wegsehen wollte der Schöpfer von sich, – da schuf er die Welt.«
Das war wie ein Gedicht. Aus diesem Buch könnte man viele Gedichte machen und unzählige Sprüche und Parabeln, und wer etwas für seine Weltanschauung brauchte, könnte sich Passendes heraussuchen. Sie taten es ja auch. Schon 1914 hatten mein Vater und seine Freunde sich an diesen Weisheiten festgehalten: »Der Krieg und der Mut haben mehr große Dinge getan als die Nächstenliebe.« Oder: »Einem guten Kriegsmanne klingt ›du sollst‹ angenehmer als ›ich will‹. Und alles, was euch lieb ist, sollt ihr euch erst noch befehlen lassen.«
Für solche Worte haßte ich auf einmal den, den ich grade erst zu bemitleiden gelernt hatte. Konnte er das verantworten? Wollte er, daß die Menschen einander umbringen? Versucht haben sie es ja schon. Jetzt war mir auch die hochtönende Sprache widerwärtig (das Wort ist von N.), ich ärgerte mich, daß er wie Jesus Christus ›wahrlich‹, rief, und Zarathustras Jünger schienen mir keine lebendigen Menschen zu sein, sondern einzig dazu erdacht, sich von ihm belehren zu lassen. Ich fühlte mich gekränkt, wenn der Weise von den ›kleinen Leuten‹ sprach, für die ›kleine Tugenden‹ nötig wären, und ich gönnte ihm, daß es ihm schwerfiel einzusehen, ›daß kleine Leute nötig sind‹. Ich schlug mich auf ihre Seite, ich mochte sie, die Kleinen, und ich stellte fest, daß ich wahrscheinlich einer von ihnen sei: die im Tal leben, die husten und sich gegenseitig kratzen, die einander loben, die gern glücklich sein wollen und nicht mögen, daß jemand ihnen weh tut. Ohne weitres war ich zuzugeben bereit, daß ich feige und erbärmlich sei und schäbig und kriechend, wenn einer mich seitenlang so streng richterlich ansprach, und gleichzeitig stand der Widerspruch in mir auf, mich lieber zu ›den Guten‹ zählen zu wollen, die er verachtete, so sehr er sie gebraucht hat (oder weil?).

Ich verfeindete mich in Gedanken mit dem Philosophen Nietzsche und fing an, dem armen Bruder Fritz nicht mehr zu glauben, daß es ihn gegeben hat.
Lies doch was andres, sagte mein Vater. Zarathustra ist kein Buch für junge Mädchen. Lies »Über die Zukunft unsrer Bildungsanstalten«. Das ist eine sehr instruktive Schrift.
Instruktiv war ein Lieblingswort von ihm, er gebrauchte es immer, um Langweiliges anzupreisen, darum verging mir flugs die Lust zum Lesen. Vielleicht würde ich ja nach dem Abitur einen Mann finden und Kinder bekommen und in Zukunft unsre Bildungsanstalten nicht mehr benötigen.

Du kannst einen so großen Mann aber nicht mit gewöhnlichen Maßen messen, sagte er.
Sind meine Maße gewöhnlich?
Ich wollte dich nicht beleidigen, versicherte er.
Wir saßen beinebaumelnd, die Füße im Wasser, auf dem Steg vor dem Bootshaus, wo ich sonst gern allein war, mich in den Anblick der Seichtwasserlandschaft vertiefend. Unter uns wimmelten die Fische mit den Kinderaugen, oben flatterten die Schreie der Möwen. Ich hatte mir für den Fall, daß er es nochmal mit mir versuchen würde, eine schreckliche Antwort zurechtgelegt: Ja, meine Mutter hat es verboten, aber nicht, weil ich deutsch und prüde sein soll, sondern weil es solche Krankheiten gibt, diese schlimmen, du weißt schon, niemand ist davor sicher, selbst ein so großer Mann wie Friedrich Nietzsche war es nicht, davon weißt du vielleicht nichts und, daß du mit ihm verwandt bist – und mit mir – das weißt du auch nicht –. Aber hier auf dem Bootssteg fand ich mein Vorhaben ziemlich lächerlich, und es schien auch ganz und gar unnötig zu sein.
Was hast du gelesen, fragte er schulmeisterlich: Jenseits von Gut und Böse? Die Genealogie der Moral? Fröhliche Wissenschaft? Wille zur Macht?
Ich schüttelte den Kopf. Nichts davon. Du etwa?

Jowist, natürlich.
Ich, bewundernd: Natürlich finde ich das aber nicht.
Du bist ein Mädchen, sagte er tröstend. Darum ist es nicht so schlimm, daß du weniger gebildet bist. Frauen denken in andren Bahnen –
Philosophie ist für dich wohl bloß zum Großtun da! unterbrach ich ihn und ärgerte mich. Neulich war es Lao-tse, mit dem du – ich meine, du willst immer nur beweisen, was für ein fabelhaftes Geschlecht –
Vor Ärger bekam ich meinen Satz nicht zusammen, und er ließ mich auch nicht ausreden. Nietzsche hat diesen Unterschied gekannt, sagte er lächelnd. Er ist so alt wie die Welt. Paß auf, rief er, ich zitiere, und er hob den rechten Zeigefinger in Höhe seiner Nase: Der Mann sei ein Kriegsmann, und das Weib sei die Erholung des Kriegers. Verstehst du?
Er richtete den erhobnen Zeigefinger auf mich und wollte inzwischen den linken Arm um meine Schultern legen, aber ich rutschte beiseite und sagte gehässig:
Jetzt weiß ich, was du für einer bist. Eine Frau zur Erholung willst du, aber Soldat willst du nicht sein. Du bist ein Schmarotzer!
Er habe nicht von sich gesprochen, behauptete er, ohne eine Spur beleidigt zu sein. Aber du kennst deinen Zarathustra nicht, mein Kind! Der unterscheidet Soldat und Kriegsmann, und da hat er recht. So ein Soldat ist ein armer Hund, der nicht begreift, warum er herumgejagt wird, während der Kriegsmann ein denkender Mensch sein soll, der erkennt, wofür er streitet. Komm doch wieder her, ich tu dir nichts. Sieh mal, ich könnte dir aus Zarathustra alles beweisen! Das ist wirklich ein großes Buch. Aber so ernst wollte ich gar nicht werden, sagte er und reckte sich, und dann hielt er die Hände gegen die Sonne und sah auf die See hinaus und behauptete zerstreut, Schweden würde sowieso nie wieder Krieg führen, es sei ja das freieste Land der Erde, und überhaupt, wenn jeder Mensch nur seine zwei Fäuste hätte, um sich zu wehren, dann –
Was dann?

Ja, dann gäbe es auf der ganzen Welt keinen Krieg, sagte er und sah immer noch hinaus. Ich bin ein Gegner von Feuerwaffen.
Du hast aber ein Gewehr, sagte ich. Zwei sogar.
Er stand auf, schüttelte seine nassen Füße, krempelte die Hosen runter und fuhr sich mit den Händen durchs Haar. Seine Haut war viel brauner als meine, ganz gleichmäßig, und jetzt erst fiel mir auf, was für ein feines, weißes Hemd er trug, und daß er schön aussah, wie frisch poliert. Etwa mir zuliebe?
Die Gewehre, erwiderte er, freundlich von oben auf mich herabsehend, die habe ich, um zu jagen. Niemals würde ich auf einen Menschen zielen. Und nun, Urschula, bekomme ich Besuch. Siehst du das Boot? Nein, dort – dahinten! Vera sitzt darin, sie wird gleich hier sein, und du wirst sie kennenlernen, nein, lauf doch nicht fort! Vera ist von meinen Freundinnen die lustigste und liebste.
Das Boot zog seinen Bogen um die Kaimauer, es tuckerte heran, ein Mädchen stieg aus, fiel Torgel um den Hals und gab mir die Hand. Vera war, das sah ich sofort, nicht so hochnäsig wie Kerstin.
Dies hier ist Ursula aus Deutschland, sagte Torgel, sie ist prüde, obwohl sonst sehr nett. Sie möchte geliebt werden, aber nur von einem, der sie heiratet, und darum ist es nichts mit ihr und mir, denn ich heirate ja dich!
Vera lachte, dabei wurden ihre Augen schmal; sie standen ihr ein bißchen schräg im Gesicht, so als hätte sie einen Lappländer unter ihren Vorfahren oder einen Robbenfänger aus Grönland. Mach dir nichts draus, sagte sie, und ich wußte nicht genau, was sie meinte – daß er es schon mit mir versucht hatte oder, daß er mich prüde fand oder die Selbstsicherheit, mit der er erklärte: Ich heirate ja dich.

Kaum ein paar Tage von der Reise zurück, wurde ich ins Archiv bestellt, in Elisabeths Privatsalon, und wir saßen auf ihren roten Plüschsesseln, die ich wider Willen bequem, deren Troddeln und Quasten aber so schauderhaft fand, daß ich mich versteifte, um die Bequemlichkeit nicht zu verspüren. Nebenan Nietzsches Schlafzimmer mit seinem Sterbebett, die Tür stand offen, ich hätte hineinsehen können, aber ich tat es nicht. Draußen der Garten mit seinen Riesenbäumen, den Schlängelwegen und Rosenrabatten, mit Himbeergebüsch und einem Holzstall, vielen Obstbäumen und einem Bienenhaus. Je tiefer man in diesen Garten hineingeriet, desto ländlicher wurde er. Der Zaun hinter der Obstwiese, ein primitiver Lattenzaun, war ziemlich verwittert. Wenn ich über ihn kletterte, landete ich auf einem Acker.

Du bist braun, sagte Elisabeth, ein bißchen zu braun, mein Kind, aber das schadet nichts, es verliert sich ja wieder. (Sie nestelte an ihrem Lorgnon und betrachtete mich schmunzelnd). Du hast dich erholt, mein Liebes, du strahlst ja, deine Augen und deine Haare sind ganz glänzend. Du hast dich wohlgefühlt, nicht wahr?

Doch, o ja, ich habe mich wohlgefühlt. Es war herrlich.

Sehr schön. Du mußt mir alles erzählen, ich bin gespannt.

Alles? Ach, das wäre zu viel. Ich würde nie fertig.

Sie lachte. Du weißt schon, wie ich's meine, sagte sie und ließ ihre Zungenspitze über die Lippen schlüpfen, wie oft, wenn sie sich amüsierte. Erzähl von den Inseln und wie das Haus ist, und wie ihr gelebt habt.

Das Haus ist aus Holz, begann ich ungeschickt. Und rot gestrichen. Sehr gemütlich ist es, keine tolle Millionärsvilla. Auch die Innenwände sind aus Holz, und immer riecht es ein bißchen nach Wald.

Und dann habe ich mich bemüht, ihr wie ein Kind das Sommerleben auf der Insel zu beschreiben, und was wir gemacht haben, Lill und ich, und es fiel mir nicht schwer, ein Feriendasein auszumalen wie im Bilderbuch, so einem, wo die Umrisse schon vorgezeichnet sind und man braucht sie nur auszufüllen mit Buntstiften. Im betroddelten Plüschsessel, angesichts meiner Marzipantante und ihres silbergrauen Löckchengewusels, vergaß ich, was ich nicht erzählen wollte. Ich log nicht. Ich verschwieg. Es war ganz leicht.

Nein, so ein Inselparadies, sagte sie. Wirklich reizend, wie du das schilderst. Aber du sprichst immer von Lill, die ich kaum kenne. Wie war es mit Torgel? Er war doch auch da? Ich muß gestehen,

der Sohn meines Freundes Thiel interessiert mich noch mehr als seine Tochter. Mir scheint, er ist ein ganz ausgezeichneter junger Mensch.
Ja, erwiderte ich trocken. Er ist nett.
Das ist eine etwas dürftige Antwort, sagte sie und errötete an meiner Stelle. Ich meine, findest du ihn nicht ungewöhnlich? Und vielleicht besonders liebenswert? Du weißt doch, sein Vater ist einer meiner besten Freunde. Oder hast du ihn zu wenig kennengelernt?
(Was hat sie denn vor – mir scheint, sie horcht mich aus?) Mit dem ist es nicht ganz einfach für mich, sagte ich zögernd. Weißt du, er ist mir überlegen, und er zeigt das gern, und außerdem ist er ein Freidenker und (schon wußte ich nicht mehr weiter) –
Sie ereiferte sich: Aber Kind, ein Freidenker ist doch etwas Wunderbares! Sie war ganz aufgeregt und fächelte mit dem Spitzentüchlein, als ob ihr zu warm wäre, und wie schon oft, kam sie mir wie ein Backfisch vor, und ich hätte gern gewußt, wie sie aussah, als sie wirklich einer war – vielleicht wie eine Teepuppe aus dem Handarbeitsladen.
Es ist nicht leicht, das zu erklären, sagte ich schließlich. Aber ich meine, man kann's ja auch übertreiben mit der Freidenkerei.
So? Wie denn? Sie lächelte, ließ die Zungenspitze wieder über die Lippen huschen und sah mich erwartungsvoll an.
Du mußt wissen, sagte ich (und merkte, daß ich Torgels Formulierung gebrauchte), er ist sehr gebildet. Und er schmückt sich einfach mit allem, was ihm gefällt, ob das nun aus dem chinesischen Mittelalter ist oder modernes Schwedentum oder Kommunismus oder Nietzsches Philosophie. Er bringt das alles unter einen Hut, auch sein Naturmenschenleben auf der Insel und seine vielen Freundinnen. Und daß er jetzt Soldat sein muß, das findet er –
Ja? wie findet er das?
Ach, das wollte ich eigentlich nicht erzählen.
Es interessiert mich aber! Bitte erzähl!
Am vorletzten Sonntag hat er mir noch mit Nietzsche-Worten beweisen wollen, daß der Mann ein Kriegsmann sein soll, und die Frau

– aber das kennst du ja besser als ich. Da war ich ein bißchen ärgerlich auf ihn, weil er sich damit wichtig tat, aber dann kam seine Freundin Vera, und die ist goldig, und wir haben von dem Thema nicht mehr gesprochen. Am Sonnabend darauf – es war mein letztes Wochenende – da kam er nicht, sondern ein Telegramm, er dürfe leider nicht aus der Kaserne fort, weil dort eine ansteckende Krankheit ausgebrochen sei, Masern oder Scharlach, eine Kinderkrankheit jedenfalls. Alle Soldaten mußten in der Kaserne bleiben. Das Wetter war herrlich, und wir haben ihn bedauert, Lill und ich. Aber beim Abendessen sah ich irgendwann zufällig durchs Fenster und sah einen nackten Mann über den felsigen Vorplatz auf unser Haus zulaufen und bin erschrocken, denn, wenn wir dort auch nackt gebadet haben, sonst liefen wir nicht so herum. Es muß etwas passiert sein, dachte ich, und da stand Torgel auch schon in der Tür – er muß im letzten Augenblick seines Vaters Schirmmütze vom Garderobenhaken genommen haben, eine weißleinene, und die benutzte er als Feigenblatt, und er rief uns etwas zu, das ich nicht verstand, und dann lief er die Treppe hinauf in sein Zimmer. Pa und Lill und Lüwla redeten durcheinander, schwedisch natürlich und mir total unverständlich, sie warfen ihre Servietten weg und liefen hinter ihm her. Ich blieb sitzen. Zuerst war ich arg verblüfft, aber dann habe ich gedacht, schließlich ist er ja lebendig, habe mich beruhigt und habe weitergegessen.

Elisabeth schien ehrlich verwundert zu sein, sie preßte ihr Spitzentüchlein vor den Mund und wackelte mit dem Kopf. Es sah sehr komisch aus. Ich nahm mich zusammen und erläuterte: Er war aus der Kaserne ausgerissen, weil er keine Lust hatte, am Sonntag da herumzusitzen, der große Kriegsmann Thiel.

Ja aber – seine Kleider? Er kam doch nicht nackt aus der Kaserne?

Die hatte er in die See geworfen, noch vom Motorboot aus, ganz draußen, weil er uns nicht anstecken wollte. Ich hörte dann, wie sie oben ein Bad einließen und wie es plätscherte, und hörte, wie Vater und Sohn sich gegenseitig anschrieen, und Lill kam wieder herunter, sich die Ohren zuhaltend, und dann machte sie es wie ich – sie beruhigte sich und hat weitergegessen. Am nächsten Morgen kam schon wieder ein Telegramm, diesmal von seinem Vorgesetzten, und da –

Aha, der Vorgesetzte! Und?

Und da mußte er eben wieder in die Kaserne zurück und hat Arrest bekommen und hat uns leid getan, auch Pa, ich meine den Bankdirektor, der fand das unmenschlich, obgleich er ihn selber angeschrien hatte, aber auch er konnte ihm das nicht ersparen, nicht mal mit seinem vielen Geld.

Ach, mein liebes Kind, sagte Elisabeth gefaßt, das ist aber kein schlechtes Zeichen für den Charakter dieses jungen Mannes. (Mir schien, als wollte sie mich trösten.) Ein so freiheitlich erzogner Mensch. Jung und begabt! So einer fühlt sich eben schon gefesselt, wenn er zum Wochenende nicht bei seinen Lieben sein darf.

Dann wackelte sie wieder mit dem Kopf, diesmal aber offensichtlich vor Vergnügen, und sie erklärte, eigentlich sei das doch eine ganz köstliche Geschichte.

Später muß es zwischen der Dame und meinem Vater ein vertrautes Gespräch gegeben haben, das ich mir leicht zusammenbasteln kann – es hat in Elisabeths Arbeitszimmer stattgefunden, gegen Abend, ein Brief hat auf dem Schreibtisch gelegen, die Sekretärin war nach Hause gegangen. Sie habe eine Idee, wird sie gesagt haben, und es sei vielleicht eine ganz köstliche. Mein Lieber, wird sie meinen Vater genannt haben, und er wird gewußt haben, jetzt kommt etwas Unangenehmes, und wirklich, so war es. Nachdem sie sich ein bißchen geziert und die Lippen mit der Zungenspitze befeuchtet hatte, erklärte sie, er möge doch einmal mit ihr beraten, ob es nicht zu erwägen sei, aus dem jungen Thiel und mir ein Paar zu machen: Der Sohn des reichen Nietzsche-Kenners und die Tochter des Archivars. Das könne doch eine ausgezeichnete Sache sein! Und wie nützlich für das Archiv. Sie hat ihn erwartungsvoll angesehen und die Silberkette ihres Lorgnons um ihre Marzipanfinger gewickelt.

Mein Vater, erschrocken: Du lieber Himmel! Ursula geht noch in die Schule.

Sie: Aber mein Freund, sie von der Schule zu nehmen, wenn sie achtzehn ist, wäre doch eine Kleinigkeit.
Er erklärte, das nicht zu wollen. Er habe inzwischen einigen Ehrgeiz bei mir geweckt und sei zufrieden, daß ich was taugte (Deutsch eins, Mathematik drei bis vier).
Elisabeth, wahrscheinlich ziemlich spitz, behauptete, es sei aber schon allerlei vorgefallen, und mein Vater bekam rote Flecken auf der Stirn, wie immer, wenn er sich ärgerte, und erwiderte, das glaube er nicht.
Sie: Aber mein Lieber, einem Vater wird so was nicht erzählt. Außerdem habe ich schon mit meinem Freund Ernest darüber korrespondiert, und es ist ganz in seinem Sinne. Wirklich, wir sollten das ernsthaft erwägen!
Am nächsten Morgen beim Frühstück, als die andren noch nicht am Tisch waren, hat er mich vorsichtig ausgefragt, und er sah aus, als ob er schlecht geschlafen hätte. Er machte es beiläufig, während er seine Zigarre anzündete und sie betrachtete, als redete er mit ihr: Was ich noch sagen wollte – wie war es denn eigentlich mit dem Torgel – wie findest du ihn – ich meine, du weißt ja, warum ich mich für ihn interessiere –
Da hatte ich Lust, ihn ein bißchen schwitzen zu lassen, und ich erzählte allerlei und ebenfalls beiläufig die Heubodengeschichte, über die er nicht einmal zu lächeln imstande war, und ich konnte zusehen, wie ihm der Kragen eng wurde, so einer, der im Nacken mit Knöpfchen am Hemd befestigt war. Dabei bin ich ihm schon längst nicht mehr böse gewesen; meine anfängliche Wut über seine Feigheit hatte sich in den Ferien verflüchtigt, und dennoch, ihn bei Gelegenheit ein bißchen zu plagen, das verschaffte mir Genugtuung.
Nach diesem Frühstück ging er nicht, wie sonst, gleich aus dem Hause, sondern ins Schlafzimmer meiner Mutter, um dort zu wettern, und die Arme, die an dieser Sache von uns allen am unschuldigsten war, hat in den Pausen irgend etwas Sanftes geantwortet, wahrscheinlich, daß Elisabeth doch keine Ahnung habe, und nicht

aus Bosheit habe sie diesen Vorschlag gemacht, sondern weil sie, wie immer, zu allererst an das Archiv denke, das wisse er doch, und schließlich auch – und leider müsse sie das mal sagen – bekommt man eben doch manchmal unversehens eine Rechnung für längst Vergangnes präsentiert . . .

Daraufhin hat er sich gesagt, hier müsse ein Machtwort gesprochen, ein Unglück verhindert werden, koste es, was es wolle. Gewiß glaubte auch er an die Gefährlichkeit der Blutschande. Inzest! mit keiner Million wieder gutzumachen. Blöde Enkelkinder! Entsetzlich. Lebenslängliche Gewissensbisse. Er hat sich ermannt, hat Stock und Hut genommen, ist ins Archiv und dort mit energischen Schritten die Treppe hinaufgegangen und schnurstracks in Elisabeths Gemach, wo sie auf einem der betroddelten Plüschsessel saß und frühstückte. Ganz ohne den gewohnten Respekt und ohne auf ihre Stimmung zu achten oder zu warten, bis sie das Stichwort gab, worüber geredet werden sollte, in Nachbarschaft von Nietzsches Sterbezimmer, hat er sie angedonnert: Meine Tochter wird nicht verkauft!

Und sehr gut kann ich mir vorstellen, wie ungewohnt eilig sie nach ihrem Lorgnon gegriffen und ihren wütenden Archivar betrachtet hat, den Kopf schüttelnd und ehrlich besorgt: Aber lieber Freund! Bitte keine Aufregung. Dies war doch nur ein Vorschlag, und schließlich – nun ja – wir werden uns eben etwas andres ausdenken.

Wir, hat sie gesagt, und damit meinte sie sich. Wir, Elisabeth, die Königin Schwester, Gründerin, Herausgeberin, einzige Vertraute dieses einzigartigen, wunderbaren Menschen. Niemals, sagte sie, haben Geschwister sich besser verstanden als er und ich. Wir haben einander immer alles anvertraut.

Alles? Immer? Als ich angefangen habe, das nicht mehr zu glauben, fehlte mir schon die Unbefangenheit, ihr zu widersprechen. Es hätte auch nichts genützt. Sie ist unbelehrbar, sagte mein Vater, und er sagte es mal seufzend und mal im Zorn, sagte es kopfschüttelnd oder verzweifelt oder lachend und auch vor Wut lachend. Eigentlich müßte sie wissen, dachte ich, daß ihr Bruder ihr nicht gehörte wie ein kostbarer Perserteppich oder ein seltner gewaltiger Baum, und doch hätte ich nicht gewagt, ihr das auch nur anzudeuten; überhaupt war ich oft feige und traute meinen eignen Gedanken nicht über den Weg.

Neu-Germania, die Förster-Kolonie im fernen Paraguay, eine ihrer Lieblingslegenden, war auch ein Thema, in das einzumischen wir Kinder uns gar nicht erst angewöhnt hatten; wir hörten zu, ich zwar mit wachsender Skepsis, wir nahmen hin, wie ihr armer Bernhard im fremden Land sein Leben lassen mußte (Warum? Das sagte sie nie!), wie sie nach Deutschland gereist ist und dort mit übermenschlicher Anstrengung versucht hat, das Werk ihres Mannes zu erhalten (Wodurch? Und was für ein Werk? Müßte ich nicht mal fragen?). Aber nein, ich halte den Mund und lasse sie erzählen. Zum Beispiel, daß sie die Medizinfrau von diesen Eingeborenen gewesen ist, die ihre Kinder zu ihr gebracht haben: Wie schmutzig waren diese Kleinen, wie verlaust und voller Pickel! Sie weinten, sträubten sich oder waren apathisch. Krank, sagten ihre Mütter, und sie baten die Frau aus Deutschland, ihnen zu helfen, und da hat Elisabeth zugepackt und sich der Kinder angenommen: Wundermittel hat sie gespendet, und sie freut sich noch heute, wie pfiffig sie das gemacht hat – ein bißchen Badesalz, einige Tropfen Haaröl – versteht ihr mich? Nämlich, wenn ich gesagt hätte, ihr, meine lieben Frauen, ihr seid selber schuld, denn ihr wascht eure Kinder zu wenig – hätten sie das etwa geglaubt? Darum habe ich es listig angefangen. Medizin ist ein Zauberwort, ein paar Tropfen, ein paar Krümelchen ins Waschwasser, meine Lieben, jeden Tag und schön regelmäßig! So habe ich es gemacht, und die guten Frauen haben mir gehorcht, denn sie *waren* gute Frauen, nur leider unwissend und primitiv, aber weil sie meine Ratschläge befolgt haben, sind ihre Kinder gesund geworden, und sie haben mich als Wohltäterin gepriesen und mich geliebt.

Hast du da in einer Hütte gewohnt, fragt Henning – so aus Palmenblättern? Er fragt aus Artigkeit, dies ist ein Spiel, das wir schon oft gespielt haben, und wir wissen, wie es weitergeht. Die große weiße Holzbank an der Südseite des Hauses ist unsre Tribüne; mit Blick auf den sauber geschorenen Rasen und die Rhododendronbüsche erwarten wir das Termitenheer, zu dem Henning eben das Stichwort gegeben hat. Er sitzt zwischen Elisabeth und mir, er ist, wie immer, etwas struppig und reibt, wie immer wenn er sich langweilt, mit nicht ganz saubren Händen seine rissigen, vernarbten Knie.

Aber nein, sagt Elisabeth, wir haben eine große, luftige Villa gehabt, der Onkel Bernhard und ich, am Rande des Urwaldes, mit weitem Blick über das Land, und wir hätten den armen Eingeborenen auch so schöne Häuser gebaut, wenn nicht das Unglück über uns gekommen wäre.

Was für ein – fragt Henning unprogrammgemäß und hört auf, die Knie zu reiben. Aber schon kichert sie fröhlich vor sich hin und lispelt: Nein, denkt euch nur! Selbst unser ordentliches Haus mit Fenstern und Türen hätte uns beinahe nicht vor den Ameisen schützen können. Diese Ameisen! Sie waren viel größer als unsre hier im Garten und viel gefährlicher – huh! Ich habe mich vor ihnen gefürchtet. Sie kamen anmarschiert, ein ganzes Heer, es war irgendwie majestätisch, und so sehr ich sie fürchtete, habe ich sie auch bewundert, diese Tiere, denn sie hatten einen Feldzugsplan, doch, glaubt mir! Sie wollten uns angreifen, unser Haus stürmen, die Vorräte aufessen, die Möbel, die Bücher, einfach alles!

Henning und ich sind maßvoll entsetzt. Und? fragen wir, Spannung demonstrierend. Ja, sagt Elisabeth, also! Gott sei Dank hatte ich mir aus Deutschland eine Flitspritze mitgebracht, und dabei wußte ich zuerst nicht, wofür ich sie brauchen würde – aber nun! Ich habe mich mit der Spritze vor der Haustür aufgestellt, und als die ersten Ameisen ankamen, ffft gemacht. Ffft ffft! Da haben sie gestutzt: die ganze Abteilung halt! Genau wie Soldaten. Zwei Botschafter eilten an den Reihen entlang nach rückwärts, es war fast unglaublich, sie haben das gewaltige Heer benachrichtigt, so daß es nicht nur zum Stehen kam, sondern sich neu formierte und umkehrte, und ich

konnte sie abziehen sehen, unsre Feinde. Was sagt ihr? Ist es nicht ein Wunder der Natur?
Wir nicken und versuchen, begeistert zu wirken, was uns nicht besonders gelingt, weil wir die Geschichte schon kennen, so lange wir leben. Was für ein Glück, murmle ich, daß du auf den Gedanken mit der Flitspritze gekommen bist. Sonst hätte das Unglück euch schon viel früher ereilt, ergänzt Henning – was für ein Unglück war es denn eigentlich, ich meine das andre, von dem du vorhin –?
Elisabeth steht auf, sie nestelt an ihrem Beutel, und wir wissen, jetzt bekommen wir jeder eine blanke Mark. Weil wir so goldig sind. Und damit wir ihr nicht böse sind, daß sie jetzt hineingeht: Gespräche ermüden sie doch so sehr, und Erinnerungen machen sie traurig. Ihr wißt, ich bin eine alte Frau. Behaltet mich lieb und besucht mich bald wieder. Ich, Ursula, die das schon mit sieben Jahren gelernt hat, reiche ihr das hilfreiche Händchen, das sich zu einer ziemlich kräftigen Hand ausgewachsen hat, damit sie, gleich drüben, die Gartentreppe zum Archiv hinaufgehen kann; dort wird sie an den Bücherwänden entlangtrippeln und durch den Arbeitsraum unsres Vaters, dem sie mit gekraustem Spitznäschen zulächeln wird, und vielleicht sagt sie, seine Kinder seien wieder reizend gewesen. Reizend!
Wir schlendern ums Haus und über den großen Vorplatz, und Henning sagt versonnen: Komisch ist es ja.
Was ist komisch?
Na, daß sie bei den Indianern im Busch gelebt hat, so wie die aussieht.
Nicht im Busch, sage ich, und die Eingebornen in dieser Kolonie waren keine Indianer, wie du sie dir vorstellst, nicht solche wie Winnetou.
Meinswegen! ruft Henning, rennt über den Vorplatz, daß die Kiesel aufstieben und klettert, ehe ich ihn hindern kann, über das doppeltürige Tor, das nur geöffnet wird, wenn angemeldeter Besuch im Wagen am van-de-Velde-Portal vorfahren möchte. Laß mich doch, ruft er, es siehts ja niemand! Und befriedigt aufatmend, auf der and-

ren Seite: Mir ja egal, ob das nun richtige Indianer waren oder falsche, aber hingepaßt hat sie bestimmt nicht mit ihren Spitzen und dem Sonnenschirmchen. Oder war sie da noch jung?
Immerhin, ungefähr vierzig Jahre jünger als jetzt, sage ich, und er antwortet: Möönsch. Und reibt seine Knie, und dann rennt er voraus, denn eigentlich interessiert ihn das Gespräch überhaupt nicht.
Wir hatten es nicht weit nach Hause, fünf Minuten, sieben, mehr nicht. Von der einseitig bebauten Straße konnte ich links über die Gartenzäune hinweg zwischen Häusern und Bäumen zur Stadt hinuntersehen, ihre bescheidnen Türme, das hohe Dach des Theaters, das wir Nationaltheater nannten, die stahlgrauen Gasbehälter an der Straße nach Erfurt, die mir unheimlich waren, weil sie unmerklich ihre Höhe veränderten. Jenseits der Ettersberg, maßvoll geschwungen und bewaldet, maßvoll auch in seinen Farben, und am Horizont der Bismarckturm als erhobner, sehr kleiner Zeigefinger, an dessen Sockel wir uns sonntags ausruhen und Limonade trinken konnten. Hier, mit dieser Aussicht, stand das Nietzsche-Archiv nun schon seit 30 Jahren. Als Elisabeth nach dem geheimnisvollen Unglück aus Paraguay nach Deutschland zurückkam, ist meine Mutter noch ein Baby gewesen und mein Vater Abiturient in Schul-Pforta bei Naumburg, wo auch Nietzsche zur Schule gegangen ist. Ob er sich etwas dabei gedacht hat, mein Vater? Ich glaube ja. Seine Eltern werden ihm beigebracht haben, stolz darauf zu sein, und mit seinen Brüdern wird er darüber gewitzelt haben, daß auch Nietzsche keine Mathematik gekonnt hat. Wie er. Deutsch eins, Mathematik fünf.
Gewußt hat Elisabeth ja schon vor langer Zeit, daß sie viel Kummer und Leid wird ertragen müssen, und auch dazu gibt es, wie wir wissen, eine erstaunliche Geschichte, die sich in Basel abgespielt hat, als Fritz dort junger Professor war und sie, das Lama, wie er sie nannte, noch unverheiratet, ihm den Haushalt führte. Die Legende von der Zigeuner-Wahrsagerin ist uns immer ein bißchen peinlich, und wir sind froh, wenn unsre Schwester Mechthild dabei ist, von

einer Haarschleife gekrönt, dick und gemütlich an Elisabeths Seite sitzend, Hand in Hand mit ihr, und sie lacht und weint programmgemäß und ohne Arg. Für sie ist die Geschichte so neu wie am ersten Tag. Eine Wahrsagerin, sagt sie, das ist eine Frau aus dem Märchen. Elisabeth ist entzückt: Wie recht sie hat, die Kleine! Ja, aber nun gebt acht, meine Lieben, jetzt kommt das Wunderbare und ganz Eigenartige, nämlich daß die Frau sich weigerte, mir aus der Hand zu lesen, auch nicht für eine stattliche Münze, weil, wie sie sagte, sie mich nicht unglücklich machen wollte. Aber nein, was bedeutet das denn, gute Frau, bitte sagen Sie mir doch, was Sie sehen, ich bin ganz begierig! Die Frau schüttelte den Kopf und wandte sich ab, und nun ist auch mein Bruder aufmerksam geworden und hat sie sehr schön gebeten, uns doch die Wahrheit zu sagen. Wir können sie vertragen, hat er in seiner liebenswürdigen Art erklärt, und das muß sie ihm geglaubt haben, denn sie ergriff von neuem meine Hand, schaute mit ihren schwarzen Augen hinein und dann mir ins Gesicht und sagte: »Dein Mund lächelt, aber das Herz weiß nichts davon«. Ach, ihr Lieben! So jung ich damals gewesen bin – diese Worte werde ich niemals vergessen. Aus ein paar Linien meiner Hand konnte die Zigeunerin erkennen, was für schweres Leid mir bevorstand und wie mein Herz vor Kummer zerrissen würde, während mein Mund lächeln mußte, als mein geliebter Fritz seiner schweren Krankheit erlag.

Henning und ich sitzen in bescheidner Zuhörerpose auf der Erinnerungsbank, aber Mechthild ist ergriffen, sie schlingt ihre fetten Ärmchen um die Tante und ruft: Oooch! Was hatte er denn? Hat es ihm weh getan? Und sie bekommt mitgeteilt, daß sie eine gute Seele sei. Daß der arme Bruder von schrecklichen Kopfschmerzen geplagt war und viel zu viele Medikamente hat nehmen müssen, so daß seine Augen fast erblindeten. Darum, und weil er unter der Schlechtigkeit der Welt gelitten habe, sei er so schwer leidend geworden. Mechthild versteht wahrscheinlich nichts, aber ihr Apfelgesicht verzieht sich zum Weinen, und die Tante holt das Spitzentüchlein hervor, wirft mir einen Blick zu und flüstert, wie sie denn

das traurige Kind trösten soll. Du lieber Gott! was habe ich da gemacht?
Ich spiele die Vernünftige und sage, sie müsse uns noch erklären, warum ihr Bruder sie das Lama genannt habe, und Henning bemerkt, Mechthild könnte jetzt einen Schokoladentaler gebrauchen. Wir wissen: der Beutel mit dem Spitzentüchlein und den Markstükken enthält auch eine mit Schokoladen gefüllte Silberdose. Flugs bekommen wir jeder einen Taler, und erleichtert berichtet Elisabeth, warum Fritz sie so genannt hat, als Junge schon, denn er studierte doch immer so eifrig und hat in seinem ›Buch der Natur‹ die Beschreibung gefunden, die sie heute noch auswendig kann: »Das Lama ist ein merkwürdiges und geduldiges Tier. Freiwillig trägt es die schwersten Lasten; wenn man es aber zwingen will oder übel behandelt, so verweigert es, Nahrung zu sich zu nehmen und legt sich in den Staub, um zu sterben.«
Jetzt strahlt unsre Dicke. Über Tiere weiß sie Bescheid. Obwohl sie, wie Henning behauptet, ein bißchen doof ist, buchstabiert sie zu Hause im Zoologie-Atlas geduldig alle Unterschriften und macht das so oft, bis sie sie behält. Lama, ruft sie, das ist ein Hufpaarzeher mit langem, zottigem Fell – ich weiß! Ein Neuweltkamel. Das ist so ein Tier, das jeden anspuckt, den es nicht leiden kann.

Die Rolle, ältestes Kind und gleichzeitig jüngste Erwachsne zu sein, haben meine Eltern mir wie selbstverständlich zugeschoben, anscheinend unbedacht, und ich übernahm sie, ohne zu protestieren. Manchmal habe ich mich gedrückt. Das konnte ich, ohne mir allzu schlecht vorzukommen, ein Sport, mit dem ich niemandem weh tat, auch mir selbst nicht; wir alle betrieben diesen Sport, uns in Freundlichkeit um irgend etwas zu drücken, angefangen beim Hausherrn, der sich allerdings herausnahm, es auch ohne Freundlichkeit zu tun – er, sowie die Jüngste der Familie, genannt Schnucki, die erst schulpflichtig wurde, als ich Primanerin war. Da durfte sie zu meinem Ärger sich noch im warmen Bett kuscheln, wenn ich vor meiner seerosenverzierten, eiskalten Waschschüssel

schauderte; sie sah mir zu und kritisierte mich: Du machst aber langsam! Du putzt dir aber kurz die Zähne!
Immer wußte sie alles besser, die Range, vom Bett aus, von ihrer Niedlichkeit aus, ihrer Position als Kleinste und Schutzbedürftige. ›Ichbisklein‹ war einer ihrer ersten Sätze gewesen und ›dubisdoof‹ einer ihrer nächsten. Sie kritisierte auch unsren Vater und entzückte ihn, indem sie ihn von unten herauf anschrie oder genauer: von unten herab. Er lachte: Die wird mal gut! Sie drohte ihm mit winziger Faust: Du blöder Kerl! Er hob sie hoch, vor Lachen hustend und setzte sie auf sein Knie, aber sie wand sich wie eine Katze, riß sich los und war fort.
Wenn wir zu Elisabeth gingen, versteckte sie sich rechtzeitig – dieses Theater paßte ihr nicht. In unsrem geräumigen Haus, wo es außer in den Zimmern meiner Mutter, meist unordentlich war und etwas verwahrlost, auf dem Boden, wo immer Wäsche hing, wo Henning seine Jungenbude und Frieda ihr Schlafzimmer hatte, in den mit Holz und Kohlen, mit Waschutensilien und Kinderfahrzeugen angefüllten Kellerräumen, im Lorbeerhain, den wir so nannten, weil dort die Oleanderbäume überwinterten, die im Sommer den Vorplatz des Nietzsche-Archivs umsäumten, in unsrem Garten mit den vielen knorrigen Obstbäumen, wo alles wuchern durfte, weil mein Vater befohlen hatte, daß es kein Unkraut gibt – überall hatten wir eine Menge Möglichkeiten, uns zu verstecken, uns zu verkrümeln . . .
Als ältestes Kind und jüngste Erwachsene hatte auch ich mich ab und zu sonnabends zum Jour fixe im Archiv einzufinden, ab und zu, wegen des ungeschriebnen Gesetzes. An diesem Tag ging ich nicht, wie gewohnt, über den Kiesweg zu den Rhododendronbüschen, nicht an den vergitterten Parterrefenstern und Elisabeths Gartentreppe mit dem Heckenrosengeländer vorbei, sondern gradeaus zum Jugendstilportal hinein, dessen Messingbeschläge frisch geputzt waren. Ich ließ mir von Tiedemann, der weiße Handschuhe trug, aus dem Mantel helfen und ein Witzchen über die vor mir eingetroffne alte Dame zuflüstern, stand eine Weile im Empfangszim-

mer herum, dachte, daß ich eigentlich etwas anderes vorgehabt hatte, und kam mir überflüssig vor. Könnte ich mich denn wenigstens durch die nächste Tür verdrücken, durch den noch menschenleeren Bibliotheksraum die Treppe hinunter in den Garten, dort nach den Hühnern sehen und dem Bienenhaus unter den Zwetschgenbäumen – nachher auf demselben Wege zurückkommen und so tun, als ob ich die ganze Zeit dagewesen sei? Zu spät, Elisabeth hat mich gesehen, sie will mich einer ihrer alten Freundinnen vorstellen, die mich nicht wiedererkennt, weil ich mich so verändert habe, zu meinem Vorteil natürlich, was sie entzückend findet – äntzückänd! Die Dame ist von Adel, sie ist so klein und dünn und mausgrau und hat so unbeschreiblich wenige, zu einem mikroskopischen Knoten zusammengezwirbelte Haare, daß ich keinesfalls unartig zu ihr sein kann, und ich denke, Elisabeth müßte ihr dringend eine blanke Mark aus ihrem Beutel schenken. Ganze Rudel solcher Herrschaften sind hier sonnabends zu sehen, mehr oder weniger adlig, meist ein bißchen aus der Mottenkiste, manche sind albern und unerträglich laut, manche bescheiden oder lieb vertrottelt, aber alle anscheinend glücklich, hier sein zu dürfen, und sie haben die ganze Woche auf diesen Nachmittag gewartet. Sie sitzen auf den Polsterbänken, die van de Velde so elegant in die Holztäfelung der Wände eingearbeitet hat, und die bleiche Stirn der Nietzschebüste auf hohem Sokkel und der vergoldete Lorbeerkranz leuchten zu ihrem Geschwätz. Die Gräfin Münster mußte heute ohne Hut kommen, sie hat nur einen, in dem haben ihre weißen Mäuse sich ihr Wochenbett eingerichtet – ist das nicht süß? Fräulein von Freytag, Vorsitzende des Tierschutzvereins, die einen sprechenden Hund namens Kurvenal besitzt, findet das Verhalten der Gräfin liebevoll und übrigens den grauen Zopf, den sie um den Kopf gewunden trägt, schmückender als jeden Hut.

Die Malerin Wibiral, die meisten Damen um Haupteslänge überragend, winkt mir von weitem zu; sie sieht immer wie eine Statue aus, kerzengrade und stilvoll, das dicke schwarze Haar sorgfältig über die Ohren frisiert. Auch sie ist arm, ich weiß es, weil ich sie manch-

mal besuche, aber ihre Armut ist charaktervoll und scheint mir etwas mit Freiheit zu tun zu haben, was ich allerdings nicht erklären könnte. Ich frage sie nicht danach. Wir reden über die Vasen, Schalen und Dosen, die sie mit den in ihrer Jugend bei van de Velde gelernten Ornamenten bemalt, und die mir fremd sind, aber ich versuche, mir etwas dazu einfallen zu lassen, um sie nicht zu kränken. Wir reden auch darüber, daß ich Kunsthistorikerin werden möchte und mein Vater das unsinnig findet – ein brotloser Beruf. Die Wibiral belacht das mit ihrer Altstimme, was mir tröstlich klingt und so, als ob sie meinem Vater nicht glaubt. Warten wir mal ab, sagt sie – kommt Zeit kommt Rat. Und obwohl das eine Phrase ist, mit dieser Stimme klingt sie überzeugend.
Etwas wohler fühle ich mich schon, seit Fräulein Wibiral in der Nähe ist, drängle mich aber nicht zu ihr, weil ich unterhalb ihrer Schulter einen Topfhut auftauchen sehe, der gehört ihrer Freundin, die mir neben ihr immer wie ein Witz vorkommt, farblos, spitznäsig, mit einer aufgebrachten Piepsstimme, und ich anstelle der W. hätte diese Lustspielfigur längst fortgejagt. Während ich mich, wie schon oft, über diese Freundschaft wundre, nehme ich einen Rükken wahr, nach dem ich ausgeschaut habe, ohne es mir einzugestehen, einen eleganten, maßgeschneiderten Rücken, wie man ihn in diesen Räumen selten zu sehen bekommt – er gehört Herrn v. Frankenberg, von dem mein Vater sagt, er sei ein parfümierter Dandy und obendrein ein boshafter Schwätzer, der seit seiner Zeit als Kammerjunker beim letzten Großherzog von Sachsen-Weimar-Eisenach nichts dazugelernt habe. Mich stört die Behauptung nicht. Ich finde diesen alten Herrn schön wie ein kostbares Ölbild, finde ihn liebenswürdig und gepflegt, und seine Bosheiten erfrischen mich und entschädigen mich für das ungeschriebne Gesetz. Außerdem riecht er gut, und ob er sich nun parfümiert oder sich mit französischer Seife wäscht, und wo er das Geld dazu hernimmt, ist mir gleichgültig. Wem das nicht gefällt, der ist neidisch. Meine Teetasse balancierend, schiebe ich mich durch das Gewühl, damit Herr v. Frankenberg mich sieht, denn ich weiß, dann läßt er die Baronin So-

wieso, die er lächerlich findet, im Stich und wird mir gleich etwas Komisches über sie erzählen.
Warum er mich mag, weiß ich nicht, denn im Vergleich mit ihm komme ich mir wie ein Trampel vor, obwohl ich nicht häßlich bin (das wiederum weiß ich), aber weder habe ich so gepflegte, aristokratische Hände noch wasche ich mich mit französischer Seife, und auch mein bestes Kleid sitzt nicht so faltenlos an mir wie der Sakko an seiner schlanken Gestalt.
Ich habe mich nicht getäuscht. Er kommt. Zwar küßt er mir nicht die Hand, sicher weil ich keine verheiratete Frau bin, aber er hält sie fest und führt mich durch die weit geöffnete Flügeltür nach nebenan, wo es ruhiger ist und wir uns unterhalten können. Dies ist der Arbeitsraum meines Vaters mit Wänden voll Aktenordnern und Nachschlagewerken, seinem stets tadellos aufgeräumten Schreibtisch am Fenster und dem seines Mitarbeiters, der sonnabends abgeräumt wird und, unter weißer Tischdecke versteckt, als Anrichte dient. Hier bekommen wir von Tiedemann unsre Teetassen frisch gefüllt, wobei er, weil Frankenberg dabei ist, gnädiges Fräulein zu mir sagt, und überhaupt sieht er sonnabends immer besonders holzgeschnitzt aus, ein Herrschaftsdiener mit tadellosen Manieren. Er ist der Nachfolger von Karl, der gehen mußte, weil er schusselig wurde, sich abends besoff und morgens verschlief, und dann geriet der Tagesplan so durcheinander, daß auch die dicke Rosa ihn nicht in Ordnung bringen konnte. Tiedemann ist nicht nur tadellos, sondern auch geschickt, und sein Ehrgeiz, alles zu können, alles zu reparieren und überall Bescheid zu wissen, ist enorm. Wir loben ihn ständig und verlassen uns auf ihn – ob eine Schranktür quietscht oder eine Henne ihre Eier verlegt hat, ob die Bienen unerwartet ausgeschwärmt sind, ein unliebsamer Gast abgewimmelt werden muß oder die Rosen zu beschneiden sind – Tiedemann macht es. Murrend. Dann fragen wir ihn, was aus uns werden sollte, wenn wir ihn nicht hätten, und er strahlt auf und antwortet: Sarichdoch! Er ist aus der Mark, aber zu berlinern erlaubt er sich nur bei seinen vielen familiären Nebenbeschäftigungen.

Reizend schaun Sie aus, sagt Frankenberg und lächelt. Nein, ihn stört es nicht, daß ich unelegant bin, aber daß er mich reizend findet, liegt, fürchte ich, hauptsächlich daran, daß ich hier die einzige Person unter zwanzig bin. Wie es mir in Schweden ergangen ist, möchte er wissen, bei der Stifterfamilie, wie er sagt.
Stifter – warum? Ach so, weil der Bankdirektor einst Geld für das Nietzsche-Archiv gespendet hat, sehr lange her, ich war da noch nicht geboren, versuche aber, wenn die Rede davon ist, mir vorzustellen, wie es dazu kam. Pa, kultiviert und vielsprachig, wie er ist, wird Nietzsche gelesen und ihn für sich entdeckt haben, er hat ihn als Zeitgenossen empfunden, als Künder eines neuen Weltgefühls, und auf einer seiner Reisen hat er des bewunderten Philosophen Schwester besucht – er hat den Charme und die Situation dieser Dame kennengelernt und sich für ihre finanziellen Probleme interessieren lassen. Dann hat er gerechnet, auf deutsch, auf schwedisch und vielleicht auch ein bißchen auf jüdisch, und dann hat er Geld gegeben. Viel. Knausrig ist Pa nämlich nie. Ich entdecke auf einmal sein Gesicht in meiner Teetasse, seinen Spitzbart, sein zierliches Lächeln, und Herr v. Frankenberg findet, ich sähe ja ganz verträumt aus, und flugs macht er sich einen Vers darauf: Der Herr Stifter hat doch einen erwachsnen Sohn? Ist der nett? Intelligent? Fast könnte ich mir denken, daß die alte Dame Sie mit dem verheiraten möchte, das sähe ihr ähnlich, denn sie ist ja eine Intrigantin, eine charmante natürlich – o, entschuldigen Sie! Sie erröten. Nein, jetzt werden wir sogleich von etwas andrem sprechen. Ich kenne den jungen Mann nicht, und außerdem bin ich überzeugt, daß Sie imstande sind, sich Ihren Gatten selbst auszusuchen.
Ich suche gar keinen, sage ich gereizt. Ich gehe noch in die Schule!
Und dann gebe ich meinen Sommerferienbericht zum besten, ganz wie bei Elisabeth, leicht gekürzt, ich kann das schon fast auswendig und lasse alles weg, was hier nicht paßt, auch Herr v. Frankenberg wird nicht ins Vertrauen gezogen, schließlich, wer weiß, ob mein Vater nicht recht hat, ihn einen Schwätzer zu nennen. Immerhin macht es mir Spaß, wie aufmerksam er mir zuhört, und wie fabelhaft

liebenswürdig er die Gräfin mit der Zopfkrone von uns fernzuhalten versteht, die ihn mir abspenstig machen möchte. Später sagt er ganz ernsthaft, daß er sich Sorgen mache um das Nietzsche-Archiv – ob ich denn wüßte? Die Stiftung sei in bösen Geldschwierigkeiten. Die kleine Frau ist ja unerhört vital und selbstbewußt, sagt er, aber ob sie immer alles richtig macht? Sie hält sich für kompetent, das tat sie von jeher – berühmter Bruder als Privatbesitz, als Säulenheiliger und Ernährer – was sagt eigentlich Ihr Vater zu alldem?
Mein Vater sagt nie etwas, behaupte ich.
Aha – o weh – gewiß, damit hat er recht. Ein gebildeter, gewissenhafter Mann, der sein möglichstes tut. Sie aber hat den Ehrendoktor, und jedermann dienert vor ihr und redet ihr nach dem Munde – nein, sagen Sie nichts! Ich weiß, ich dienere auch vor ihr, aber den honoris causa hätte ich ihr nicht verliehen. O Gott, was bin ich für ein Schwätzer, jetzt sind Sie vor Schreck ganz blaß geworden. Ich sollte Sie wieder in Verlegenheit bringen – die roten Wangen kleideten Sie viel besser! Kommen Sie, wir lassen uns von Tiedemann einen Likör geben, ich weiß, er hat welchen, wir müssen es nur geschickt anfangen.

Tiedemann lebte mit seiner Frau im Keller des Archivs, ein bißchen düster, aber gemütlich. Links vom Jugendstilportal, in gebührender Entfernung, etwas nach hinten versetzt, der ›Eingang für Lieferanten‹ war seiner und oft auch meiner, wenn ich nicht zum Jour fixe erscheinen mußte. Ich tappte die dämmrige Steintreppe hinunter zur Wohnzimmertür, die verglast und mit schneeweißer Gardine bespannt, einiges Licht durchließ. Drinnen warme Plüschgemütlichkeit und staubfreie Ordentlichkeit, die wir zu Hause nicht hatten und auch nicht wollten, aber hier fand ich sie angenehm und zog die Schuhe aus. Kam ich abends, dann ging ich nicht gleich hinein, sondern um die rechte Hausecke, um nachzusehen, ob das Fenster zwischen den Wacholderbüschen noch hell war, Blümchengardine hinter Gittern und so tief unten, daß ich, wenn ich klopfen wollte,

mich auf den Kiesweg hocken mußte – kuzen, sagt man auf thüringisch. Huhu, seid ihr noch auf?
Dann erschien Tiedemanns Holzschnittgesicht, immer eine Spur zu versorgt, oder das seiner Frau, immer eine Spur zu abweisend: ihr Mund ein Strich, ihr Haar spiegelglatt zurückgekämmt und im Hinterkopfknust befestigt. Ich habe sie anfangs nicht leiden können, fand ihre mageren Hände mit den Knotengelenken hexisch und ihr Lachen hämisch, habe aber gelernt, die Frau zu mögen und einzusehen, daß sie immer erst ein bißchen Gift verspritzen mußte, um hinterher nett zu sein, mit den kleinen, hellblauen Augen zu zwinkern und den kaum vorhandnen Lippen zu tuscheln: Schongut, war ja nicht bös gemeint.
Eure Rosen müßten och mal beschnitten werden, sagt Tiedemann grämlich, aber der Major will dat ja nich – sacht einfach, das is nur bei den Hochstämmen – naja, weeß sowieso immer alles besser, Tschuldigung! Als er mich lachen sieht, grinst er: Na, is doch wahr! Freilich sei das wahr, antworte ich, und daß er meiner Mutter einen Gefallen täte, wenn er sich durchsetzte oder es heimlich besorgte, die Rosen kastrieren, so nennt das unser Vater, weil er dafür ist, daß alles wuchert, bis eines Tages der Garten uns über dem Kopf zusammenwächst und wir nicht mehr hinauskönnen. Jawoll, ruft Tiedemann, und denn muß ick mit'm Buschmesser kommen und allet wieder ins Lot bringen, dafür bin ick jut. Er lacht, und wie bei seinem Major, gerät ihm das Lachen mit dem Raucherhusten durcheinander. Aber mit eure Rosen, da wüßt' ick ja was! Zudecken muß ick se sowieso, und unter das Deckreisig kuckt der Major nich, wa? Und nächstes Frühjahr, wenn ick et wech mache, weeß er nich mehr, wie's vordem ausgesehen hat, wa?
Tiedemann, sage ich, du bist eine Perle. Seine Frau nickt und zwinkert mir zu: Das isser. Er weiß es bloß viel zu gut.
Als im nächsten Sommer das Rosenbeet meiner Mutter in niegehabter Blüte stand, hat mein Vater triumphiert: Habe ich mal wieder recht gehabt! Na, Tiedemann? wie?
Antwort: Jewiß, Herr Major. Der Klügere jibt nach . . .

Einen Vornamen hatte er nur – viel später – auf seiner Todesanzeige im Thüringer Tageblatt. Selbst seine Frau hat ihn Tiedemann genannt, das klang, das eignete sich zum Rufen, und wir riefen ihn ja auch immer und überall zu Hilfe – nur ist es bei diesen Harmlosigkeiten nicht geblieben. Gut, daß er nicht gewußt hat, wie ohnmächtig er sich fünfzehn Jahre später finden würde, da es sich längst nicht mehr um die Marotten des Majors handelte, auch nicht um die Launen der Chefin Elisabeth oder um die großen Obstbäume, die er alljährlich von Ungeziefer befreit hatte. Wie einer von ihnen, war er inzwischen hier verwurzelt, nicht mehr gesund und kräftig, und dennoch allein als Hauswart und Aufpasser und Nachtwächter dieser zwei Häuser mit ihren, wie er sagte, ›unbegreiflichen Werten‹. Dort nämlich, wo unter den Zwetschgenbäumen die Bienen ausgeschwärmt waren, stand später die sogenannte Nietzsche-Halle, sogenannt, ein böses, aber passendes Wort, denn sie war ein kahles Provisorium geblieben. Weder Elisabeth mit ihrem Ehrgeiz hatte dort einziehen können noch mein Vater mit seiner Gewissenhaftigkeit, den vielen Nachschlagewerken und Aktenordnern, und er hatte sich doch so gefreut auf einen geräumigen Arbeitstrakt, eine große, kühle Bibliothek und einen sonnigen Innenhof, wo er seine Zigarre schmauchen wollte. Nicht aus dem Neubau ist er im Dezember 45 abgeholt worden (und für immer verschwunden), sondern sein alter Schreibtisch in der überfüllten Arbeitsstube war es, von dem er aufstand, einen Zettel für die Familie hinterlassend: Wartet nicht mit dem Essen. Ich komme erst zum Abendbrot.

Tiedemanns blieben in ihrer Kellerwohnung, und er, der Tüchtige, für alles Verantwortliche, behauptete, von Stund an kein Auge mehr zugetan zu haben. Wir glaubten ihm das nicht. Irgendwann schläft man schließlich doch, zumal es damals so still war in den Nächten – Fliegeralarm gab es nicht mehr und Verkehrslärm noch nicht –, aber seine Wachsamkeit, seine tausend Alltagsmühen und die ständige Sorge, für all das nicht alleine gradestehen zu können, haben wir ihm geglaubt, ab und zu mit einer Flasche Nordhäuser oder ein paar Zigarren ihn zu trösten versucht oder auch die Arme um ihn gelegt, wenn er dennoch in verzweifeltes Gezeter ausbrach. Ihm den Rücken geklopft, zugesehen, wie er sich beruhigte und ein paar Tränen der Überanstrengung und des Zorns sich wasserhell den Weg bahnten durch die vielen Runzeln unter seinen Augen. Dann schnaubte er sich und rief: Also los! Jetzt gehn wir rüber. Sack und Wagen nehmen wir mit.

Drüben – das war die Halle. Tiedemann klapperte mit dem Schlüsselbund und hängte sich die Nachtwächterlampe um, auf alle Fälle.

Was für Fälle?

Na so, man weeß ja nich – et jibt doch die komischsten Sachen. Frach nich sowas, also nee. Ich bin doch der Aufpasser. Der Museumswächter. Der Kohlenonkel, oder etwa nich? Und du bist der Kohlenklau, aber laß man, et soll dir jegönnt sein, arme Luder sind wir schließlich alle. Komm, wir gehn mal vornerum, ich muß kukken, ob's durchgeregnet hat.

Mir wäre hintenrum lieber gewesen, der vertraute Kiesweg, am Steingarten, den Himbeerbüschen und dem verwaisten Hühnerhaus vorbei. ›Vornerum‹, das hieß, zum neuen Eingang hinein, der links vom großen Tor an der Straße lag, und, wie zu einem Kultbau, durch einen langen Korridor in die tief im Garten gelegene Halle führte; ein Korridor zum Schreiten, in Uniform oder Festkleidung, im Gefolge des Führers, feierliches Schreiten zwischen Steinpodesten, die für berühmte Köpfe vorgesehen, jetzt aber gespenstisch leer standen. Ja, es hatte durchgeregnet, was schadete das schon, die geplanten Feste fanden ja nicht statt. Wir ratterten mit dem Handwagen wie durch einen Tunnel und gingen hinten eine häßliche Betontreppe hinunter, die in den Kohlenkeller führte. Dort lagen sie, schwarzfunkelnd, die für bessere Zeiten gelieferten Steinkohlen, hochgetürmte Mengen, zum Stehlen herausfordernd, weil, wenn wir meinen Sack gefüllt hatten, kein Mensch feststellen konnte, ob das Gebirge kleiner geworden war.

Ick weeß von nischt, sagte Tiedemann.

Dann: Komm, wir kucken mal 'n bißken. Ich hab bei Cranach eine extra Birne eingeschraubt, sieht schön aus. Da kannst du den Herrn Jesus besser erkennen als in der Kirche! Laß den Sack stehen, wir schaffen ihn nachher auf den Wagen.

Jede Kellertür muß auf- und zugeschlossen werden, jede finstere Ecke ausgeleuchtet, schließlich gibt es hier noch mehr zu klauen als Kohlen. Was er machen würde, wenn er mal einen erwischte, weiß Tiedemann selbst nicht. Werd' wohl was machen müssen, sagt er mit einem Seufzer. Hoffentlich passiert mir das nie! Manchmal graule ich mich nicht wenig, das kannst du mir glauben. Gestern war einer hier, ein Russe, ein höflicher Mensch, und doch wollt' ich ihn erst nicht reinlassen, aber dann war er was von der Kultur, ein Musiker, der wollte die Sachen aus dem Liszthaus sehen. Ick hab' ihm ja nich getraut, denke, der will dem Liszt sein Spinett vielleicht mitnehmen, aber der Mann war tadellos, er wollte nur ein einziges Mal drauf spielen – bloß, ick darf so was ja nich erlauben. Hat mir eigentlich leid getan, weil's wirklich 'n netter Mensch gewesen ist, Gott, die sind ja schließlich auch nich einer wie der andre. Und dann hat er nich glauben wollen, daß dat da drüben Schillers Bett ist – er sagte, wenn ich ihn richtig verstanden habe, das is ein Bett für ein kleinet Meechen und nich für einen jroßen Dichter. Na, sieht ja auch komisch aus zwischen all die Stapeln und Kisten und was nich noch. Aber jetzt hier – na, is das etwa nischt?

Er hat eine Segeltuchplane beiseitegezogen, und da steht der Lucas-Cranach-Altar aus der Herderkirche, unter dem ich einstmals konfirmiert worden bin, und daß ich ihn so wiedersehe, umbaut von Holzkisten, an einer Betonwand des Philosophenkellers, von nackter Sechzig-Watt-Birne beleuchtet, kommt mir vor wie geträumt. Ob ich aber auf der Jagd nach Kohlen zu nüchtern gestimmt bin oder das weiße Kellerlicht schuld ist, jedenfalls scheint mir, die Kreuzigungsgruppe hat etwas von ihrer Heiligkeit eingebüßt: St. Georg, barfüßig auf Ausgeburten der Hölle balancierend, die Jünger und Martin Luther blicken zwar ernsthaft, aber ungerührt drein, und das Unschuldslamm zu ihren Füßen schaut niedlich zu ihnen herauf. In der Hintergrundlandschaft aber, nie vorher bemerkt, ein unbekleideter, fliehender Mensch, der den Knochenmann auf den Fersen hat und, die Arme hochwerfend, um sein Leben rennt, eine Winzigkeit auf dem Gemälde, ein Beiwerk nur, beeindruckt mich nun und scheint mir fast das wichtigste zu sein. Der da ist einer von uns, nackt und verfolgt, vielleicht am Ende seiner Kräfte, was er nicht wahrhaben möchte und, wie wir, weiß er vielleicht nicht genau, wie schuldig er ist. Ein reines Gewissen hat er nicht – wer hat das schon? – und darum rennt er mit flatternden Haaren und Armen und hofft, daß er entkommt.

Was sonst an ›unbegreiflichen Werten‹ hier noch herumsteht, ist schwer durchschaubar verpackt oder mit Sackleinen zugedeckt, düstere Unförmigkeiten, mannshoch und höher. Zettel mit Nummern und Namen kleben hier und dort. Tiedemann hat eine Liste, auf der sie eingetragen sind, die Unbegreiflichen aus dem Schillerhaus, aus der Herderkirche oder von St. Johanni, die wir immer noch Hofkirche nennen, und manches aus dem Wittumspalais und dem Kirms-Krackow-Haus, beide mit einer Menge Biedermeier-Kostbarkeiten ausgestattet, nicht aber mit bombensicheren Kellergewölben. Dazwischen der Blüthnerflügel mit den Van-de-Velde-Ornamenten aus dem Archiv; ihm und dem Spinett des Franz Liszt wird der Aufenthalt im feuchten Keller nicht besonders bekommen, aber da hat es wohl keine Wahl gegeben. Die Nietzsche-Halle, wenn auch unvollendet, ist schließlich mit diesem geräumigen, sorgfältig abgestützten Unterbau zu einer Zeit entstanden, in der ein vorausschauender, von der Reichskunstkammer beauftragter Architekt gewußt hat, was er tat, für den Kriegsfall nämlich, und das Wort hat uns damals nicht umsonst in den Ohren geklungen.

Die unbegreiflichen Werte gehen mir noch im Kopf herum, als ich, die Deichsel des Handwagens im Kreuz, vom Diebesgewicht die Straße zur Stadt hinuntergedrängt werde. Die geklauten Kohlen wollen mich wohl meine Untat spüren lassen; gut, daß es dunkel ist, die Blicke der Vorübergehenden wären mir peinlich. Schließlich habe ich in meinem Elternhaus gelernt, daß man nicht stiehlt, und bin, so gut es ging, folgsam gewesen, nur leider ist mir da nicht mitgeteilt worden, was man tut, wenn man nicht aus Überzeugung friert, sondern aus Not und nicht für sich allein, sondern mit vier Kindern.

Dabei hatten wir doch so oft gefroren, ja, wir haben es gradezu geübt damals, als Elisabeth regierte, die Nazis aber noch nicht, und unser Leben ganz gut in Ordnung zu sein schien: nichts Wichtigeres als die eignen Angelegenheiten! Wir froren, weil gespart werden mußte, und gespart wurde wegen der großen Familie und weil es sich so gehört: Sind wir etwa Verschwender? Schließlich gab es wollne Strümpfe und Strickjacken und im Wohnzimmer einen Kachelofen, an dem man sich den Rücken warm reiben konnte, und für die Füße gab es eine Gummiwärmflasche, die Frieda, wenn ich nett zu ihr gewesen war, abends in mein Bett legte. Diese Art zu frieren war menschenwürdig und zu ertragen und hatte etwas mit Charakterstärke zu tun. Trotzdem war ich eigentlich dagegen. Ich hätte Herrn v. Frankenberg gern gefragt, wie er darüber dachte, aber dies war kein Gesprächsstoff für ihn und mich. Frieren ist unelegant. Ein Mensch, der so aussieht wie er, fröstelt höchstens mal an einem Herbstabend und hüllt sich in seinen Kamelhaarmantel, besser, er wird gehüllt. Hatte Frankenberg einen Kammerdiener? Auch danach habe ich ihn nicht gefragt. Er wohnte in der Wörthstraße, deren Kopfsteinpflaster aus der Goethezeit stammte, weshalb sie von Autos gemieden wurde.
Obwohl er mich ab und zu aufgefordert hat, ihn zu besuchen, habe ich das nie getan. Ich war schüchtern und habe im stillen gefürchtet, mich daneben zu benehmen – vielleicht hätte er mich in einen Sessel genötigt, in dem ich mir noch tolpatschiger vorgekommen wäre als ohnehin, und mir ein Getränk angeboten, das mir zu Kopf gestiegen wäre.
Aber er machte es mir nicht schwer, seine Einladungen nicht anzunehmen: Nein, sagen Sie nichts! Sie brauchen mich nur zu besuchen, wenn Sie wirklich wollen. Schlimm genug, daß Sie so viele

Stunden in dieser Epigonengesellschaft vertrauern müssen, doch doch, ich weiß, Sie langweilen sich hier mit uns, und da haben Sie recht. Wie fanden Sie Spengler? Ich gestehe, ich war schwer enttäuscht. Ich hatte einen geistvollen Nietzsche-Vortrag erwartet. Ich habe gefürchtet und gehofft, daß er zu hoch für mich sei, aber im Gegenteil! Ich war ennuyiert, das war alles. Dabei verehre ich Nietzsche und wünsche mir jemanden, der mir seine Gedanken erklärt.

O ja, ich hatte mich bei Oswald Spenglers Vortrag auch gelangweilt, mir aber selbst die Schuld gegeben, denn sicher hatte dieser Berühmte, der uns Verfall und Untergang prophezeite, ganz andre Maßstäbe. Wahrscheinlich habe ich ihn nicht verstanden, weil ich zu unwissend war, und natürlich durfte es keine Rolle spielen, ob er mir sympathisch war, dennoch, ich mochte ihn nicht – ich fand ihn häßlich, glatzköpfig, muffig und viel zu selbstbewußt. Etwas Derartiges habe ich meinem eleganten Freund gestanden. Aber bitte nicht weitersagen! Etwa meinem Vater oder meiner Tante.

Frankenberg lächelte und blinzelte mir zu: Wir zwei Komplicen, sagte er (das Wort französisch aussprechend), wir verstehen uns schon. Sie verraten ja auch nicht, was ich über die alte Dame denke, die ich, wie Sie wissen, außerordentlich charmant finde, aber im übrigen unmöglich, doch doch! Ich meine das ernst. Immerhin ist sie mit einem Antisemiten verheiratet gewesen, den ihr Bruder nicht leiden konnte, und später hat sie mit jüdischem Geld das Archiv aufgebaut, nun also, das ist Ihnen bekannt, aber wissen Sie auch, daß sie nach ihres Bruders Tod hier Hof gehalten hat wie eine Kleinstaatfürstin, und bitte, was macht sie heute?

Aber was rede ich, unterbrach er sich erschrocken. Beinah hätte ich Sie wieder gefragt, was Ihr Vater dazu sagt, und Sie hätten genau wie neulich, so lieb geantwortet: Mein Vater sagt nie etwas.

Und dann, ergänzte ich, müßten Sie ganz schnell das Thema wechseln und mich fragen, ob ich Tennis spiele oder in die Tanzstunde gehe, übrigens ja, ich gehe in die Tanzstunde und habe einen neuen

Freund, der sich zwar aus der Hüpferei nicht viel macht, aber sonst –
Da freute sich Herr v. Frankenberg und benutzte die Gelegenheit, Tiedemann um ein Likörchen zu beschwatzen, das wir auf meinen neuen Freund trinken könnten. Nehmen Sie ihm nicht übel, riet er mir, daß er nicht gern tanzt! Ihnen zuliebe tut er es schon.

Die Wibiral wohnte in der Belvederer Allee, die nicht so sehr eine Straße war wie eine Naturerscheinung. Alle Bäume und Sträucher kamen aus dem Goethe-Park, der an ihrer linken Seite lag, links, wo das Herz sitzt, links, wo die Allee mit dem Liszthaus begann, um danach, tiefgrün und schattig, Hand in Hand mit dem Park zu gehen. Die Leute, die auf der bebauten, rechten Seite wohnten, hatten kein Gegenüber und niemand, außer den Ahornbäumen und den Kastanien, konnte ihnen in die Fenster schauen. Rechts begann die Allee mit dem Gebäude, das wir Kunstschule nannten, nachdem wir uns abgewöhnt hatten, es Bauhaus zu nennen, was einige Jahre gedauert hatte. Von der Wibiral habe ich gelernt, daß die Weimarer sich gegen die Bauhausleute schlecht benommen haben; sie mochten sie nicht, weil sie ihnen zu verrückt, zu schmierig waren, zu exaltiert und zu barfüßig, weil sie Russenkittel und lange Haare trugen und kein Geld hatten, und ihre Ideen gingen den biederen Kleinstädtern auf die Nerven. Wibiral bedauerte das. Ihre Altstimme verengte sich zu einer gewissen Heiserkeit, wenn sie mir zu erklären suchte, daß es so nicht hätte sein dürfen. Gewiß, ihre Zeit ist das nicht gewesen; sie war, als Gropius mit dem Bauhaus in Weimar einzog, schon eine Einzelgängerin, die ihre Richtung gefunden hatte, dennoch war sie enttäuscht von den Weimarern, wie kleinlich und verständnislos sie sich zeigten. Um so mehr hat sie sich zurückgezogen, zufrieden, daß sie ihre Kunst hatte und wußte, was sie wollte, zufrieden auch, in der Belvederer Allee zu wohnen, über der sich die Goethezeitbäume wölbten. Der gepflasterte Bürgersteig der rechten Seite war breit und bequem, stellenweise geflickt und für Pfützenbildung anfällig, wenn die Blattgewölbe das Wasser von oben zunächst aufhielten, es später aber um so besser konservierten. Keine Prachtvillen, keine Luxusgärten, keine reichen Leute, jedenfalls nicht damals, als ich so oft mit dem Fahrrad zwischen einer niedrigen Jugendstilmauer und der steilen Fassade der Kunstschule hindurchfuhr und, wo es schmal und schmaler wurde, an holpriger Ecke scharf rechts einbog und mich freute, jetzt eine angenehme Fahrt vor mir zu haben, aufatmend, beinah wie im Wald und doch ohne Überraschungen, denn hier kannte ich bis weit hinaus jeden Quadratmeter.

Ich habe mich immer wieder gewundert, das Atelier in einem tief im Garten hockenden Haus so hell zu finden. Irgend jemand, vielleicht einer vom Bauhaus, hatte an der Rückseite des Daches, wo es nicht von Bäumen beschattet war, ein Atelierfenster eingesetzt, und dort, auf einem ehemaligen Dachboden, wo sonst Wäsche getrocknet worden war, wohnte und arbeitete die Van-de-Velde-Schülerin Wibiral unter Dachsparren und rissigen Querbalken, an denen sie Apfelscheiben, Pilze und Kräuter trocknete. Sie schlief unter der Schräge an der Straßenseite; dort hielten ihr die Bäume im Sommer die Hitze vom Leib, warfen ihr im Frühling Blüten durch die Dachluken und rauschten ihr zur Nacht etwas vor. Ernährt hat sie sich, glaube ich, sehr oft von Pellkartoffeln und Quark, von Pellkartoffeln und Petersiliensoße und von jenem Käse, den die Thüringer Leichenfinger nennen, der ist billig und hat einen strengen Geruch.

Wenn sie zum Jour fixe ins Archiv ging, hat sie nicht die Straßenbahn an der Ecke genommen, einerseits, um dreißig Pfennige zu sparen, und auch, weil der Weg durch den Friedhof hübscher und zugleich eine Abkürzung war. Sie trug dann eins ihrer selbstgebatikten Gewänder und hat vielleicht im stillen gehofft, so ein Muster würde mal einer von Elisabeths Freundinnen gefallen, aber die hatten schließlich ihre Spitzenblusen aus der Mottenkiste, die für den Rest ihres Lebens reichen sollten.

Deine Tante, sagt Wibiral volltönend, ist eine wunderbare Frau. Sie sieht mich dabei nicht an, denn auch wenn ich da bin, arbeitet sie unausgesetzt, ist von Werkzeugen umgeben, von Farbtöpfen und Pinseln, Spachteln, Glasuren und Fixaturen und von Entwürfen und Modellen für all ihre Kleinkunst. Sie hat einen Bunsenbrenner neben sich, den sie sofort drosselt, wenn sie ihn nicht braucht, und flößt mir so viel Respekt ein, daß ich ihr nicht widerspreche. Eine wunderbare – das hat Pa, der Bankdirektor und Stifter, auch gesagt und noch mehr: die bedeutendste Frau des Jahrhunderts. Mein Vater würde das mir bekannte, ärgerliche Gelächter ausstoßen, wenn ich ihn um seine Meinung fragte, aber so kindisch bin ich ja nicht mehr. Ich suche unter Wibirals Dosen eine aus, die ich mit gutem Gewissen entzückend nennen kann, und frage, ob sie sich das Ornament von den Blättern des von Goethe gepflanzten Gingko-Baumes abgeguckt hat. Jawohl, so ist es, sie lobt mich, das erkannt zu haben, und will mir die Dose schenken.

Nein, um Gottes willen! So habe ich es nicht gemeint. Ich möchte sie zwar kaufen, aber mein Taschengeld ist unsagbar knapp, und jetzt müssen wir eine Weile streiten, um einander an Edelmut zu übertreffen, aber auf einmal öffnet sich die Tür, und es erscheint die Freundin, die Lustspielfigur, über deren Auftreten ich mich zu jeder andren Zeit geärgert hätte. Sie ist atemlos wie immer, weil sie sich, wie immer, über etwas aufgeregt hat, und sie beruhigt sich beim Tönen der Altstimme. Alles in Ordnung. Ich habe es auf einmal eilig, muß nach Hause, und während ich durch den Vorgarten zu meinem Fahrrad gehe, fällt mir, wie von ungefähr, die Festschrift zu Elisabeths achtzigstem Geburtstag ein, deren Titelblatt von Wibiral gemalt war: da hält eine Fee oder irgendwie wallende Frauengestalt, ziemlich körperlos, sozusagen aus Schleiern bestehend, ohne Gesicht, aber immerhin mit Händen begabt, die das einzig Menschliche an ihr sind, die hält oder vielmehr trägt oder läßt ruhen oder auf ihnen wachsen – ein Haus, das Nietzsche-Archiv, klein und idealisiert, aber deutlich erkennbar. Das Ganze ist in schönen, fein aufeinander abgestimmten Farben gemalt, und Gold ist dabei, das den Eindruck des Feierlichen und Kostbaren erhöht. Auch Elisabeths Hände sehen kostbar aus, nur kommen sie nicht aus den gewohnten Spitzenmanschetten, sondern aus den Ärmeln dieser Schleierdame, zu der Wibiral sie gemacht hat, und das ist das Befremdliche und Komische, zumal jeder weiß, wer gemeint ist. Ich stelle mir vor, wie hübsch drollig es aussähe, wenn sie in ihrer Tantenfigur mit dem Löckchengewusel dastünde, während ihr das Archiv auf den flachen Händen wüchse. Mir würde das gefallen. Ich kann nicht mehr leiden, daß sie so umgelogen wird und sich selbst umlügt, denn sie *ist* keine Fee und weder wunderbar noch berühmtest, sondern eine energische alte Dame, tüchtig und herrschsüchtig und launisch, zum Staunen arbeitsam, manchmal auch lieb und putzig, und wenn sie es für nötig hält, bestrickend. Ich bewundre Wibiral, aber diesen Einfall von ihr finde ich töricht und möchte nicht, daß sie mich danach fragt. Der achtzigste Geburtstag im Sommer 26 ist ein Fest gewesen, bei dem wir Kinder nach Gedicht und Knicks und Küßchen schnellstens zu verschwinden hatten, weil der Gratulationstrubel ungeheuer war. Uns ist das recht gewesen – weg mit den hitzigen weißen Kniestrümpfen und den Matrosenkleidern! Frieda die Zweite hat uns eine Quarkspeise gerührt, die aßen wir mit ihr auf dem Balkon, während unsre Eltern mit den vielen Gästen beim Festessen schwitzten.

In eben diesem Sommer hatte Elisabeth Gelegenheit gehabt, sich mit Bayreuth auszusöhnen. Siegfried Wagners Märchenoper Banadietrich (von uns flugs in Bananendietrich umgetauft), im Weimarer Nationaltheater festlich aufgeführt, bot den Anlaß, mit dem schrecklichen Zerwürfnis aufzuräumen. Eine Gräfin italienischen Namens hat im Archiv vorgefühlt, damit es keine Panne gab, dann sind sie alle zusammen zum Frühstück eingeladen worden, und im Beisein einer ehemaligen Fürstin von Albanien, die eine Vertraute Elisabeths war, haben sie einander die Hände gereicht. Die Schwester hat die »Sternenfreundschaft« ihres Bruders vorgelesen, einen Aphorismus aus der »Fröhlichen Wissenschaft«, und bestimmt hinterher gewaltig mit dem Spitzentüchlein hantieren müssen, denn es war so eine schöne, rührende Familienszene. Ich bin bestellt worden, ein bißchen auf Wieland und Wolfgang aufzupassen, die noch klein waren und das Ganze höchst lästig fanden, aber im Garten, bei Kaninchen und Himbeersträuchern, haben sie sich einigermaßen wohlgefühlt. Nachdenkend, ob dem Friedrich N. dieses Versöhnungsarrangement gefallen hätte, kann ich eigentlich nur meinen Vater zitieren: Ich fress' einen Besen, wenn es ihm ...

Aber so wichtig war mir das alles nicht, weder der Wagner-Besuch noch der achtzigste Geburtstag, noch die Sonnabende mit ihren ungeschriebnen Gesetzen, auch Herr v. Frankenberg und die Wibiral nicht, obwohl ich die beiden doch mochte. Wichtig waren der neue Freund, das Tennisspiel, die Tanzstunde, auch die Schule war wichtig, denn ich lernte gern. Immer noch. Nicht alles zwar – die notwendigen Übel Mathematik und Chemie waren und blieben die Fächer, in denen ich mir eine Vier erlaubte; das Alibi dafür habe ich mir von Nietzsche und seinem Archivar verschafft.
Inzwischen hatte ich die Schule gewechselt. Fräulein Bieber und Ingeborg mit dem Holzarm waren längst Vergangenheit, auch Tamara aus dem Kaukasus, auch Dr. Pfeifer, der uns ungern sagte, wann die Ferien beginnen, und Dora, die so unnachahmlich impertinent sein konnte. Mein Vater hatte wieder eine Privatschule für mich ausfindig gemacht, obwohl es eigentlich keine mehr gab, ein Internat, das wie eine Villa am Stadtrand gelegen war, eine Mädchenschule mit staatlich anerkanntem Abitur, die auch von Externen besucht werden konnte, Stadtschülerinnen genannt. In meiner Prima saßen mehr reiche Töchter, als ich bisher im ganzen Leben gekannt hatte. Sie kamen aus allen Teilen Deutschlands, waren wohlerzogen und liebenswürdig, langweilten sich gepflegt und fanden ›diesen Betrieb mittelmäßig und ziemlich spießig‹. Hätten sie gewußt, daß ich nur fünf Mark Taschengeld im Monat bekam, dann hätten sie mich vielleicht für unterbelichtet gehalten. Darum, oder auch darum, schrieb ich nicht nur jeweils den eignen Hausaufsatz, der mit ›sehr gut‹ zensiert wurde, sondern gelegentlich einen zweiten und dritten von gemäßigter Qualität (etwa 3–4), damit sich manche Mitschülerin noch

gepflegter langweilen konnte und ich mein Taschengeld aufbessern.
Eines Tages hat unser Deutschlehrer mich höflich aufgefordert, ein Referat über Nietzsche zu halten, und nach seiner Bemerkung ›Für Sie dürfte das ja nicht schwierig sein‹, sagte ich ebenso höflich und innerlich unwillig zu. Dann habe ich mir erlaubt, den großen Mann zu kritisieren – seine Weltfremdheit, seinen Zarathustra-Stil, seine Frauenfeindlichkeit, seine Lust am Krieg, seinen Hochmut gegenüber den kleinen Tugenden –, was dreiviertel meiner Kameradinnen mit diskretem Gähnen, die übrigen aber mit Aufregung quittierten: Bist du verrückt? Das ist ein weltberühmter Philosoph! Wie kannst du! Also, ich finde! Weißt du überhaupt, was du redest? Unser Lehrer hat diese Situation genossen. Er ließ uns streiten, ließ uns, als es läutete, nur ungern gehen und hoffte, daß wir morgen weiterstreiten würden. Wie das gekommen ist, habe ich mir schwer erklären können oder höchstens so: Der weltbekannte Professor Nietzsche und der geliebte, arme Fritz waren nach wie vor für mich zwei verschiedne Personen, und mein Verhältnis zu ihnen mußte folgerichtig ein gespaltnes sein. Auch das Arbeitsmaterial, von meinem Vater herausgesucht und mit seinen Lieblingsworten ›instruktiv‹ und ›informativ‹ erläutert, konnte an meinen Zweifeln und meiner Abneigung nichts ändern. Und doch habe ich am Schluß meines widersprüchlichen Vortrags die Zeilen zitiert:

»Ja! ich weiß, woher ich stamme!
Ungesättigt gleich der Flamme
glühe und verzehr ich mich.
Licht wird alles, was ich fasse,
Kohle alles, was ich lasse:
Flamme bin ich sicherlich!«

und danach beinahe angefangen zu heulen, weswegen ich mich schnell auf meinen Platz setzen mußte.

Das sieht dir mal wieder ähnlich, sagte er kopfschüttelnd.
Ein Tanzstundengespräch ist das nicht gewesen, aber vielleicht habe

ich nach dem Tennisspielen davon angefangen, weil der Vorfall mir keine Ruhe ließ. Was habe ich da gemacht? Um die Deutschzensur ging mir's nicht, die war mir sicher, denn trotz gelangweilter Mitschülerinnen und einiger andrer Schönheitsfehler war das eine gute Schule, auf der wir etwas lernen konnten und wie denkende Menschen behandelt wurden, egal wieviel oder wie wenig die Eltern bezahlten. Es gab Lehrer, mit denen man in der Pause im Garten ein Problem besprechen konnte, es gab Schulstunden, die wegen schönen Wetters auf einer Wiese stattfanden, und Sommerfeste, zu denen man seinen Freund mitbringen durfte.

Unsre Klassenlehrerin war eine Jüdin, die mit uns über Sigmund Freud sprach und darüber, warum in Berlin die Schaufenster bei Wertheim und Grünfeld eingeschlagen wurden, unter dem Geschrei: Juda verrecke!

Mein Freund, der neue, der nur mäßig gern tanzte, hieß Dietrich und wohnte, wie die Wibiral, in der Belvederer Allee. Er war nicht so problemverstrickt und nicht so lesewütig wie ich und machte sich dennoch manchmal Sorgen um meinen Seelenzustand. Er fand, ich hätte mit Kanonen auf Spatzen geschossen.

Wieso?

In der Schule, erklärte er väterlich, gibt man sich nicht solche Blößen. Man tut, was verlangt wird, und auch nur grade so viel, daß man nicht auffällt.

Was bitte hat das mit Nietzsche zu tun?

Er antwortete geduldig, ich wolle ihn wohl nicht verstehen.

Jetzt wüßte ich gern, was du an meiner Stelle gemacht hättest, sagte ich.

Nichts. Einen Vortrag über Nietzsche könnte ich sowieso nicht halten.

Aha. Aber Vorschriften machen könntest du mir.

Keine Vorschriften, bloß – jetzt will ich dir mal was sagen – du bist ein kluges Mädchen und trotzdem eine dumme Gans.

Du spielst besser Tennis als ich, und darum denkst du, du kannst mich beleidigen.

Darauf behauptete er, mich nicht beleidigen, sondern mir etwas erklären zu wollen, und ich habe geantwortet, von einem Knaben, der in der Unterprima sitzenbliebe, ließe ich mir nichts erklären. Er war kein bißchen gekränkt, sondern wußte es schon wieder besser: Du übertreibst immer, sagte er, du bist irgendwie auf dem falschen Dampfer. Du regst dich über Sachen auf, die dich noch nichts angehen. Du wartest nicht ab! Man muß abwarten können – alles zu seiner Zeit.

Das finde ich zum Kotzen, habe ich gesagt (oder etwas ähnlich Unfreundliches), und wir haben uns im Unfrieden getrennt. Lange hat es aber nicht gedauert, denn spätestens bei der nächsten Tanzstunde haben wir so getan, als ob nichts gewesen wäre, und fanden uns beide lächerlich. Bist du mir noch böse? Was war eigentlich los? Keine Ahnung. Na also, dann wollen wir mal:

Das muß ein Stück vom Himmel sein, Wien und der Wein . . .

Oder? Oder: Wenn der weiße Flieder wiiieder blüht . . .

Oder: Ich küsse Ihre Hand, Madame . . .

Den Abschlußball haben wir im Fürstenhof gefeiert, ›Fürstenhof, vorm. Russischer Hof‹ (wir sagten ›vormittags‹). Ich trug ein Kleid aus maisgelber Honanseide, das ich selbst genäht hatte, nachdem ich vorher grenzenlos unter einem von meiner Cousine geerbten leiden mußte, das zartlila und mit Lochstickerei verziert war. Es half mir nichts, daß meine Freundinnen die Lochstickerei fabelhaft fanden, und der Freund Dietrich so nett war, zu bemerken: du siehst doch ganz niedlich aus.

Während dieser Zeit bin ich mir kindischer vorgekommen als früher. Warum? Im Jahr zuvor in Schweden bin ich doch ein fast ernstzunehmender Mensch gewesen, beinah erwachsen. Ich hätte ein richtiges Liebesverhältnis anfangen können, wenn der Betreffende nicht zufällig mein Halbbruder gewesen wäre, aber jetzt bin ich wieder eine Schülerin, die, wenn auch freiwillig und zum zweiten Mal, in die Tanzstunde geht, und am nächsten Morgen beim Frühstück mit einem Rüffel dafür rechnen muß, daß es gestern abend wieder mal zu spät war. Gott sei Dank ist Frieda, die Zweite, so nett, mir den Schlüssel zur Hintertür zu geben, wenn sie ihn nicht grade selbst braucht – und natürlich braucht sie ihn hin und wieder. Mit dem Schlüssel zur Hintertür aber kann ich nicht nur so spät nach Hause kommen, wie ich möchte, ich kann mir auch vom Korridor etwas zu lesen mitnehmen. Zwar gibt es in meinem Zimmer Bücher genug, doch das Eichenregal da draußen ist eine besondere Fundgrube, und ich habe den Eindruck, daß mein Vater das nicht weiß; niemals Zeit gehabt, es anzusehen. Von dort habe ich mir nicht nur ›Das Bildnis des Dorian Grey‹ mitgenommen, sondern auch ›Tolldreiste Geschichten‹ und ›Schlimme Liebschaften‹, alle drei etwas aufschlußreicher als die Artikel im Lexikon von 1902. Auf dem Eichenregal stand unter andrem auch ›Also sprach Zarathustra‹, eine Kriegsausgabe von 1914 (131. bis 140. Tausend), ein bescheiden ausgestatteter kleiner Band, graublau, einziger Schmuck außen unter dem Titel die schmale, zum Ring zusammengerollte Schlange und innen eine dünne Schmuckleiste auf jeder Seite, die mich an die Ornamente meiner Freundin Wibiral erinnerte. Diese Ausgabe hat mein Vater als junger Offizier in seinem Feldgepäck gehabt –, Tausende hatten das, sagte er. Die Soldaten von damals fühlten sich von Nietzsche verstanden und gestärkt. Schon in der Einleitung finden sich ›Worte für Krieg und Frieden‹, zum Beispiel: »Der Krieg, fürchterlich erklingt sein silberner Bogen: und kommt er gleich daher wie die Nacht, so ist er doch Apollo, der rechte Weihe- und Reinigungsgott des Staates.« Wie poetisch ist das mit dem silbernen Bogen und wie unerträglich! Wer hat denn diese Einleitungsworte ausgesucht? Elisabeth? Und wann? Wahrscheinlich als wir noch den Kaiser Wilhelm hatten, von dem meine früheren Lehrerinnen erzählt haben, daß er stets das Beste gewollt hat. Dieser Wilhelm überlebte die ganze Misere, hat sich eine neue Barttracht und eine zweite Frau zugelegt und scheint niemals kapieren zu wollen, was er angerichtet hat. Er führt in Holland ein ruhiges Leben, denkt vielleicht, das verjährt alles mit der Zeit, und man kann ihn in einer Illustrierten sehen, wie er hinter seinem Hause Holz hackt. Frau Hermine hat neulich einen Besuch im Archiv gemacht, wobei sie

aussah wie viele andre aus Elisabeths Hofstaat, etwas wohlhabender nur, weil sie einen teureren Hut trug als unsre Gräfinnen und Baronessen.
Mein Vater ist mit ihr fotografiert worden, wie er sie zum Portal hineinführte, und er sagte, sie sei eine reizende Dame. Im übrigen stöhnte er über die Vielfalt der Besucher bei der Tante: Sie macht überhaupt keine Unterschiede!
Sie trank mit Hermine Tee, redete sie mit ›kaiserliche Hoheit‹ an, sie frühstückte mit dem Grafen Keßler, der ein Kosmopolit und ernsthafter Demokrat war, und lud einen Reichswehrgeneral mit einem überzeugten Nazi zusammen zum Essen ein. Wenn jemand nur einen Namen hatte! Woher, darauf kam es nicht an. Sie hat auch den Mussolini eingeladen, sie zu besuchen, und erzählte allen Leuten, ob sie es hören wollten oder nicht, daß sie eine große Freundschaft mit ihm habe. Zum Geburtstag schickte sie ihm eine Nietzsche-Ausgabe in Leder, wofür er sich mit Brief und Riesenblumenstrauß bedankte.
Ich stelle mir vor, daß er sich passende Nietzsche-Worte ins Italienische übersetzen ließ und sich in seinen Reden ihrer bediente, kämpferisch, pathetisch, das paßte zu ihm. Wenn wir ihn in der Wochenschau vom Balkon herunter zu seinen Römern sprechen hörten und zusehen konnten, wie er das Kinn vorschob, wußten wir zwar nicht, ob seine Worte mit den deutschen Untertiteln übereinstimmten, aber salbungsvoll klangen sie jedenfalls.
Immerhin, Elisabeth brauchte nicht recht zu haben, wenn sie ihn für einen großen Staatsmann erklärte und ihn mit Bismarck verglich, den ich übrigens auch nicht leiden konnte, aber aus einem andren Grunde: wir wurden in der Schule zuviel mit ihm geplagt. Mein Vater war etwas vorsichtiger, er sagte: ein Mann von Format. Herr v. Frankenberg aber bedauerte: Es wird in Italien bald keine Bettler mehr geben!
Das fände ich doch sehr gut, habe ich geantwortet.
Er: O nein, ein Stilbruch wäre das. Der ganze Charme dieses Landes wäre zum Teufel. Womöglich bringt es der brutale Kerl fertig, seine

Italiener zu ordentlichen Staatsbürgern zu erziehen, wirklich, ein entsetzlicher Gedanke.
Da habe ich nichts zu sagen gewußt, ich war verlegen und habe meinen eleganten Freund zynisch gefunden. Ist es denn nicht gut, den Menschen aus der Armut zu helfen? Und wie kann ein ehemaliger Kammerjunker dagegen sein, daß Untertanen ordentliche Staatsbürger sind? Trotzdem, wenn ich die Wahl gehabt hätte zwischen Mussolini und Herrn v. Frankenberg – aber gottlob hatte ich sie nicht.

Unser Deutschlehrer, den wir Charly nannten, unpassenderweise, war im ersten Weltkrieg von der Schulbank weg zu den Soldaten geholt worden. Erster Weltkrieg – das sagten wir damals noch nicht, weil wir vom zweiten noch nichts wußten, ihn nur manchmal befürchteten. Wir sagten 1914, und wir fanden, wer da Soldat gewesen ist, dem merkt man es immer noch an. Charly würde nicht bedauern, wenn es in Italien keine Bettler mehr gäbe, er war für Ordnung und Redlichkeit und vernünftiges Benehmen, er wollte, wie ich, die Armut aus der Welt schaffen und glaubte, wie ich nicht, das ließe sich mit Tüchtigkeit bewerkstelligen. Er gebrauchte gern das Wort ›Dienstauffassung‹, das ich verabscheute wie manche Lieblingswörter meines Vaters, und ich hatte auch keine Dienstauffassung nötig, um gute Aufsätze zu schreiben, das tat ich von allein. Zu spät kam ich allerdings auch von allein, weil ich zu solch barbarischer Zeit aufstehen mußte, um Punkt sieben Uhr früh, gewaschen und angezogen in der Schule auf meinem Platz zu erscheinen – oder auch nicht, weil ich mit verhängter Nachttischlampe bis drei Uhr gelesen hatte, und dann waren mir die harten Worte meines Lehrers völlig Hekuba. Ich verzieh ihm aber sein Preußischgetue, das ich von meinem Vater her kannte, denn ich wußte längst, wie die Männer des vorigen Jahrhunderts dazu erzogen worden waren, ob es ihnen geschmeckt hat oder nicht: Sie mußten tapfer sein und grade stehen und mit Nietzsche loben, was hart macht. Deutlich spürte ich den Zwiespalt zwischen den sehr blanken Reitstiefeln meines Lehrers,

dem eckigen Gang und der Hornbrille auf der intelligenten Nase, das Mißverhältnis zwischen kurzen, bellenden Anweisungen im Unterricht und den einfühlsamen Sätzen, die er mit roter Tinte und krakeliger Schrift unter meine Aufsätze schrieb. Ein ganzer Mann, leicht angeknackst, immer bemüht, das nicht zu zeigen, denn es ging nicht um ihn, sondern um die Klasse, den Unterricht, die Schule: das mußte geschafft werden. Die Deutschen müssen wieder heraus aus der Misere. Jeder von uns muß das Seine dazu tun.
Zu einem Kollegen soll er gesagt haben: Sie haben einen Horizont wie ein Klosettdeckel!
Für diesen Ausspruch, über dessen Anlaß bei uns getuschelt wurde, habe ich ihn geliebt. Dabei gebe ich zu, es kann auch Grobheit gewesen sein oder Ungerechtigkeit oder ein ganz persönlicher Zwist, und dennoch glaube ich, die Beschimpfung ist berechtigt gewesen; der Beschimpfte war kleinlich, engstirnig, er hat – das war keine Seltenheit – einen Schüler wegen einer Lächerlichkeit bestraft oder angeprangert, und jetzt war Charlys Dienstauffassung etwas Feines, er benutzte sie, um den Schwächeren zu schützen. Nein, der Spitzname paßte nicht zu ihm, wie er zu einem Künstler oder einem Clown gepaßt hätte – wir hätten ihn ›Karl den Großen‹ nennen sollen, darauf sind wir aber nicht gekommen.
Leutnant bei den Husaren ist er gewesen. Wie bitte? Ein heute lebender Mensch? Ein Husar war doch einer aus den schlesischen Kriegen, der sich vom großen Friedrich fragen lassen mußte, ob er denn ewig leben wolle, der in bunter Uniform mit blödsinniger Kopfbedeckung weithin erkennbar durch die Landschaft tobte und selbstverständlich umgelegt wurde. Charly, dem Großen, war das nicht passiert. Wie Zieten aus dem Busch erschien er, wenn es uns nicht paßte, wenn wir zu spät kamen oder das Wichtigste vergessen hatten, aber auch, wenn etwas schief gegangen war und jemand eine Aussprache brauchte: Also, um neun Uhr fünfunddreißig am Tennisplatz, aber bitte pünktlich!
Er gab uns Aufsatzthemen, die uns aufregten und anregten, er erlaubte, über ein selbstgewähltes Thema zu schreiben, und scheute

keine Mühe, mit uns darüber zu reden. Er las mit uns ›Im Westen nichts Neues‹, einen Roman, der so neu war, daß er auf andren Schulen nicht mal erwähnt wurde. Von da an habe ich behauptet, Pazifistin zu sein, ohne mehr zu wissen, als daß Pazifisten gegen den Krieg sind. ›Utopisten‹, sagte mein Vater, und Charly riet mir, Berta v. Suttner zu lesen. Himmel, was müßte ich alles gelesen haben! Und wie der Krieg war, wußte ich trotzdem nicht, bloß, daß er nicht »der Vater aller Dinge« ist und nicht frisch-fröhlich, wie mein Vater ihn darstellte, um uns zu schonen, vielleicht. In seinen Berichten gab es oft wahrhaft drollige Erlebnisse, so daß er sich schon vorher vor Lachen schüttelte und husten mußte, und selbst seine Ischiasanfälle nach der Schlacht bei Tannenberg, die ihn so geplagt haben, daß er vom Pferd gehoben werden mußte, benutzte er, um die Familie zu amüsieren. Und nun dieser Remarque. Wie Charly, ist er fast noch ein Junge gewesen, als er Soldat wurde, und vielleicht haben beide es zuerst ganz toll gefunden, wie Kurti als Winnetou mit dem selbstgebastelten Bogen. Ich hätte den Remarque gern gefragt, ob er das Buch geschrieben hat, um die Menschen vor dem Krieg zu warnen oder weil er sich einen Erfolg erhoffte. Ich traue diesen Männern nicht, schade.
Ich traue auch Charly nicht, wenn er uns streiten läßt und ein bißchen lächelt, nicht boshaft, väterlich eher, allerdings auch mit einer Müdigkeit um die Lippen, und auf einmal sagt er, daß ja die Männer bei Remarque sich nicht haben unterkriegen lassen, und das sei das Entscheidende. Sie haben überlebt und einen gesunden Egoismus entwickelt, das sei menschlich und ganz natürlich, und wir sollten doch bitte nicht vergessen, daß jeder Mensch nur ein Leben habe.
Wir? sagt eine von uns unerwartet mit hochrotem Kopf. Was nützt es denn, wenn wir das jetzt bedenken? Die Schweinerei ist doch, daß nicht vorher dran gedacht worden ist.
Wir sitzen erschrocken da und sind gespannt, was er antworten wird. Er sieht aus, als möchte er lieber nicht antworten, er holt Luft und wirft einen Blick auf die Armbanduhr, da schellt die Pausen-

klingel. Was jetzt? In zehn Minuten schreiben wir eine Mathematikarbeit. Ich bin sicher, daß ich eine Fünf machen werde. Charly nickt uns zu und geht hinaus, ein Mann von Format, etwas angeknackst, weil viel zu früh Soldat geworden.

Weil ihre alten Augen zum Lesen nicht viel taugen und ich eine angenehme Stimme habe, möchte Elisabeth, daß ich ihr ab und zu vorlese. Mache ich. Hoffentlich fragt sie mich nicht nach meinem Nietzsche-Vortrag, ich lüge doch nicht gern, und wenn sie ihn hören will, kann ich nicht nein sagen. Ich müßte dann einen schreiben, der nach ihrem Geschmack wäre, das bedeutet Arbeit, und außerdem – wo käme ich da hin? Die Heuchelei! Wo ich doch ohnehin nicht weiß, ob ich recht habe. Ich kann nur hoffen, daß mein Vater ihr nichts erzählt hat, ja, das wäre das beste. Schließlich haben die beiden genug zu besprechen, und er ist, wie er manchmal gesteht, heilfroh, wenn die tägliche Audienz durchgestanden ist. Zwar weiß ich nicht, was sie zu besprechen haben, weil mein Vater nichts ausplaudert, aber wie er dasteht, wenn er gehen möchte, kann ich mir vorstellen: die Türklinke hat er schon in der Hand, aber – wie in der Tanzstunde – das Gesicht ihr zugewandt, harrt er der Verabschiedung. Sie hat das letzte Wort, und das beginnt: Also mein Lieber! Für heute ist alles besprochen. Übrigens vergiß nicht – und dann kommt, was er sowieso nicht vergessen hätte. Er vergißt nie etwas, das weiß sie, jedoch, es muß gesagt werden. Er verbeugt sich nicht servil, das liegt ihm nicht, aber jedenfalls korrekt. Sie stößt einen kleinen Seufzer aus, den er hört und hören soll, und während er die mit roten Läufern belegte Treppe zu seinen Archivräumen hinuntergeht, tut sie ihm schon wieder leid (auch wenn er sich grade geärgert hat) – eine so alte Frau mit all diesen Pflichten! Sie ist fabelhaft, rührend sogar. Sie wird arbeiten, bis sie tot umfällt, und dann werden wir merken, was wir an ihr gehabt haben.
Nun ist er an seinem Schreibtisch angelangt, er setzt sich, tut ebenfalls einen Seufzer oder Schnaufer und zündet sich eine Zigarre an, die zweite heute morgen. Sein Mitarbeiter, der den Ablauf aus-

wendig kennt, wirft ihm einen kurzen, lächelnden Blick zu und sagt nichts. Dieser alte Herr hat es gut bei meinem Vater. Er braucht nur pünktlich zu erledigen, was er bekommt, es ist nie zuviel, es wird gemacht, und er hört nie ein böses Wort. Uns zu Hause schreit der Major ja an, leider, sogar fast täglich, aber mit seinem Sekretär, der übrigens nicht etwa Maschine schreibt, sondern alles mit seiner kalligraphischen Schrift bewältigt, würde er das nicht machen. Wenn hier jemand schimpft, ist es Elisabeth. Durchaus möglich übrigens, daß die Besprechung nach der Morgenpost nicht die einzige bleibt, sondern auf einmal klingelt es bei Tiedemann, und der läuft zwei Treppen rauf und und eine wieder runter und bestellt den Major zur gnädigen Frau . . .

Ich habe Glück. Sie weiß nichts von meinem Vortrag oder sie hat es vergessen. Wir trinken Tee und essen zartes Gebäck, und dann muß ich ihr einige Zeitungsartikel vorlesen, die sie ausgesucht und mit Rotstift angestrichen hat. Während sie sich Notizen macht, nehme ich mir Mut, in Nietzsches Sterbezimmer zu sehen. Die Tür steht, wie immer, offen, nur scheue ich sonst den Anblick, er macht mich unsicher, und ich fürchte, daß sie es bemerkt und zu lamentieren anfängt. Jetzt ist sie beschäftigt. Dort drüben am Fenster steht ein großer Lehnstuhl. Die Decken, die Nietzsche benutzt hat, sind sorgsam gefaltet, schon seit dreißig Jahren, nur daß Tiedemann, wie vor ihm Karl, sie ab und zu ausklopfen und wiederum zusammenfalten muß. Auf einer Nachbildung wahrscheinlich dieses Lehnstuhls sitzend thront der Philosoph als kleine Plastik auf einem Sokkel neben dem Schreibtisch meines Vaters, kränklich und müde, die feinen Hände vor sich auf der Decke liegend, das Ganze hell getönt, und es sieht nicht trostlos, sondern eher friedlich aus. Nietzsches Schlafzimmer ist klein, ein Kabinett, schmal und bescheiden. Auch Goethe und Schiller sind in solch bescheidnen Räumen gestorben.

Also, meine Liebe! Jetzt werde ich verabschiedet. Ich gebe ihr einen Wangenkuß und bekomme ein blankes Markstück und noch eins, die kann ich brauchen, denn nach der Tanzstunde wollen wir Eis essen gehen, was wir eigentlich nicht dürfen, ein lächerliches Verbot, das keiner ernst nimmt. ›Es ist Gymnasiasten nicht gestattet, ohne Begleitung der Eltern nach 22 Uhr ein Lokal zu betreten!‹ Meine Tante weiß das nicht, aber sie würde es wahrscheinlich vernünftig finden.

Abends im Bett wird mir bewußt, daß ich zum ersten Mal mit ihr allein gewesen bin. Sollte sich daraus nicht etwas machen lassen? Vielleicht stirbt sie bald, dann bereue ich womöglich, nie richtig mit ihr ins Gespräch gekommen zu sein. Ach was, die stirbt nie. Im Kaukasus gibt es einen, der 140 ist, das habe ich neulich in der Berliner Illustrierten gelesen, also, noch über fünfzig Jahre Zeit. Und was will ich denn von ihr? Interessiert mich überhaupt, was sie sagt? Nein, was sie *nicht* sagt. Was sie uns und sich selber vorlügt, ihre wahre Geschichte und die wahre ihres Bruders, und warum sie nötig gehabt hat, so vieles umzudichten, das interessierte mich. Könnte sie nicht ehrlich sein? Mußte sie den armen, unverstandnen, gütigen Fritz mit der reinen Seele erfinden, damit er berühmt wurde? Wäre er sonst vergessen?

Auf einmal finde ich unbegreiflich, daß ich in die Biographie, die sie 1925 veröffentlicht und mir zum sechzehnten Geburtstag geschenkt hat, damals nur flüchtig hineingesehen habe. Wen hatte ich da im Kopf? Oscar Wilde? Rainer Maria Rilke? Vielleicht. Die alten Ägypter? Die sowieso. Die beiden Bände heißen »Der junge Nietzsche« und »Der einsame Nietzsche«. Der einsame ist der dickere. Sie sind hübsch gebunden, leuchtend grün, Goldschrift am Rücken, vorne als einziger Schmuck der Schlangenring, schwarz auf goldnem Oval.

Ich werde jetzt diese Lebensgeschichte lesen und meiner Tante auf die Schliche kommen; dann vereinigt sich vielleicht endlich bei mir der arme, leidende Fritz mit dem großen Denker, der uns eine neue Religion bringen wollte. Und daran zerbrochen ist.

Was für ein Glück, daß ich dieses Zimmer habe, gleich rechts neben der Haustür, Hochparterre, nicht weit von der Bibliothek meines Vaters, aber weit von seinem und meiner Mutter Schlafzimmer, weit auch von den Geschwistern, auf die ich immer Rücksicht nehmen mußte, als ich noch mit ihnen zusammen schlief. Ein Klosett ist in der Nähe, es ist sozusagen meins. Nichts fehlt, und wenn ich die Nachttischlampe so verhänge, wie ausprobiert, dann kann niemand sehen, daß ich noch lese, er müßte denn raffiniert sein und sich im Korridor auf den Bauch legen, um durch die Türritze zu gucken. Das macht niemand. Ich stelle meinen Wecker auf 5 Uhr 50; zehn Minuten zum Besinnen, zwanzig zum Waschen und Anziehen, fünf zum Frühstücken, fünf zum Herausholen des Fahrrads aus dem Lorbeerhain und zum Aufschnallen der Schulmappe, die übrige Zeit für den Schulweg mit einer Verlustquote von zehn Minuten, weil man nie wissen kann. Wenn alles klappt, komme ich pünktlich. Ich fahre in mäßigem Tempo den kurvigen, abschüssigen, oberen Teil der Südstraße, den meine Geschwister ›Inbogenrum‹ nennen – dort ist mir schon einige Male einiges passiert, drum wird gebremst. Dann in beträchtlichem Tempo den unteren Teil, der grade und überschaubar ist und so steil, daß ich ebenfalls bremsen müßte, wenn ich nicht wüßte, daß an der nächsten Kreuzung eine Bodenschwelle kommt, die mich auffängt. Wenig später sause ich am Krankenhaus vorbei, in dem ich noch nie gelegen habe, weil meine Krankheiten immer lächerlich harmlos und in drei Tagen überstanden sind, und schon bin ich auf dem Wielandplatz, wo Christoph Martin W. in freundlicher Pose unter Platanen steht. Er hat so viel geschrieben, daß man ein halbes Leben brauchte, um alles zu lesen, und die Platanen haben mir bei einer Wette mit meinem Vater einst eine Tafel Schokolade eingebracht: Er wollte nämlich nicht glauben, daß es welche sind. In Thüringen gibt es keine!

Vom Wielandplatz zum Frauenplan, am Goethehaus vorbei und über den Markt ist es nicht weit, aber holprig und unbequem zu fahren. Ich biege darum meist links in die Kaiserin-Augusta-Straße ein, die heißt noch so, wen wunderts, mich nicht, die Augusta ist hier geboren und soll gar nicht dumm gewesen sein. Jetzt geht es wieder rechts herum und dann entweder vor oder hinter dem Theater vorbei, am besten hinter, da sind die Pflasterverhältnisse günstiger – andrerseits fährt dort die Straßenbahn, die mir entgegenkommen könnte, und dann muß ich langsamer fahren, als ich möchte. Nie merke ich mir die Fahrzeiten genau oder, wenn ich sie mir mal merke, geht meine Uhr falsch oder die Bahn hat Verspätung, was hilfts, bald bin ich an der Post, wo der Polizist mit dem weißen Handschuh steht, dem muß ich sowieso gehorchen. Dann die Bürgerschulstraße, links die Schule mit dem hübschen vergoldeten Kind davor, das ausdauernd in einem goldnen Buch liest und sich durch nichts stören läßt. Ich aber bin gestört von der Tatsache, daß es hier schon 6 Uhr fünfzig ist, jetzt komme ich möglicherweise doch zu spät, und wenn es nur drei Minuten sind. Auf dem Museumsplatz nämlich steht links das Realgymnasium, an dem ich auch früher vorbei mußte, als ich noch zu Fräulein Bieber ging, und wenn ich Pech habe, kommen die Jungen von allen Seiten angeradelt und machen sich einen Jux daraus, mich nicht durchzulassen. Haben sie mich aber durchgelassen, dann sause ich mit dem Schwung vom Museumsplatz die halbe Bahnhofsstraße hinauf, die zwar nicht so, sondern Sophienstraße heißt. Sophie war auch eine von hier, vielmehr eine niederländische Prinzessin, die den Karl-Alexander heiratete und Geld gehabt hat, und sie hat die Mädchenschule gestiftet, auf die ich ein paar Jahre gegangen bin, und das Krankenhaus, in dem ich noch nie gelegen habe, und jetzt geht es rechts herum in die Meyerstraße, die häßlich ist, und auch das Ypsilon macht sie nicht interessanter, aber wenn ich sie ungehemmt bewältige und die Kurve am Schlachthof so schnell wie möglich kriege, dann könnte ich schließlich doch zur rechten Zeit auf meinem Platz erscheinen. Neben Charly. Oder unsrer jüdischen Klassenlehrerin. Oder unsrem Biologielehrer, der so klein und häßlich ist, daß die Klasse sich ständig über ihn lustig macht. Als er erzählt hat, daß er sich verloben will, haben sich diese Mädchen halbtot gelacht. Wir sitzen übrigens nicht mehr auf Schulbänken, sondern um einen Konferenztisch herum, was wir schick finden, nur hat es den Nachteil, daß zwei Dumme gefunden werden mußten, die sich rechts und links neben den Lehrer setzten. Freiwillig. Eine davon bin ich. Daß

ich trotzdem etwa dreimal die Woche zu spät komme, ist natürlich überhaupt keine Dienstauffassung.
Spät abends im Bett lese ich nun »Der junge Nietzsche« im grüngoldnen Einband, weil ich tagsüber keine Muße habe und auch weil ich mich geniere, das Buch nicht längst zu kennen und verarbeitet zu haben. Anfangs schmökere ich kreuz und quer, dann aber ordnungsgemäß ab Seite 3: »Unsere Vorfahren.« Elisabeth schildert ihre Eltern als edle, wundervolle und geistreiche Menschen, den Vater und dessen Eltern besonders, aber auch die Großeltern mütterlicherseits, deren einer von zahllosen Enkeln mein Vater war, werden gelobt. Das wollte ich mir auch ausgebeten haben. Wie waren Fritz und Liesbeth? Sehr lieb und folgsam und unerhört bildungsfähig, er mehr als sie, natürlich. Als Mutter Fränzchen erst 24 war und schon drei Kinder hatte, kam ein großes Unglück über die Familie: ihr Mann, der Pfarrer Ludwig Nietzsche, ist an einer tückischen Krankheit gestorben, und obwohl Elisabeth das schon oft unter Seufzern erwähnt hat, bin ich bei der Schilderung im Kapitel ›Früheste Kindheit‹ sentimental geworden, zumal da auch der Tod des jüngsten Bruders beschrieben wird (mit zwei Jahren an Zahnkrämpfen, gibts das?). Es entwickelt sich ein Trivialroman erster Güte: Wie die junge schöne Witwe Franziska N. mit ihren beiden reizenden begabten Kindern das trauliche Pfarrhaus im geliebten Heimatort verlassen mußte. Der Vollmond schien. Ein Hund heulte. Mutter und Kinder weinten heiße Tränen, und alle Dorfbewohner litten mit ihnen. Zwei Gräber mußten sie zurücklassen und in eine ungewisse Zukunft ziehen. Das Leben zeigte sich von der finstersten Seite.
Kitsch hin, Kitsch her, ich finde die Geschichte maßlos traurig und bin darum erleichtert, daß sich die Familie in Naumburg bald gut eingelebt hat, daß die Großmutter lieb gewesen ist und die Tante, eine Schwester des Vaters, nur manchmal ein bißchen streng. Aber gerecht! Sie meinte es gut mit den Kindern und hat, trotz ihres Magenleidens, immerzu für sie gelebt und gearbeitet. Und nun folgen eine Menge Kapitel, denen ich die Überschrift geben möchte: Wie

aus dem kleinen Fritz ein großer Denker wurde. Untertitel: Und wie er seine Liesbeth an allem teilhaben ließ.
Das zieht sich über etwa 200 Seiten hin, und ich kann Elisabeth nur bewundern, wie sorgsam sie alles zusammengetragen und mit ihrer graziösen Schrift zu Papier gebracht hat, all diese nach ihrer Wichtigkeit säuberlich angeordneten Ereignisse, zahllose Anekdoten und Scherzhaftigkeiten, moralische Erkenntnisse, Rührseliges und Ehrpussligkeiten, Gespräche und Briefstellen, mit wie vielen Adjektiven sie ihren Text geschmückt und wie sie es in Bescheidenheit verstanden hat, sich immer wieder in jenes Licht zu rücken, das ihr Bruder ausstrahlte. Langsam fange ich an, mich an ihren Schreibstil zu gewöhnen, obwohl ich den Eindruck habe, sie hat ein paar Körbe voll Beiwörter neben dem Schreibtisch stehen gehabt und die zwar nicht wahllos, aber verschwenderisch über die Seiten verteilt. Und ich erwarte auch nichts anderes, als daß die Familie N., die nach Gottes unerforschlichem Ratschluß schon so viel Tieftrauriges erfahren mußte, sich dennoch zu wundervollem und innigem Zusammenleben entwickelte. Daß alle, oder doch mindestens die meisten Menschen ihrer Umgebung dabei geholfen haben. Selbstredend waren auch diese Leute nicht anders als liebevoll und edel, sie waren vortrefflich oder zartfühlend oder sogar ungemein zartfühlend, auch anmutigen Geistes oder feinsinnig, waren wohlwollend und/oder wahrhaftig, und, sofern es sich um Bedienstete oder einfache Menschen handelte, waren sie treusorgend, gutwillig, ehrfürchtig, arbeitsam und pflichtbewußt, was in Bezug auf die dienende Menschheit besonders nützliche Eigenschaften sind. Bruder Fritz besaß alle diese Tugenden und war obendrein gebildeter und tiefsinniger als die Familienangehörigen und Freunde. Liesbeth hat das immer gewußt und sich deshalb während seiner Studentenzeit seine ernsthaften, klugen Briefe sehr zu Herzen genommen und eines Tages in den Weihnachtsferien beschlossen, das Leben fortan so schwer zu nehmen wie er. Sie bemühte sich, mit tragischer Miene Tiefsinniges und Unklares über den Sinn des Daseins von sich zu geben, und Fritz fand das zuerst erstaunlich und dann komisch. Er

hat gelacht. Er glaubte ihr den Weltschmerz nicht und ist froh und erleichtert gewesen, als sie die neue, für ihn so unbequeme Lebenshaltung wieder aufgab. Kompliziert war er selber!
Diese Geschichte macht mir Freude. Ich glaube sie. Hier ist Elisabeth ehrlich gewesen und einmal ohne Sorge, den Bruder herabzusetzen oder ihrem eignen Ansehen zu schaden. Sie ließ sich von ihm sagen, daß sie die Aufgabe habe, ihn aufzuheitern, anmutig, frohsinnig und dem Leben zugewandt, und wenn ich auch nicht einverstanden bin, daß die Frau die Erholung des Kriegers sein soll, so glaube ich doch – ich an ihrer Stelle hätte die Schwermut auch wieder aufgegeben und hätte mit ihm gelacht.
Am Anfang des neunten Kapitels finde ich eine bewundernswerte Sentenz: »...aber ich bin immer sehr mißtrauisch gegen Erinnerungen aus späterer Zeit. Unwillkürlich legt man einen anderen viel späteren Maßstab an diese frühsten Erlebnisse an.« Ein fabelhafter Ausspruch, den ich mir zu übersetzen versuche. Wahrscheinlich meint sie, grundsätzlich mißtrauisch gegen Erinnerungen zu sein, weil man später entsprechend andre Maßstäbe anlegt. Ihrem Bruder wären über ihrer Formulierung zwar die Haare zu Berge gestanden, aber sonst ist das ein wahres Wort. Gewiß hat sie in keinem ihrer Bücher »an einer Seite Prosa wie an einer Bildsäule« gearbeitet, und ich glaube, Nietzsche hätte das auch nicht von ihr verlangt, bloß, die Schreiberei verboten hätte er ihr. Was übrigens nicht viel besagen will, denn wem, im Ernstfall, hätte er zu schreiben erlaubt?
Bei der nächsten Vorlesestunde war ich mit dem Band »Der junge Nietzsche« noch nicht fertig, denn während er in Leipzig studierte, bin ich fortwährend eingeschlafen, habe schließlich mit letzter Kraft die Lampe ausgeknipst und etwas Wirres von Richard Wagner geträumt, wie er auf einem Pferd über den Vierwaldstättersee ritt. So dumm war das gar nicht: da durchdrang sich Wagner mit dem Reiter über dem Bodensee und mit Rienzi – die Oper hatte ich vor kurzem gehört und gesehen. Rienzi ritt bei einem seiner Auftritte im Deutschen Nationaltheater ein lebendes Pferd, und das war ein Erfolg – das unglückliche Tier scharrte und tänzelte und ließ seine Äpfel

fallen, und niemand hörte inzwischen auf die Musik. Nietzsche und Wagner haben sich in Leipzig kennengelernt, und Elisabeth war so vorsichtig, das nicht auf ihre Art zu beschreiben, sondern es ihren Bruder in einem Brief schildern zu lassen, ausführlich, begeistert, mit allen Einzelheiten: wie aufgeregt er war, wie sehr es regnete, und wie er dem verehrten Musiker zuliebe einen neuen Frack anziehen wollte, den sein Schneider ihm im letzten Augenblick auch geschickt, dann aber wieder mitgenommen hat, weil N. ihn nicht bar bezahlen konnte. Da saß er nun »im Hemde«, und dann zog er irgendeinen Rock an, und es wurde dennoch ein großer Abend.
Ich hatte mir vorgenommen, Elisabeth nicht auf die Freundschaft zwischen W. und N. zu bringen, um nicht herauszufordern, daß sie mir von der Versöhnung erzählte, die sie 1926 inszeniert hat oder – schlimmer noch – davon, wie entsetzlich traurig das Zerwürfnis war, wie sie sich gemüht hat, die Freunde wieder zusammenzubringen, und wie Wagner ihr einst aufgetragen hat: »Sagen Sie Ihrem Bruder, seit er nicht mehr bei mir ist, bin ich einsam.«
Das ist eine ihrer Lieblings-Rührgeschichten, die sie zwar nicht uns Kindern, aber gern in kleiner Sonnabendrunde vorträgt. Mit versagender Stimme. Jedermann ist erschüttert.
Ich konnte es aber doch nicht lassen. Es machte sich ganz natürlich, weil ich ihr von Rienzi erzählte und zu sagen wagte, daß ich das mit dem Pferd ziemlich lächerlich gefunden und mir übrigens aus der Oper nicht viel gemacht hätte.
Ach Kind, antwortete sie und wackelte ein bißchen mit dem Löckchengewusel. Nun ja, du bist sehr jung. Dein Geschmack kann sich ändern. Sie klimperte mit dem silbernen Lorgnon und betrachtete mich, als ob sie nachsehen wollte, wie jung ich bin. Auf einmal fing sie an, von Tribschen zu erzählen, von Wagners Landhaus, in dem sie mit Fritz zu Besuch war; ein Spaziergang ist ihr in besonders lebhafter Erinnerung. Damals lebte der Meister, wie sie ihn nennt, noch unverstanden und einsiedlerisch, wenn auch idyllisch in diesem alten Haus mit Park, von wundervoller Landschaft umgeben, »alles harmonisch und doch so exzeptionell.«

Wenn das mein Vater gehört hätte! Wir Kinder müssen, wenn wir ein solches Wort gebrauchen, ihm seinen Sinn erklären und, wenn wir das nicht können, das Lexikon holen. Was soll das? Kannst du nicht außergewöhnlich sagen? Ein schönes deutsches Wort.
Die exzeptionellen Spaziergänger, der Meister, Cosima, Friedrich und Elisabeth, wandelten also auf malerischem Weg am See. Die Sonne ging in feurigsten Farben unter, aber schon stand der Mond am Himmel, und Elisabeth versäumt nicht, mir klarzumachen, wie bedeutungsvoll sie das Dabeisein beider Gestirne gefunden hat. Cosima trug ein rosa Kaschmirgewand mit breiten, echten Spitzenaufschlägen und einen großen Florentinerhut mit einem Kranz aus rosa Rosen – das ergab den eigenartigsten Gegensatz zu dem riesigen, schwarzen Neufundländer, der sie begleitete. Der Meister trug ein niederländisches Malerkostüm: schwarzer Samtrock, schwarze Atlaskniehosen, schwarzseidne Strümpfe und eine lichtblaue Atlaskrawatte, dazu ein Hemd aus feinem Leinen mit echten Spitzen und das Künstlerbarett auf den damals noch üppigen, braunen Haaren. Du lieber Himmel! In solcher Verkleidung gingen die am See spazieren? denke ich und frage, wie denn die Geschwister Nietzsche angezogen waren.
Wir, sagt sie, ach weißt du, wir waren ja stets schlicht gekleidet, weil wir aus einem bescheidnen Hause stammten, obwohl, nein, ich muß sagen, Fritz hatte immer etwas Elegantes an sich, o ja, er hat es verstanden, gut auszusehen! Aber was wir bei diesem Spaziergang anhatten, weiß ich nicht mehr. Ich habe nur auf diese beiden wundervollen Menschen geachtet, die meines Bruders liebste Freunde waren. In träumerischem Schweigen sind wir dahingewandelt, haben über den silberglänzenden See geschaut und dem sanften Rauschen der anschlagenden Wellen gelauscht.
(Wie hellhörig ich geworden bin, ist mir schon beinah unangenehm. ›Anschlagende Wellen‹ rauschen nicht, sondern – ja, was tun sie? Klatschen, klickern oder wispern sie? Raunen, murmeln oder glucksen?) Aber, sage ich, ihr habt euch doch auch unterhalten.
Gewiß, natürlich, wir haben die wunderbarsten Gespräche geführt,

die bewegten sich auf den höchsten Ebenen. Wir haben von den Griechen geredet und über die Tragödie des menschlichen Lebens und darüber, daß unser größtes Glück auf Erden nur eine Vision sein kann. Sie seufzt. Gleich wird sie wieder unerträglich traurig werden, obwohl bei diesem Spaziergang mit dem Neufundländer zwischen den Freunden Wagner und Nietzsche noch alles in Ordnung war. So sehr ich mich im stillen mokiere, ihr Kummer rührt mich nach wie vor: dies alles ist geschehen und heute nicht mehr zu ändern. Tun wir ihr vielleicht Unrecht, wenn wir meinen, sie will sich nur in Szene setzen? Nichts im Leben ihres Bruders hat sie verhindern können, nicht seine Enttäuschungen, seine Krankheiten, seine Einsamkeit, seinen Wahnsinn nicht und nicht den frühen Tod. Dabei beteuert sie doch, sich so unendlich gemüht zu haben. Vergeblich, jetzt muß sie alles zu Ende leiden, denn *sie* lebt ja noch und muß nun fortwährend etwas tun und leisten und arrangieren, um zu retten, was irgend geht. Ist es so? Kann ich sie danach fragen? Nein, überflüssig, sie hat sich schon gefaßt und ist wieder vergnügt. Fritz war zu der Zeit schon Professor in Basel, sagt sie. Denk dir, mit 25 Jahren! Ohne Habilitation und sogar, ohne den Doktor gemacht zu haben. Er hatte das nicht nötig. Seine Antrittsvorlesung war ein Ereignis. Ein Universitätsprofessor war damals von einer ganz andren Glorie umgeben als heutzutage, und so ein junger Professor ist oft eine beliebte Romanfigur gewesen, stets edel und unendlich klug, und immer wurde so einer von edlen Mädchen verehrt und geliebt. Obwohl ich gewußt habe, was für ein besondrer Mensch mein Bruder war, habe ich es doch erstaunlich gefunden, daß er auch äußerlich so zu Ehren kam.
Hast du damals solche Romane gelesen?
Natürlich, antwortet sie und lächelt genüßlich.
Auch geschrieben?
Wie bitte – geschrieben, ich? Sie lacht silbern und findet, ich sei ein ganz köstliches Spaßvögelchen. Wir vergessen nicht, die blanken Markstücke und die Wangenküßchen zu tauschen und freuen uns schon auf die nächste Lesestunde.

Als ich neunzehn war, habe ich vermutet, daß meine Eltern sich nicht mehr liebten. Nach zwanzigjähriger Ehe. Oder vielleicht liebten sie sich im üblichen Sinne dieses geheimnisvollen Wortes und konnten einander doch nicht mehr leiden. Geht das? Minka, was meinst du?

Möglich, sagte Minka und zuckte die Achseln. Aber es muß scheußlich sein. Und woher weißt du?

Sie streiten so viel. Immer um Nebensachen. Um die Frühstücksbrötchen und weil irgend was vergessen worden ist. Sie streiten, wo der Tee gekauft wird und ob die Beete im Garten mit Steinen eingefaßt werden sollen. Um das Wirtschaftsgeld und wann Anna den freien Sonntag haben soll und um eine kaputte Gemüseschüssel, die niemand zerbrochen hat – ach, und so weiter. Henning und ich nennen das ›Salzfaßgezeter.‹

Ach so, sagte Minka, also, wenns weiter nichts ist. Das machen alle Eheleute, glaube ich. Es gehört irgendwie dazu. Sicher versöhnen sie sich dann abends im Bett, und das hat auch seinen Reiz.

Sie lächelte und strich mir wie eine Mutter übers Haar. Du bist süß und eigentlich gar nicht dumm, nur noch ein bißchen blöd. Schadet aber nichts. Das gibt sich.

Sie war mit achtzehn von der Schule abgegangen, sie sagte: Zur Erleichterung meiner Lehrer. Die Armen! Das erträgliche Abgangszeugnis haben sie mir zur Belohnung für mein Verschwinden gegeben.

Anscheinend hatte es ihr nichts ausgemacht, jahrelang Klassenschreck gewesen zu sein. Es war ganz leicht, behauptete sie – ich brauchte nur zu sagen, was ich dachte.

Mich aber kam es nicht leicht an, zu sagen, was ich dachte: Mir wäre es schwer oder unmöglich, meinen Eltern zu sagen, daß ich denke, sie lieben sich nicht mehr.

Schon wieder lächelte Minka so erstaunlich mütterlich. Das ist etwas andres, sagte sie. Das laß mal. Ich bin sehr dagegen, Eltern das Leben schwerzumachen – sie haben es sowieso nicht zum Totlachen.

Nicht nur deshalb, aber auch darum brauchte ich diese Freundin, weil sie mir antwortete, ohne daß ich mich belehrt fühlte. Besser als irgend jemand sonst schien sie zu wissen, wie mir zumute war, wenn ich törichte Fragen stellte. Sie erzählte mir ihre Affären, die mir fremd waren und fast unheimlich und in ihrem Leben wucherten, wie das Unkraut in unsrem Garten (aber Unkraut, sagte mein Vater, gibts nicht!) Hinterher entschuldigte sie sich bei mir mit dem Morgenstern-Zitat: Der Zwölfelf kam auf sein Problem . . . Sie lachte sich selber aus und lobte mich wegen meines geduldigen Zuhörens, aber was außer Zuhören hätte ich tun können? Ich sagte ›aha‹ oder ›nasowas‹, und sonst ist mir nicht das geringste eingefallen.

Nach ihrem Schulabgang hatte Minka sich in Heilgymnastik und Massage ausbilden lassen, hatte das notwendige Examen gut bestanden und sich in Berlin mit einem Musiker verlobt.

Liebst du den? fragte ich.

Ach doch, sagte sie zerstreut. Ja. Auch.

Was heißt das: auch?

Das heißt, ich heirate ihn nicht deswegen.

Sondern?

Weil er ein richtiger Freund ist. Männer, die mir bloß im Bett Spaß machen, heirate ich nicht.

Deine Erfahrungen möchte ich haben, sagte ich erschrocken.

Sie nannte mich ein kleines Schaf und erklärte, für mich sei das total überflüssig. Du bist anders, verstehst du? Eines Tages findest du einen, den du liebst, und den heiratest du dann.

Du meinst, es ist so wie vor Weihnachten. Man weiß, man bekommt etwas geschenkt, aber man weiß nicht was. Man freut sich eben –

Weihnachten, antwortete sie ernsthaft, der Vergleich ist nicht schlecht. Aber mehr in Bezug auf die Kinder, glaube ich. Darin sind wir uns ähnlich, wir beiden – doch doch, das weiß ich! Uns geht es um die Kinder, die wir haben möchten. Für die der richtige Mann

gefunden werden muß. Kapiert?
Ich weiß nicht – nein.
Na schön, dann also andersherum. Du willst einen, den du liebst, und dann meinst du, er ist auch der richtige Vater für deine Brut.
Ich weiß nicht – ja.
Prima, sagte sie freundlich, dabei wollen wir mal verbleiben. Optimismus ist was Schönes, ohne den kannst du nicht leben. Ich übrigens auch nicht.
Deine Eltern sind doch ganz in Ordnung, sagte sie ein andermal. Laß sie ruhig über das Salzfaß zetern. Auch gescheite Menschen können nicht immer über was Gescheites streiten.
Aber es tut mir weh! Er stampft hinterher in seine Bibliothek, wo er sich eine Zigarre anzündet, und sie sitzt ganz erloschen da. Und das nicht etwa weil – nein, davon wollte ich nicht reden.
Brauchst du auch nicht. Vielleicht hat sie wirklich einen Liebhaber. Hübsch und jung genug ist sie ja. Meine Mutter hat keinen, und manchmal tut mir das richtig leid für sie.
Aber nein, meine hatte auch keinen, obwohl sie aussah wie eine ältere Schwester von mir. Sie roch zwar nicht nach französischer Seife, aber dennoch sehr gut, und seit einiger Zeit trug sie den von meinem Vater geschmähten Bubikopf, der sie noch ein bißchen jünger machte. Sie hatte ein paar Verehrer, und ab und zu brachte einer von ihnen einen Nelkenstrauß und saß zum Tee mit ihr im Damenzimmer auf dem steifen Sofa – aber ein Liebhaber war der nicht. Man konnte getrost hineingehen und sich ein Stück Streuselkuchen geben lassen; keine Verlegenheit war zu verspüren, und ich war sicher, ich hätte sie gespürt. Wo also war Liebe? Immer nur in Büchern und im Kino? Mußte man, wie Marlene Dietrich, von Kopf bis Fuß auf sie eingestellt sein, und wie wird das gemacht? Ist es Liebe, wenn ein Mann wie mein Vater sich mit der Frau eines Millionärs hinlegt? Oder wenn das arme Trudchen wegen dieses Straßenbahnschaffners die Treppe runterfällt und daran stirbt? Oder wenn die schöne Anna Karenina nicht mehr aus und ein weiß und

sich vor den Zug wirft? Ach, ich bringe alles durcheinander, Wahrheit und Dichtung. Goethe hat viel geliebt, sagt man, das lernen wir sogar in der Schule, aber was nützt mir das? Auch Herrn v. Frankenberg kann ich danach nicht fragen, nicht die Wibiral und nicht einmal meine Schulkameradinnen, weil die entweder mich komisch fänden oder mir von ihrem Freund erzählen würden, der vielleicht nett ist, aber das meine ich nicht. Ich meine – und das ist es ja gerade, daß ich es nicht erklären kann.
Wovon ich mit Minka nicht hatte reden wollen, war jedoch nicht, ob meine Mutter einen Liebhaber hätte oder haben könnte. Es war die alte und immer wieder neue Geschichte vom Halbbruder, über den ich schweigen mußte, und den ich als Bruder so gern gehabt hätte. Der wußte, was Liebe ist und hätte es mir erzählt. ›Ich bin in dieser Sache ein sehr körperlicher Mensch‹, hatte er auf dem Heuboden gesagt, und dennoch, nachträglich traute ich ihm zu, daß er das andre, das Nichtkörperliche, auch verstünde und es mir erklären würde. Vorausgesetzt, daß ich ›es‹ sagen dürfte und er es mir glaubte. Er würde mir nicht diese familiären Ratschläge geben, die mich neuerdings so mißtrauisch machten: Du bist ein Mädchen und sollst eine Frau werden. Du hast keine schönere Aufgabe, als den Mann zu lieben (den richtigen natürlich), ihm das Leben angenehm zu machen, Kinder zu bekommen, sie zu lieben und sie vernünftig zu erziehen. Oder doch? Wie war das doch mit der Erholung des Kriegers?

Weiß nicht, ob mein Vater mich darum auf diese Schule geschickt hat, wo wir nicht nur Literatur und Kunstgeschichte hatten, sondern auch Kochen, Säuglingspflege und Hauswirtschaft. Nachmittags. Vielleicht bedeutete auch das: . . .keine schönere Aufgabe als . . . und bedeutete außerdem: viermal wöchentlich viermal am Tage mit dem Fahrrad quer durch die Stadt und zweimal täglich das Risiko, unpünktlich zu sein. Schularbeiten spät abends, auch der Hausaufsatz und die gelegentlichen Nebenaufsätze.
Deine Kochschule, sagt Dietrich, der mich ab und zu so gern belei-

digt wie ich ihn. Selber schuld, daß du so viel arbeiten mußt. Unsre Mütter haben uns mit neunzehn Jahren gekriegt, und da ging alles wie von selbst, Babywickeln und Fläschchengeben und so. Kochen lernst du nachher in der Ehe. Komm lieber mit ins Bad, als da hinauf zu toben!

Also gut, ich schwänze heute. Die Mutti schreibt mir schon mal eine Entschuldigung, aber eigentlich mache ich das ungern. Ich glaube übrigens nicht, daß jede Frau immer alles von alleine kann. Wüßtest du etwa?

Er lacht. Er braucht ja nicht zu kochen und Kinder zu wickeln! Er wird Architekt. Und Häuser bauen, das muß man natürlich lernen.

Ich weiß nicht. Irgend was ist da faul. Und wenn ich nun Kunstgeschichte studieren will?

Dann brauchtest du nicht auf die Kochschule zu gehen.

Und wenn ich Kunstgeschichte studiere und trotzdem Kinder kriege?

Ach, sagt er, du komplizierst immer alles.

Und Wibirals Altstimme: Kommt Zeit, kommt Rat. Kunstgeschichte ist gut, aber selber Kunst machen wäre besser.

Sie drosselt den Bunsenbrenner, läßt ihre Hand mit einem kleinen Werkzeug in der Luft stehen und sieht mich an. Ihr großes, dunkles Gesicht, das mich manchmal an das des Bamberger Reiters erinnert, nickt mir zu. Die alten Ägypter sind doch ein feiner Anfang! Bei denen kannst du lernen. Du kannst auch bei mir lernen, und wenn dein Vater dann merkt –

Das würde nichts nützen, sage ich betrübt. Der findet es in Ordnung, wenn ich zeichne, um mir die Zeit zu vertreiben. Oder um sehen zu lernen. Sehr bildend so was, sagt er, aber ich solle bloß nicht denken, ich könne davon leben. Und von Ausgrabungen in Ägypten hält er sowieso nichts, jedenfalls, was mich betrifft. Bis du soweit bist, sagt er, haben sie dort längst alles ausgegraben.

Wibiral drückt mit einem Lippentriller ihr Mißfallen aus und taucht ihr Werkzeug in irgendeine Flüssigkeit, um weiterzuarbeiten. Dann: Na gut, du wirst ja wahrscheinlich heiraten. Aber nimm bloß

keinen Archäologen, weil du denkst, du kannst mit nach Ägypten! Der macht dir Kinder und fährt allein. Und nimm keinen armen Schlucker, auch nicht, wenn du ihn liebst. Der läßt dich schuften und macht Karriere, und dann läßt er dich sitzen.
Warum denken Sie so schlecht von den Männern?
Ich denke nicht schlecht von Männern, sagt sie anderthalb Töne tiefer als sonst. Ich weiß nur, wie sie sind.
Zu der Zeit habe ich einen Aufsatz über Amenophis und Nofretete geschrieben und eine Eins bekommen und hatte das Gefühl, eigentlich alles abgeschrieben zu haben. Ich fragte Charly, ob ich was andres hätte tun können, und er schüttelte den Kopf und lächelte und sagte: Sie konnten nur mit Verstand abschreiben, und das haben Sie ja getan. Also doch selber Kunst machen. Oder Geschichten erfinden und sie illustrieren. Oder heiraten, den richtigen natürlich, den ich liebe, aber keinen armen Schlucker und keinen, der allein nach Ägypten fährt.

Und dann erklärte mir einer eines Abends, ich müßte mich entscheiden.
Entscheiden – wofür?
Für mich oder deinen Tanzstundenfreund. Das heißt, natürlich für mich.
Er hieß Herbert, hatte sein Germanistikstudium nach vier Semestern wegen Geldmangels abgebrochen und war Lederarbeiter in einer Werkstatt in der Mostgasse geworden, von der er behauptete, sie habe früher Mistgasse geheißen. Mistig fand er auch seine Lebenslage und die Aussichtslosigkeit, das Studium fortzusetzen. Das erzählte er mir bei jedem Zusammensein, fügte hinzu, ich hätte natürlich keine Ahnung, wie ekelhaft das Leben sei, könne allerdings nichts dafür, Tochter aus gutem Hause usw., schließlich könne er mir daraus keinen Vorwurf machen. Wenn das erledigt war, lohnte es sich, ein paar Stunden mit ihm spazierenzugehen. Mit keinem meiner Freunde konnte ich mich so unterhalten wie mit dem Studenten und Portemonnaieflicker Herbert. Darum, ausschließlich

darum fuhr ich nach manchem Nachmittagsunterricht nicht gradewegs nach Hause, sondern ein Stück an der Ilm entlang, beim Marstall rechtsum über das Kopfsteinpflaster, hinein in die Mostgasse und in einen Hinterhof, wo ich an bestimmter Stelle ans Werkstattfenster klopfte, ein blindes, in viele Rechtecke eingeteilt, von denen ein bestimmtes sich öffnete und Herberts Kopf herausnickte. Das Rad konnte ich im Hof stehen lassen, der Goethepark war in ein paar Minuten zu erreichen. Wir gingen hinter dem Schloß über die Brücke, schauten zum Wehr hinunter, spuckten in die Ilm, die hier in Regenzeiten breit und beinahe wuchtig dahinfloß, stiegen die schmale, steinerne Wendeltreppe hinunter, in der es immer schlecht roch, und spazierten zum Stern, wo sich breite Parkwege kreuzten und vielleicht einstmals Anna Amalia mit dem buckligen Fräulein v. Göchhausen gewandelt ist, wenn sie sich vom Anblick ihres abgebrannten Schlosses erholen wollte. Goethe wird von seinem Wohnhaus zum Gartenhaus einen andren Weg genommen haben, nämlich an der Ackerwand entlang und an Lottes Haus vorbei, hinüber zur Ruine, die einst die Lindenschnecke hieß und sich später so gut zum Klettern eignete. Dann die Treppe zum Borkenhäuschen hinunter und über die Naturbrücke, die so heißt, weil ihr Geländer aus ungeschälten Baumstämmen zusammengesetzt ist.
Darüber habe ich aber mit Herbert nicht geredet, sondern wie üblich zugehört, wie mies sein Leben sei, und daß ich das nicht nachfühlen könne, weil ich eine höhere Tochter sei und noch nie für Geld Portemonnaies reparieren mußte.
Stimmt. Aber warum soll ich nur nachfühlen können, was ich selbst schon gemacht habe?
Er gibt mir recht: Jawohl, das ist möglich, denn du bist ja ein ungewöhnliches Mädchen, sonst ginge ich auch nicht mit dir in den Park, und das Fenster in der Mostgasse hätte ich dir garantiert verschwiegen.
Dann können wir ja zum angenehmeren Teil der Unterhaltung übergehen, sage ich.
Er guckt amüsiert. Er hat große, sehr blaue Augen mit schwarzen

Wimpern, die das einzig Schöne an ihm sind. Sonst ist er für meinen Geschmack zu untersetzt, zu blaß, zu klein, und er hält sich zu grade, weil er gern größer wäre. Seine Hände sind breit und die Fingernägel auffallend kurz geschnitten.
Wie angenehm soll es denn werden, fragt er und lacht, und jetzt sieht er beinahe hübsch aus.
Ich sage, wie es ist. Mit dir kann ich reden wie mit keinem von diesen – diesen Jungens. Und das ist es, das Angenehme. Dabei brauchst du dich, glaube ich, nicht einmal anzustrengen, oder?
Ich habe ihm eine Freude gemacht, das sehe ich ihm an. Er legt den Arm um meine Schultern, was für uns beide unbequem ist, weil er kleiner ist als ich, und darum läßt er es nach kurzer Zeit. Er könnte den Arm ja um meine Taille legen, tut er aber nicht, und mir liegt auch nichts daran.
Siehst du, sagt er, nun weiß ich auch, warum du das einzig Erfreuliche in meinem Leben bist.
Außer der Posaune, antworte ich.
Richtig, die kommt vielleicht noch vor dir, aber das soll keine Beleidigung sein! Schließlich ist die immer für mich da.
Er bläst Jazzposaune und ist mindestens viermal in der Woche abends nicht zu sprechen. Wäre ich in ihn verliebt, dann würde ich die Posaune hassen, stattdessen bin ich ihr dankbar, weil sie das Erfreulichste in seinem Leben ist und auch, weil ich ihn durch sie auf einem Sommerfest in meiner Schule kennengelernt habe. Ich fand, daß er drollig aussah beim Blasen; er lieferte eine Art Ringkampf mit dem Instrument, vor allem, wenn er es in die Länge zog, und ich habe mich gewundert, wie der kleine Mann mit dem großen, blanken Ding umzugehen verstand und was für sonore Töne er ihm entlockte. Herbert arbeitete mit einem gewöhnlichen Tanzorchester. Aber, sagte er, die Jungens sind gut, die bringen noch was andres zustande, nicht nur ›Mein Liebling heißt Mädi‹ oder ›Es muß was Wunderbares sein‹ – die können auch einen ›Tiger Rag‹ auf die Beine stellen oder ›When the saints go marching in‹.
Daß ich mit diesen Titeln nichts anzufangen wußte, hat ihn geärgert,

darum lieh er mir seine Schallplatten, und ich spielte sie zu Hause auf dem arg strapazierten Familiengrammophon, wenn meine Eltern ausgegangen waren. Diese Musik ist dufte, sagte ich. Hast du noch mehr davon?
O-kay, sagte Herbert zufrieden. Zum Jazz kann man dich also auch erziehen. Du bist ein Phänomen.
Jetzt sind wir in der Nähe des römischen Hauses, dessen Dach zwischen Bäumen hervorlugt und aussieht wie das eines griechischen Tempels. Es steht mit der Rückseite am Talhang, so daß wir einen Schlängelweg zu ihm hinaufsteigen müssen, dann einige Stufen und wieder einen Schlängelweg, bis wir zwischen den dorischen Säulen sind, die den hinteren Teil des Hauses abstützen. Hier steht auf einem Sockel ein ovales Steinbecken, in dem man baden könnte, wenn es mit Wasser gefüllt wäre, und ich anstelle des Herzogs Karl August hätte mich an heißen Tagen dahineingesetzt. Stattdessen friere ich ein bißchen und soll mich entscheiden. Zwischen Herbert und meinem Freund Dietrich. Für Herbert natürlich.
Muß das sein?
Wir kennen uns jetzt drei Monate und 17 Tage, sagt Herbert, also seit über hundert Tagen. Eine lange Zeit. Lange genug, um sich über etwas klarzuwerden.
Ich schnüffle und suche nach meinem Taschentuch. Es dämmert, und die Luft ist schon herbstlich. Herbert ist geduldig. Er zerrt mich nicht in die Arme, sondern sitzt ruhig neben mir auf dem Sockel der fürstlichen Badewanne und versucht, mir zu erklären, was er meint: Wir verstehen uns doch so gut! Du hast selbst gesagt, daß du mit mir so reden kannst wie mit keinem! Na also. Und mir geht es genauso. Ich brauche mal eine gescheite Freundin. Knutschmädchen habe ich in meiner Studentenzeit genug gehabt – die habe ich mir nach der Größe ausgesucht, vielmehr nach der Kleinheit.
Endlich fällt mir eine Antwort ein: Sieh mal, ein Knutschmädchen könntest du doch außerdem haben! Ich hätte überhaupt nichts dagegen, und du müßtest ihr klarmachen, daß du mit mir nur spazierengehst. Und redest. Wir könnten . . .

Mit diesem ehrlich gemeinten Vorschlag habe ich ihn gekränkt. Er springt auf und lehnt sich an eine dorische Säule, was in der Dämmerung ganz theatralisch aussieht. Du liebst mich also nicht, ruft er so laut, daß es mir peinlich ist. Gottlob, hier hört ihn niemand.
Ich glaube nein, sage ich beklommen. Aber ich mag dich. Das ist ein Unterschied – vielleicht.
Ich weiß schon, brummt er. Ich bin zu klein für dich und nicht schön genug. Mädchen wollen sich mit ihren Freunden ja immer schmücken, und warum solltest du anders sein? Obwohl, um der Wahrheit die Ehre zu geben – du bist anders. Aber das ist es ja grade. Darum erwarte ich zuviel von dir. Ich finde das – nein, ich sage dir nicht, wie ich das finde.
Er kramt in seinen Taschen nach Zigaretten und zündet sich eine an. Hinter der Flamme des Feuerzeugs sieht sein Gesicht beinahe grün aus.
Ich habe dir nur einen Vorschlag gemacht, sage ich betreten, immer noch auf dem Sockel sitzend.
Den ich nicht akzeptiere, antwortet er, und es klingt hochmütig. Irgendein Mädchen soll ich zur Hure machen, weil du nicht mit mir schlafen willst. So, jetzt ist es heraus.
Er tut ein paar heftige Züge und erklärt abrupt, mich jetzt nach Hause bringen zu wollen, möglichst schnell. Ich bin betrübt, mehr noch, ich fühle mich geohrfeigt. Ich bin eine hochnäsige höhere Tochter. Eine Pute. Ich bin wie die Damen der Gesellschaft im vorigen Jahrhundert, die Friedrich Nietzsches Geist bewunderten und – und weiter nichts.
Wir gehen im Sturmschritt zur Belvederer Allee hinüber, vorbei an dem schönen Haus, in dem Dietrich mit seinen Eltern wohnt (was Herbert nicht weiß), vorbei an Wibirals Dachwohnung (auch die Wibiral kennt er nicht, sie lebt in einer ganz andren Welt), an der Kunstschule vorbei und der langen Friedhofsmauer. Auf einmal fällt mir ein, daß mein Fahrrad noch in der Mostgasse steht, und ich brauche es doch morgen früh. Ich muß es holen.
Nein, sagt Herbert. Das mache ich. Zeig mir, wo ich es hinstellen

soll und gib mir den Fahrradschlüssel. Den werfe ich in euren Briefkasten. Servus Ursula.

Ich habe keinen Augenblick gezweifelt, daß ich mein Rad an der Hauswand und den Schlüssel im Briefkasten vorfinden würde. Herbert, das wußte ich, ist tadellos. Zuverlässig und von einer fast altmodischen Ehrbarkeit und zu stolz, um rachsüchtig zu sein. Ich schlief schlecht und schrieb ihm in Gedanken und im Halbschlaf und noch im Traum einen langen Brief, weil ich es nicht ertragen konnte, die höhere Tochter zu sein und zu bleiben, die ihn enttäuscht hatte. Gewiß fand ich ihn klein und nicht schön. Aber was bedeutete das im Vergleich zu der Tatsache, daß wir so gut miteinander reden konnten? Ich mit ihm, und er mit mir. Nein, wenn es nach der Schönheit ginge, müßte ich mich in Kurti verlieben, der nicht nur groß und schlank geworden war, sondern, wie meine Mutter meinte, schön wie ein Apoll. Seiner Winnetou-Periode erinnert er sich kaum noch, seinen neusten Anzug hat er sich in Erfurt schneidern lassen, und sein Vater spielt im Nationaltheater den Faust, weswegen Kurti von manchen Freunden ›Fäustchen‹ genannt wird. Das freilich findet er albern, und auch das I am Ende seines Namens sollen wir uns abgewöhnen, sagt er. Dennoch habe ich eine Zeitlang die Nase über ihn gerümpft; er ist ein Beau geworden, und so einer kann doch nur oberflächlich sein. Bis wir einmal zusammen Eis essen gegangen sind, ein sehr langes Eis, bei dem er mir erzählte, was kompliziert sei in seinem Leben, und das war nicht wenig, auch was die Mädchen betraf, die er anscheinend mühelos haben konnte. Die wollen sich bloß mit mir schmücken, klagte er. Wie ich bin, das interessiert keine. Vielleicht sollte ich mir ein paar Schmisse anbringen lassen, aber wer weiß, das finden sie dann erst recht schick.
Ich habe versucht, ihn zu trösten, wenigstens für diesen Nachmittag, denn einen dauerhaften Trost gibt es dafür nicht. Habe versäumt, ihn zu fragen, was Liebe ist, und mir hinterher gesagt, daß er es sicher auch nicht weiß oder mich falsch verstanden hätte. Und Herbert? Weiß der es?

Das Fahrrad war also da, ich aber unausgeschlafen und unaufmerksam, darum stieß ich ›Inbogenrum‹ mit dem Bäckerjungen zusammen, der die obere Südstraße mit Brötchen versorgen wollte. Auch uns. Sechs Uhr vierzig, wir haben einander nicht angeschrieen, weil das für beide zu zeitraubend gewesen wäre. Schnell die herumkullernden Brötchen aufgelesen und in den Korb damit! Was ist mit den Rädern – sind sie in Ordnung? Meins eiert vorne. Der Junge hob seine Bäckermütze auf, knuffte sie auf den Kopf und gab meinem Vorderrad einen gezielten Tritt. Gehts jetzt?
Ja, es geht.
Also, guden Morchen, mir sagen nüscht, gelle?
Dennoch bin ich zu spät gekommen, und mein Vorderrad eierte immer noch. Erste Stunde: Der Frieden von Brest-Litowsk, aufgepaßt habe ich das letzte Mal nicht und repitiert auch nicht. Der Geschichtslehrer aber war ein netter Mensch. Er hörte sich den Vorfall mit dem Brötchenjungen an, grinste, glaubte mir nicht und vermerkte trotzdem nichts im Klassenbuch.
Nach diesen Ereignissen bin ich mir über drei nicht unwichtige Dinge klar geworden: Erstens, den Defekt eines notwendigen Fahrrads aus zu verheimlichenden Gründen zu bezahlen ist mühsam, wenn man zuwenig Geld hat. Zweitens, der Umgang mit einem erwachsnen Mann ist irgendwie schwieriger als der mit einem Oberschüler. Drittens, ich bin eben doch ein kleines Mädchen, obwohl ich gern ein großes wäre . . . Was sollte ich tun? Dietrich, der von alledem nichts wußte, war mir in diesem Herbst eine tröstliche Figur.
Weil er Ostern sitzengeblieben war, hatten seine Eltern ihn auf eine Hermann-Lietz-Schule geschickt, wo man von ihm erwartete, daß er seine individuellen Fähigkeiten entfalten sollte; das tat er nicht ungern, und in den Ferien ging er mit mir auf den Tennisplatz oder spazieren, wie früher, Hand in Hand. Wir erfanden eine wirksame Methode, auf nassen Feldwegen mit Beinschwung die Lehmbrokken von unsren Schuhsohlen über die nebenstehenden Stoppeln zu schleudern, und auf dem Rummelplatz, genannt Vogelschießen,

überrundete ich ihn mit der Luftschaukel, ohne daß mir schlecht wurde. Wir fuhren mit den Rädern quer durch den Wald, zwischen den Bäumen hindurchflitzend, ich voller Angst, und er, sich an meiner Angst weidend, oder zum Abendbrot nach Niedergrunstedt, wenn dort im Dorfgasthaus frisch geschlachtet worden war und die Würste so gut schmeckten wie nirgendwo auf der Welt.
Erzählt habe ich ihm nichts. Wozu? Mit meinen Problemen machte ich ihn sowieso nervös, und so zu tun, als hätte ich keine, war bequem. Man soll, pflegte er zu sagen, das Leben nicht komplizierter sehen als es ist. Das hörte sich nicht schlecht an, nur wußte ich nicht genau – war es eine Lebensweisheit oder einfach eine Platitüde?

Im Spätherbst nach längerer Pause hatte Elisabeth mich wieder zum Vorlesen bestellt, und weil inzwischen meine Nachtlektüre, ihre Nietzsche-Biographie, mich oft amüsiert, geärgert oder neugierig gemacht hatte, waren eine Menge naseweiser Fragen fällig. Und doch kam ich nicht dazu, sie anzubringen.
Also, meine Liebe! Ich bin eine alte Frau, die viel zuviel arbeiten muß, und bin dir dankbar, daß du mir hilfst. Diese Zeitungsartikel sind mir wichtig! So gern ich mit dir plaudere, mein Kind, aber dazu werden wir heute leider nicht kommen.
Aha. Ist das nun eine Vorwarnung? Hat sie neulich was gemerkt oder ist es wirklich so, daß sie zuviel arbeiten muß? Und immer, wie mein Vater das nennt, ist sie in Habacht-Stellung? Tiedemann brachte Tee in der Zwiebelmusterkanne, er blinzelte mir zu, stellte eine Kerze auf den Tisch und eine Schale mit Plätzchen, vorweihnachtlichen, und das Großmütterliche, Schenkfreudige umraschelte Elisabeth wie gewohnt. Aber keine Fragen! So geschickt ich sie mir auch im Kopf zurechtgelegt hatte. Mit Basel hatte ich anfangen wollen, 1875, als sie ihrem Bruder dort den Haushalt geführt hat und sie so glücklich gewesen waren. Immer hatten sie »wundervolle Gespräche« miteinander, was ich beneidenswert fand, ohne heucheln zu müssen. Wovon haben sie geredet? Ich fühlte mich, seit Herbert

sich nicht mehr mit mir unterhielt und Minka nach Berlin gezogen war, in Bezug auf Gespräche total verarmt und wußte nicht einmal, ob das etwa an mir lag. Wenn die »wundervollen Gespräche« mir keine Antwort einbrächten, hätte ich nach N.'s Klavierspiel fragen können; er hat »herrlich phantasiert«. Wie war das? Woher hat er das gekonnt? Mit dieser Frage hätte ich sie eingefangen, bestimmt. Übrigens ist er damals schon so kurzsichtig gewesen, daß er sich beim Schreiben dicht über seine Papiere beugen mußte, und an dieser Stelle bin ich nachts um halbeins beim Lesen ernsthaft wütend geworden. Ich hätte aufstehen, ins Archiv laufen, die Dame wecken und sie fragen mögen, warum zum Donnerwetter sie nicht dafür gesorgt hat, daß er eine bessere Brille bekam? Oder warum hat sie nicht mit ihrer niedlichen, sauberen Schrift nach seinem Diktat die Manuskripte angefertigt, da sie ihn doch so verehrte und fand, daß er der wichtigste Mensch in ihrem Leben sei? Sie hatten eine »Magd«. Also brauchte sie nicht zu kochen und nicht sauber zu machen, was ich mir auch von ihr nicht vorstellen kann in diesen Rüschengewändern – aber nein, ich will nicht ungerecht sein, schließlich kenne ich sie erst, seit sie 75 ist. In einer Vorlese-Pause, während sie sich Notizen macht, denke ich an meine nächsten imaginären Fragen: Die Bayreuther Festspiele, die ersten damals, das ganz große Ereignis, über das Nietzsche so verzweifelt gewesen ist. Sie hat den Bruder eigentlich nicht verstanden, hat »bitterlich« geweint, als er abgereist war, und gehofft, daß alles noch gut würde, wenn er wiederkam. Zwar ist sie beileibe kein Backfisch mehr gewesen, sah sich aber mit ihren dreißig Jahren immer noch als junges Mädchen, das den Schutz des großen Bruders benötigte oder wenigstens den von Freunden. Dieses Bayreuth war ja ein Hexenkessel! Beinahe unmöglich, sich dort aufzuhalten, ohne Schaden an der Seele zu nehmen. Diese Menschenmassen, die von großer Kunst keine Ahnung hatten und nur aus Neugier kamen, und dann die mit den dicken Goldketten auf den Bäuchen und ihre Damen mit Brillantkolliers, die gekommen waren, um sich zu zeigen und weil sie imstande waren, für zwölf Plätze 900 Goldmark zu zahlen – auch die waren, fand Elisabeth, nicht das richtige Publikum. Zwar möchte ich, was die Leute mit den dicken Brieftaschen betrifft, ihr zustimmen, gleichzeitig aber fragen, wo sie denn herkommen sollten, die idealen Zuhörer, die des Meisters große Kunst verstanden? Wo es doch so viele kleine Leute gibt, die im Tal leben und einander kratzen – ach, das ist mein wunder Punkt, mein Streitpunkt mit F.N., bei dem ich immer unterlegen bin . . .

Ihre Festspielbeschreibung mitsamt den vorangegangnen Generalproben zu lesen, hat mir viel Spaß gemacht; sie begeisterte sich doch so gern und mußte sich immer wieder zur Ordnung rufen und ihrem Fritz beipflichten, der es besser wußte. Vorher hat das brave Lama sich tüchtig »tummeln« müssen, um den Basler Haushalt aufzulösen und hatte nicht einmal Zeit, traurig darüber zu sein, weil sie sich so auf »die wunderbaren Dinge« freute, die sie in Bayreuth erleben würde. War doch sogar der märchenhafte König Ludwig von Bayern angereist und trotz seines Inkognitos so gnädig, den ganz gewöhnlichen Bewohnern und ihren Gästen zu erlauben, daß sie den Generalproben beiwohnten, und das nicht nur, weil die Musik im leeren Raum zu hohl geklungen hätte, sondern wegen seiner großen Liebenswürdigkeit. Die Leute haben darum ohne Murren stundenlang auf ihn gewartet und verbotnerweise »hingebungsvoll« in die verdunkelte Fürstenloge gestarrt, was den sensitiven König leider peinlich berührt hat, dennoch – welch ein Erlebnis! Sogar der »liebe alte Kaiser Wilhelm« ist zum ersten Aufführungszyklus gekommen und hat »alle bayerischen Herzen gewonnen«, und niemand hat ihm übel genommen, daß durch sein Erscheinen in der Stadt eine Hungersnot ausgebrochen ist; es gab höchstens Schwarzbrot und Blutwurst und fast keine Getränke, und »wie die Tiere« haben sich die Leute in den Festspielpausen auf das Büfett gestürzt. Der Kaiser hat davon anscheinend nichts gemerkt und sich zudem aus Wagners Musik nicht viel gemacht, und er reiste schon nach zwei Vorstellungen wieder ab. Auch Liesbeth war mit den Aufführungen nicht recht zufrieden, jedenfalls steht es so in ihren Aufzeichnungen, und außerdem hat es einige schlimme Pannen gegeben, z.B. mit dem

Drachen, denn »das auch sonst recht mißglückte Tier« hat nicht zuletzt so lächerlich gewirkt, weil ihm ein Teil seines Halses fehlte, der von London aus, anstatt nach Bayreuth »in die asiatische Stadt Beirut« geschickt wurde und deshalb nicht rechtzeitig zur Stelle war. Nietzsche freilich ist derart Technisches gleichgültig gewesen, er hat beim Zuhören ohnehin die Augen geschlossen, aber Liesbeth, wie ich sie kenne, hat sich amüsiert und in ihr Spitzentüchlein gekichert, auch als die Rheintöchter, deren Gesang sie übrigens bezaubernd fand, in der Szene mit Alberich »wie ein Karussell im Kreise herumsausten«. Sicher ist, sie hat es besser gehabt als ihr Bruder, denn sie fand stets etwas zum Bewundern: den König, den Kaiser, die Sänger und die herrlichen Klänge des Orchesters! Nicht zu vergessen die wunderbare Frau Cosima und die hervorragenden Erscheinungen von Künstlern und Schriftstellern, über deren distinguiertes und ehrfurchtsvolles Benehmen sie sich mit wahrem Entzücken geäußert hat. Über all das kann ich mich nicht mit ihr unterhalten, weil sie auch am Ende der Lesestunde eine enorme Geschäftigkeit ausstrahlt, und wieder einmal frage ich mich, was ich denn von ihr will. Möchte ich, daß sie sich widerspricht? Ja, ich glaube. Ich möchte erleben, wie sie sich selbst ins Gehege kommt, und zwar mit dem naiven Charme, mit dem sie das in ihren Büchern fortwährend tut. Ich will mich über sie lustig machen. Ärgern würde ich mich nicht, und ich bin mir bewußt, daß ich es besser habe als mein Vater oder Tiedemann, denn für mich ist sie die Schenktante, die es gut mit mir meint und nicht weiß, daß sie kritisch von mir beobachtet wird. Ein bißchen Mitgefühl ist immer dabei: Ich glaube ihr doch, daß sie »mit ihm gelitten« und daß des verehrten Bruders »melancholisches Lächeln« ihr weh getan hat. Ich weiß, daß sie hilflos gewesen ist, als »seine Augen mit Tränen gefüllt« waren. Ich bin sentimental oder, um mit Liesbeth zu reden, sensitiv genug, um mich davon ergriffen zu fühlen.

1931, in jenem Herbst, habe ich mich immer noch mäßig und widerwillig für Politik interessiert. Ab und zu zwei meiner Mitschülerinnen zugehört, die Nationalsozialistinnen oder die Sprachrohre ihrer Freunde waren, ihre Ansichten nicht geteilt und im stillen gemeint, die Ideen dieser Partei würden sich wohl von selbst im Sande verlaufen. ›Die Bewegung‹ nannte sie sich und kam mir sektiererisch vor und beschränkt, irgendwie spießig daneben, so was hält sich nicht lange, dachte ich, jedenfalls dürften diese Leute nicht so wirksam werden, wie mein Vater zu glauben schien. Er nämlich ist zu meiner Verwunderung Mitglied geworden, weshalb wir in seiner Gegenwart nicht mehr ›Nazis‹ sagen durften und zuhören mußten, wie er seine Genossen verteidigte. Ernstzunehmende Ziele! Nicht etwa bolschewistenfreundlich! Verständigung mit Frankreich! Freundschaft mit Mussolini!

Geglaubt habe ich ihm das alles nicht oder nicht alles oder nicht gewußt, ob ich es glauben sollte, darum vorsichtshalber geschwiegen, auch weil mir nichts Stichhaltiges eingefallen ist, und überhaupt – bin ich denn je seiner Ansicht gewesen? Henning, was meinst du? Der, ein großer kleiner Junge, auf dem Gymnasium Latein und Griechisch lernend, Pfadfinder im Hauptberuf, der mit kurzen Hosen und nackten, braunen Beinen und einer Klampfe unter dem Arm des Samstags nach Tisch für anderthalb Tage verschwand, war für mich zwar immer noch ein sehr viel jüngerer, aber nicht mehr der kleine Bruder. Ein Kamerad schon, mit dem ich mich beim Essen unter dem Tisch durch einen Puff verständigen konnte oder mit Blickwechsel über der Suppenterrine. Laß man, sagte er, wenn wir unter uns waren. Ärgre dich nicht über den Alten wegen der Nazis – ich glaube, der braucht das. Ich versteh' ihn sogar ein bißchen. Schließlich habe ich ja auch meine Scouts und brauche die. Vielleicht ist das was Ähnliches.

Als Henning geboren wurde, haben wir in Bad Berka bei Weimar in einem Haus gewohnt, das man in Rußland eine Datscha nennen würde, aber nicht, weil wir reich waren, sondern weil wir in Weimar keine Wohnung fanden. Unser Major ist damals täglich um sechs, während die Familie noch schlief, aus dem Hause geschlichen, eine halbe Stunde in den Ort hinunter zum Bahnhof marschiert, eine

halbe Stunde mit der Bimmelbahn nach Weimar gefahren und dort zu Fuß ins Archiv hinaufgegangen, wo zwar nicht Tiedemann, aber der damalige Karl ein Kännchen Kaffee für ihn bereithielt. Elisabeth, die eine Frühaufsteherin war, wartete schon darauf, ihm ihre Befehle zu geben, spätestens um acht! Ehe er, der Major a.D. und Archivar des Nietzsche-Archivs, sein idyllisches, aber unbequemes und zu kleines Haus in Berka verließ, hat er, wie ich ihn kenne, einen zärtlichen Blick auf seinen Junior geworfen, den ersten und einzigen ehelichen, den geliebtesten auch, von dem er, um seine Rührung zu verbergen, behauptete, daß er wie ein gerupfter Kukkuck aussähe. Wie bitte sieht ein gerupfter Kuckuck aus?
Auf alten Fotos versuche ich das nachzuprüfen und sehe: Hennings Mund war wie der Schnabel eines jungen Vogels in den Winkeln abwärts gekrümmt, und über einer kaum sichtbaren Nase glänzten zwei kreisrunde Unschuldsaugen unter kurzem, in die Stirn gesträubtem Federflaum. Aber die Ohren! Ein Kuckuck hat keine, jedenfalls sieht man sie nicht. Diese Ohren jedoch waren nicht zu übersehen, wie richtige Lauscher standen sie rechts und links gespreizt am drolligen Vogelkopf. Auch als Henning laufen lernte, sah er noch so aus: ein Ding mit Augen und Ohren. Er guckte und lauschte. Er trug, weil gespart werden mußte, seiner Schwestern abgelegte Kleider als Kittel, sah darin niemals wie ein Mädchen aus und hatte eine Stimme wie eine Jahrmarktstrompete. Ich habe Gedichte an ihn gemacht und fand ihn süß. Das änderte sich später in Weimar, als er anfing zu schmeißen, und zwar mit allem, was er zu fassen kriegte, und immer, wenn ihm was nicht paßte. Er mußte sich schon vorher, als er noch guckte und lauschte, sehr viel gemerkt haben, was ihm nicht gepaßt hat, denn er schmiß oft und zielte gut und traf auch mich, und ich fand ihn nicht mehr süß, sondern habe ihn gefürchtet, so klein und dünn er war. Als Sextaner fing er an, zu wachsen und hörte auf zu schmeißen. Diese Veränderung ging aber nicht so einfach vor sich, wie sie sich anhört. Sie dauerte eine Weile.
Inzwischen lernte er Geige zu spielen und zeichnete alles, was er

sah, und manches, was er nicht sah – die wilde Jagd zum Beispiel. War im deutschen Aufsatz sehr gut und in Mathematik miserabel und versuchte, unsren Vater davon zu überzeugen, daß geistige Interessen nichts mit Schularbeiten zu tun haben. Seine Unschuldsaugen benutzte er, die Frauen unsrer Familie zu bezaubern. Ich habe mich bemüht, das unerhört zu finden: Nichts braucht er zu tun! Er bekommt sein Zimmer aufgeräumt, seinen Ofen geheizt, seine Schuhe geputzt. Ihr hebt seine schmutzige Wäsche vom Fußboden auf, gebt ihm frische Handtücher, wenn ich noch keine kriege, und viel zuviel Zucker auf die saure Milch. Warum?
Laß doch, sagte unsre Mutter. Laß doch, sagte die Großmutter. Laß doch, sagte Frieda, die fürs Ofenheizen und die Wäsche zuständig war.
Laß sie doch, sagte Henning und lächelte mit seinem nicht mehr kleinen, aber sehr schmalen Mund. Sie machen es gern für mich. Und ich habe doch so wenig Zeit. Ich muß mich beeilen.
Nein, er kann nicht gewußt haben, daß er mit vierundzwanzig Jahren würde sterben müssen. Man soll sich das nicht einreden, hinterher, und außerdem will ich nicht, daß er es gewußt hat. Es würde mich heute noch quälen. Ein kurzes, reiches Leben, beendet in Rußland, Mittelabschnitt, Herbst 1943, zu einer Zeit, als man das ein Heldenleben nannte oder zu behaupten sich nicht genierte: Wen die Götter lieben, den nehmen sie früh zu sich.

Im Vorfrühling 1932 bin ich oft allein herumgelaufen, unzufrieden mit der Welt und mit mir. Was bin ich für eine? Verspätete Frauenoberschülerin ohne erreichbares Ziel, ohne ernste Ansichten, ohne ernstzunehmenden Freund, ohne hervorragende Begabung, dies und jenes gut machend, manchmal mit Lust und manchmal ohne. Liebe? nichts dergleichen. Meine Mutter hatte in meinem Alter schon einen Ehemann, sie hatte die Musikschule besucht und sang zwar nicht wie die Nachtigall, aber mindestens wie eine Lerche, und erwartete ein Kind. Mich. Ich lief lange Wege zwischen Gärten und Feldern und schleuderte, wie mit Dietrich geübt, die Lehmklumpen

von meinen Schuhen nach allen Seiten und begegnete eines Tages einem kleinen Hund, schwarz-weiß, einem Terrier mit dünnen Beinen und wachsamen, spitzen Ohren. Flocki, wo kommst du her und wo gehörst du hin? Geh mal schön nach Hause. Flocki ging nicht nach Hause, sondern an meiner Seite. Eigentlich süß. Wie werde ich ihn los? Ich mache mir nichts aus Hunden, bin eine Liebhaberin von Katzen; voriges Jahr hatte ich vier, eine Mutter mit drei Jungen, die im Lorbeerhain wohnten, und ich haderte wochenlang mit meinem Vater, weil ich eins von den Kleinen behalten wollte, das schwarze, und ich habe gesiegt. Was tue ich mit Flocki?
Versuche, ihm wegzurennen. Aber der rennt schneller als ich. Schmeiße Steine, nicht auf ihn, sondern in entgegengesetzter Richtung. Das Luder apportiert sie alle. Schnell um die nächste Ecke an der Friedhofsmauer – das nützt nichts, er findet Versteckspiel herrlich und liebt mich um so mehr. Jetzt kommt der Weg zwischen den Schrebergärten, dann gehts ein paar Stufen hinunter, und dann bin ich in der Südstraße und zu Hause. Hoffentlich gehört Flocki in einen der Gärten und verliert sich dort – nein, leider nicht. Wir stehen vor dem grünen, hölzernen, weinrankenüberwucherten Gartentor, das so schwer aufgeht, und ich versuche, Flocki nicht hindurchzulassen, ohne ihm die Pfoten zu klemmen. Gottlob, das hat geklappt.
Während des Abendbrots Hundegeheul draußen und ärgerliches Gebrumm meines Vaters drinnen. Ich weiß von nichts. Meine Geschwister wollen nachsehen, die Kleinste ist wild auf Hunde, wollte schon immer einen haben, soll nicht, weil wir alle dagegen sind und wegen der Katzen. Er könnte uns doch bewachen, mault sie. Unsinn, wozu haben wir die Wach- und Schließgesellschaft, die ist billiger. Sie ertrotzt sich, nachsehen zu dürfen, was da so heult, und drei Minuten später ist Flocki am Eßtisch, selig schwänzelnd, er springt mir fast auf den Schoß, ich verleugne ihn und finde mich gemein. Meine kleine Schwester schreit, sie will ihn behalten und zwar sofort! Er soll in ihrem Bett schlafen.
Am nächsten Tag mit Flocki zum Tierschutzverein, der in der

Wohnung seiner ersten Vorsitzenden, Mathilde v. Freytag-Loringhoven, sich durch einen mit Akten und sonstigen Papieren überladnen Schreibtisch darstellte. Die Dame v. Freytag war in unsrer Stadt, selbst hier, wo es so viele sonderbare Adlige gab, etwas besonders Sonderbares und legte auch Wert darauf. Zwar redete sie nicht wie der heilige Franz mit den Vögeln und allem Getier, aber immerhin mit ihren Hunden, und deshalb hofften wir, sie könnte auch Flocki entlocken, wo er zu Hause sei, da er es doch bei uns nicht sein durfte.

Nein, leider, so einfach ist das nicht, sagte Fräulein v. Freytag, die stets, auch im Zimmer eine Baskenmütze trug. Mit einem Hund zu reden, erklärte sie uns, erfordere viele mühsame Lehrjahre. Wir sollten dieses reizende Tier, das der liebe Gott uns offenbar zugedacht habe, einfach wieder mitnehmen und unsrem Vater sagen, der Tierschutzverein schenke uns den Hund. Schließlich sei der Major ja nicht als Unmensch bekannt, und wo vier Kinder satt würden . . .

Ich war ihr schon gelegentlich im Archiv begegnet. Sie trug auch dort die Baskenmütze und zur Ergänzung einen schwarzen Wollschal, war klein und dick und fidel und ließ sich von niemandem ein X für ein U vormachen; sie machte das selber. Ihr Hund Kurvenal war eine Berühmtheit. Er konnte nicht nur die Besucher seiner Herrin zählen, sondern auch einem Jenaer Professor auf den Kopf zusagen, welchen Geschlechts er sei. Kurvenal äußerte sich positiv über Adolf Hitler und weniger lobend über Mussolini, konnte rechnen und behauptete nebenbei, das nicht gern zu tun, und jedem, der es wissen wollte, teilte er mit, daß er sich aus Menschen mehr mache als aus seinen Hundegenossen. Dies alles bellte er in einer Sprache, die Frau v. Freytag mit ihm erarbeitet hatte, wobei er die Buchstaben in Zahlenwerten angab, und wer das Alphabet beherrschte, durfte mitzählen, während Kurvenal redete – aber man mußte schon verflucht schnell zählen können.

Die Sache mit Flocki ging natürlich schief. Der Major verlangte, daß wir ihn zur Polizei brachten und aufs Fundbüro, und das liebe Tier

trottete fröhlich mit und landete im Hundeasyl. Unsre Jüngste protestierte erfolglos und heulte vergebens und schrie ihren Vater an, er sei ein Verbrecher. Um sie zu trösten nahm ich sie abends in mein Bett und erzählte ihr von der Hündin Isolde, die noch klüger gewesen sein soll als Kurvenal: sie konnte die Uhrzeit ablesen, ging ins Theater und sagte hinterher, wie sie es gefunden hatte.
Danach habe ich von Thomas Mann »Herr und Hund« gelesen, weil mein Vater mir die Novelle auf den Nachttisch gelegt hat. Irgendwie nett war der Major ja doch, auch wenn er uns vor den Kopf gestoßen hatte oder grade dann; immer wollte er auf seine Art einlenken, wiedergutmachen. Auf dem unordentlichen Bücherregal meiner Mutter fand ich »Tonio Kröger«, der in unsrem Deutschunterricht trotz aller Modernität noch nicht aufgetaucht war, und von dieser Geschichte war ich so fasziniert, daß ich Charly gebeten habe, einen Aufsatz darüber schreiben zu dürfen. (Du bist wirklich ein braves Kind, hätte Dietrich gesagt, wenn ich es ihm verraten hätte.) Ich durfte, bekam eine Eins und eine halbe Seite mit roter Tinte kraklig geschriebener Stellungnahme. Verehrte von nun an den Thomas Mann und wollte ihm einen Brief schreiben.
Zu Goethes Todestag am 22. März – ein wichtiges Datum für eine Weimarer Primanerin – kam der verehrte Th. M., um in der überfüllten Weimarhalle einen Vortrag zu halten. Ich war gespannt und enttäuscht. Der da vorne hinter dem Podium stand und uns, seine Zuhörer, kaum zu sehen schien, war ein Oberlehrer, wenn auch ein hochgebildeter; er redete so und sah auch so aus. Es mußte schon lange her gewesen sein, daß er als Bohémien mit Heimweh nach der guten Kinderstube gen Norden gefahren war: die Kinderstube überwog, der Bürger in ihm hatte gesiegt, und jetzt stand er da und belehrte uns, denn er wußte es natürlich allemal besser.
Nach meinem Eindruck befragt, habe ich geheuchelt oder geschwiegen, weil ich mir selbst mißtraute; mein Unbehagen an der Person des Bewunderten gefiel mir nicht, denn schließlich handelte es sich nur um sein Aussehen, seine Stimme und die Art seines Vortrags, und wer sagt denn, daß ich den Goethe hätte leiden können,

wenn ich ihn gekannt hätte? Ich las »Die Buddenbrooks« zum zweiten Mal und »Königliche Hoheit« gleich zweimal und versuchte, den ungünstigen Eindruck zu vergessen, was mir nicht gelang. Der Schriftsteller Thomas Mann und der Festredner gleichen Namens wurden für mich zwei verschiedne Leute, ähnlich wie der arme Bruder Fritz und der große Philosoph es schon lange waren. Herbert fehlte mir nun, mit dem ich mich bei einem Parkspaziergang darüber hätte aussprechen können, und das war nicht einmal meine Schuld. Irgendwann an einem Winterabend hatte ich ihm den geplanten Brief wirklich geschrieben, und er hatte mir verziehen: Also gut! Liebe nicht, aber immerhin Freundschaft, versuchen wir es mal, deinen Brief lasse ich mir einrahmen, und du klopfst jeden Dienstag um viertelvorsechs ans Werkstattfenster. Ich war über die Einigung entzückt. Leider bekam Herbert ein Angebot einer Berliner Jazzkapelle, leider für mich und Gott sei Dank für ihn, und weg war er, und ich konnte ihm nur noch wünschen, daß er in der Metropole, die Berlin damals noch war, ein Mädchen fände, daß nicht nur zum Knutschen, sondern auch zum Reden taugte.

Ich will nicht behaupten, in meinem letzten Schuljahr einsam gewesen zu sein, nein, weder einsam noch ungeliebt, ich müßte lügen oder mich nachträglich so stilisieren. Aber immer noch wollte ich einiges wissen, was mir anscheinend keiner sagen konnte, unter andrem, was Liebe sei. Thomas Mann schien es auch nicht zu wissen, sonst hätte er nicht das Märchen vom Prinzen Heinrich und der reichen Amerikanerin erfunden, entzückend zwar, aber warum erfindet man dergleichen, schließlich doch, weil keiner dran glaubt: und wenn sie nicht gestorben sind ...

Elisabeth (aber das war ja nicht neu) kannte in Bezug auf Liebe vorwiegend die zwischen Geschwistern. Nein, nicht den Inzest. Oder etwa? Nein, bestimmt nicht. Das brave Lama hat sich vor allem für den geliebten Bruder ›getummelt‹, und das nicht nur vor ihrer kurzen Ehe mit dem Antisemiten und Selbstmörder Bernhard F., sondern danach erst recht und schließlich lebenslänglich – die Fürsorge

für den Einzigartigen sei ihr Schicksal, sagt sie, und keine andre Frau hätte – sagt sie. Seit ich ihren zweiten und dickeren Band »Der einsame Nietzsche« lese, glaube ich ihr manches nicht mehr, schlimmer, ich glaube, ihr nie geglaubt zu haben. Freilich kann ich mich da täuschen. Unsre Lesestunden werden immer seltner, nichts von dem, was ich mir versprochen hatte, ist eingetreten, kein freundschaftliches Gespräch über längst vergangne Zeiten, und ich würde sie doch so gern über Lou ausfragen, die mich auf geheimnisvolle Weise interessiert. Was für ein Mädchen muß das gewesen sein! Liesbeth berichtet in Band II ausführlich über sie und gibt sich da so objektiv, daß es gradezu rührend wirkt. O ja, sie hätte ihrem Bruder eine Freundin gegönnt, die seiner würdig war und eine richtige Jüngerin zu werden versprach! Lou Salomé eignete sich dazu leider nicht, ein hochintelligentes Mädchen zwar, eine Russin aus gutem Hause, aber verwöhnt und eigensinnig, auch viel zu jung und auf eine fast ungehörige Weise lebenslustig. Nein, in ihr hatte Fritz sich geirrt und leider auch in dem gemeinsamen Freund Paul Rée, der dann nach vielen komplizierten Ereignissen mit Lou zusammen den armen Nietzsche schändlich hintergangen hat. So Liesbeth. Aber Gott sei Dank sah er schließlich ein, daß diese beiden das reinste Natterngezücht an seinem Busen gewesen sind; er hat sich mit ihr, der Schwester, darüber ausgesprochen und lange Briefe des gerechten Zorns darüber geschrieben.
Ich gestehe, ich habe nach so etwas gesucht. Ich konnte einfach nicht glauben, daß ». . .überhaupt die große Passion oder die vulgäre Liebe dem ganzen Leben meines Bruders vollständig fern geblieben ist.« Ich gestehe, die Behauptung hat mir keine Ruhe gelassen, ziemlich vulgär von mir, aber ich will mich nicht besser machen als ich bin. Außerdem hatte es mich doch schon so oft geplagt, daß er nie geliebt worden sein soll, so richtig mit Haut und Haaren. Immer nur sein Geist. Und nun ist es mit dieser Russin auch nicht anders gewesen, schlimmer noch – sie taugte nicht einmal zur Jüngerin?
Im ersten Drittel habe ich wegen der Suche manches andre zerstreut

oder gar nicht gelesen, fand viel Hin und Her zwischen Krankheit und Gesundung, zwischen Augenleiden, Influenza, Depressionen und der ›Migraine‹, die auch dem sonst so gesunden Lama bekannt war. Ich fand, daß N. ständig herumgereist ist, nach Sorrent und Messina, nach Venedig, nach Genua und ins Engadin, und nur im Süden hat er die Luft und die Atmosphäre gefunden, die er brauchte. Auch umgezogen ist er immer wieder, und staunend habe ich mir überlegt, wie er bei dieser Lebensweise so viel schreiben konnte. Seine Mutter, das arme, früh verwitwete Fränzchen, hat sich wegen seiner Unruhe viele Sorgen gemacht; sie meinte, er müsse endlich seßhaft werden. Und heiraten!

Liesbeth aber glaubte, ihn besser zu kennen: er brauchte Freiheit und Höhenluft in jedem Sinne – und Jünger, die ihm ergeben waren und mit ihm arbeiteten. Da ist in einem entscheidenden Augenblick das Natternpaar aufgetaucht, von dem sie in ihrer Arglosigkeit zunächst das Beste geglaubt hat. Wahrhaftig! Lou hatte, so schrieb ihr Bruder an sie »wie alle unschönen Mädchen ihren Geist kultiviert, um anziehend zu werden.«

Das mißfällt mir aber ganz gewaltig. Wenn er das wirklich gesagt oder geschrieben hat, könnte ich ihn dafür hassen. Übrigens wäre das ja nicht das erste Mal, denn ich habe ihn schon oft gehaßt, schon vor Jahren, und ich bin ja auch einer von den letzten Menschen, die im Tal leben, die husten und sich gegenseitig kratzen, ach, und so weiter.

Anscheinend hat er ernsthaft geglaubt, in Lou und Rée seine Jünger gefunden zu haben, denn er betonte es oft und stellte sie überall als solche vor. Ob die das mochten? Vielleicht hatten sie auch ein paar eigne Ideen? Nietzsche wollte ja zu der Zeit, als er mit Wagner so eng befreundet war und ihn verehrte, auch nicht dessen Jünger sein, das steht in Band 1, ich suche die Stelle, finde sie nicht und habe auch keine überflüssige Zeit, mich andauernd um diese Probleme zu kümmern. Bloß, sie beschäftigen mich dennoch.

Mein Vater, über Lou befragt, äußert sich vorsichtig. Ich war nicht dabei, sagt er. 1882 war ich noch ein kleiner Junge, der im Taunus auf die Dorfschule ging. Heute muß ich, wie wir alle, der Tante Elisabeth glauben oder nicht. Du lieber Gott! Ist das denn überhaupt wichtig?

Na immerhin. Die Lou-Geschichte in Band 2 zieht sich mit Unterbrechung über beinahe 100 Seiten hin. Schreckliche Briefe sind geschrieben worden, drohende, beleidigende. Vernichtende Urteile wurden, laut Elisabeths Berichten, ausgesprochen und widerlegt und wiederholt und für endgültig erklärt. In einer Lesestunde im April hoffte ich wieder einmal Gelegenheit zum Fragen zu haben – wenigstens wollte ich wissen, was denn später aus dieser Lou geworden ist, insgeheim hoffend, Elisabeth dadurch zum Reden zu bringen. Aber da ist grade der Hindenburg gegen Hitler zum Reichspräsidenten gewählt worden, und diesbezügliche Zeitungsartikel mußten vorgelesen werden. Die alte Dame war aufgeregt: Was für ein Ereignis! Sie sei, sagte sie, ja eigentlich von Herzen deutschnational, jawohl, sie könne es nicht leugnen, und sie fände, das sei ihr gutes Recht, das Recht ihrer Generation, und obwohl sie, solange sie lebte, nicht aufhören wolle, mit der Zeit zu gehen, fühlte sie sich auch diesem Generalfeldmarschall verbunden, der, wie sie, im hohen Alter immer noch seine Pflicht tun müsse. Übrigens habe Fritz – und was jetzt kommt, weiß ich leider viel zu genau und weiß, ich kann sie nicht daran hindern, nämlich an der Geschichte aus dem Krieg 70/71, als Nietzsche Krankenpfleger gewesen ist und eines Tages auf einer Heerstraße unterwegs war. Da hörte er »plötzlich ein Brausen und Donnern, und ein wundervolles Reiterregiment, prachtvoll als Ausdruck des Mutes und Übermutes eines Volkes, flog wie eine leuchtende Wetterwolke an ihm vorüber. Der Lärm und Donner wird stärker, und es folgt seine geliebte Feldartillerie im schnellsten Tempo – ach, wie es ihn schmerzte, sich nicht auf ein Pferd werfen zu können, sondern tatenlos an dieser Mauer stehen zu müssen!«

Nein, nichts von Lou. Die Stimmung ist patriotisch. Natterngezücht könnte jetzt höchstens von edlen Rossen zerstampft werden.

Schließlich ist mein Interesse an dieser Liebesgeschichte, von der ich nicht wußte, ob sie eine war, mit der Zeit erlahmt. Herr v. Frankenberg hat mir bei einem Jour fixe erzählt, daß Lou in Göttingen lebe und eine hochbegabte Frau sei, die Bücher geschrieben habe, auch über Nietzsche, und daß sie und Elisabeth einander immer noch haßten und bekämpften. Aber darüber spricht man besser nicht! Die zwei originellen Damen sind so tatkräftig wie unversöhnlich, und es ist gut, daß sie beide zu viel zu tun haben, um sich gegenseitig die Augen auszukratzen.

Wie die ehemalige Fürstin von Albanien in den Weimarer Goethepark gekommen ist, und warum sie dort in Nachbarschaft des weltberühmten Gartenhauses wohnen durfte, danach habe ich niemals gefragt. Es war eben so. Die aparte, nicht mehr junge, durchaus deutsch sprechende Dame redete ungern von ihrem hohen Beruf, der vor langer Zeit eine sehr kurze Zeit gedauert hatte; 1914 war in dem grade neu gegründeten Reich alles drunter und drüber gegangen, das ausländische Herrscherpaar wurde vertrieben, und während des Krieges versuchte jeder Nachbar – Albanien hat deren viele – das kleine Land zu besetzen. Der fürstliche Gatte war auf dem Balkan geblieben, aber Sophie führte, nicht ganz ohne Hoheitsallüren, lieber ein musisches Leben im Rahmen der Weimarer Geselligkeit, war nett und überhaupt nicht zimperlich und produzierte unaufhaltsam neue Ideen, mit denen sie Dutzende von Leuten auf die Beine brachte. Es war immer das gleiche; jedermann stöhnte und behauptete, diesmal bestimmt keine Zeit zu haben, und dann machten sie alle mit: den Liederabend, die Dichterlesung, das Kostümfest, die Weinprobe. Und natürlich das Frühlingsfest, bei dem man über den Gartenzaun zu Goethe rüberschauen konnte, nur daß es leider wegen Regenschauers in der drangvollen Enge des Salons fortgesetzt werden mußte; das Haus war klein, und die Albanierin lud immer zu viele Leute ein. Ihr Diener Hildebrand, zugleich Gärtner und Mädchen für alles, mußte die Gäste auf Couch und Divan, den wenigen Sesseln und auf Hockern und Sitzkissen verteilen, mußte Brötchen servieren und zwischendurch versuchen, die Lachtauben einzufangen, Sophies Lieblinge, die gewöhnt waren, überall auf den Bücherregalen und Wandleuchtern zu sitzen, zu gackern und Kleckse zu machen. Hildebrand war eine ähnliche Figur wie Tiedemann, nur ernster und würdevoller. Ich besuchte ihn in der winzigen Küche, half ihm beim Brötchenschmieren und habe ihn bewundert: Nie ist er aus der Rolle gefallen, nie schimpfte er hinter dem Rücken seiner gnädigen Frau, immer war er tadellos, ein aufrechter Zinnsoldat im schneeweißen Hemd und blauer Schürze.

Im Juli wurde im Garten Theater gespielt, der Sommernachtstraum. Da hat es zwar mit dem Wetter einigermaßen geklappt, mit den Proben aber nicht. Stets fehlte jemand Wichtiges, wenn wir uns auf der von gewaltigen Bäumen überschatteten Wiese versammelten, und schließlich wurden Oberon und Titania von zwei Weimarer Damen dargestellt, die einander verabscheuten. Dennoch, alle Hindernisse waren zu überwinden, weil Sophie von Albanien es so wollte und weil's Spaß machte, und auch die Musiker brachten es fertig, zwischen Baumstämmen den Mendelssohnschen Hochzeitsmarsch zu spielen, auswendig und unentgeltlich. Als Titania sich in den Eselskopf verlieben und ich als Elfe namens Senfsamen herumgeistern mußte, kam der Mond hervor und machte den Beleuchter.

Ein Weihespiel für Vesta, die Göttin des Herdfeuers, war das Nächste. Wir schaffen das bis Ende August, sagte Sophie v. A., die den Text einer unbekannten Dichterin komponiert hatte, und im Gebüsch versteckt, dirigierte sie uns und schlug nebenbei die Harfe. Wir, die Vestalinnen, hatten unsre Haare antikisch frisiert und Gardinenstoff faltenreich um unsre Leiber drapiert, und wir haben, so gut es ging, gesungen. Dünne Stimmen erklangen unter dicken Bäumen, und die Priesterin, eine Altistin vom Theater, versuchte, uns nicht zu übertönen und weder an uns noch am heiligen Herdfeuer zu verzweifeln, das nie rechtzeitig aufflammen wollte. Im alten Rom, sagte später Herr v. Frankenberg, wäre das eine Katastrophe gewesen.

Elisabeth hat an diesen Festen nicht teilgenommen, hat sie aber auch nicht als Konkurrenz betrachtet. Sie habe, sagte sie, vom Werk ihres Bruders her natürlich eine Neigung zum Dionysischen, aber, wie wir ja alle wüßten, sei sie eine alte Frau mit einer Lebensaufgabe, die sie nur mit unerschütterlicher Konzentration bewältigen könne ...

Zum Herbstfest der Albanierin, das im dionysischen Sinne abends in ihrem Weinkeller enden sollte, hatte ich eigentlich keine Zeit. Schließlich wollte ich demnächst Abitur machen und mußte mal was dafür tun. Deutsch eins, Mathematik fünf – irgendwie ging mir das doch gegen den Strich, wenn auch der Philosoph N. und der Major Oe. sich das hatten erlauben können. Arbeiten also? Aber dazu ist im Winter noch viel Zeit. Es war doch so ulkig bei Sophie von Albanien, und ich enttäuschte sie ungern. Außerdem brauchte ich diesmal weder in Schleiern noch klassisch zu erscheinen, sondern ganz realistisch mit einem Bauchladen voller Fotos vom Frühlingsfest, vom Sommerfest, um sie möglichst zahlreich zu verkaufen. Sophie hatte ein Defizit in der Festkasse, und sie sagte: Machen Sie Ihre schönsten Augen, Kind!

Es war windig. Ein herrlicher Herbsttag, noch warm, aber windig, und ein unberechenbarer Kurzsturm, der uns das bunte Laub um die Ohren schlug und sogar die Stare verstummen ließ, die gemütlich schmatzend in den Holunderbüschen saßen, der hat mir beim Verkauf geholfen. Er wirbelte in den Baumkronen und den Frisuren der Damen, ließ Röcke, Schals und Schlipse flattern und trieb meine Fotos vor mir her, von denen ich erst sechs Stück verkauft hatte, sechs von den vielen albernen Bildchen, für die sich niemand interessierte. Sie hüpften und tanzten über den Birkenweg und auf die Sommernachtswiese, wo jetzt die Herbstzeitlosen blühten, und ein alter Herr mit langen, dünnen Beinen bemühte sich, das Zeug mit seinem Spazierstock zu fangen. Auf einmal hatte ich um mich her eine ganze Schar von Postkartenjägern, lauter springende, lachende, keuchende, aufhüpfende und im Wind herumstolpernde Leute mit dem Ehrgeiz, nicht nur die Ware zu fangen, sondern sie auch zu bezahlen. Sieger war ein Amerikaner, der mehr als zwei Dutzend erbeutet hatte – wir zählten sie, und er knauserte nicht.

Der Herr mit den langen Beinen und dem Spazierstock hatte einen fast so eindrucksvollen Schnauzbart wie Nietzsche und hat sich, als alles zur Ruhe gekommen war, mir mit ernster Miene vorgestellt: Dr. W., Schriftsteller. Verzeihen Sie, daß ich –

Wie bitte? Ich habe Ihnen doch nichts zu verzeihen?

Er klopfte an seinen Hosen herum, die mir vorkamen, als wären sie schon vorher nicht besonders sauber gewesen, ordnete sein graumeliertes Haupthaar, war auf eine drollige Weise verlegen und erinnerte mich an Don Quijote, den Ritter von der traurigen Gestalt, den ich zwar nicht gekannt habe, aber wie diesen stellte ich ihn mir vor, obwohl er keine Ritterrüstung trug und statt Windmühlenflügeln Fotos bekämpfte. Wir gingen ein bißchen in der Birkenallee auf und ab und unterhielten uns nicht, sondern er redete alleine. Mir machte das nichts aus. Ich habe ihm mit einem Ohr zugehört und mich mit dem andren gefreut, daß die Stare wieder in den Holunderbüschen schmatzten und jemand Gitarre spielte, irgendwo in diesem Garten, der eigentlich nichts andres war als ein umzäunter Hang des Goetheparks. Was der Herr von der traurigen Gestalt geredet hat, weiß ich nicht mehr. Das Traurige an ihm war nicht nur der Nietzsche-Schnauzbart, sondern auch eine gewisse Müdigkeit seiner Augenlider – und dann, daß er den Postkartenfang so todernst betrieben hatte. Konnte der überhaupt lachen? Thomas Mann fiel mir ein, der mir so streng und ernst vorgekommen war, und ich hätte den Dr. W. gern gefragt, ob Bücher zu schreiben denn ein so trübes Geschäft sei.

Als wir uns verabschiedeten, hat er mich in sein Haus eingeladen, seine Dichterklause, wie er es nannte. Nicht weit von hier, sagte er, wenn auch nicht direkt in Goethes Nachbarschaft, aber schließlich, wer bin ich denn – wobei er wieder auf die drollige Weise verlegen war, die etwas mit der Haltung seiner Schultern zu tun hatte.

Also auf bald, rief er, lief ganz plötzlich weg, seinen Spazierstock waagerecht schlenkernd, und seine langen Beine in den engen Ho-

sen bewegten sich mit Propellergeschwindigkeit, als ob er flüchte.
Hallo! schrie ich.
Er drehte sich um.
Wo wohnen Sie denn nun eigentlich!
Er schwang seinen Stock in Richtung Oberweimar. Neben dem Goethe-Café! rief er und strahlte. Sie wollen wirklich? Ich bin ja entzückt! Essen Sie gerne Anisplätzchen? Bitte läuten Sie zweimal!
Dann setzte er seine Propellerbeine wieder in Richtung Dichterklause in Bewegung. So als müßte er pünktlich bei Kalliope erscheinen. Ein paar Tage später habe ich an seinem Gartentor zweimal geklingelt. Ein Fenster öffnete sich, Dr. W. begrüßte mich schallend und beschwor mich feierlich, doch bitte unter allen Umständen stehenzubleiben, was ich ohnehin getan hätte; dann verschwand er, tauchte an einem andren Fenster auf, rief mir zu, daß er sich beeilen würde und verschwand wieder. Mir kam das unverhältnismäßig dramatisch vor, und ich mir wie die Gestalt in einem Schauspiel. Das kleine, idyllische Haus war niedrig wie das von der Albanierin, den Eingang konnte man vom Gartentor aus nicht sehen, und das tief herabgezogne Schieferdach war von Schlingpflanzen überwuchert. Auf einmal kam der Dichter um die Hausecke geflitzt – schon wieder hatte er es so eilig, aber vielleicht hatte ich ihn gestört, und er mußte erst aufräumen –
Nein, aufgeräumt hatte er nicht. Er führte mich in sein Arbeitszimmer, weil es dort am gemütlichsten sei, und machte sich daran, den Tee zu bereiten, neben dem Ofen auf einer Stelle, die aussah wie ein Ausgrabungsort. Schon die Teekanne hatte er dort ausgegraben, und zu seiner eignen Verwunderung fand er auch alles andre, was wir brauchten: Tassen, Teelöffel und eine Zuckerdose, sogar eine Streichholzschachtel, die er schon lange gesucht hatte, und, o Freude, eine Gebäckschale! Nun brauchten wir die Anisplätzchen nicht aus der Tüte zu essen.
Soll ich die Schale mal abwaschen? fragte ich.
Aber nein, ich bitte Sie! Machen Sie sich keine Arbeit. Sie sollen sich

bei mir wohlfühlen. Jetzt müßten wir allerdings noch zwei Sitzplätze organisieren.
Mißtrauisch betrachtete er seine Stühle, vier an der Zahl, die bis über die Lehnen mit Papier beladen waren, anscheinend mit allem, was der Schreibtisch nicht tragen konnte, und der trug schon viel.
Ich glaube, sagte er unsicher, das ist ganz einfach. Und leise ächzend türmte er die Last des einen Stuhles auf den nächsten, die des zweiten auf den übernächsten, und als der zusammenbrach, stieß er mit dem Fuß die Tür zum Nebenzimmer auf und warf alles Störende auf sein Bett.
Jetzt, sagte ich ganz ohne Bosheit, brauchten wir nur noch einen Tisch, es kann auch ein ganz kleiner sein.
Er gab mir recht und eilte wieder ins Nebenzimmer, verursachte dort ein scharrendes und klirrendes Geräusch und kam mit einem Biedermeiertischchen wieder. Triumphierend stellte er es vor mich hin und sagte: Sie sehen, bei mir gibt es alles!
Und was haben Sie jetzt mir zuliebe zerbrochen?
Nichts, überhaupt nichts. Ich habe das Nachtgeschirr und die Medizinflaschen einfach auf mein Bett geworfen. Alles ist heil.
Der Ausdruck ›Nachtgeschirr‹ hat mich ein bißchen in Verwirrung gebracht. Das Tischchen war aus Nußbaumholz, hatte eine runde Platte und ein Bein, das sich in drei zierliche Füße teilte. Ich redete mir ein, er verstünde unter Nachtgeschirr etwas andres als ich, und bedauerte ihn, daß er soviel Medizin nötig habe.
Ich? wieso! Ich nehme nichts ein. Ich bin kerngesund. Das kommt daher, weil ich Schlittschuh laufe und niemals einen Mantel trage. Haben Sie mich schon Schlittschuh laufen sehen? O, das muß unbedingt nachgeholt werden.
Ich war aus Neugier gekommen. Noch nie hatte ich bei einem Dichter Tee getrunken. Was werden wir reden? Wird er von seinen Werken sprechen? Kann ich ihn dazu auffordern? Ich glaube, nein. Ich hätte ja gern gewußt, wie er an diesem Schreibtisch arbeiten konnte, wo selbst bei genauestem Hinsehen keine Tischplatte zu erkennen war. Vielleicht wirft er, wenn er einen Einfall hat, alles

Überflüssige auf sein Bett und, wenn er schlafen will, wieder zurück?
Kaum, daß die Gemütlichkeit hergestellt war und ich gefunden hatte, daß der Tee mir wider Erwarten schmeckte, da begann Dr. W. von Musik zu sprechen, die seine liebste Beschäftigung und schönste Erholung sei – ja, da staunen Sie, nicht wahr? Er rieb sich die Hände vor Freude über mein Staunen, das zu äußern ich gar keine Zeit gehabt hatte, und sagte, neben Richard Wagner sei Chopin sein Lieblingskomponist und ob er mir etwas vorspielen dürfte?
Und ehe ich zustimmen oder gar mich nach einem Musikinstrument umsehen konnte, war er schon wieder ins Nebenzimmer geeilt; dort muß er, unsichtbar für mich, ein Klavier aufgeklappt haben, und dann spielte er eine ganze Reihe Chopin-Etüden, die ich kannte, aber ich glaube, er hat hier und da einiges weggelassen oder ein bißchen verändert, so daß manchmal die Absichten des Komponisten schwer zu durchschauen waren. Ich setzte mich so, daß ich das Chaos auf dem Bett des Dichters nicht sehen mußte, schaute zum Fenster hinaus, wo hinter Parkbäumen ein herbstliches Abendrot aufleuchtete und habe mich in diesem komischen Zimmer bei dem zweifelhaften Klavierkonzert ziemlich wohl gefühlt.
Hinterher brauchte ich nicht etwa zu sagen, daß ich es wunderbar gefunden habe, tiefes Verständnis usw., nein, es war ganz einfach, mit diesem Mann auszukommen: er sagte alles selber. Man brauchte nur abzuwarten. Man konnte, wenn man unbedingt wollte, natürlich einen Einwurf machen oder eine kurze Frage stellen – das störte ihn nicht. Er beeilte sich, ›gewiß gewiß‹ zu sagen oder ›nun ja, wenn Sie meinen‹, und dann sprach er weiter. Er wußte viel und war auf eine etwas altmodische Weise liebenswürdig, war auch tolerant und erklärte, man könne natürlich über dies und jenes denken, wie man wolle. Dann sprach er weiter.
Später hat er mir erzählt, er habe zwei begabte Kinder: eine Tochter, die ein Wunder an Tüchtigkeit sei und in Norddeutschland lebe, und einen Sohn, Student in Jena. Seine Frau habe sich leider von ihm

scheiden lassen, das sei eine Tragödie, über die zu sprechen ihm schwerfalle. Dann sprach er darüber. Lange. Sie hätte das nicht tun sollen, sagte er. Wir könnten heute noch glücklich sein.
Ich habe gedacht, daß er sie vielleicht nie hat zu Wort kommen lassen, und habe ihn gefragt, wann er arbeitet, weil mir das im Vergleich zu der Scheidungstragödie ein harmloses Thema zu sein schien.
Er sagte verwundert: Arbeiten – ich – wieso?
Ich meine, wie schreiben Sie? Und wann?
Ach so. Nun, in der Nacht natürlich. Etwa um Mitternacht beginnt mein Gehirn, Sätze zu produzieren. Das war schon immer so. Meine Frau ist darüber manchmal ganz verzweifelt gewesen, und das hat mir sehr leid getan, aber was sollte ich tun ...
Als ich ging, sah ich in der Türfüllung drei Photographien hängen: oben die einer schönen Frau, darunter die eines aparten Mädchens und zuunterst die eines jungen Mannes. Er sah dem alten Herrn nicht im geringsten ähnlich, und sein Gesicht spukte mir lange im Kopf herum. Wenn der auch noch blaß und dünn ist, dachte ich, werde ich mich in ihn verlieben.

Ein Mädchen sucht sich seinen Partner nach dem Bild des Vaters, sagen die Psychologen, oder es sucht sich, wie ich, einen Gegentyp. Widerstrebend und mit Vorbehalten habe ich meinen Vater gemocht und auf eine spröde Art geliebt, aber so wie er sollte mein Freund, mein Liebhaber, mein Ehemann nicht sein. Nicht wie dieser Sohn eines hessischen Landpfarrers, der so früh aufstehen und Hafergrütze essen und zu Fuß ins Nachbardorf zur Schule gehen mußte – der als junger Offizier ein flotter Verführer gewesen sein soll und eine unglückliche Liebe zur Philosophie entwickelte, der uns anschrie, wenn wir zu spät zum Essen kamen, und, wenn ich verreiste, meinen Koffer auf dem Handwagen zum Bahnhof karrte, der nichts von der Schule hielt, der mir verbieten wollte, meine Haare abzuschneiden, und erfreut war, als ich es getan hatte. Zu feige, mir seine Jugendsünde zu erzählen, und so mutig, Elisabeth eine Intrige zu verbieten, koste es, was es wolle. Er versuchte, sich für Klee und Kandinsky zu begeistern und war so starrsinnig, uns Armstrong und Duke Ellington übelzunehmen; ein Verfechter von Gehorsam, Pünktlichkeit und deutschem Wesen, der fleißig an einem falschen Nietzschebild arbeitete und sich spät abends in einer Weimarer Bierkneipe darüber Luft machte, wie er die Gesellschaft fände, seine, die sogenannte gute – nämlich gedankenlos und eingebildet. Gradezu idiotisch. Und quatschen tun sie, bis ihnen das Maul schäumt!

Ein einfacher Landmann hätte er werden mögen, ein Bauer am liebsten, mit der Natur verbunden, der sich an langen Winterabenden still mit Philosophie beschäftigt. Vielleicht wußte er nicht, daß ihm das Preußentum aus allen Knopflöchern schaute, auch als er die Majorsuniform längst abgelegt hatte, auch wenn er im Frühling sein ›lüsternes Jäckchen‹ anzog, das allerdings mit Lust nur zu tun hatte, indem es leicht war und glänzte – Lüster, ein dünner Stoff mit metallischem Schimmer, aus dem für die armen, meist zu warm gekleideten Männer Sommerjoppen geschneidert wurden.

Nein, einen so würdigen, breitschultrigen Mann mit Kurzhaarschnitt und straffem Gang, der seine Anzüge nach praktischen Gesichtspunkten aussuchte (Gesichtspunkt, ein wichtiges Wort), so einen wollte ich nicht. Darum suchte ich mir einen schmalen, schlaksigen, der ein loses Mundwerk hatte, neue Ideen im Kopf und viele Locken obendrauf, der salopp angezogen war, ein Koffergrammophon und Jazzplatten mit sich herumtrug und von meinem Vater schlicht als arroganter Schnösel apostrophiert wurde. Der Schriftsteller Dr. W. und seine inzwischen geschiedne Frau Käthe H., Schauspielerin, müssen zur Zeit seiner Geburt ›Die Ahnen‹ von Gustav Freytag gelesen haben, denn sie haben den Sohn Ingolf genannt, aber zu meiner Zufriedenheit machte er seinem Namen keine Ehre. Er war weder hellblond noch stämmig, noch glaubte er an das deutsche Wesen, und männliche Würde fand er höchstens komisch. Eine jüdische Urgroßmutter, die er nach 33 wegen seines Studiums sorgfältig verheimlichen mußte, hat ihm vielleicht einiges vererbt,

Arroganz zum Beispiel und einen Hang zur Tagespolitik, von der er fortwährend redete; das habe ich zugleich lästig und faszinierend gefunden. Noch nie hatte jemand mit mir so von Politik geredet: kritisch, intelligent, wütend, begeistert, informiert, detailliert, pausenlos, rücksichtslos und besserwisserisch, und ich habe mir, um ihn vorübergehend davon abzubringen, von ihm erklären lassen, was Liebe ist. Aber das war nicht der einzige Grund.
In diesem Winter, in dem ich merkte, daß ich kein Schulmädchen mehr sein wollte und gleichzeitig einsah, daß dieser Zustand auf erträgliche und anständige Weise zu überwinden war, hat meine erste und vorläufig noch heimliche Liebschaft mich zugleich verändert und ernährt. Ich lebte von ihr und habe mich gewundert, daß ich nebenbei überhaupt nötig hatte, zu essen und zu trinken, saß nur, weil wir es so gelernt hatten, dreimal täglich am Familientisch (nein, zweimal! Frühstück stehend in der Küche), zählte Tage, Stunden und Minuten, bin auch mal enttäuscht gewesen und dann doppelt gespannt auf das nächste Rendez-vous. Das mußte Liebe sein. So hatte ich sie mir erhofft. Abitur? Komische Einrichtung, aber bitte, wenn's sein muß. Mein arroganter Schnösel redete mir aus, mich in Mathematik verbessern zu wollen und gab mir einen Rat für die mündliche Prüfung, vor der ich mich fürchtete: Du mußt dir vorstellen, die Prüfungskommission säße nackt in der Badewanne! Das hilft.

Torgel auf der Rückreise aus Ägypten kam mir ungelegen. Zum ersten Mal seit über zwei Jahren hatte ich ihn fast vergessen. Er war wirklich mit Vera verheiratet, hatte ein Kind mit ihr, und ein Inselhaus für die neue Familie wurde gebaut. Und weil das Leben als Familienvater sehr anstrengend war, hatte er Ferien in Ägypten machen müssen. Unser Kind, sagte er, heißt Eva, ein sehr winziges Kind – oder sagt man eine Kindin? Eva, wie die Mutter der Menschheit. Du siehst, ich habe mich nicht viel verändert, immer will ich symbolisieren!
Er war nett, aber er störte mich. Es hat mich nicht einmal besonders

interessiert, ihn mit meinem Vater zusammen zu sehen, meinem, der auch seiner war. Torgel wußte es nicht, und der Major tat, als ob er es nicht wüßte, und ich – mir war's egal. Ich kam auf die Idee, Ingolf eifersüchtig zu machen, und ich sagte: mein schwedischer Freund. Aber das war Kinderkram, wir hatten so was nicht nötig, wir lachten darüber. Wenn er reich ist, sagte Ingolf, werden wir ihn eines Tages anpumpen, wo wir doch beide aus so bescheidnen Verhältnissen sind.

Wir gingen zu Elisabeth, TT und ich, und sie war entzückt von ihm und von mir, vielmehr von uns beiden. Dann fiel ihr ein, daß er ja schon verheiratet war, wie reizend, aber warum ist die junge Frau nicht hier? Ach so, das Kind ist noch so klein, wie reizend.

Bei diesem Besuch kam die Tante mir ein bißchen vertrottelt vor, sie machte mich ungeduldig, überhaupt war ich ungeduldig mit jedem, der mich davon abhielt, mit meinem Liebsten zusammenzusein – alle hielten sie mich davon ab, sie hatten sich verschworen. Immerhin, Torgel war lustig und beinahe unverändert. Er hatte mir aus Kairo ein nachtblaues Seidentuch mitgebracht, so groß, daß ich mich hineinwickeln konnte, rundherum Fransen, auch nachtblau.

Von meinem letzten Geld, sagte er. Fast hätte ich keins mehr gehabt, weil ich mir in der Wüste eine Karawane gemietet habe. Das war natürlich verrückt, aber auch wundervoll. Bist du je auf einem Kamel durch die Wüste geritten?

Nein, sagte ich.

Ah, dann weißt du nicht, was man da empfindet, und ich kann es dir auch schwer beschreiben. Ich werde etwas darüber dichten. Man meint, verzaubert zu sein, und etwas übel ist einem auch, aber nur im Magen. Auf einmal wendet das Kamel ganz langsam seinen Hals, und du siehst sein Gesicht, seine weichen, behaarten Lippen, und zwei Augen mit langen Wimpern blicken dich an wie die Augen einer Frau oder einer Sphinx, und du meinst, du würdest gleich aufgefordert, die Welträtsel zu lösen. Aber das ist ganz schnell vorbei, und alle diese Tiere mit den sonderbaren Augen ziehen still durch den Sand, und es passiert nichts. Nur daß es wunderbar ist und wie

verzaubert – aber das sagte ich wohl schon. Hinterher war meine Brieftasche so leer wie noch nie.
Zwei Tage, länger wollte er nicht bleiben. Ich mag Deutschland nicht, sagte er, aber du sollst dich nicht beleidigt fühlen! Dich mag ich. Wenn Vera und ich unser Haus fertig haben, solltest du uns besuchen. Die Insel gehört jetzt mir, Pa hat sie mir geschenkt. Wenn du einen Freund hast oder einen Ehemann, kannst du den gleich mitbringen, überhaupt, du solltest nach Schweden auswandern. Du weißt, es ist das freieste Land der Erde! So frei werdet ihr hier in Deutschland nie! Ich glaube eher das Gegenteil.
Was ich glauben sollte, wußte ich leider nicht und wäre schon froh gewesen, wenn ich gewußt hätte, wem ich glauben sollte. Meinem Vater – das verbot sich von selbst. Elisabeth – auf keinen Fall. Herrn v. Frankenberg – bei aller Zuneigung: nein. Charly – mit vielen Einschränkungen, also eigentlich auch nicht. Dem drolligen Dr. W., der mir als Vater meines Freundes auf einmal so nahe stand und behauptete: Wenn dieser Hitler an die Macht kommt, wird er nach ganz kurzer Zeit wieder abgewirtschaftet haben! – nein, das kam mir allzu gutgläubig vor.
Wer übrig blieb, Ingolf, der so bestürzend viel auf mich einredete, der mir aus dem Kopf und an den Fingern vorzählte, daß es im vergangnen Jahr innerhalb acht Monaten fünf Wahlen gegeben hatte (ich mußte das verschlafen haben), daß während der Zeit ein Mann Reichskanzler gewesen ist, der keinen Kopf hatte, sondern nur einen Hut, den er ja auch Gott sei Dank nehmen mußte (ob das Bonmot von I. war, weiß ich nicht), daß uns aber vor dem völligen Ruin weder der eine noch der andre bewahren würde, und auch der Adolf Hitler nicht. Nein, nicht einmal selber aus dem Sumpf ziehen könnten wir uns, am eignen Schopf, wie Münchhausen – aber der war ja auch ein Lügner. Der Untergang des Abendlandes, bei uns fängt er an.
Beklemmend nicht nur, sondern entsetzlich schwierig: meinem Freund, dem derzeit wichtigsten Menschen in meinem Leben, dem glaubte ich auch nicht.

Am 30. Januar 33 Begeisterung in meinem Elternhaus und gedämpfter Optimismus in der Schule: warten wir doch mal ab. Schließlich können wir nicht immer alles negieren. Vielleicht ist das ein historischer Tag.

In Berlin soll es hoch hergegangen sein, aber in Weimar war es still, und ich habe bis spät abends Physik gepaukt, weil ich da nicht auch eine Fünf haben wollte. Es war ein Montag: Dienstag, Mittwoch und Freitag schreiben wir die Prüfungsarbeiten in Mathematik, Physik und Geschichte, und der neue Reichskanzler, von dem ich nicht weiß, was er mit uns vorhat, der kann mich mal irgendwo.

Ingolf sagte: Eine große Klappe und nichts dahinter! Wie Wilhelm Zwo, mit dem er ja auch sonst Ähnlichkeit hat. Total verklemmt.

Bitte, rede wenigstens nicht so, wenn mein Vater dabei ist.

Der hat ja jetzt schon Angst vor seiner eignen Courage, sagte Ingolf, das sind die Schlimmsten. Er wird uns das spüren lassen.

Ich dachte, er meinte meinen Vater, und war gekränkt.

Er: Nein, Verzeihung, deinen Vater meinte ich nicht, obwohl –

Obwohl?

Naja, verklemmt ist der auch. Du mußt dir mal überlegen . . .

Und nun hielt er mir einen Vortrag über die Generation unsrer Väter, wie sie waren, wie sie wurden, und warum sie so geworden sind. Seiner, sagte er, sei noch einer von den Besten, nämlich ein Utopist. Der glaube noch an das Gute im Menschen. Und immer habe er einen fabelhaften Plan und sehe den bekannten Silberstreif am Horizont.

Ich finde das liebenswert, sagte Ingolf, wenn er mir auch damit auf die Nerven geht. Wir werden auf ihn aufpassen müssen, leider, er schwatzt zu viel und ist zu arglos – ich warne ihn schon immerzu. Eines Tages wird er eingesperrt oder muß emigrieren. Und im Ausland würde er verkommen, er hat das Zeug dazu.

Ich finde, du bist zu pessimistisch.

Und du hast keine Ahnung. Du bist eine sehr süße Person, aber in Bezug auf Politik ein Waisenkind. Bald bist du wahlberechtigt, und

bis dahin werde ich noch schwer an dir arbeiten müssen! Du bist eine typische Deutsche, lieb und innig und mit einem sechsten Sinn für Lyrik und bildende Kunst, bloß logisch denken kannst du nicht und politische Schlußfolgerungen ziehen natürlich erst recht nicht – solche Frauen können die Nazis brauchen!
So machte er es; er kränkte mich, nannte das ›die Wahrheit sagen‹, war zuerst verwundert und dann erschrocken, mich beleidigt und verstört zu sehen, redete sich den Mund fußlig, um mich zu trösten, nahm nicht alles zurück, weil das angeblich unmöglich war, und atmete auf, wenn ich mich beruhigte. Es war anstrengend und aufregend und schön.
Das Abitur habe ich in diesem merkwürdigen, beklemmenden und wunderbaren Frühling viermal gefeiert: Mit meinen Lehrern und mit den Mitschülerinnen, die behauptet hatten, so ungern in Weimar zu sein, aber nun weinten sie, und wir umarmten uns und fanden es unerträglich, nicht mehr jeden Tag zusammen am langen Tisch zu sitzen.
Zu Hause, mit den Eltern und Geschwistern, da gab es Makkaroni mit Schinken, mein Lieblingsessen, aus dem ich mir schon längst nichts mehr machte, seit ich bei Thiels zu speisen gelernt hatte, aber meine Familie hatte das noch nicht gemerkt. Feier Nr. 3: mit Ingolf W. bei Dr. W. in dessen fabelhafter Unordnung und der Nachbarschaft des Goethe-Cafés. Diesmal mußten drei der überbelegten Stühle frei gemacht werden, was fast zu einem ernsten Zerwürfnis zwischen Vater und Sohn geführt hätte, weil der Sohn die Papierwülste gleich in den Kohlenkeller schaffen wollte.
Bist du wahnsinnig?
Später ertönte Wagner von nebenan, ein Klavierauszug aus der Walküre mit Gesangseinlagen des Dr. W., er sang den Wotan und auch die Brunhilde, schön künstlich hochgeschraubt, wo's nicht ging, ließ er's weg, und seine zwei Zuhörer lachten so leise wie möglich und mußten einander festhalten, um nicht von den Stühlen zu fallen.

Die vierte Abiturfeier war die beste. Sie fand in Jena statt, es waren nur zwei Personen anwesend, er und ich, und es wurde etwas ganz andres gefeiert. Jena hat mir damals besser gefallen als Weimar, was freilich daran liegen konnte, daß dieser Mensch dort wohnte, an den ich so unerwartet vehement mein Herz gehängt hatte. Ich bin mir da wie in den Ferien vorgekommen, weit weg von zu Hause, im Süden. Obwohl nur 20 km südöstlich von Weimar, schien mir diese Stadt ganz woanders zu liegen und war auf schwer erklärbare Weise bunter und lustiger, auch mittelalterlicher und geheimnisvoller – ihr Auf und Ab von Schmalwegen zwischen Gärten und grüngestrichnen Holzzäunen, ihre Treppen und Reste von Mauern, das ›Paradies‹ an der Saale und die steilen Hänge über ihr. Auf dem Rathaus saß zwischen zwei sehr alten, hohen Spitzdächern ein draufgeklebter Rokokoturm, und es sah mich nicht so griesgrämig an wie das neugotische am Weimarer Markt, das ich nie gemocht habe. Ja, hier könnte ich wohnen mögen, ein ganz eigner, neuer Mensch sein, allein und zu zweit, die Abende, die Nächte, die Sonntage zu zweit und dazwischen ungeahnt fleißig – auch das Arbeiten ohne die Schulpünktlichkeit, den stündlichen Blick auf die Armbanduhr stellte ich mir herrlich vor. Überhaupt, nur freiwilliges Arbeiten kann zu etwas Vernünftigem führen – glaubst du nicht auch?

Naja, sagte er. Hm. Ich weiß nicht.

Das klingt aber nicht ermutigend!

Gott ja, sagte er. In den ersten zwei Semestern. Dann legt sich das. Vielleicht solltest du lieber was Ordentliches lernen.

Ich hätte mich aufgeregt, wenn ich mich nicht vor einem Streit gefürchtet hätte, wußte ich doch immer noch nicht, ob nicht mal einer ganz bös enden könnte. Und grade heute. Wir hatten auf dem Markt eingekauft, Eier und Schichtkäse und Radieschen und Butter aus dem Bauernfaß und im Laden um die Ecke zwei Flaschen Saalewein. Alles an sein Fahrrad gehängt und hinaufgeschoben in die Weinbergstraße, dort wohnte Ingolf in einem ältlichen Haus unter Bäumen, das mir vertraut vorkam, weil damals fast alle Leute, die ich kannte, in solchen Häusern lebten. Nur eins war hier ganz anders:

Wir betraten seine Wohnung vom Garten her durch die Waschküche. Das war verblüffend und praktisch – Eingang, Fahrradkeller, Küche und Badezimmer in einem – und so sauber und ordentlich! Fabelhaft. Wer hält dir das so tadellos?
Na, wer wohl, sagte er lachend. Du, ich habe bis vor zwei Jahren mit meinem Alten zusammengelebt. Das war so mörderisch, daß ich schließlich einen Kreidestrich auf dem Fußboden gezogen habe: dort du und hier ich! Genützt hat's nichts. Jetzt bin ich pingelig, daß ich mich manchmal vor mir selber graule.
Und warum ist er so verschlampt?
Keine Ahnung, sagte I. und baute unsre Einkäufe auf dem Regal neben dem Gasherd auf. Hier, sagte er, kann ich morgens meinen Porridge kochen, während ich dusche. Ich habe mir das gut eingerichtet, und es klappt auf den Zentimeter genau.
Was singst du dabei?
Woher weißt du? sagte er verblüfft.
Das tat mir gut, denn sonst war es immer umgekehrt – er wußte, und er kombinierte, und er sagte mir, was ich dachte, ehe ich Zeit hatte, es auszusprechen.
Am nächsten Morgen haben wir beide unter der Dusche gesungen, während auf dem Gasherd der Porridge blubberte. Wir sangen 'Sing before breakfast‹, und das paßte ja genau ins Bild, und dann sangen wir ›I'm gonna sit right down and wright myself a letter«, was eigentlich nicht gepaßt hat, denn wir waren ja zusammen und brauchten weder to you noch myself einen Brief zu schreiben. Übrigens fand ich den Porridge zu pampsig und wollte frische Brötchen haben und bekam sie. Auf einmal schauten zwei fremde Gesichter zum Fenster herein und grinsten.
Was wollt ihr denn hier! schrie Ingolf.
Wir wollten bloß mal reingucken.
Schert euch weg!
Das taten sie nicht.
Sei doch nicht so garstig, sagte ich. Die möchten dich besuchen.
Spionieren möchten sie, brummte er. Das ist alles.

Die Gesichter waren immer noch da. Das eine, ein großes, dickes, sagte zu mir: Entschuldigen Sie bitte!

Das andre, ein schmächtiges: Wir wollen Sie zu einem Fest einladen. Lassen Sie den dummen Kerl ruhig zu Hause, wenn er keine Lust hat.

Ingolf schrie: Verschwindet!

Sie verschwanden tatsächlich, nur daß sie eine schriftliche Einladung am Fenster zurückließen, ein Plakat, ein Gemälde beinahe, wir nahmen es herein. Das sind meine Freunde, sagte Ingolf, sie sind großartig. Drei fabelhafte Burschen.

Jetzt verstehe ich überhaupt nichts mehr. Und zu denen warst du so gemein? Außerdem sind es nur zwei gewesen.

Ja, stimmt. Der dritte, der das Plakat gemalt hat, war nicht dabei. Der schläft um diese Zeit. War ich gemein? Weiß ich gar nicht. Ach, die kennen mich schon.

Das Fest fand drei Tage später statt, und ich mußte meine Eltern anlügen, damit ich schon wieder nach Jena fahren durfte (immer noch dieses dürfen! wann hört das auf?). Ich log geschickt, aber nicht gern. Ich machte eine hübsche Geschichte zurecht von den Eltern eines Studenten namens Peter, die uns zum Wochenende eingeladen haben, reizende Leute, sie würden euch gefallen. In Wirklichkeit war Peters Familie verreist. Ich wusch mir die Haare, zog mein Lieblingskleid an, vielmehr seins, und dachte während der Bahnfahrt darüber nach, wie ich in Zukunft leben sollte, ohne zu lügen. In dieser Welt schaffe ich das nicht, dachte ich, als ich in Jena ankam.

Du mußt dich auf allerlei gefaßt machen, sagte Ingolf. Du weißt nicht, wie die sind! Wie sie vorher gelästert haben. Bring deine Majorstochter nur mit, haben sie gesagt. Wir werden die schon kleinkriegen.

Soll ich umkehren?

Ach Unsinn. Keine Angst. Am besten, du redest wenig. Dann werden sie es aufgeben. Zwar haben wir uns neulich beinahe verkracht – deinetwegen –, aber dann haben sie eingelenkt, und Peter hat gesagt, er könne sich schließlich nicht selbst verleugnen wegen eines Mädchens, das er noch nie gesehen hat. Es kommt auf einen Versuch an, sagte er.

Und der Versuch soll jetzt gemacht werden? Ich glaube, ich kehre doch um.

Aber davon wollte Ingolf nichts wissen. Er nahm fast alles zurück und behauptete, seine Freunde seien die nettesten Menschen der Welt. Seit ich ihn kannte, war er mir noch nicht so jung vorgekommen, gradezu knabenhaft in seinem Eifer, diesen Peter zu verteidigen, der eben nur ein bißchen verwöhnt sei, einziger Sohn reicher Eltern, du weißt schon, und er gibt sich eben gern snobistisch, das ist sein Stil, man muß das rein äußerlich sehen. Karl-Heinz ist sein Gegenstück, den braucht er, mit dem ist er schon in die Volksschule gegangen, und der ist übrigens total harmlos und sowieso von jedem blonden Kind aus guter Familie begeistert.

Und der dritte? Der Maler?

Der ist ein bißchen schwierig, zugegeben. Aber er ist grade sehr verliebt – das wird ihn milder machen.

Wir waren zu Fuß gegangen, weit aus der Stadt hinaus in eine Villengegend. Kirschbäume blühten in den Gärten, und im Grunde war es mir gleich, ob die Freunde von meinem Freund mich mochten, ob sie nun boshaft sein würden oder furchtbar nett. Was ich hier eben entdeckt hatte, war vermutlich das Kind, das nach Nietzsche »in jedem echten Manne« versteckt sein soll, ein viel mißbrauchtes Zitat, und ich nahm mir vor, die Entdeckung für mich zu behalten. Das Haus von Peters Eltern sah aus, als müßte man, wenn die Herrschaften nicht verreist wären, mit Handschuhen und Visitenkarte Besuch machen und bekäme vom Diener die Tür geöffnet, und obwohl ich im Archiv gelernt hatte, mir von so was nicht imponieren zu lassen, war ich dennoch froh, daß uns ein schwarzhaariger junger Mann hereinließ, der Maler Jochen, der ein bißchen wie mein lieber Amenophis aussah. Kann ein lebender Mensch so aussehen? Oder bildete ich mir das nur ein?

Der Ägypter im Russenkittel nahm uns wie Kinder an der Hand

und führte uns durch eine Flügeltür in den Salon, wo unter zwei gewaltigen Ahnenbildern ein Grammophon stand, das ich zunächst seiner Vornehmheit wegen nicht erkannte. Aus ihm erscholl ein rauher Song:

I'm an old cowhand
on the Rio Grand!
and I learned to ride
before I learned to stand!

Peter fischte in einem Bowlengefäß, beeilte sich, uns mit zwei gefüllten Gläsern entgegenzukommen und sagte: Ich verbeuge mich vor den Gnadenterrassen und danke ihnen, daß sie mit ihren Silberfüßen meine armselige Hütte betreten, um mit ihren Purpurlippen meine wässrigen Getränke . . .
Das ist chinesisch, sagte Ingolf. Wenn er so redet, ist er ungefährlich.
Die Bowle ist deutsch, antwortete Peter. Ich mag sie nicht.
Ich auch nicht, sagte ich und gab ihm das Glas zurück.
Damit muß ich ihn gewonnen haben. Er stellte das verschmähte Glas auf den Fußboden, tat einen Luftsprung und schrie: Dicker! Wo sind die Sektflaschen! Das Majorstöchterchen ist eine Wucht.
Karl-Heinz, genannt der Dicke, war einen Kopf größer und doppelt so breit wie Peter, er trug eine Krawatte, machte eine Verbeugung vor mir und benahm sich, als sei er hier der Majordomus. An Peter war alles klein und dünn – Figur, Gesicht und Hände – nur die Hornbrille und der Rollkragen seines Pullovers waren enorm. Als er nach den Sektflaschen schrie, tauchten zwei Mädchen auf, die mich neugierig ansahen, und er sagte, das seien zwei seiner Freundinnen – er nenne sie Hexe und Spiegelei. Die Namen leuchteten mir ein: blaß und spitznäsig die eine, mit glattem fahlem Haar und dünnen Fingern – gelbblond, rund und freundlich die andre. Wir wollen auch Sekt, sagten sie, und dann setzten sie sich zusammen in einen Sessel, kuschelten und tuschelten und waren mir nicht besonders sympathisch. Von Zeit zu Zeit wunderte sich die eine, daß

Norma noch nicht da sei, und die andre beruhigte sie, Norma würde ja bald kommen, und das wiederholte sich, bis ich anfing, neugierig zu werden: Wer ist Norma?
Das wirst du schon sehen, sagte Peter. Norma kommt immer spät, aber sie kommt.
Schließlich waren wir beschwipst und auf einmal alle befreundet. Wir setzten uns um einen runden Tisch und zeichneten, obwohl das Mädchen Hexe zu protestieren versuchte: Sind wir denn im Kindergarten?
Wir ließen uns nicht stören, und sie verkroch sich in eine Sofaecke, rauchte aus einer langen Zigarettenspitze, betrachtete uns großäugig und schwenkte ihre Wimpern. Wir aber kritzelten nach dem Kommando des Dicken: Zuerst einen Kopf! Irgendeinen. Es kann auch ein Schweinskopf sein oder der Lockenkopf von dem Ingolf. Habt ihr? So, nun zufalten und weitergeben, nein, du Kaffer, nur oben, wo du gezeichnet hast. Der nächste macht den Hals, auch irgendeinen, ganz nach Laune, und wieder falten, jawohl, wie das vorige Mal. Dann kommt ein Oberkörper mit Busen oder ohne, dann der Unterleib – dann macht ihr zwei Beine oder meinetwegen auch vier oder sechs – und zwischendurch immer schön falten und weitergeben, und wenn ihr fertig seid –
Dann muß die Hexe drunterschreiben, wer es sein soll, zur Strafe, weil sie so ein Snob ist, rief Peter.
Hexe machte sich's leicht: Adolf Hitler, Hermann Göring, Joseph Goebbels. Habt ihr noch mehr? Hindenburg, jawohl. Jetzt fällt mir nichts mehr ein. Na, also, das bist du, Dicker, und das bin ich.
Als wir unsre Kollektivkunstwerke entfalteten, kam Norma, aber wir schrien so sehr, daß wir ihr nicht guten Abend sagen konnten. Nur Karl-Heinz riß sich zusammen und begrüßte sie mit einem Glas Sekt.
Norma war eine Frau. Gegen sie kamen mir Hexe, Spiegelei und ich wie Schulmädchen vor, ja, auch ich, und dabei war ich doch keins mehr. Sie war groß und elegant, etwas zu stark geschminkt, und eine Menge krauses, kastanienbraunes Haar stand um ihren Kopf

herum. Sie bewegte sich langsam und sprach wenig, sie saß so still in ihrem Sessel, als sollte sie gemalt werden, und ich hatte das Gefühl, daß sie innerlich abwesend sei. Jochen betrachtete sie entzückt, küßte sie in ihr Wuschelhaar und fragte, ob der Bengel endlich eingeschlafen sei.

Ja, endlich, antwortete sie lächelnd. Der hält sich künstlich wach, wenn ich fortgehen will, aber auf einmal schläft er schließlich doch, aus Versehen anscheinend, und dann kann ich lange wegbleiben.

Das war der längste Satz, den ich in dieser Nacht von ihr gehört habe, überhaupt der einzige, an den ich mich erinnere – sonst sah ich sie nur dekorativ dasitzen, rauchend, lächelnd, ihr Glas haltend, sich von Jochen etwas ins Ohr flüstern lassend und darüber lachend – später tanzte sie mit ihm, wobei sie sich auch schnell bewegen konnte, aber mit einer gemächlichen Schnelligkeit, die ich bewunderte. Ich war so fasziniert von ihr und ihrem Freund, der immer noch wie Amenophis aussah, daß ich fast vergaß, warum ich hergekommen war, Ingolf zuliebe, ganz und gar seinetwegen, weil er es wollte, hoffentlich ist er nicht enttäuscht, nein, er ist bester Laune; grade hat er mit Peter unsre Zeichenschöpfungen glattgestrichen, und sie haben auf dem Schreibtisch des Hausherrn Reißzwecken gefunden und sie damit unter einer Reihe alter Kupferstiche an der Tapete befestigt. Vergiß bloß nicht, die wieder abzumachen, sagte Ingolf.

Später hatten wir alle zuviel getrunken und waren abwechselnd unbeschreiblich albern oder müde. Der Dicke legte sich wie ein großer Hund auf dem Teppich nieder, mitten im Salon, und Peter umsprang ihn wie ein wütender Foxterrier: Untersteh dich!

Der Dicke wehrte ihm mit müder Gebärde.

Wenn du hier schläfst, zischte Peter, mache ich Salat aus dir!

Der Dicke schlief schon.

Peter stand wie erstarrt, dann warf er beide Beine über ihn, wie wenn er ein Hochseil zu bewältigen hätte, eilte zum Grammophon, kramte in den Schallplatten und jammerte: Hilfe! er ist tot. Old man Mose!

Wir andren hingen irgendwie herum und genossen das Schauspiel. Peter wühlte in den Platten, als ginge es ums Leben, fand die richtige, legte sie auf, bebend vor Hast, und geriet in Verzweiflung, als der Apparat nur wimmernde Töne von sich gab.
Ingolf, rief die Hexe, du mußt ihm helfen!
Ingolf, der mit mir in einem Sessel saß, erhob sich widerwillig: Du hast nicht aufgezogen, du kleiner Idiot.
Norma lehnte sich an Jochen und sah aus schmalen Augen zu, lächelnd und träge. Die Platte begann sich zu drehen; jetzt ließen die ersten Klänge des Orchesters vernehmen, daß etwas Dramatisches sich anbahnte. Peter erwartete es in Schreckenspose, dann kam Armstrongs heisere Stimme, zunächst noch ungerührt: There once lived an old man with a very cockeyed nose –
Es begann wie ein Märchen, aber würde es so bleiben? Peter beugte sich über den Dicken und starrte dessen Nase an. Ist sie blau?
Der Dicke schlief.
Armstrong krächzte inzwischen einige Informationen über old man Mose, die ich nicht verstanden habe, und one morning klopfte er an dessen Tür – klack klack – das war nicht zu überhören. Keine Antwort.
Peter stand schwer atmend, seine Hände überschatteten die Augen, und er schien durchs Fenster in Moses Hütte zu schauen –
I believe, sang Armstrong noch ohne Pathos, I do believe, noch ohne es recht zu glauben, that old man Mose is dead! Wiederholte das, aber überzeugend nicht, vielleicht ist er wirklich nur blau (gesoffen hat er schließlich schon immer).
Peter tat ein paar tänzerische Sprünge; der Rhythmus der Musik und Armstrongs ›o bubbledibou‹ verführten ihn dazu, dann wieder fuhr er zusammen, duckte sich, spähte, lauschte.
Der Sänger gab zwar den Rhythmus nicht auf, beteuerte aber mit heiserer Betroffenheit, er habe old man Mose flat on his bed liegen sehen. Was soll man davon halten?
Der Dicke schlief.
Während Armstrong seinen Chorus die zweifelhafte Situation des

armen Mose besingen ließ, sprang Peter abermals über seinen Freund, federte irgendwohin, kam mit einer Brokatdecke zurück und breitete sie über ihm aus. Armstrong schien inzwischen seiner Sache sicher zu sein, er sang, ja, er wisse jetzt: Mose kicked the bukket! und wiederholte das wie triumphierend mit Hilfe des Chorus, ein bißchen ›bubbledibou‹ war auch dabei, so daß ich schon dachte, das Märchen vom alten Mose könne doch noch gut ausgehen. Aber Peters Gebärden belehrten mich, sie begannen, tragisch zu werden – Mose kicked the bucket – das mußte etwas Schreckliches sein, und wirklich:

I found out, rief Armstrong heiser und, we found out, klagte der Chorus – I found out, wiederholte Armstrong, während der Tod mit knöcherner Hand an die Tür der Hütte klopfte, nun mußte es kommen, jetzt war uns allen das bittere Ende klar: Old man Mose ist dead! Peters dünne Gestalt wurde bei den letzten Klängen von Erschütterung gebeutelt – er riß sich den Pullover vom Leibe und verhüllte damit sein Haupt. Spiegelei prustete diskret in die Hände; die wußte genausowenig wie ich, ob wir jetzt lachen dürften. Die Nadel kratzte noch ein bißchen auf der Platte, ehe sie anhielt.

Der Dicke schlief unter der Brokatdecke.

Peter, fragte Ingolf in die Stille hinein mit fröhlich schwankender Stimme: Wußtest du, daß ›to kick the bucket‹ abkratzen heißt?

›türlich, sagte Peter, sich mit dem Pullover den Schweiß von der Stirn wischend. Ich habe auch 'n Lexikon.

Der Arzt stand auf, ging zum Waschbecken und sagte: Ihr Kind ist noch nicht größer als eine Maulbeere.

Die Sprechstundenhilfe half mir vom Stuhl. Hinter einem Vorhang, wo in geblümter Dämmerung alles um mich schwankte, zog ich mich an, hielt mich zwischendurch an der Wand fest und hörte den Arzt beim Händewaschen weitersprechen. Machen Sie sich keine Sorgen, sagte er. Kommen Sie in vierzehn Tagen wieder. Verheiratet sind Sie nicht? Machen Sie sich trotzdem keine Sorgen. Heiraten Sie Ihren Freund, wenn er ordentlich ist – dann, lächelnd, mir die ge-

waschne Hand reichend: Wie? Sie schauen mich so erschrocken an. Wenn Sie nicht heiraten wollen oder können, ist es auch nicht schlimm. Unser Staat braucht junge Mütter und gesunde Kinder und ist bereit, alles für sie zu tun.
Auf irgendeiner Bank in den Anlagen habe ich mich gewundert, daß die Untersuchung nur Minuten gedauert hat. Und wie einfach sie war. Ich habe hinter meiner Sonnenbrille ein paar Tränen laufen lassen, und niemand hat mich beachtet außer den Spatzen, die mich umhüpften und auf ein Frühstück hofften. Wochenlang hatte ich mich vor dem Ereignis gefürchtet und fortwährend daran gedacht, aber es war keins – ein paar Handgriffe, einige Worte, eine Notiz in der Kartei. Erledigt. Wiedervorlage in vierzehn Tagen. Niemand hat sich aufgeregt, aus einem Geheimnis ist ein alltäglicher Vorgang geworden, aus einer Ahnung eine Tatsache. Ein Mensch, den ich nicht kenne und den dies nichts angeht, hat gesagt: Ihr Kind ist noch nicht größer als eine Maulbeere.
Warum er wohl Maulbeere sagte? Er wusch sich die Hände und war schon nicht mehr bei der Sache, der kleinen Sache in meinem Leib. Er dachte vielleicht an einen chinesischen Roman, den er grade gelesen hat, und darum sagte er: Maulbeere. Eine Beere ist klein, man kann sie wegwerfen. Ich werfe sie aber nicht weg. Ich lasse sie groß werden. Sie wird von allein groß, heißt es, ich brauche nichts dazu zu tun. Nichts andres als sonst. Ich soll schlafen und essen wie bisher, hat der Arzt gesagt, und arbeiten und spazierengehen.
Lieben auch? Wie bisher? Das habe ich nicht gefragt, dazu bin ich zu schüchtern. Ich möchte nicht, daß einer denkt – und natürlich denkt er das doch. Heiraten Sie Ihren Freund, wenn er ordentlich ist – wenn einer so redet, kriege ich den Mund sowieso nicht auf. Ein ordentlicher Mann und ein deutsches Mädchen haben sich zusammen hingelegt und sich geliebt. An ein mögliches Kind dabei nicht ernsthaft gedacht, beinahe gar nicht. Glaubst du etwa, daß? Nein, nein, keine Angst, ich passe schon auf. Bitte, wie ist denn das – aufpassen? Er hat gelächelt, wie er oft über mich lächelt. Also, das mache ich schon, und das nächste Mal erkläre ich's dir. Anscheinend

hat er aber nicht aufgepaßt, jedenfalls nicht immer, und ich, obwohl ich nun weiß, wie das gemacht wird, habe nicht aufgepaßt, ob er aufgepaßt hat, und auch nicht gemerkt, wann die Maulbeere entstanden ist, so ein einziger Moment! Es muß sich um Sekunden gehandelt haben. Jetzt ist sie auf einmal die Hauptsache, die kleine Sache in meinem Leib; der Arzt und der Staat interessieren sich ausschließlich für sie. Fast kommt es mir ungehörig vor, wenn wir uns nun weiterhin lieben, obwohl sie entstanden und da ist. Ja, liebt man sich denn nur darum? Ich glaube, nein. Aber wer weiß das schon?
Wir sind jetzt Eltern, vielmehr, wir sind auf dem Wege, welche zu werden. Kleine Kinder, das sehe ich an meinen Geschwistern, interessieren sich nicht besonders dafür, ob ihre Eltern sich lieben oder besser – sie möchten es schön ordentlich haben, etwa wie im Bilderbuch: Morgenküßchen, gemeinsames Frühstück, Verabschiedungsküßchen. Abendspaziergang Arm in Arm. So haben wir uns jetzt also zu benehmen. Ob wir das machen? O Gott, es ist erst eine Maulbeere, und schon gibt es Meinungsverschiedenheiten.
Nachher werde ich sagen müssen – ja, also was? In Romanen heißt das: Ich fühle mich Mutter. So eine Romanfrau wacht mitten in der Nacht auf, und dann fühlt sie das und schämt sich nicht, sich so auszudrücken. Vielleicht sollte ich sagen: Ich bekomme ein Baby. Nein, das klingt niedlich. Ich will mir nicht niedlich vorkommen, ich bin schwanger. Aber das kann ich auch nicht sagen, das klingt biblisch. Schwangerschaft, ein feierliches Wort. Ob ich ›wir‹ sagen soll? Wir sind schwanger, nein, geht nicht. Oder: wir bekommen ein Kind! Auch nicht. Klingt verheiratet.
Ah, ich weiß: Ich bekomme ein Kind. Warum ist mir das nicht gleich eingefallen. Was ich sage, ist also klar, was er antworten wird, aber nicht im geringsten. Vielleicht ist er entsetzt oder er glaubt mir nicht, und dann bin ich machtlos, weil ich die Sache nicht mehr in der Hand habe; die Maulbeere und ich, wir sind schon zusammen, wir stecken sozusagen unter einer Decke. Wie leichtsinnig war ich, immer zu denken, alles hinge von mir selber ab – ich tue dies, und

dann geschieht das – ich esse, und dann bin ich satt – ich lerne, und dann weiß ich was. Ich liebe und – na? Und bin glücklich? Nein, darum geht es schon nicht mehr. Angebunden bin ich wie Gulliver bei den Lilliputanern, als er erwachte und sich mit den Haaren an der Erde gefesselt fand und nicht mal gemerkt hatte, wann es passiert war. Ein Kind kommt zu mir, und ich erfahre es erst, wenn es schon in mir ist und lebt; wir haben einander nicht ausgesucht und sagen uns nicht guten Tag. Plötzlich sind wir zusammen. Ist das nicht grausam? Vielleicht lieben wir uns später nicht? Oder wir lieben uns, ob wir wollen oder nicht? Oder wir hassen uns, weil wir uns lieben sollen? Schlimme Gedanken, die ich keinem Menschen sagen darf, schlimmer noch, ich dürfte sie nicht einmal denken. Sie sind ungesund. Eine vernünftige Frau, die erfährt, daß sie ein Kind bekommt, freut sich darauf und beginnt sofort, es zu lieben. Auch, wenn es erst eine Maulbeere ist. Ja, ich werde es lieben.

Er aber schüttelte den Kopf und sagte, das sei eine Katastrophe. Ich war auf diese Antwort nicht gefaßt, weil ich doch grade auf der Bank in den Anlagen mit mir selbst ins reine gekommen war. Eine Katastrophe, sagst du? Was für ein Wort!
Ich brach in Tränen aus und mußte getröstet werden. Entschuldige, rief er erschrocken, aber ich sehe das so.
Ich beruhigte mich und erklärte, ich dürfe mich nicht aufregen.
Um Gottes willen! Hast du was am Herzen?
Ach wo. Nur wegen der Maulbeere.
Wie? Wegen was?
Da habe ich ihm erklärt, wer die Maulbeere sei, und er hat sich amüsiert. Auf einmal war alles nicht mehr so schlimm. Wie lange, sagst du, braucht so ein Balg bis es – neun Monate? Das ist ja eine wahnsinnig lange Zeit. Bis dahin kann doch wer weiß was passieren. Ich kann in der Lotterie gewinnen oder die Welt kann untergehen, oder wir machen eine geheimnisvolle Erbschaft oder – oder Adolf tritt wieder ab, und ich werde Kultusminister – also, weißt du was? Ich werde zu deinen Eltern gehen.

Und?
Und um deine Hand anhalten. Lach nicht! Das macht man so.
Der Major wird dich anbrüllen, sagte ich.
Na, wenn schon. Aber dir zuliebe muß er später so tun, als ob er mich leiden kann. Und das gönn' ich ihm.
Was ich vermutet hatte, nämlich daß meine Mutter nicht glücklich war, das wußte ich nun, als sie mich umhalste und weinte und sich für ihre Tränen entschuldigte: Wie dumm von mir! Ich sollte mich freuen. Ein Baby ist so etwas Entzückendes.
Vielleicht freust du dich nicht, weil wir schon vorher – sagte ich und bemühte mich, nicht mitzuheulen.
Sie putzte sich die Nase und versicherte, darum ginge es nicht, daß wir schon vorher – bei ihr nicht. Wie ich das von ihr denken könnte! Nur eben das Praktische, sagte sie. Schließlich ist es auch eine Geldfrage! Aber paß mal auf, wir machen das schon. Und dann rechnete sie aus, wann es geboren würde, vielmehr er, denn es wird ja ein Junge, jawohl, das weiß ich, also im März, wahrscheinlich am 25., ein sehr schönes Datum, da kannst du ihn vom ersten Tage an auf den Balkon stellen.
Nach dem Abendbrot setzte sie sich auf die schwarze Lederbank am Flügel und blätterte in ihrem Schubertalbum, das sie nicht zum Singen benötigte, sondern der Klavierbegleitung wegen, und weil sie sich stets vorher ein bißchen einüben mußte, wobei sie ärgerlich auf ihre Hände sah, wenn sie ihr nicht gehorchten. Sie sang:

Ich komme vom Gebirge her,
es dampft das Tal, es braust das Meer,

Diese Worte wirkten immer befremdlich auf mich, weil ich mir ihre Gestalt in Zarathustra-Pose, aus den Bergen herabsteigend, überhaupt nicht vorstellen konnte. Dagegen:

Wo bist du, mein gelobtes Land,
gesucht, geahnt und nie gekannt?
Das Land, so froh, so hoffnungsgrün,
das Land, wo meine Rosen blühn?

Ja, das meinte sie, ich hörte es, und ich glaubte ihr, daß sie ›es‹ suchte,

das Land, das meine Sprache spricht
und alles hat, was mir gebricht –

Später kam noch eine dritte oder vierte Strophe, eine besonders traurige, ja hoffnungslose, die mit den Worten endete:

Da, wo du nicht bist, da blüht dein Glück.

Jedoch an diesem Abend, nachdem mein Vater meinen arroganten Schnösel zwar nicht grade freudig empfangen, aber auch nicht rausgeworfen, und die künftige Großmutter prophezeit hatte, daß ich einen Jungen bekäme, ließ sie mittendrin auf einmal die Hände auf den Tasten liegen, räusperte sich und sagte: Der Text ist ja entsetzlich sentimental. Mit meinem Enkel werde ich ganz andre Lieder singen.

Du bekommst ein Kind, sagte die Wibiral, und nun mußt du heiraten, damit es ehelich wird, stimmts?
Ich muß und will, sagte ich. Das Kind kam uns gelegen.
Ich fühlte, wie mir eine Röte ins Gesicht stieg, warum? Ein ältliches Fräulein, mir sympathisch, stellt eine so sachliche Frage – was gibts da zu erröten? Möglich, daß ich sie im stillen für prüde gehalten habe, und nun muß ich mich dessen schämen.
Sie drosselte den Bunsenbrenner, sie hatte, wie so oft, in beiden Händen Pinsel und Werkzeuge, mit denen sie jonglierte, und sagte ernsthaft: Du wirst also nicht in Ägypten ausgraben.
Vorläufig nicht.
Nein, nie, widersprach sie. Leider. Aber du könntest, wenn dein Kind da und nicht mehr ganz klein ist, bei mir Unterricht in Ornamentik nehmen. Davon versteh' ich was.
Ich sagte nicht ja und nicht nein, und sie verlangte auch keine Antwort, wollte stattdessen wissen, was Tante Elisabeth sagte.
Ach, die hatte mir einen andren zugedacht, einen mit Geld oder ei-

nem schönen Titel. Ihr würde zum Beispiel gefallen, wenn ich gleich Frau Professor hieße. Wir haben sie besucht, wie sich's gehört, und Ingolf hat sich geweigert, einen Schlips umzubinden, sich aber sonst sehr gut benommen. Sie fand ihn soo gebildet! Hat ihn Herr Doktor genannt und nicht davon abgelassen, obwohl er noch lange keiner ist. Sein Vater, sagte sie, sei ja auch ein ungewöhnlicher Mann. Ich glaube, sie denkt, unsre Eltern haben die Verbindung gedeichselt, weil die Familien gut zusammenpassen.
Du machst dich über sie lustig, sagte Wibiral, das ist nicht recht. Sie ist eine wunderbare Frau.
Anscheinend überzog sie eins ihrer Ornamente mit Lack, ich spürte es am Geruch, und die altvertraute Behauptung nahm ich schweigend zur Kenntnis.
Jetzt denkst du, ich will von Nietzsche reden, das kennst du auswendig, es hängt dir schon zum Halse raus, sagte sie, schob die lakkierte Dose vorsichtig zum Trocknen beiseite und leistete sich den Luxus, ihr großes, ernstes Gesicht in die Hand zu stützen. Später, dachte ich, wird sie ein paar Farbflecken am Kinn und an der Wange haben und es nicht merken, weil sie nicht in den Spiegel sieht.
Damals gab es dich noch nicht – du warst noch nicht einmal geplant – was sage ich, deine Mutter, die ja noch so jung ist, war noch ein kleines Mädchen –, da hatte deine Tante die Idee mit van de Velde. Ohne ihn wäre die Kunstschule nicht das, was sie heute ist, und wir wären auch nicht geworden, was wir sind. Und ohne Elisabeth wäre der junge Großherzog, der ein stupider Knabe war, nicht drauf gekommen, ihn zu beauftragen, den van de Velde. Siehst du, das meinte ich. Für mich ist das etwas Entscheidendes, nämlich daß sie gesehen hat, was in dem Mann gesteckt hat, und zu ihm gehalten hat sie auch. Das war nötig nachher, weil er angefeindet worden ist, da hat er Freunde gebraucht. Wir alle haben zu ihm gehalten, seine Schüler und Assistenten, wir haben uns nicht bange machen lassen. Auch meine Freundin, die du nicht magst, war immer dabei.
Wieso, sagte ich beschämt, habe ich denn je gesagt, daß ich sie –
Wibiral brummte ein kleines Gelächter und setzte sich wieder zum

Arbeiten zurecht: Das brauchtest du nicht zu sagen, kleine Frau Ursula, ich kenne dich doch schon lange genug.

Weil mir so anhaltend und unaufhörlich übel war, sollte ich Luftveränderung haben. Jede Mahlzeit, kaum hatte ich sie intus, war sie auch wieder draußen.
Wovon lebst du bloß, jammerte meine Mutter, du wirst zum Skelett abmagern!
Im Gegenteil, sagte ich, ich werde immer dicker (und mußte hinausstürzen . . .)
So kam es, daß ich nach Stockholm gereist bin, frisch verheiratet, den frisch gestempelten Reisepaß mit dem neuen Namen in der Tasche und eine fünf Monate alte Frucht im Leib, nichts andres zu tun habend, als auf die Geburt meines Kindes zu warten – so günstig waren die Verhältnisse da immerhin. In den Schären habe ich ein paar frostige Dezemberwochen verbracht, die nicht nur wegen des Winters, sondern auch sonst ganz anders waren als vier Jahre davor. Torgels neues Haus im Osten der Insel war weniger ländlich und nicht so bescheiden wie das von Pa, mit größeren Fenstern auf die See und den Sonnenaufgang ausgerichtet, einem Dach, zwar aus den gleichen Ziegeln, aber elegant geschwungen, einem Wohnzimmer mit offnem Kamin, Bücherwänden und einer Leseecke – du siehst, sagte Torgel, hier wohnt der Philosoph Thiel. Seine kleine Tochter krabbelte auf dem Fußboden und mir auf den Schoß und ging an meiner Hand; ich stromerte mit ihr in den verschneiten Wald, wo die bemooste Miniaturwelt unter den Farnstauden kristallisch eingefroren war wie für die Ewigkeit, und hinterher wärmte ich dem Kind die Füßchen und badete es, und wenn es eingeschlafen war, setzte ich mich mit Torgel und Vera auf ein langhaariges Fell vor den Kamin, wobei mein geschwollner Leib mir stets im Wege war. Torgel sagte: Jetzt können wir wieder philosophieren.
Ich habe das nur insgeheim ein bißchen komisch gefunden. Verraten habe ich nichts, auch da nicht. Wozu? Seine Vera und mein Zustand garantierten mir den platonischen Verlauf unsrer Gespräche.

Aufzuklären, sagte er, brauche ich dich nun Gott sei Dank nicht mehr, denn du wirst zu deiner Schwangerschaft nicht durch unbefleckte Empfängnis gekommen sein. Aber wie steht es mit dem Eheleben? Ich habe in meinem Innren festgestellt, daß ein Kulturmensch die Pflicht hat, es zu pflegen, und habe das auch gelesen. Nicht fort, sondern hinauf sollst du dich pflanzen! hat Friedrich Nietzsche gesagt, nur leider hat er uns nicht verraten, wie wir das machen sollen. Vielleicht wußte er es nicht. Ich werde dir van de Velde zu lesen geben, ›Die vollkommene Ehe‹, ein deutsches Exemplar, das ich mit Vera studiert und ausprobiert habe.
Du übertreibst, warf Vera ein und blinzelte mir zu.
Van de Velde ist Architekt, sagte ich verwundert. Er hat in Weimar die Kunstgewerbeschule gegründet, und auch die Inneneinrichtung des Nietzsche-Archivs ist von ihm. Ich glaube nicht, daß der –
Wir saßen bei Tisch, und der Fischauflauf des Mädchens Jerda war zwar nicht solch ein Gedicht wie die Gerichte von Lisa, aber er hat uns geschmeckt. Wie gut, daß Jerda die Gräten sorgfältig entfernt hatte – so konnten wir das Naturmenschengelächter in Ruhe abwarten, ohne zu befürchten, der Hausherr müsse ersticken. Vera nahm ihm schnell die Gabel aus der Hand, und Jerda kam neugierig aus der Küche herein, lehnte mit untergeschlagnen Armen in der Tür und lächelte. Sicher hätte sie gern gewußt, worum es ging, aber sie konnte nur feststellen, daß schließlich eine gewisse Stille eintrat, daß die Fensterscheiben nicht zersprungen waren und daß weitergegessen wurde.
Dieser van de Velde, sagte Torgel mit noch immer freudig gerötetem Gesicht, ist ein andrer. Ein Frauenarzt. Ich sehe, daß weder dein Vater noch dein Ehemann dich ordentlich unterrichtet haben. Wie gut, daß es mich gibt! Wann kommt dieser Mensch, der dir ein Kind gemacht hat, ohne dir das Notwendigste mitzuteilen? Ich werde ihn erziehen müssen.
Den Vorsatz muß er schnell wieder vergessen haben, denn die beiden Männer haben später über alles andre geredet, nur nicht über mich. Sie nahmen die Welt auseinander und wollten sie neu zusam-

mensetzen, jeder anders, versteht sich. Wer hat recht? Urschula, was sagst du? Nein, in Ordnung, du brauchst nichts zu sagen, du bekommst ein Kind. Wir lassen dich jetzt schön in Ruhe, weil du die Mutter Madonna bist, und die darf ihre Meinung für sich behalten, ob sie eine hat oder nicht.

Ach, ich hatte keine. Ich habe nach innen gehorcht und da etwas zu hören geglaubt. Zu der Zeit waren sie mir ziemlich gleichgültig, diese Mitmenschen, und der Mann, von dem ich das Kind hatte, interessierte mich manchmal so wenig, daß ich mir deswegen böse war und es zu verheimlichen versuchte. Was für ein Zustand, in dem ich nie allein sein konnte, nicht eine Sekunde und nicht, wenn ich bis ans Ende der Welt gelaufen wäre! Das neue Geschöpf, in seiner eignen Gestalt noch unsichtbar, noch hilflos und doch mächtig, noch stumm und blind, es war immer dabei. Ich entging ihm nicht. Ich wollte ihm auch nicht entgehen, im Gegenteil: der Tag, an dem ich mich von ihm trennen sollte, rot umrandet im Kalender, immer näher rückend, war mir unheimlich, und das nicht, weil es weh tun würde und auch nicht, weil ein Baby Arbeit macht und schreit. Aber – was kriegt dieser neue Mensch für ein Leben? Was für einer bist du, und wie wirst du fertig, wenn du draußen bist? Vielleicht solltest du besser drinbleiben in mir, dort ist es warm und gepolstert, und keiner kann dir etwas tun, ich sage das, obwohl ich fürchte, du wirst dich nicht danach richten. Den andren sage ich das nicht, weil es sie nichts angeht, weder den Bruder, der immer noch nichts von unsrer Verwandtschaft weiß, noch den Mann, den ich zwar liebe, der aber neulich auf dem Standesamt noch kein richtiger Ehemann geworden ist – so was wird man nicht einfach durch ein paar amtliche Sprüche und ein Papier in dreifacher Ausfertigung – es ist wohl mehr eine Frage der Zeit. Viel besser übrigens für ihn und mich, daß wir es nicht zu ernst genommen haben, denn wie schön ist es schon, ein Familienoberhaupt zu sein oder ihm anzugehören? Mit einundzwanzig kann man ruhig erst mal unvernünftig sein, Schwierigkeiten gibt es ohnehin genug, schon das aus Liebe gemachte Kind ist eine, auch für den Mann, jedenfalls der körperliche Zustand, in den es seine Frau versetzt: Muß das sein? Ja, schon gut, dumme Frage, aber ich meine, du bist mir irgendwie so fern, nicht nur wegen des Bauches, von dem du ja nicht leugnen kannst, daß er stört, und ich will dir wirklich keine Vorwürfe machen, aber ein bißchen schade ist es doch, das mußt du zugeben. Es geht vorüber, ja, weiß ich, und hoffentlich bist du dann genau wie vorher, genauso, hörst du, das bitte ich mir aus.

Und wie vor Jahren sagte Vera: Mach dir nichts draus. Er weiß es nicht besser, und er kann nichts dafür. Kein Mann auf der ganzen Welt hat je ein Kind gekriegt. Du mußt sehen, wie du mit dem Praktischen fertig wirst – kein armseliges Leben führen, bloß weil du ein Baby hast. Wer bezahlt euer Leben, da ihr doch nichts verdient?

Wir – ach, mit Hilfe unsrer Eltern wursteln wir uns so durch.

Das gefiel Torgel ganz und gar nicht. Ihr sollt nicht so deutsch sein, sagte er, das steht euch nicht. Ihr seid aus der Goethestadt Weimar und müßt aufpassen, daß ihr Weltbürger werdet. Baut euch ein Haus in einer schönen Gegend, damit ihr wie wir ein freies Dasein führen könnt.

Ein Haus bauen – wovon?

Ach, da gibt es Möglichkeiten. Eure Väter borgen euch das Geld, und dann könntet ihr eine Sprachenschule gründen oder – oder ihr schreibt Bücher und macht einen Verlag auf, in dem ihr sie selber druckt oder – man kann auch ein altes Schloß kaufen und es als Erholungsheim für Künstler einrichten – jowist, es gibt so vieles auf der Welt zu tun! Man müßte mehrere Leben haben.

Unsre Väter, sagte mein arroganter Schnösel, anstatt uns Geld zu borgen, werden sie uns was husten.

Und ich: Wie findest du eigentlich, daß mein Vater meinen Mann nicht mag?

Torgel lächelte: Der Alte wird das Enkelkind lieben. Das ist die Hauptsache.

Und du? Magst du ihn?

Ich finde ihn in Ordnung. Aber er macht dich zu still. Warum redest

du so wenig? Du hast mir früher besser gefallen, als du mir richtig contra gegeben hast.
Am Abend, in den Kiefernholzbetten des Gästezimmers, die so frisch und harzig rochen, repetierten wir Torgels ans Wunderbare grenzende Zukunftsvorschläge und machten uns lustig. So ist das also, wenn man Geld hat, meinten wir, keine Ahnung hat der von unsrem Leben. Dieser Inselmillionär, sagte Ingolf, kann uns doch nichts erzählen, auch nicht, wenn er es gut meint, auch nicht, wenn er dein Bruder ist. Wenn! Woher wißt ihr das überhaupt? Du sagst, es mußte immer darüber geschwiegen werden. Da gibts doch eigentlich gar keinen Beweis?
Hm. Sag ich auch.
Na und? Warum glaubst du dran?
Wegen der Ähnlichkeit. Die sehe ich.
Henning?
Ja, Henning.
Aber der sieht doch ganz anders aus.
Anders schon, aber ganz anders nicht. Er ist zehn Jahre jünger und blond und ein bißchen zu mager. Seine Augen sind heller und größer, aber die buschigen Brauen und die schwarzen Wimpern, und wenn er lacht – siehst du das nicht? Seine Zähne, so breit und kantig, und wie er einen Apfel in der Hand hält und hineinbeißt.
Möglich. Ist mir noch nicht aufgefallen. Was du so alles siehst! Beweise sind das aber nicht.

Zur Zeit meiner Heirat ging Henning noch zur Schule, trug Lederhosen und mit einer Gruppe von Pimpfen einen Wimpel vor sich her. Er war nett zu den Pimpfen, nur wenn sie falsch gesungen haben, ist er wütend geworden: Ihr blökt wie die gesengten Säue!
Eines Tages kam zwischen uns zur Sprache, daß er mir früher einmal einen Hammer an den Kopf geworfen hat, unter anderem, die Narbe, günstigerweise unter dem Schläfenhaar versteckt, war noch zu fühlen. Ist das wahr? rief er. War ich denn ein Wüterich?
So bin ich zu der Geschichte von Wolodja gekommen, die er erdacht

und aufgeschrieben und illustriert hatte, das Leben eines russischen Bauernjungen. Warum ein russischer, Henning?
Weil er grade Tolstoi gelesen habe, war die Antwort, und weil Rußland so weit weg und so geheimnisvoll sei und der Name Wolodja so musikalisch klinge, viel schöner als Klaus, Fritz oder Walter. Wolodja, sagte er, spielt auf einer Flöte, die er selbst geschnitzt hat, und er trägt – das kannst du hier auf der Zeichnung sehen – Stiefel, die er von seinem großen Bruder geerbt hat, die gehen ihm fast bis an den Bauch und sind unbequem. Darum geht Wolodja lieber barfuß. Wenn er seinem Vater beim Holzhacken helfen muß, sucht er sich passende Stücke, aus denen er Tiere schnitzen kann, weil er, wie ich, gern etwas abbildet und wahrscheinlich kein Geld hat, um Papier und Buntstifte zu kaufen. Zu seinem vierzehnten Geburtstag – Wolodja ist genauso alt wie ich – hat sein Vater ihm ein Gewehr geschenkt. Das ist bisher die einzige Stelle, die mir nicht gefällt, sagte ich. Kannst du das mit dem Gewehr nicht weglassen?
Nein, das geht nicht. Ich habe es auch schon gezeichnet, siehst du, hier: Wolodja lernt schießen. Er muß es lernen, damit er später sein Vaterland verteidigen kann.
Ich habe Wolodjas Geschichte, die Henning mir aus Reue über den Hammerwurf gewidmet hat, dankend angenommen und nicht mehr gegen das Gewehr protestiert. Es hätte auch nichts genützt. Ich hätte doch nicht verhindern können, daß Wolodja schießen lernte und eines Tages Partisan wurde, selbst wenn ich gewußt hätte, daß er vielleicht – vielleicht! im Herbst 1943 den Reserveleutnant zu Pferde Henning O. durch einen Kopfschuß erledigen würde. Wolodja wird bei dieser oder einer andren Gelegenheit in Gefangenschaft gekommen sein, und wahrscheinlich kam er darin um. Seine Schnitztiere gibt es möglicherweise heute noch, jedenfalls gibt es die Zeichnungen, die Henning von ihm, seinen Stiefeln, seiner Flöte und seinem Gewehr gemacht hat, sie sind zartbunt, und eine habe ich besonders gern: Wolodja, selbst noch so klein wie ein Stiefel, steht neben seinem Bruder, der schon erwachsen ist und Pfeife raucht, und er reckt sich hoch und versucht, den Rauch zu fangen.

Anfangs waren die Schmerzen nicht unerträglich und auch der Gedanke war es nicht, daß sie unerträglich werden könnten. Schlimmer die Untätigkeit. Ein Kind zur Welt zu bringen, soll eine Tat sein? Das hatte ich gehofft. Nein, es war keine. Ja, wenn ich das neue Geschöpf aus einem Bergsee fischen oder es aus Ton formen könnte! Oder ernten wie einen Apfel – da würde ich in die Spitze des Baumes steigen, dorthin, wo es am gefährlichsten ist, und würde das Gepflückte behutsam hinunterbringen. Nein, gebären ist keine Tätigkeit, sondern ein Zustand: stilliegen, abwarten, geduldig sein. Tief atmen, das vor allem. Wenn man atmet, sind die Schmerzen zu ertragen, atmen ist noch das Beste. Nur riecht es hier so medizinisch wie in einem Laboratorium zur Herstellung des Homunculus, und die Wände sind so sachlich und farblos, ich mag sie nicht, ich schließe die Augen und vergesse, richtig zu atmen – krümmen möcht' ich mich jetzt und kann nicht –, der dicke Leib tut da nicht mit. Ich bin eine Konserve, die geöffnet werden soll, um etwas herauszuholen, ein Geschöpf, das niemand kennt und das selbst noch nicht weiß, was es hier will, schlimmer! ein Brutkasten, dem das Ausgebrütete im rechten Augenblick mit sicherer Hand entnommen wird, ein nützliches Wesen, vom Staat erwünscht, um es im Sinne des Führers zu erziehen. Bleib lieber drin, du dummes Ding.

Die Ordnung und Gleichmütigkeit meiner Umgebung kränkt mich, anstatt mich zu beruhigen; eine Schwester tätschelt meinen Bauch und behauptet: Wir sind noch nicht so weit. Die will mich wohl verhöhnen. Wer ist hier wir? Leise schiebt sie einen Glaskasten heran und sagt: Wir werden ihn nicht brauchen. Soll das ein Trost sein? Die weiß genau, wie gefährlich sie aussehen, die Zangen und Spieße und blitzenden Krallen. Daß sie unter Glas sind, macht sie noch unheimlicher. Nur maßvoll interessieren sich diese praktischen, fremden Menschen für mich und für mein Kind, das heraus

will und mir so weh tut, daß ich mich krümmen möchte und kann doch nicht und bin hilflos, obwohl irgend jemand sagt ›recht so‹, und ich solle nur so weiter machen, dann würden wir es bald haben. Sie sind gelassen und wissen Bescheid, aber wer von denen versteht schon, was das wirklich bedeutet: mein Kind wird geboren.
Ganz ruhig soll ich sein. Tief atmen. Die hier, die machen das jeden Tag und auch in der Nacht, wie Brötchen backen oder Schuhe besohlen, es ist ihr Geschäft. Für sie bin ich eine von vielen, tief atmen, ganz ruhig sein, eine von vielen. Wissen müßte man, wie viele Kinder jeden Tag geboren werden, jede Stunde, jede Minute, ich weiß nicht, es hilft mir auch nichts, wie viele Frauen sich quälen, jeden Tag, jede Stunde, jede Minute und wissen, wie ich, nichts und nicht, was daraus werden soll, nur daß es vorübergeht, irgendwann, aber wer weiß, wie – ein Trost also doch, daß man nicht allein ist, daß es ihr Geschäft ist. Sie verstehen sich drauf und sind bereit, auch wenn es lang dauert, auch in der Nacht und auch, obwohl sie mich nicht kennen.
Doch, eine kennt mich, und das ist gut: die Hebamme, die, wie sie sagt, schon tausendmal dabei war und auf alles gefaßt ist, wenn auch, wie sie sagt, es jedesmal anders ist. Tief atmen, ganz ruhig. Ihre Hände werden die ersten sein, die mein Kind anfassen, ihre Augen die ersten, die es sehen, den Kopf vorneweg, und schon weiß sie, sagt sie, von welcher Sorte es sein wird, und ich ärgere mich nicht, daß sie so redet; sie will zufassen, und für mein Kind wird das gut sein, denn es braucht bei seinem ersten Atemzug nicht mich, sondern die Frau mit der sicheren Hand, ihre Geschäftigkeit, ihre Sauberkeit, ihre Geschicklichkeit. Sie kommt und sieht mich an. Sie weiß schon eher als ich, daß ich gleich aufstöhnen werde, und atmen soll ich – ja, ich atme ja schon . .
Jetzt eine Pause. Wo kommt sie her? Egal. Gut, daß es sie gibt, ich kann mich erholen, und die Frau im weißen Kittel krämpelt die Ärmel hoch und spreizt beim Händewaschen die rötlichen Arme; es sieht so wichtig aus, und es ist auch wichtig. Was täte ich ohne sie? Schön bescheiden jetzt und warten, bis es wieder weh tut –, eine

Wehe, ich weiß nun, was das ist, kein lauer Wind, obwohl das Wort sich so anhört, immerhin, sie weht heran und verweht, und das tut sie so oft, sagt die Frau bis ...

Bis sie immer öfter heranweht und schneller, und die Pausen sind immer kürzer. Bis ich keine Zeit mehr habe, mich an dem Karbolgeruch zu stören und mich vor dem Nickelzeug im Glaskasten zu fürchten, bis ich das häßliche Stahlrohrbett gut finde und die farblosen Wände mir egal sind, und die Holzgriffe rechts und links, die werden für irgend etwas nützlich sein. Was wollte ich? Gebären auf einer Waldwiese? Dazu ist unsereins nicht gemacht. Zu Hause im Bett? Allein? Ohne die Frauen und ihre sauberen Hände, ihr Bereitsein, ihr Zufassen, ohne Watte und Instrumente wäre ich in ein paar Stunden blutbesudelt, zerrissen, erschöpft und hilfloser als eine Kuh. Die braucht keine Windeln und keine Wiege für ihr Kalb; das steht auf zitternden Beinen im Mist, steht da, und seiner Mutter Zunge leckt es rein. Mein Menschenjunges wird seine Glieder noch nicht beherrschen können, und man wird es baden müssen, weil meine Zunge zum Sauberlecken nichts taugt. Nichts kann ich außer ruhig sein und atmen. Tief atmen.

Jetzt auf einmal hilft auch das nicht mehr. Der neue Schmerz ist entsetzlich, festklammern möchte ich mich und weiß nicht wo: klammern und stöhnen. Ein Raubtier wütet in meinem Leib und schlägt mir von innen seine Zähne ins Fleisch – hilf mir doch, du! Laß jetzt das Händewaschen. Ja, sie läßt es, sie kommt und streichelt mich, woher weiß sie, alles weiß sie. Ihre Hände sind kühl und aus Seide. Sie lächelt zu mir herunter und sagt etwas von zu tun kriegen, und nun werden wir es bald haben ...

Vorbei. Wer die Pausen erfunden hat, meint es gut mit den Frauen. Der Leib, in Qual und Krampf emporgeschraubt, sinkt und gleitet in heilsame Ruhe, die jedes einzelne Glied gesund werden läßt. Matt bin ich wie nach einem Liebesakt, geschmolzen wie zu Silvester ein sich krümmendes Stück Blei über der Flamme – das löst sich und verwandelt sich in einen kleinen, glatten See. Genießen muß man das, sagt die Frau, die alles weiß, denn lange wird's nicht dauern,

der Schmerz kommt wieder, er muß – o ja, er kommt schon und war noch nie so schlimm. Er entfaltet sich, und etwas Fremdes, nie Gekanntes steht in mir auf, etwas Grausames, ein Bedürfnis nach Gewaltsamkeit. Zerreißen soll es mich! Auswringen wie einen nassen Handschuh, zerquetschen, wegwerfen. Und dann will ich schlafen.
Ruhig, sagt die Frau. Entspannen, atmen. Keine Angst haben. Du bist nicht krank, mein Mädchen, und was du da machst, ist in Ordnung. Die Beine hochstellen und dann noch einmal tapfer sein. Die Hände hier. Hier anfassen, rechts und links, jawohl, so.
Die Holzgriffe, jetzt kann ich sie brauchen, meine Hände umkrampfen sie, das macht mich stärker. Jetzt die Füße aufgestemmt, keine Zeit mehr, das Hemd über den Leib zu ziehen – ich zittre so, meine Schenkel zittern so, sie ragen über dem, was da passieren soll, Muskeln spannen sich, der Atem faucht heraus. Und dann bricht etwas auf, dann rauscht und wirbelt etwas über mir um einen hellen Kern – da reißt sich etwas in mir los und wühlt und zerrt und stößt und schafft sich einen Weg und gleitet aus mir heraus, blind drängend und blutwarm und lebendig. Und läßt mich zurück. Und tut einen dünnen, quengelnden Schrei.

Auf seinen groben Holzrädern, dunkelbraun lackiert, war der Babykorb nicht besonders schön. Ein Erbstück. Legionen von Babys sollten schon darin gelegen haben. Ein Brettchen, nicht größer als eine Schuhsohle, war das Besondere an ihm: Mit leichtem Druck meines Fußes konnte ich erreichen, daß seine Beine sich zu einem Minimum verkürzten, und mein Sohn Dietrich, eben noch im ersten Stock, lag auf einmal im Parterre; so konnte ich vom Bett aus zu ihm hineingucken. Da lag er und lutschte seinen rosigen Daumen, die erste gefährliche Tätigkeit seines Lebens. Wirst du das lassen? Davon bekommst du schiefe Zähne! Er ließ es nicht, er sah mich aus seinen dunkelgrauen Augen ernsthaft an, als wüßte er, daß er keine schiefen Zähne bekommen würde, und auch, daß ich nicht so barbarisch wäre, ihm den Daumen mit Senf zu bestreichen, wie er-

fahrne Mütter mir geraten hatten: das einzige, was nützt!
Dies ist ein ungeheuer intelligentes Kind, sagte mein Schwiegervater, der behauptete, etwas von Physiognomie zu verstehen (Ingolf: keine Ahnung hat er, aber laß ihn nur). Wir wohnten in seinem Gartenhaus neben dem Goethe-Café, wo er uns einen Raum abgetreten hatte, seinen größten, den wir unser Eintopfzimmer genannt haben, nur war damals, im zweiten Jahr des Hitler-Regimes, der Eintopf noch kein Schlagwort, er spielte nicht diese Rolle, eine beinah politische. Manchmal sagten wir auch ›unser Pißputt‹, weil wir so arm waren wie der Fischer und syne Fru, aber ich war nicht unzufrieden wie Ilsebill und wünschte mir keinen Palast und keine Dienerschaft. Wir aßen morgens unsren Porridge und mittags Blumenkohl oder Heringskartoffeln, und unser Sohn lebte von der Milch aus meiner Brust, die war nie sauer und machte ihn rund und gesund. Wir hatten zu wenig Geld und kannten doch keine Not. Ein Kochherd, mit Holz und Kohle zu heizen, hielt uns die Bude warm, ein gemütlicher, bullernder Herd, der nur selten streikte, und wenn die Briketts, die ich durch die rechteckige Öffnung der Eisentür hineingeschoben hatte, anfingen zu glühen, und ich mit der Kohlenzange die Ringe auf der Herdplatte beiseite zog, daß die Hitze mir ins Gesicht waberte, dann kochte unser Teewasser im Nu, und bald begann auch das Badewasser für Dietrich im breiten Aluminiumtopf zu summen. Die Herdringe beiseite zu schieben war mir eine vertraute Tätigkeit; schon bei Frieda, der Kloßkünstlerin, und vor ihr bei Bertha und Röschen hatte ich das gesehen, auch bei dem armen Trudchen, das so oft die Treppe hinunterfiel, dann bei Frieda, der zweiten, und bei Anna, die so klein war, daß sie dazu auf eine Fußbank steigen mußte, und so tüchtig, daß meine Eltern sie nie wieder gehen lassen wollten. Aber mein Herd war ein Liliputaner gegen den in der Südstraßenküche, und seine Platte mit Töpfen oft so vollgestellt, daß ich mit den Ringen nicht wußte, wohin. Auf den Fußboden? Der war aus Holz. Auf die Blechplatte vor der Ofentür? Schon eher, aber unbequem und gefährlich. Darum schlug Ingolf Nägel in die Wand, an denen ich sie aufhängen konnte, schön or-

dentlich, der Größe nach. Unter den Windeln, die auf der Leine neben dem Ofenrohr trockneten, mit Schürze, verstrubbeltem Haar und mühsam sauber gehaltnen Händen, fühlte ich mich in meiner Küchenecke oft allen armen Frauen der Welt verschwistert. Seltsam – das gefiel mir, nur war ich gleichzeitig mißtrauisch gegen diese Empfindung. Vielleicht hatte Herbert recht gehabt, als er einmal sagte: Du wirst nie erfahren, wie wirkliche Armut ist, auch wenn du kein Geld hast.

Eines Morgens, beim täglichen Porridge, sagte Ingolf: Heute ist Dietrich genau sechs Wochen alt.

Ich war gerührt.

Ich schlage vor, du hörst jetzt auf, ihn täglich zu baden. Zweimal in der Woche genügt. Schließlich ist unser Sohn kein reicher Erbe.

Da war ich enttäuscht: Nur darum hast du nachgerechnet! Ich finde das schäbig.

Du lieber Gott, sagte er und zog die Augenbrauen so hoch, daß wellige Stirnfalten sich bis unter den krausen Haaransatz schoben. Das tat er immer, wenn er unzufrieden mit mir war. Ich weiß, ich weiß! Man macht das so. Ein Baby aus gutem Hause muß jeden Morgen um zehn gebadet werden. Deine Mutter hat es gesagt, und deine Großmutter hat es gesagt, und im Säuglingspflege-Unterricht die Lehrerin, also machst du es. Aber Millionen Kinder werden ohne Badewanne groß. Und sie werden groß! Außerdem ist das viele warme Wasser nicht gut für die Haut.

Das habe ich noch nie gehört, sagte ich.

Du hast manches noch nicht gehört. Ich will nicht, daß mein Sohn verweichlicht wird.

An dieser Stelle war mir zum Lachen zumute. Hast du Sorgen! Aber sein Gesicht war ernst und sein Blick streng, so daß ich mich auf einmal gekränkt und mißverstanden fühlte. Wie tüchtig ich mich auch fand in dieser Ehe mit einem Studenten, wie stolz ich auch im stillen war, mit unsrem Leben im Pißputt fertig zu werden, es schien nicht genug zu sein. Ich knauserte mit dem Wirtschaftsgeld, ich schnorrte bei meiner Mutter Seife und Hautcreme, ich stillte das

Baby, ich trug meine Schulkleider und ließ mir die Haare wachsen, um nicht zum Friseur gehen zu müssen. War das nicht viel? Den Jungen zu baden, darauf freute ich mich jeden Morgen schon beim Aufwachen, aber Ingolf merkte wohl nicht, was für ein Glück er mir da zerstörte. Hätte ich gewußt, womit ich es bezahlen könnte, ich hätte es sofort getan.
Gut, sagte ich, den Tränen nahe, dann gebe ich eben wieder Nachhilfestunden. Ich kann noch alles, was ich in der Schule gelernt habe. Ich sah ihn dabei nicht an und spürte, daß ich eher trotzig als gutwillig klang. Jetzt brauchte nicht mehr viel gesagt zu werden; wir waren zerstritten, bevor wir richtig begonnen hatten. Unsre Ehe, die wir kaum so benannten, unsre Liebe (auch diesen Ausdruck haben wir selten gebraucht), unsre Zusammengehörigkeit, die wir nicht bezweifelten, unsre Gemeinsamkeit, unsre Eintracht hatte anscheinend von jeher einen Knacks, den ich mir nicht erklären konnte. Warum fand er manches komisch oder überflüssig, was ich für richtig und selbstverständlich hielt? Warum wußte er alles besser als unsre Eltern, und nicht, wie ich, nur manches – obwohl er doch sehen mußte, daß sie weder dumm noch unverträglich waren? Immer hatte ich das Gefühl, nach zwei Seiten fechten zu müssen: in der Südstraße verteidigte ich meinen Mann gegen meinen Vater, und im Gartenhaus am Goethe-Café meine Eltern gegen ihn.
Ein Glück, daß Tante Elisabeth von Ingolf angetan und von unsrem Kind gradezu hingerissen war. Ein Trost. Und ein Einfall! Ihr könnte ich das Dilemma mit dem täglichen Bad erzählen, und bestimmt bekäme ich dann etwas aus dem Klingelbeutel. Womöglich regelmäßig. Von dem Gedanken getröstet, stand ich auf, legte die Arme um den Hals meines arroganten Schnösels und sagte: Bitte, wir wollen uns nicht streiten! Wir versöhnten uns so lange, daß unser Porridge kalt und klebrig wurde und Dietrichs Badezeit ungenutzt verstrich.
Fortan hatte ich meine kleine Heimlichkeit: Kaum verließ Ingolf das Haus, um nach Jena zu fahren, regelmäßig viermal in der Woche; kaum glaubte ich sicher zu sein, daß er am hochgelegnen Klein-

bahnhof von Oberweimar in den Zug gestiegen war, stocherte ich im Herd, schob Holzscheite hinein, setzte Wasser auf, zog die Badewanne hinter dem Wandschirm hervor und breitete eine Decke und ein Frotteetuch auf den Tisch. An ihm aßen wir und schrieben und lasen, spielten Halma und Mühle, auf ihm bauten wir das Koffergrammophon und die Platten auf, wenn wir uns ein Konzert veranstalten wollten, an ihm putzte ich Gemüse, schälte Kartoffeln und wickelte das Kind, wir tranken Tee an ihm, hatten Besuch und schwatzten und rauchten, ein Tisch für alles, derb und rechteckig, mit einer Schublade, vier festen Beinen und einer Platte, die ich mit Sand abschrubben konnte. Mit einer seiner Schmalseiten hatten wir ihn zwischen zwei Fenster gerückt. Draußen die Stachelbeerbüsche am Gartenzaun, dahinter ein Trampelpfad, der an ihm entlang zu unsrer Haustür führte, einer grünen Holztür, an der kein Name stand, und auch klingeln konnte man nicht an ihr. Wer wußte, wo wir wohnten, der sah von draußen, ob wir zu Hause waren, und brauchte nur hallo zu rufen. Der Weg zu uns, nach Oberweimar, war für jeden, der in Weimar wohnte, ein Spaziergang durch den Park, und meist konnten wir uns ausrechnen, wann jemand käme. Nur Henning kam oft unerwartet, manchmal auch sonntags, wenn wir noch schliefen – Ingolf noch und ich wieder, den satten Säugling im Arm. Wie unpädagogisch das war, hatte ich schon in der Schule gelernt (ein Kind muß seine Ordnung haben!), aber meine Lehrerin war weit und würde es nie erfahren, und mein Verstoß gegen die Regeln der Bürgerlichkeit war ein Genuß und tat uns beiden gut. Henning brauchte nicht hallo zu rufen, er pflegte über den Zaun zu klettern und durchs Fenster hereinzukommen. Bleib liegen, sagte er zu mir, das ist ein Motiv für mich. Und während er sich mit dem Zeichenblock an meinem Bett zurechtsetzte, blökte er: Ingolf, aufstehen! Du mußt Frühstück machen, wir haben hier zu tun.

Die Frühstückszeit im Gartenhaus erstreckte sich von sechs Uhr morgens bis gegen Mittag. Mein dichtender Schwiegervater war der letzte, der sich aufrappelte; er hängte sich irgend etwas um die

Schultern, in der Hoffnung, niemand sähe, daß er darunter im Nachthemd war, und eilte zum Briefkasten am Gartentor, wo auch der Brötchenbeutel hing. Du darfst ihm das niemals abnehmen, sagte Ingolf, damit bringt er seinen Kreislauf in Gang. Er muß hinausrennen und sich ärgern, daß nicht die richtigen Briefe gekommen sind und daß die Brötchen nicht mehr frisch sind.
Man müßte es dem Bäcker doch mal sagen! klagte er.
Oder du müßtest sie früher essen, sagte Ingolf.
Aber wie sollte der Dichter Dr. W. seine Brötchen essen, während er noch schlief?
Nach dem Frühstück betrachtete er seinen ungeheuer intelligenten Enkel und war entzückt, wenn der die Augen aufschlug. Noch nie habe er ein so schönes Kind gesehen, behauptete er und machte mich damit ein bißchen verlegen. Warum fiel diesem originellen Mann zu seinem Enkelkind nichts andres ein als allen Großeltern der Welt? Außerdem störte er mich bei der Hausarbeit, indem er pausenlos redete – von seiner geschiednen Ehe, von der Ehe im allgemeinen, von den trocknen Brötchen, vom Wetter, von seiner Tochter in Bremen, von Thomas Mann, den er verehrte, von Adolf Hitler, den er verabscheute, von einer alten Dame seiner Bekanntschaft, die ihn bewunderte, und einer jungen, von der er bewundert sein wollte, und immer wieder davon, daß Klavierspielen außer Gedichte schreiben die schönste Beschäftigung der Welt sei.
Ich habe gelernt, mich von ihm an notwendigen Tätigkeiten nicht hindern zu lassen; ich ließ ihn reden. Ein Einwurf ab und zu genügte: Was du nicht sagst!
Oder: Nein, wirklich?
Er saß an unsrem Tisch für alles, sprach fließend und erinnerte mich nur noch selten an den Ritter von der traurigen Gestalt. Manchmal bat er um eine Tasse Tee und bekam sie. Dann schöpfte er mit flinker, etwas zappeliger Hand fünf Löffel Zucker hinein, teilte mir mit, daß Zucker wichtige Nervennahrung sei, und vergaß den Tee. Trank ihn, wenn ich ihn daran erinnerte, und wunderte sich, daß er nicht heiß sei und übrigens ein bißchen zu süß.

Das tut mir leid. Soll ich frischen aufbrühen?

Nein, tausend Dank, ich bin in Eile. Habe mir viel vorgenommen.

Wenn er weniger in Eile war, entzückte er uns mit Zukunftsplänen, immer unter dem Motto »wenn die Nazis abgewirtschaftet haben«. Er versicherte uns, seit er eine Familie besitze, komme ihm sein Leben wieder sinnvoll vor.

Wo ist sie denn, deine Familie, sagte Ingolf und tat verwundert.

Sie sitzt hier um mich herum.

Vor Jahrzehnten hatte er im Harz eine Freilichtbühne gegründet und war auch ihr Intendant gewesen, bis ihm das Geld ausging. Von dem ganzen Unternehmen waren ihm nur eine Unmenge Erinnerungen geblieben und die Kostüme, ein Fundus, der seitdem in einem Lager im Hinterhof eines Weimarer Geschäftshauses verstaubte.

Das sind unermeßliche Werte, pflegte er zu sagen. Damit werden wir noch unser Glück machen.

Du zahlst zuviel Lagermiete für unser Glück in spe, sagte Ingolf. Du solltest das Zeug endlich verkaufen.

Der alte Herr behauptete, die Zeit sei dafür noch nicht reif. Erst müßten die Nazis . . . und außerdem müsse der meistbietende Käufer gefunden werden. Aber dann! Dann kaufe ich uns eine Villa auf dem Silberblick, rief er, natürlich, nur dort, denn in Weimar muß man so wohnen wie einst Friedrich Nietzsche, mit dem Blick über die ganze Stadt. Mein Enkel wird einen eignen Garten besitzen mit einer Schaukel und einem Springbrunnen.

Alles von dem Fundus, den die Motten schon gefressen haben, sagte Ingolf.

Ach Gott, antwortete sein Vater, den Blick gen Himmel hebend, du hast wirklich überhaupt keine Phantasie.

Seine Zimmer, die mir beim ersten Besuch so kauzig und stimmungsvoll vorgekommen waren, jetzt kannte ich sie zu genau und plagte mich ihretwegen. Wie könnte ich Ordnung schaffen auf diesen Bücherregalen, deren Bretter sich bogen, überlastet von staubigen Uraltbänden, vollgestopft mit Zeitungen und Zeitschriften,

vergilbt, vernarbt und rissig, Papier in Zentnern, übersät mit Milliarden von Buchstaben – der Anblick machte mich unglücklich und raubte mir jeden Mut. Meine Bücher, deren ich nur wenige hatte mitbringen können, wurden von mir geliebt, alle einzeln, sie hatten ihren von mir bestimmten Platz, und schon der Anblick ihrer Rükken machte mich froh, und die Schrift auf ihnen winkte mir zu. Die Bücher meines Schwiegervaters hatten etwas Verwestes an sich, sie sahen wie verstorben aus und rochen auch so, und selbst die neuen unter ihnen kamen mir vor, als ob sie sich nicht wohl fühlten. Ich hätte gern versucht, das zu ändern.
Kannst du nicht, sagte Ingolf. Deine Klein-Mädchen-Ideen einem Mann aufschwatzen, der seit einem halben Jahrhundert unentwegt liest und schreibt – das geht nicht. Schlag dir das aus dem Kopf.
Na gut. Dann stehle ich mir eben ab und zu etwas Hübsches, während er nicht da ist. Er wirds nicht merken, weil er ohnehin nie etwas findet, und bei mir wird so ein Buch dann gesund, weil es gelesen und geliebt wird.
Und wo willst du die geklauten Bücher aufbewahren?
Unter unsrem Bett.
Ein fabelhaft passender Platz, sagte er.
Und ob! Nicht nur ein passender, sondern auch ein schöner.
Und weil er so oft nicht fand, was er brauchte, der Dichter Dr. W., mußte er mit seinen Propellerbeinen in die Stadt eilen, längs und quer durch den Goethepark und über die Naturbrücke, vorbei am Haus der Frau v. Stein, die Ackerwand entlang, vorbei am Goethehaus und hinein in die Schillerstraße, um sich dort, in der Buchhandlung am Gänsemännchen-Brunnen, für achtzig Pfennige ein Reclam-Taschenbuch zu besorgen, als Ersatz für das vergeblich Gesuchte. Was auch immer es war: ›Rameaus Neffe‹ von Diderot, einer seiner Lieblingsromane, die Gedichte des Catull oder Platons ›Gastmahl‹ oder ›Die Herzensergießungen eines kunstliebenden Klosterbruders‹, die er mir immer so warm empfahl (und ich habe sie nie gelesen) – von diesen und vielen andren, von ihm geschätzten und für wichtig erachteten Büchern besaß er soundsoviele Exem-

plare. Er stapelte die Reclam-Ausgaben auf dem Schreibtisch zu schmalen labilen Türmen. Ab und zu kippte einer um.
Papier in jeder Gestalt und Form, an den Wänden bis dicht unter die Decke, unter Spinnweben und Staubschleiern, auf dem Schreibtisch, auf den Stühlen, unter dem Schreibtisch und unter den Stühlen, an sichtbarer und unsichtbarer Stelle, Papier. Papier in Schrankecken und auf Fensterbrettern, im Wäschekorb und in Margarinekartons, in Lattenkisten vom Gemüsehändler – Papier, Papier. Da mir aber nicht erlaubt wurde, für die kranken und verstorbnen Bücher, die verkommenen Zeitungen und vergilbten Zeitschriften etwas zu tun, wollte ich wenigstens dem Alltag meines Schwiegervaters ein bißchen auf die Strümpfe helfen; wie gern hätte ich ihn dazu gebracht, seine Mahlzeiten nicht auf dieser Ausgrabungsstätte zuzubereiten, wie gern hätte ich das Sammelsurium von Medizinflaschen und -schachteln, das er nicht benutzte, in den Mülleimer geworfen, auch wünschte ich mir, daß er seine schmutzige Wäsche nicht unter dem Bett oder hinter den altersgrauen Tüllgardinen verstecken und einmal mit mir zusammen den Kleiderschrank aufräumen würde, dessen Tür klemmte und einen vertikalen Riß hatte. Durch den, behauptete er, flogen Motten fröhlich aus und ein, weshalb er seine Anzüge mit dem Thüringer Tageblatt zu bedecken pflegte und die Jackentaschen mit Mottenkugeln füllte. Wenn er sich umgezogen hatte, samstags z.B., um ins Archiv zu gehen und dort die Damen um den Verstand zu reden, bat er mich, ihn abzubürsten. Es könne sich nur um ein bißchen Oberflächenstaub handeln, sagte er.
Ich bürstete und bürstete. Und fragte schließlich, ob er seine Anzüge vielleicht mal reinigen lassen möchte?
Aber nein, sagte er entsetzt. In Reinigungsanstalten werden die Sachen immer vertauscht. Ich lehne es ab, in wildfremden Röcken herumzulaufen, wenn sie auch noch so sauber sind.

Wann würde ich aufhören, zu wollen, was ich nicht sollte? Wann stets das Vernünftige, Nützliche und Billigste tun, das außerdem

meinem Mann gefiel, den Beifall meines Schwiegervaters hatte und meinen Vater nicht verärgerte? Die in meinem Elternhaus erlernte gesunde Lebensweise – regelmäßig essen und früh schlafen gehen –, Ingolf fand sie lächerlich: Was ist gesund? Wir essen, wenn wir Hunger haben, und schlafen, wenn wir müde sind.
Sei schön vernünftig, sagte mein Vater. Ernährt ihr euch auch gut? Vitamine sind wichtig! Und Pfefferminztee, du weißt, schmeckt ausgezeichnet, wenn man ihn sorgfältig zubereitet. Und nicht immer so spät ins Bett! Du mußt auf dich aufpassen.
Ins Bett, gewiß, aber doch nicht nur, um zu schlafen. Was dachte sich dieser Mann, der früher mal ein flotter Verführer gewesen war? Aufpassen – meinte er dieses Wort so, wie wir es verstanden? Aufpassen, die höchst unangenehme Pflicht, einander die schönsten Lustgefühle zu versalzen, um nicht leichtsinnig und unversehens ein zweites Kind zu erzeugen. Keine Angst, hatte die Hebamme gesagt, solange Sie stillen, sind Sie nicht empfänglich.
So? Ist das sicher?
Na, sagen wir – ziemlich sicher. Aber warum fragen Sie – wollen Sie nicht noch so einen Süßen?
Wir haben kein Geld.
Sie lachte. Ihren Babys ist das egal. Die wollen Ihre Milch und wollen geliebt sein, und wenn sie eines Tages Geld brauchen – ach, bis dahin wird Ihr Mann schon welches verdienen.
Sie sagte nicht, der Staat braucht gesunde Kinder von jungen Müttern, und ich glaube, sie meinte es auch nicht. Vielleicht wußte sie, daß ich mir ein zweites Kind wünschte, heimlich und gegen alle Vernunft, so bald wie möglich, nicht für den Staat und auch nicht für die Nazis, sondern für uns, für mich und vor allem für Dietrich: einen kleinen Bruder, mit dem er bald auf den Parkwiesen herumtollen könnte. Diesen Wunsch auszusprechen, war ich zwar zu feige, weil ich drei Männer gegen mich hatte, nicht aber zu feige, die Mühseligkeiten auf mich zu nehmen, die, wie das Wort mir deutlich machte, auch mit Seligkeit zusammenhingen. Und sie würden ihn lieben, den kleinen Bruder, genau wie sie jetzt den Erstge-

bornen liebten, den sie eigentlich nicht gewollt hatten. Welch gute Einrichtung, daß die erwachsnen, pädagogischen, rechnenden Leute sich in ein nacktes, unfertiges und ganz und gar unnützes Menschenjunges verlieben mußten und es nicht lassen konnten, ihm anzudichten, was sie von ihm erwarteten. Auch Ingolf, der sich um seiner Selbstachtung willen abmühte, dem neuen Geschöpf rein sachlich zu begegnen, selbst dieser erste objektive Vater der Weltgeschichte, flüsterte zärtlich mit ihm, wenn er sich unbeobachtet glaubte, küßte im Vorbeigehen die Strampelfüße oder setzte sich lesend neben den Babykorb, einen Arm, wie unabsichtlich auf den Rand legend, und wartete, scheinbar unbeteiligt, bis eines der Händchen, fuchtelnd, seinen Zeigefinger erwischte und ihn festhielt.

Geschafft! rief er strahlend. Sieh mal, ist er nicht süß?

Ich nickte und war vor Freude stumm.

Weißt du was? sagte er, wir nehmen ihn mit ins Archiv. Wir schieben den Wagen hinten in den Garten, da haben wir ihn in der Nähe und können verhindern, daß die alten Damen vor Entzücken kreischen, wenn sie hineinsehen dürfen.

Mit dem Kinderwagen von Oberweimar bis hinauf zum Silberblick zu kutschieren war ein Ausflug, und wir mußten bald nach dem Mittagessen aufbrechen. Satt und in gelöster Schlafseligkeit nicht einmal daumensaugend, ließ unser Sohn sich über die Parkwege schaukeln und über die Ilm an einer Stelle, wo früher eine Mühle gestanden hatte. Hier kroch der Fluß nicht so gemächlich wie anderswo, sondern war fast ein bißchen reißend und grünlich aufschäumend. Wir standen auf der Brücke und guckten und spuckten. Wie die Kinder spuckten wir und wippten ein bißchen, weil wir wußten, daß sie auf eigentümliche Weise beweglich war, die Schaukelbrücke, ein nur halbrichtiger Name, denn sie schaukelte nicht wirklich, aber durch geduldiges Auf- und Niederhüpfen konnte man sie zum Schwingen bringen, von leisem Quietschen der Eisenträger begleitet. Mitten im oft geübten, kindischen Spaß hielt ich Ingolf fest und schrie: Hör auf! Wenn sie einstürzt.

Ach was. Die stürzt nicht ein.
Aber das Kind! Wir haben die Verantwortung.
Verantwortung –, sagte er und sah aus, als hätte ich ihn geschlagen. Sei doch nicht albern.
Eilig sind wir weitergegangen und in die Allee eingebogen, und ich spürte wieder einmal unsre Ungleichheit, obwohl beinahe nichts passiert war. Nur, daß wir uns ein bißchen komisch benommen hatten, ein erwachsnes Paar, das sich an ein Kindheitsvergnügen erinnerte, und ich, übertrieben ernsthaft, hatte uns den Spaß verdorben. Wie unreif war ich denn? Was stimmte da nicht bei mir? Vor zwei Jahren, als ich noch nichts von Liebe verstand und nichts vom Kinderkriegen, wußte ich zwar nicht viel von Mathematik und Chemie, wohl aber etwas von Kunst und Literatur und, wie ich meinte, von der menschlichen Seele. Ich konnte Aufsätze schreiben, machte mir Gedanken über den dionysischen Geist und war anscheinend weiter als jetzt, in dieser Situation, die man das Leben nannte. Zweifel, Unsicherheit und Unvermögen. Ein Kind zu bekommen, ist keine Tat. Verantwortung, das in Erregung gesprochne Wort, war mir in Wirklichkeit unheimlich, weil ich zu wissen glaubte, daß mit der Geburt meines Kindes etwas Neues angefangen hatte, eine Aufgabe. Ihr konnte ich nicht entrinnen. Ich säugte mein Junges, gut, das tut jede Katze; ich badete es, das tut jede Seekuh. Ich hatte mir vorgenommen, immer für es da zu sein. Wenn es in die Ilm gefallen wäre, hätte ich es natürlich gerettet. Aber war das alles?
Nach einem Schweigen, länger als die Belvederer Allee, während wir beide mit unsren, sicher sehr verschiednen Gedanken beschäftigt waren, an jener Straßenkreuzung und dem von der Großherzogin Sophie gestifteten Krankenhaus, in dem ich bei Dietrichs Geburt zum ersten Mal gelegen hatte, bogen wir in die Luisenstraße ein, die lang war und zum Nietzsche-Archiv hinaufführte. Ingolf sagte mit einem kleinen, boshaften Lächeln: Jetzt schiebe ich den Wagen. Es wird steil. Ich übernehme die Verantwortung.
Wir lachten. Vorbei die Mißstimmung. Ach, was täte ich ohne ihn?

Ich hätte niemanden, der mich nachts in den Armen hält, der morgens mit mir frühstückt, der mir sagt, daß unsre Eltern nicht immer recht haben und die Nazis auf keinen Fall. Der wahrscheinlich nicht alles weiß, aber jedenfalls mehr als ich, der mir ein paar Lichter aufstecken konnte über die Welt, in der wir lebten, und jetzt den Kinderwagen den Berg hinaufschieben. Ich ging nebenher und war froh. Dann der gute, alte Archivgarten, links bei den Rhododendronbüschen, Elisabeths Treppe mit dem Heckenrosengeländer und der Erinnerungsbank, auf der wir schon so oft gesessen hatten. Laß sie nur kommen! Sie dürfen unser Kind entzückend finden – äntzückänd! Aber wecken dürfen sie es nicht, und wehe, wenn sie es anfassen.
Wibiral war die erste. Sie stand ganz still und sah ein bißchen so aus, als ob sie betete, die Hände über der Batikbluse zusammengelegt, und sie machte ihr Bamberger-Reiter-Gesicht. Wie schön, sagte sie in ihren tiefsten Tönen. Wie schön ist so ein Wesen, das noch nicht weiß, wozu es auf der Welt ist.
Meinen Sie? Ist das der Grund? Sind wir nicht mehr schön, wenn wir uns Gedanken machen?
Wibiral lächelte und ehrlich, wie sie war, gab sie zu, das nicht zu wissen. Dies ist nur so eine Anwandlung, sagte sie. Ich bin manchmal ein bißchen sentimental, entschuldigen Sie, kleine, große Ursula.
Ich möchte nicht, daß Sie mich Sie nennen, sagte ich.
Dann mußt du mich auch du nennen!
Nun aber kam Elisabeth, am Arm der Gräfin mit der Zopfkrone, die Heckenrosentreppe herunter, beide strahlend und voller Spannung. Ich legte den Finger auf die Lippen: er schläft! Die Gräfin stieß unterdrückte Jammerlaute der Begeisterung aus, und Elisabeth, auf ihren Stock mit der Silberkrücke gestützt, wackelte mit dem Löckchengewusel. Eilends zog sie das Lorgnon, ließ es aufschnippen und schaute in den Kinderwagen wie in einen goldnen Topf. Und weil ich mich geschmeichelt fühlte, als ich ihre Augen glitzern und ihren Mund, von Fältchen umgeben, sich runden sah,

klappte ich das Verdeck herunter, damit die Damen meinen Engel besser betrachten konnten. Dietrich erwachte, gähnte, öffnete die grauen Augen, fing seinen Daumen ein und lutschte, daß wir ihn schnalzen hörten.
Nein, dieser Daumen, sagte die Gräfin mit der Zopfkrone, der muß doch eine Delikatesse sein!

Zum Tee eingeladen, ganz familiär, konnte ich Elisabeth von meinem Baby-Bade-Problem erzählen, während Ingolf sich, mäßig interessiert und höflich lauschend, von Tiedemann beschreiben ließ, wie man Hochstamm-Rosen veredelt.
Nur zweimal in der Woche baden, tuschelte ich, wie findest du das? Wir sind doch keine Kapitalisten, hat er gesagt. Ich kann darüber nicht mit ihm streiten. Was soll ich tun?
Sie verstand mich sofort und griff nach dem wohlbekannten Beutel. Wie schrecklich! Das arme Kind. Ich gebe dir – nein, wart einmal! Sie hängte den Beutel wieder an den Arm, wühlte ein bißchen zwischen den Seidenvolants ihres Rockes, und ein Portemonnaie kam zum Vorschein, das ich noch nie bei ihr gesehen hatte. Es mußte Papiergeld enthalten. O, sie wußte, was ein Zentner Briketts kostete und daß man nicht lange damit reicht. Und Holz, sagte sie eifrig, das du zum Anheizen brauchst, nicht wahr, das ist auch nicht billig. Nimm gleich einen halben Raummeter. Jawohl, du sollst dein Kind baden, jeden Tag, das ist wichtig! Und wenn du wieder etwas nötig hast, komm zu mir, laß die Männer aus dem Spiel. Sie wissen es nicht besser.
Ich habe mich gewundert, wie flink sie ihr Portemonnaie zwischen den Rüschen verschwinden ließ und mit welchem Unschuldslächeln sie sich nach Ingolf umdrehte, und ich versuchte, es ihr nachzutun, den zusammengefalteten Geldschein in meinem Ausschnitt verschwinden lassend. Tiedemann wurde beauftragt, uns den Tee auf der Veranda zu servieren, und ich schob den Kinderwagen hinters Haus, damit wir von oben hineinsehen konnten. Wir gingen durch den langen, von van de Velde ausgestatteten Empfangsraum und

durch die Glastür, rechts neben dem Podest mit der Nietzsche-Büste auf hohem Marmorsockel; dort hat Elisabeth gern mit Freunden oder Verwandten gesessen, mit uns, den Kindern, denen sie Großmutter sein wollte, was sie oft betonte. Ich meine, sie ist es auch gewesen, nicht nur wegen der blanken Markstücke. Als Großmutter war sie in Ordnung: Sie schenkte spontan und mit Vergnügen, sie verbündete sich mit uns, und obwohl sie Gehorsam und gutes Benehmen erwartete, wunderte sie sich nicht, wenn wir anders reagierten, und sie behandelte uns eher listig als streng, weil sie es nicht mit uns verderben wollte.

Auf der Veranda am runden Tisch, mit dem Blick in den Teil des Gartens, der wie ein Park aussah (gepflegter Weg, eine riesige Rotbuche, geschorner Rasen, ein steinernes Monument), hatte Elisabeth auch ab und zu mit dem Grafen Keßler gefrühstückt, als er noch in der Cranachstraße gewohnt hat. Jetzt klagte sie, diesen, wie sie sagte, vortrefflichen Freund verloren zu haben. Keßler war einer, der sich lieber zum vertraulichen Frühstück einladen ließ als zum offiziellen Mittagessen, der den Trubel im Archiv nicht mochte, schlimmer noch, ihn verachtete. Er war, wie mein Vater sagte, von enormer politischer Intelligenz und bemerkenswerter Bildung, welches Lob allerdings mit einem kleinen Kopfschütteln erteilt wurde, das mir zu bedeuten schien, der ungewöhnliche Mann sei wohl nicht ganz auf dem richtigen Wege. Ich habe ihn nicht gekannt und das manchmal bedauert. Einige Male habe ich ihn im Archiv gesehen, samstags oder bei einem Vortrag; er saß oder stand stets in Elisabeths Nähe und schien mir ausschließlich ihretwegen da zu sein. Von andren Gästen angesprochen, hörte er mit kühler Miene zu und schien karge Antworten zu geben. Er hatte ein schönes, kluges Gesicht mit einer hohen Stirn und schmalen Lippen und war mindestens so elegant wie Herr v. Frankenberg. Er kam mir aber unnahbar vor. Nie, dachte ich, würde er so mit mir plaudern, wie mein alter Freund, der Dandy.

Aber wieso hast du den Grafen Keßler verloren?

Ach Kind, antwortete sie ausweichend, er wohnt nicht mehr hier.

Sie nippte an ihrem Tee und nahm einen Krümel des Sandkuchens zu sich. Dann: Er ist nach Frankreich gezogen, weil er mit der Entwicklung hier nicht mehr einverstanden war. Ich bin es ja auch nicht immer, ihr wißt schon, aber ist das ein Grund, sein Vaterland, seine Heimat zu verlassen? Einer meiner ältesten Freunde, sagte sie betrübt, ein wundervoller, kluger, künstlerischer und vortrefflicher Mensch. (Seufzer) Ich werde ihn wohl nie wieder sehen. Er soll krank sein, und ich bin schließlich eine sehr alte Frau.
Jetzt möchten wir Sie trösten, sagte Ingolf ungewohnt treuherzig. Wir wissen aber nicht, wie wir das machen sollen.
O, ihr tut es ja schon, rief sie und war wieder munter. Ihr habt mir einen Urenkel beschert! Und jetzt wünsche ich mir, daß Sie du zu mir sagen, lieber Herr Doktor. Nenne mich Großmütterchen oder Tante Elisabeth, ganz wie du möchtest.
Ja, tu das, sagte ich schnell und war erleichtert, nur das Minimum eines spöttischen Lächelns auf seinem Gesicht zu entdecken, für mich allein erkennbar. Den treuherzigen Ton behielt er bei: Ich möchte lieber Tante sagen. Elisabeth ist ein so schöner Name.
Er stand auf, ging um den Tisch herum, küßte ihr die Hand und die Wange, die sie ihm hinhielt. Ich saß ganz still, um die Zeremonie nicht zu stören.
Später fiel ihr ein, daß ja auch sie vor langer Zeit im Ausland gelebt hatte, gewiß, und auch sie habe Ähnliches durchgemacht wie wahrscheinlich der Graf Keßler bei dem Entschluß, Deutschland zu verlassen. Dann begann sie, von Paraguay zu erzählen, von Neu-Germania.
Aber bitte nicht die Geschichte von den Ameisen, sagte Ingolf.
Sie war verblüfft. Ah! ihr kennt sie schon! Aber der Diktator Francisco Solano Lopez – von ihm habe ich euch noch nie erzählt. Der ist ein furchtbarer Tyrann gewesen, und Gott sei Dank war er zu unsrer Zeit schon tot. Er hatte eine irische Geliebte, die ihn zum Kaiser von Südamerika machen wollte, am liebsten bis nach Argentinien hinunter, man denke! Und er hatte ein so großes Heer ausgebildet, daß es ihm beinahe gelungen wäre, Brasilien zu erobern. Er

soll ungeheure Schätze besessen haben, reines Gold in eisernen Truhen, die er von seinen Soldaten im Urwald vergraben ließ, und danach hat er die ganze Kompanie erschießen lassen, damit niemand den Ort verraten könnte. Solche Greuel, sagte sie schaudernd, kann man sich in Europa überhaupt nicht vorstellen. Der böse Lopez hat es aber büßen müssen – er wurde besiegt und ist im Sumpf umgekommen, und seine Mätresse hat fliehen müssen, als Küchenjunge verkleidet.

Wir schauten uns an und wußten nicht, ob wir die Geschichte glauben sollten. Sie klang uns ein bißchen nach Karl May . . .

Lopez, so hieß auch der Obsthändler am Wielandplatz. Er besaß den einzigen Laden in Weimar, in dem es das ganze Jahr hindurch Apfelsinen und Bananen gab, Datteln, Feigen und Kokosnüsse. Äpfel und Zwetschgen kauften wir auf dem Markt, aber die Südfrüchte beim ›Spanier‹, der anscheinend zahllose Familienangehörige in seinem Betrieb beschäftigte, alle schwarzhaarig und stämmig mit samtbraunen Augen in ovalen Gesichtern, und alle sprachen sie ein drolliges Deutsch. Noch hatte ihnen niemand nachgesagt, daß sie Juden seien. Tüchtige Leute, sagte mein Vater. Wie die sich raufgearbeitet haben. Der Laden ist doch tadellos.

Während wir die Luisenstraße hinuntergingen, mußten wir den Kinderwagen zu zweit daran hindern, den Berg hinabzusausen. Dietrich schlief. Er hatte pünktlich um viertelvorsechs angefangen, zu schreien, hatte Elisabeth durch sein gradezu verzweifeltes Gebaren gerührt, und ich hatte mich mit ihm in den Obstgarten zurückgezogen: eine halbe Stunde stillende und stille Zufriedenheit für uns beide. Ein Tuch, das über meiner Schulter lag, schützte wie ein Zelt seinen rötlich behaarten Kopf und meine nackte Brust. Als er nach zehn Minuten aufhörte, zu saugen und die Augenlider zuklappte, zupfte ich ihn am Ohr und an seiner winzigen Nase, so daß er aufwachte, blinzelte, gähnte und wieder nach meiner Brustwarze suchte. Ingolf war indessen bei Elisabeth geblieben und hatte sie die Treppe hinauf in ihr Wohnzimmer mit den betroddelten Plüschsesseln begleitet. Anscheinend war er ebenso fasziniert von ihr wie die meisten Männer (von den alten Damen ganz zu schweigen), und ich hatte es mir schon abgewöhnt, mich zu wundern, wie sie es fertigbrachte, ihre Besucher um den Finger zu wickeln, alte und junge, Professoren und Studenten, Generale, Politiker, Geschäftsleute, Künstler und sogar einen superintelligenten Linken wie den Grafen Keßler.

Was wohl aus ihr geworden wäre, meditierte Ingolf – den Abwärtssog des Kinderwagens bekämpfend –, wenn sie hätte studieren können, anstatt bei ihrer frommen Mutter herumzusitzen, den Bruder zu vergöttern und auf einen Mann zu warten. Stell dir vor! Bei der Vitalität, dem Einfühlungsvermögen, der Wißbegier und diesem Gedächtnis hätte sie eine erstklassige Gelehrte werden können. Ein Jammer um so eine Frau.

Vielleicht, sagte ich irritiert, vielmehr bestimmt – ja, wahrscheinlich hast du recht. Aber dann hätte sie ja noch mehr Möglichkeiten, alles zu beherrschen.

Jetzt bist du wieder viel zu subjektiv. Weil sie deinen Vater plagt und im Archiv herumkommandiert, bist du gegen sie.

Ich bin nicht gegen sie. Ich mag sie doch. Ich finde nur, daß sie zu viel zu bestimmen hat, auch über Sachen, von denen sie nichts versteht.

Eben! Das meine ich doch. Stell dir vor, sie verstünde was davon. Jetzt hält sie sich für kompetent, weil sie aus dem großen Bruder ein Heiligenbild gemacht hat; sie war früher unentwegt mit ihm beschäftigt und ist es noch immer. Sie schreibt Bücher über ihn und Vorworte und Nachworte, alles schauriges Zeug. Weil sie nichts gelernt hat! Und nun sag noch mal, es wäre nicht gut, wenn man sie hätte studieren lassen.

Ich nickte. Ja, du wirst recht haben. So habe ich das noch gar nicht gesehen. (Daß ich auch gern studiert hätte, habe ich nicht gesagt. Nur gedacht. Es wäre wieder viel zu subjektiv gewesen, und außerdem war ich nicht sicher, ob dieser Mann und dieses Kind nicht doch wichtiger für mich seien als die alten Ägypter.)

Vor noch nicht langer Zeit hätte ich mir nicht zugetraut, ein Kind zu haben, daß ich es aber stillen würde, wenn ich eins hätte, fand ich schon immer selbstverständlich. Meine Mutter, die mir nicht erzählen mochte, wie es ist, wenn zwei Leute sich lieben, redete oft und gern von Schwangerschaft und Geburt, vom ersten Lebensjahr des Neugebornen, das sie besonders wichtig und beglückend fand, und davon, wie schön es sei, ein Kind an der Brust zu haben. Niemals, sagte sie, kann man ein Geschöpf so vollkommen glücklich machen, wie wenn man es stillt, und darum ist man selber glücklich –, ein ganz einfacher und natürlicher Vorgang. Niemals hatte sie sich einreden lassen, die Ernährung mit der Flasche sei moderner oder gar gesünder. Ich glaubte ihr. Ich hatte wie sie große, weiche Brüste, die viel Milch produzierten, eine weißlich-wässrige, süßliche Flüssigkeit, die mir nicht schmeckte, und obwohl ich es wunderlich fand, daß Dietrich davon gedieh, war ich froh darüber. Abgesehen davon, daß es billig war, half es mir, meine Unsicherheit zu überwinden, das Gefühl, dieser Verantwortung nicht gewachsen zu sein; mein Körper, der ein Kind hervorgebracht hatte, konnte es sogar ernähren. Zugegeben, das kann jede Katze, aber ist es nicht vielleicht der notwendige Anfang?

Am ersten Juli frühmorgens, aufgewacht von Dietrichs Gequakse, fühlte ich mich krank. Mein Kopf glühte. Mein Rücken schmerzte. Erkältet? Nein. Hals und Nase waren in Ordnung. Meine Brüste strotzten so von Milch, daß ich meinte, zwei Kinder damit satt kriegen zu können. Die rechte war hart und tat weh, und ich dachte, ich müsse ungeschickt auf ihr gelegen haben. Ich stand auf und kam mir betrunken vor, eine beinah angenehme Schwäche in allen Gliedern. Wann war ich das letzte Mal beschwipst gewesen? Lange her, es muß in der Schulzeit gewesen sein, auf einer Tanzerei. Ich nahm den Jungen aus dem Korb, um ihn von den nassen Windeln zu befreien und merkte, daß mir schwarz vor den Augen wurde – schnell wieder ins Bett mit uns beiden. Er wird, dachte ich, auch ungewindelt trinken. Das tat er, so hungrig und gierig, daß er mich schmerzhaft biß, ohne doch einen einzigen Zahn zu haben, war schon nach einer Viertelstunde satt, rülpste im Schlaf, und ich fühlte, wie der säuerlich riechende Saft, den er losgeworden war, an meiner Haut entlang rieselte. Dann wurde sein kleiner Kopf von satter Mattigkeit schwer und sackte beiseite, ich aber weinte vor Schmerz und Erschöpfung, zu elend, um aufzustehen oder den schlafenden Ingolf zu wecken. Es war Sonntag. Er lag, in seine Decke eingerollt bis über die Ohren, so daß ich nur seinen Lockenschopf sah; er hatte seinen Sohn nicht quaksen gehört und nicht gemerkt, wie ich mich quälte. Ich fühlte mich von ihm verlassen und mußte mir mühsam klarmachen, wie unschuldig er war in seinem Morgenschlaf. Wenn er aufwacht, dachte ich, wird er sich sorgen müssen, vielleicht einen Arzt bestellen, in die Apotheke laufen – das war noch nicht passiert, seit wir zusammen lebten –, und auf einmal war ich ein bißchen neugierig auf diese Situation: Ich, die Mutter des Kindes, bin krank.

Draußen leises Rauschen; der Wind in den Baumkronen oder ein Sommerregen. Sonst Stille. Meine schmerzende Brust, leergetrunken, war etwas weicher geworden. Ich befreite sie vorsichtig von Dietrichs Kopf und schlief wieder ein, das feuchte, schnorchelnde, sauer riechende Bündel im Arm, selber feucht und überhitzt. Als ich aufwachte, fühlte ich mich leider nicht gesünder, Ingolf aber war aufgestanden, und er wusch sich in der Kinderbadewanne hinter dem Wandschirm, wo er so fröhlich plätscherte und prustete, daß ich keine Lust mehr hatte, krank zu sein. Vorsichtig löste ich mich aus unsrer Schlafkuhle, war zufrieden, daß Dietrich sich nicht stören ließ, und dann sauste etwas um mich herum, erschreckend und unerkennbar – es müssen riesige Vogelschwingen gewesen sein, die mir um den Kopf schlugen und mich blind machten und sich nur langsam verflüchtigten. Als sie fort waren, lag ich auf dem Fußboden, und Ingolf, einen Eimer in der Hand, sah entsetzt auf mich herunter: Hast du dir weh getan?

Die Schwäche nach dieser Ohnmacht war schon nicht mehr angenehm, sondern zum Fürchten.

Laß mich liegen! Ich kann nicht.

Ich fror. Schläft Dietrich? Ja, er schläft.
Ingolf schob mir ein Kissen unter den Kopf und deckte mich zu, ganz sanft machte er das und sah mich angstvoll an. Hast du dir weh getan?
Ich weiß nicht.
Bist du krank?
Vielleicht. Aber ich werd' schon wieder.
Er stocherte im Herd, den ich gestern abend, der Sommerwärme wegen hatte ausgehen lassen, er wühlte in seinen Locken, lief hinaus und kam wieder mit einem Elektrokocher, den er bei seinem Vater geholt haben mußte. Gott steh mir bei, dachte ich, wenn der jetzt aufgewacht ist und herüberkommt. Er wird mich verrückt machen.
Nachdem Ingolf seinen Sohn mitsamt den saftigen Windeln in den Korb zurückgelegt hatte, und Dietrich nach kleinem Kurzgeschrei wieder eingeschlafen war, habe ich alles über mich ergehen lassen und mich in meiner Passivität fast wohl gefühlt. Wenn nur der Kopf nicht so geschmerzt und geglüht hätte. Ich dämmerte vor mich hin und sah die große, schwarze Standuhr im Wohnzimmer meiner Eltern, das sanfte Gleißen ihres Messingpendels, ich sah das Hin und Her und hörte das Tick und Tack – und bei jedem Hin und Her und Tick und Tack fühlte ich das Pendel an meinen Schädel pochen, Schlag auf Schlag, gleichmäßig, erbarmungslos, kein Ausweichen war möglich. Mühsam habe ich versucht, mir klarzumachen, daß dies vielleicht ein Traum sei – vielleicht – und aus einem Traum kann man aufwachen, wenn man stark genug ist –, und schließlich ist es mir gelungen, das Pendel zu überwinden. Und die Augen zu öffnen. Da sah ich den Ritter von der traurigen Gestalt, meinen Schwiegervater in Unterhosen, eine Decke über den Schultern, und zum ersten Mal in meinem Leben sah ich, wie ein Mensch die Hände rang. Ein sehr komischer Anblick. Ich hatte gemeint, das machten die Leute nur in Romanen.
Du bist krank! rief er. Wir mußten dich ins Bett heben.
Tausend Dank. Lieb von euch.

Was sollen wir denn tun! Du brauchst einen Arzt.

Ja. Möglich.

Ich habe dann vorsichtshalber die Augen wieder geschlossen und gedacht, daß sie sich eben etwas einfallen lassen müßten. Später, irgendwann, ist Dietrichs Krähen wieder an mein Ohr gedrungen und Ingolfs Stimme, die versuchte, den Jungen zu trösten.

Wie spät ist es? fragte ich.

Fünf Minuten vor zehn.

Sein zweites Frühstück! Er weiß das. Er hat die Uhr im Bauch. Ist es nicht wunderbar?

Ich tröste ihn schon.

Das kannst du nicht! Er will seine Mahlzeit. Gib ihn mir.

Aber du bist krank. Du wirst ihn anstecken.

Und du willst ihn verhungern lassen, schrie ich. Oder schrie nicht wirklich, sondern es ist mir nur so vorgekommen, weil ich all meine Kräfte dazu brauchte.

Ingolf gab schließlich nach, wohl weil er das Gebrüll und meine Leidensmiene nicht ertragen konnte, und alle drei genossen wir die Ruhe der folgenden zwanzig Minuten. Meine linke Brust, die nicht schmerzte und auch nicht hart war, sondern sich anfühlte wie immer, sättigte unsren Sohn. Er rülpste vorschriftsmäßig, und dann pupste er so laut, daß er zusammenfuhr, weil er grade im Begriff gewesen war, einzuschlafen, und dann fuchtelte er mit den Händchen, bis er sich mit einem von ihnen an meinem Hemd festkrallen konnte. Schon schliefen wir wieder, er, weil er satt war und ich aus Erschöpfung. Später wachte ich davon auf, daß ich meinen Schwiegervater sagen hörte, dies sei wirklich eine Katastrophe. Der Anfang vom Ende.

Ich finde, ihr nehmt das zu tragisch, murmelte ich. Ich werde mich bald erholen.

Offenbar hörten sie mich gar nicht. Sie redeten und gingen redend hinaus. Wovon redeten sie? Möglicherweise ging es nicht um mich. Möglicherweise war etwas passiert, was mit mir, meiner Krankheit und Unfähigkeit, mit meiner Brust nichts zu tun hatte. Eine Katastrophe, was ist das – Krieg? Ausgeschlossen. Tod? Wer ist gestorben – Hitler? Göring oder Goebbels? Das wäre keine Katastrophe. Er übertreibt wieder mal, dachte ich. Dietrich lebte jedenfalls, ich hörte ihn, obwohl er nicht schrie, er murkste nur so herum, wie oft vor dem Einschlafen. Ich hätte ihn auch sehen können, wenn ich die Augen geöffnet hätte, denn ich konnte, die linke Hand ausstrekkend, den Rand des Korbes fühlen, den Ingolf herangeschoben haben mußte, und mit Hilfe des schuhsohlengroßen Brettchens zwischen den Rädern hatte er ihn erniedrigt – so nannten wir das: erniedrige mal unsren Sohn. Wir haben über den Ausdruck gelacht, aber ganz wohl war mir nicht dabei; dieser Sohn ist schon ein Mensch, wenn auch sehr klein, dachte ich. Wir wollen, daß er wächst, daß er laufen, sprechen und denken lernt. Nie dürfen wir ihn erniedrigen.

Schließlich mußte ich doch die Augen öffnen und nach ihm sehen. Gut, er sah aus wie immer. Er wendete seinen schmalen Kopf hin und her, halbschlafend, nicht zufrieden, aber vielleicht doch nur auf der Suche nach seinem Daumen oder einer bestimmten Lage, bei der er sich vollkommen wohl fühlen könnte. Nein, ich hatte ihn mit meiner Milch nicht vergiftet.

Draußen vor dem Fenster stand Dr. W. und redete offensichtlich erregt auf Ingolf ein, aber er sah nicht besonders entsetzt aus, sondern eher so, wie wenn er behauptete, die Nazis würden bald abgewirtschaftet haben. Der Anfang vom Ende. Habe ich ihn das nicht sagen hören? Ingolf ließ ihn reden, schüttelte den Kopf und zuckte die Achseln. Vorsichtig setzte ich mich auf, sah eine frische Mullwindel über dem Korbrand hängen und polsterte damit meine schmerzende Brust. Es war mühsam. Das Messingpendel der Standuhr, jetzt unsichtbar, pochte immer noch an meine Schläfen. Ich sah meinen Schwiegervater vom Fenster verschwinden und am nächsten vorbeieilen, was nur bedeuten konnte, daß er fortging. Vormittags! Das tat er sonst nie. Jetzt klappte die Haustür, es öffnete sich die Zimmertür, und Ingolf kam herein. Er war blaß und ungekämmt.

Was ist los?
Ach nichts.
Glaube ich nicht. Es ist was los. Etwas Schlimmes.
Wie man's nimmt. Man weiß noch nichts Genaues, sagte er. Du sollst dich jetzt nicht damit –
Das klang nach Politik. Der Ton war unverkennbar.
Ist Hitler umgebracht worden?
Nein, im Gegenteil.
Was ist das Gegenteil von Umgebrachtwerden? Selber umbringen? Aua, mein Kopf.
Er lachte ein bißchen gequält. Du bist zwar krank, aber trotzdem ungewohnt scharfsinnig. Bitte, bleib liegen! Damit du nicht wieder umkippst. Also, sie haben den Röhm umgelegt, angeblich wegen einer geplanten Revolte, auch Schleicher und Gregor Strasser und viele andre. Die SS soll sie alle verhaftet und erschossen haben, ohne Gerichtsverhandlung oder dergleichen. Wir bekommen heute in einer Kanzler-Rede erklärt, was wir davon zu halten haben. Vielleicht ist es ja wirklich der Anfang vom Ende der Nazi-Herrschaft, wie mein Vater zu hoffen wagt.
Er setzte sich aufs Fußende des Bettes, wühlte in seinen Haaren und sah aus, als ob er den Anfang vom Ende andersherum verstünde. Ich entspannte mich und fühlte mich ein bißchen wohler; was interessierte mich Röhm, was bedeuteten mir Schleicher und Gregor Strasser. Solange sie sich nur gegenseitig umbrachten, diese Männer, die mir ohnehin unsympathisch waren ...
Die Hitler-Rede brauchte ich nicht zu hören. Was für ein Glück im Unglück war mir diese Krankheit. Sie brachte mir auch noch andres ein, den Besuch meiner Hebamme, die mir eine heilsame Paste auf die kranke Brust strich und Ingolf überzeugend ausredete, daß ich das Kind anstecken könnte. Im Gegenteil! Wenn ich, mir die Schmerzen verbeißend, es fleißig trinken ließe, würde es nichts von meiner Krankheit merken, und ich würde schneller gesund. Drei Tage kam sie jeden Morgen zum Helfen und um Dietrich zu baden.

Wie können wir Ihnen das vergelten? fragte Ingolf unsicher, weil er nicht wußte, ob er ihr Bezahlung anbieten müßte.
Überhaupt nicht, antwortete sie resolut. Sie bleiben ewig in meiner Schuld. Ertragen Sie das, junger Mann.
Kaum war ich aufgestanden, schwindlig und etwas weich in den Knien, da sehnte ich mich wieder ins Bett zurück. Wie gut war es dort gewesen. Wie wichtig war ich, als ich krank war, wie unverletzbar, weil ich geschont werden mußte, ich, die Mutter des Kindes, wichtiger als ein in München erschossner Politiker. Vielleicht wäre ich ins Bett zurückgeflohen, wenn nicht Dietrich gewesen wäre, den ich so gern in den Arm nahm und auswickelte und einwickelte und ihn niemandem gönnte, auch meiner Mutter nicht, obwohl oder weil sie so gut verstand, mit ihm umzugehen. Die würde ihn mir womöglich abspenstig machen! Sie konnte ihn ebensogut wickeln wie ich und ihn zum Lachen bringen und war ebenso vernarrt wie ich. Ein Glück, daß sie nicht imstande war, ihm die Brust zu geben.

Drei Tage später wurde Ingolf krank, und dies war wiederum eine neue Situation, die mich aufregte und vom ohnehin widerlichen, politischen Geschehen ablenkte. Ich war froh, ihn endlich einmal abgesondert und eingesperrt zu haben, kilometerweit von dieser Welt, die ihn so faszinierte, daß er andauernd von ihr sprach und von mir verlangte, mich dafür zu interessieren.
Mit all meinen Mitteln – Liebe, Zärtlichkeit, Schwangerschaft, Geburt – war mir nicht gelungen, ihn von dort zu lösen, auch nicht mit Hilfe des rosigen Bündels Mensch namens Dietrich, auch nicht mit meinem Fleiß und meiner Bereitschaft, uns drei zu pflegen und zu ernähren. Ich kochte Haferflockensuppe für meinen Kranken, tat heimlich einen Teelöffel Butter hinein, und als er die Suppe herausbrach, mußte er die nächste Portion essen, die er abermals herausbrach.
Vielleicht bin ich schwanger, sagte er kläglich, was meinst du? War es bei dir nicht genauso? Fände ich ziemlich komisch, wenn Mann

und Frau abwechselnd die Kinder bekämen. Ein neues Zeitalter.
Ich kochte die nächste Suppe, schlug sie durch ein Sieb und ließ den Teelöffel Butter weg; da fand er sie ekelhaft und ließ sie stehen. Am Nachmittag des zweiten Tages war er so schwach, daß er sich kaum aufrichten konnte, als Dr. B. ihn abhorchen und beklopfen wollte, unser Hausarzt, der Vater von Minka, der mich kannte, seit ich sieben Jahre alt war. Du mußt ihn jetzt vierundzwanzig Stunden hungern lassen, sagte er, besser noch achtundvierzig. Abgekochtes Wasser ist das einzige, was er zu sich nehmen darf.
Unmöglich! Er ist schon dünn genug.
Dr. B. lächelte: Ein junger, gesunder Mann verhungert nicht so schnell. Sei brav. Nächste Woche kannst du ihn wieder päppeln. Und du selbst, meine Liebe, könntest dann auch ein bißchen mehr essen! Der einzig Wohlgenährte in eurer Familie ist der Sohn, und du sollst von der Sorte ja noch mehr zur Welt bringen.
Nächste Woche. Da würde mein Geburtstag sein und der von Elisabeth. Fein. Wir würden nicht in die Südstraße zu gehen brauchen und nicht ins Archiv: durch Krankheit verhindert. Keine Kommentare über die Röhm-Affäre, keine Auslegung, vor der wir uns die Ohren verstopfen müßten, und nicht die Phrase, die Ingolf von meinem Vater zu hören befürchtete: Wo gehobelt wird, da fallen Späne.
Bist du sicher, daß er das sagt?
Es ist seine Ansicht.
Du unterschätzt ihn. Er ist gegen Mord, das weiß ich. Er wird schweigen wie immer, wenn er merkt, daß er nichts ändern kann.
Das ist es ja, rief Ingolf, was ich so zum Kotzen finde! Er richtete sich im Bett auf, und ich mußte ihn bitten, sich schnell wieder hinzulegen.
Gegen Mord zu sein, sagte er grämlich, sich in sein Kissen zurücklegend, das ist, weiß Gott, noch kein Verdienst. Aber mal den Mund aufmachen gegen diese Schweine, die da behaupten, der Zweck heiligt die Mittel oder – oder gar von Herrenmoral reden. Doch doch! Du brauchst gar nicht so entsetzt zu gucken. Der Nietzsche ist auch

schuld, und Förster-Lieschen macht mit. Flötet, was der Führer für ein wunderbarer Mensch sei. Nein, ich gehe nicht wieder ins Archiv und auch nicht in die Südstraße. Ein Glück, daß ich krank bin.
Du bleibst aber nicht krank, und außerdem bist du mit mir verheiratet. Und vor kurzem warst du noch von Lieschen begeistert. Sie ist ungewöhnlich, hast du gesagt, und man hätte sie studieren lassen sollen – o ja, ich weiß es noch genau.
Dann habe ich eben unrecht gehabt, brummte er. Sie ist eine Heuchlerin, sie macht alles für den großen Bruder, sie kriecht jedem – naja, du kannst schließlich nichts dafür. Tut mir leid für dich, aber deine Sippschaft ist für mich erledigt. Schlimm genug, daß wir den Mund halten müssen, einfach aus Selbsterhaltungstrieb. Wenn ich bloß nicht so wahnsinnig hungrig wäre!
Da bin ich nach Oberweimar gegangen, ins Dorf, wie wir sagten, immer noch mit etwas weichen Knien, habe für sechsunddreißig Pfennige sechs Eier gekauft und Rührei davon gemacht, goldgelb und duftend und duftig. Den Eimer zum Kotzen gleich bereitgestellt, aber den hat er nicht gebraucht. Am nächsten Sonntag waren wir beide so gesund, daß wir nur schlechten Gewissens uns vor der Familie drücken konnten – dennoch blieben wir an meinem Geburtstag im Bett. Was konnten sie tun? Uns bedauern. Nein, daß ihr immer noch krank seid.
Am Vormittag kam meine Mutter, brachte Blumen aus dem Garten und einen selbstgebacknen Napfkuchen: Könnt ihr den essen? Ihr Armen! Immerhin, ihr seht beide schon ein bißchen besser aus. Ich habe wegen morgen noch schrecklich viel zu tun, muß auch noch zum Friseur, meine Haare sind unmöglich. Es kommt wieder eine Menge Besuch von auswärts, komisch eigentlich, die Leute scheinen zu meinen, der achtundachtzigste Geburtstag sei etwas Besondres.
Ist er auch, behauptete Ingolf. Acht ist das Zeichen für die Ewigkeit, und nun gleich zweimal die acht!
Nein, so was, sagte meine Mutter, wie klug du immer bist. Himmel, ich muß fort, damit ich die Straßenbahn nicht verpasse! Gute Besse-

rung, rief sie und lief zur Belvederer Allee, wo sie, wenn sie die Bahn nicht verpaßte, etwa sieben Minuten mit ihr fahren konnte, um dann noch eine halbe Stunden zu laufen, bis sie zu Hause war. Sie kann nicht rechnen, sagte Ingolf, sie gibt fünfunddreißig Pfennige aus, um zehn Minuten länger unterwegs zu sein. Sie hätte einen Bankdirektor heiraten müssen, der einen Wagen mit Chauffeur hat, schade eigentlich, ich hätte ihr das gegönnt.
Mein Schwiegervater, auf dem Rückweg vom Briefkasten hereinschauend, wunderte sich: Was ist? Habt ihr einen Rückfall? Zwei Rückfälle? Stellt euch vor, der Brief aus Berlin ist nun schon seit drei Tagen überfällig. Und die Brötchen sind schon wieder steinhart! Man müßte es dem Bäcker doch mal sagen.
Am Nachmittag kam meine kleine Schwester, kürzlich elf geworden, noch immer Schnucki genannt. Sie wütete gegen den Kosenamen und wurde ihn nicht los. Sie hatte im Archivgarten Erdbeeren gepflückt, eine ganze Schüssel voll: Schade, daß ihr sie nicht essen könnt!
Nicht essen – warum?
Ihr seid doch krank.
Ich muß morgen ein Gedicht aufsagen, verkündete sie, es heißt: An die Freundschaft. Soll ich mal? Ich finde es doof. Es reimt sich an keiner Stelle, und ich finde, ein richtiges Gedicht muß sich reimen. Aber der Friedrich Nietzsche, hat Vati gesagt, war eben ein Philosoph, und bei so einem reimt sich nicht immer alles. Wir haben beide zusammen tüchtig gepaukt, damit ich nicht stecken bleibe, und ich ziehe mein neues Kleid an, das mit der himmelblauen Schärpe ...
Später schrillte eine Fahrradklingel. Tiedemann stand am Gartentor und schrie, wir könnten uns nicht vorstellen, wie wenig Zeit er habe. Herein herein! riefen wir. Alle Türen sind offen.
Er kam, stellte mir einen Geburtstagskorb ans Bett und sah sich um. Verblüfft. Jotte doch, nee. Det sieht ja aus –
Wie bei armen Leuten, ergänzte Ingolf. Das wars doch, was Sie meinten!
Naja, nee. Det haben Sie jesagt. Aber irgendwie komisch isses

schon. Menschenskinder, und dann seid ihr auch noch krank.
Er entdeckte Dietrich, der nackt in seinem Korb am offnen Fenster lag und strampelte. Dududu, sagte er, du Klener! Also zum Anbeißen. Und schon alles dran!
Dann fuhr er zusammen: Donnerwetter, ich muß ja wech, also schöne Gesundheit noch und auf Wiedersehen, und wenn ich bis morgen abend nich tot umgefallen bin, habt ihr alle miteinander Glück gehabt.
Schon war er fort, ich hörte das Gartentor klappen und stellte mir vor, wie er mit dem Fahrrad den Wiesenweg hinüber zur Schaukelbrücke sauste, an den Sportplätzen vorbei, um in die Allee einzubiegen, kräftig zutretend, mit angespannter und ein bißchen sorgenvoller Miene, weil doch bis morgen abend noch so viel schiefgehen könnte. Und schuld an allem, wird er gedacht haben, bin doch immer ich.
Mir zu Füßen stand der Korb mit Elisabeths Geschenken, zusammengestellt von Herrn König, ich sah es sofort. Herr König hatte ein Feinkostgeschäft am Markt, er kannte uns alle und wußte, was wir mochten. Er war groß und dunkelhaarig und sehr gepflegt und von einer leicht nervösen Liebenswürdigkeit. Obwohl von hier, sprach er nicht thüringisch, trug eine Hornbrille und hätte einstmals lieber studiert, anstatt das Geschäft zu erben. Er verehrte Nietzsche wegen der Umwertung aller Werte, und Elisabeth, weil sie so großzügig bei ihm einkaufen ließ.
Mein Schwiegervater schenkte mir am Abend einen Elektrokocher, ein kleines, häßliches Ding mit drei Beinen und einem schwarzen Stahlrand, wollte auf keinen Fall dafür gelobt werden und war auf diese drollige Weise verlegen, die etwas mit der Haltung seiner Schultern zu tun hatte. Einer jungen Frau schenkt man ganz andre Sachen, sagte er betrübt, doch doch, ich weiß es genau! Einen Florentinerhut und einen Rosenstrauß und weiße, durchbrochne Handschuhe, solche, die bis an den Ellenbogen reichen.
Die schenkst du ihr später, wenn du den Kostümfundus verkauft hast, sagte Ingolf vergnügt. Das sind doch ungeheure Werte.

So? Meinst du? Ach, du Ungeheuer, du willst dich nur über mich lustig machen.

Anfang August starb Hindenburg. Ich habe ein bißchen geweint, heimlich, weil ich mich meiner Sentimentalität schämte und mir nicht wirklich etwas aus ihm gemacht hatte; er war aber eine Gestalt, groß und ernst und anscheinend zuverlässig, und weil man mir frühzeitig beigebracht hatte, ihn ehrwürdig zu finden, habe ich zu wenig über ihn nachgedacht, um mich dagegen zu wehren. Ein Großvater. Streng und pflichtbewußt. In so einem, habe ich gemeint, ist aber immer eine Menge Herzensgüte versteckt, die von Mitmenschen nur selten wahrgenommen wird, weil ihm schwer fällt, sie zu zeigen. Gütig sein, das mußte ein alter General unpädagogisch finden, weil er, wie mein Vater, preußische Erziehungsprinzipien gehabt hat und die Uniform ihm am Leib festgewachsen war. Die Uniform, in der er nun begraben wurde.
Du scheinst es für Schicksal zu halten, sagte Ingolf, wenn einer Offizier wird und Generalfeldmarschall und Tausende von Gefangnen macht und die Russen in die masurischen Sümpfe jagt. Dabei sagst du immer, du bist gegen den Krieg.
Bin ich auch. Aber vielleicht hat er später bereut und durfte das niemals sagen. Was denkt einer, der am Tod so vieler Menschen schuld ist, wenn er selber stirbt?
Närrchen. Er denkt nicht an Schuld. Ein Soldat denkt grundsätzlich nicht! Er hat seinem Vaterland gedient, und daran mißt er sich und andre. Mein Gott, das weißt du doch.
Ich habe es mal gewußt. Aber ich bin nicht mehr sicher. Du und ich und unsre paar Freunde können doch nicht die einzigen denkenden Menschen sein. Wir sitzen hier im Pißputt und maßen uns an, immer alles besser zu wissen.
Wir, sagte ich, um ihn nicht zu kränken, aber er verstand mich schon, und er fühlte sich angegriffen, das sah ich an der Art, wie er eine Zigarette nahm, sie anzündete und mich nicht ansah.
Also gut, ich weiß nicht alles. Zugegeben. Aber daß der Hitler auf

des Alten Tod gewartet hat, weiß ich genau. Er wird jetzt das Ganze an sich reißen – dein Vater hat es auch schon gesagt, bloß mit andren Worten. Ein seltner Fall von Übereinstimmung. Nur, daß er es gut findet und ich beschissen.

Bei der Volksbefragung wunderten wir uns, daß nur 16% Neinstimmen gezählt wurden, obwohl wir von vielen Leuten zu wissen glaubten, daß sie den Führer nicht mochten, jedenfalls nicht vorbehaltlos. Wo waren sie geblieben? Überhaupt schien mir unsre Stadt mittlerweile von Leuten bevölkert zu sein, die ich früher nicht wahrgenommen hatte –, möglich aber auch, daß sich die sonst so freundlichen, thüringischen Spießbürger durch die neuen Uniformen, den neuen Haarschnitt und die stramme Haltung bis zur Unkenntlichkeit verändert hatten. Auch mein Vater war mir in der braunen Amtswalteruniform mit der häßlichen Mütze fremd und nicht sympathisch, und ich war froh, wenn ich ihn im Garten antraf, in Lederhose und Leinenhemd, wenn er seine Blumenbeete, auf denen alles wuchern durfte, mit selbstgemischtem Dünger begoß. Das Zeug roch entsetzlich. Meine Mutter protestierte vergeblich.

Alle miteinander und jeder für sich, steckten wir die Köpfe in den Sand. Der Major hatte das schon seit Jahrzehnten geübt, zuerst bei Preußens, dann bei Elisabeth, und nun übte er es bei seiner Partei. Seine Pflichten nahm er ernst – er hatte doch so viele. Ob er abends im Bett bei der letzten Zigarre oder morgens bei der ersten manchmal etwas Unpassendes dachte, unpassend zu dem, was er tat und sagte, weiß ich nicht.

Meine Mutter lebte mit Musik und Literatur, und sie versteckte sich dort, glaube ich, nicht bewußt. Nebenbei vertraute sie den Männern und meinte, die verstünden von Politik eben doch mehr als wir Frauen, und ich habe mich gewundert, wo sie das Vertrauen hernahm. Sie las zahllose historische Romane, aus denen sie sich ein buntes Bild unsrer Vergangenheit zusammenbastelte, sie liebte Schubert, Brahms und Hugo Wolf, deren Lieder sie sang, und mit Hilfe einer schöngeistigen Freundin hatte sie Rilkes Gedichte für sich entdeckt.

Mein Schwiegervater floh ebenfalls in die Literatur, wenn auch vorwiegend in die des neunzehnten Jahrhunderts. Er schrieb gute Essays und ausgezeichnete Kritiken, die er selbst für mittelmäßige und notwendige Brotarbeit hielt, und seine Novellen und Gedichte, derentwegen er als Schriftsteller angesehen werden wollte, waren so altmodisch, daß wir sie einander als Kabarettnummern vorlasen, um uns zu erheitern. Freilich nur, wenn er nicht zu Hause war. Nicht auszudenken, wie wir uns geschämt hätten, wenn er herübergekommen wäre, um zu fragen, was denn hier so furchtbar komisch sei ...
In welchen Sand ich meinen Kopf gesteckt habe, nun, das war klar. Ich wußte es und tat es dennoch. Mann und Kind waren wichtiger, nicht nur als die alten Ägypter, sondern auch als die neue Zeit. Sollte ich etwa meine beiden liebsten Menschen im Stich lassen, um mich mit einigen Todeskandidaten gegen das Ekel Hitler zu verschwören? Außerdem hegte ich die vage, wenn auch wahrscheinlich unsinnige Hoffnung, selbst Nazi-Politiker kämen vielleicht eines Tages durch Erfahrung zur Vernunft. Für Machtgelüste hatte ich so wenig Verständnis, daß ich sie für irreal gehalten habe. Oder jedenfalls für überwindbar.

Während zum, ich weiß nicht wievielten Male, ›Baby, won't you please come home‹ erklang, schlief ich ein. Dabei war das eine meiner Lieblingsplatten; ich hörte so gern ihren gemächlichen Rhythmus, das Kornett des Bix Beiderbecke, die Saxophon-Arabesken Frankie Trumbauers und seinen kunstlosen Gesang. Aber ich war einfach müde. Es muß nach Mitternacht gewesen sein. Sie waren schon am Nachmittag gekommen, sie, unsre Jenaer Freunde, zu fünft im Wagen des Dicken mit vielen Flaschen, Schallplatten und einem Freßkorb von Förster-Nietzsche-Qualität, um, wie Peter sagte, ein Hüttenfest bei uns zu feiern, ärmlich und reinlich.
Nein, wie zauberhaft ist es bei euch, so etwas habe ich mir schon immer gewünscht. Ich beneide euch! Ich gäb' was drum, wenn ich –

Also her mit deinen Penunzen, sagte Ingolf. Wir können dich im Handumdrehen ruinieren, wenn du so scharf auf Armut bist.
Norma sah sich lächelnd um. Wo ist euer Kind?
Es schlief hinter dem Wandschirm, wo wir sonst die Badewanne versteckten, vor uns selbst und vor unsrem Besuch. Die Wanne hatten wir für heute im Garten bei den Stachelbeerbüschen untergebracht.
Norma betrachtete Dietrich aufmerksam. Dann nahm sie den vier jungen Männern die Zigaretten fort, drückte sie aus, ließ gelassen eine Menge verärgerter Bonmots über sich ergehen und sagte: Seid doch nicht albern. Der Barockengel dahinten verträgt keinen Rauch. Seine Gesundheit ist wichtiger als eure Angeberei. Kapiert?
Das Mädchen namens Hexe, dessen bürgerlichen Namen ich inzwischen kennengelernt hatte, war mitgekommen und mir jetzt sympathischer als damals. Sie hieß alltags Annelise Schmid (Lise ohne e und Schmid mit d), war Fotolaborantin mit künstlerischen Ambitionen und wünschte sich neuerdings, in Weimar auf die Kunstschule zu gehen. Wie fändest du das? fragte sie mich.
Nicht schlecht, sagte ich. Du könntest uns dann immer besuchen.
Da ist mir diese dünne, ziemlich angemalte, aber sonst wirklich nette Person um den Hals gefallen und hat mich abgeknutscht.
Ingolf, Hilfe!
Punkt fünf Minuten vor zehn begann Dietrich zu quaken, und seine Töne, mir nun seit Monaten vertraut, lieb und unentbehrlich, wurden von unsren Freunden zunächst störend gefunden, dann wahnsinnig komisch und schließlich gradezu aufreizend. Das kleine Biest! Warum schläft es nicht?
Geh und stopf ihm das Maul, sagte Ingolf, der wohl nicht wußte, wie weh er mir damit tat.
Ein Mensch von fünf Monaten ist schließlich noch nichts andres als ein Frosch, sagte Peter, der auf unsrem Tisch für alles saß, zierlich, hornbebrillt, zwischen Schallplatten und dem Koffergrammophon, das er bediente. Er vergaß niemals, im rechten Augenblick die Nadel

zu wechseln, denn er wußte, wie wichtig das war für den ›sound‹. Was die Froschtöne anbelangte, so interessierten ihn die aus den Instrumenten weit mehr als die aus der menschlichen Kehle ...

Ich habe mich hinter den Wandschirm gesetzt und habe ein paar Tränen laufen lassen, während Dietrich saugte und schluckte, nicht allzu viele Tränen. Seine schmatzende Zufriedenheit, seine Ahnungslosigkeit, das Geschnorchel seiner winzigen Nase, sein säuerlicher Geruch, der mir so angenehm war, haben mich getröstet. Was wissen denn die. Norma ist möglicherweise die einzige, die das versteht. Laß sie reden, alle miteinander, kein Mann auf der Welt hat je ein Kind bekommen.

Auf einmal stand die Hexe vor mir, Annelise Schmid, neugierig, ohne Zigarette im Mundwinkel. Sie strich ihr glattes Haar hinter die Ohren, beugte sich herunter und fragte: Kann ich was für dich tun? Wir sollten den kleinen Frosch an einen Ort schaffen, wo er nicht gestört wird.

Ich schüttelte den Kopf: Den Ort haben wir nicht.

Das kann doch nicht sein, tuschelte sie. Vielleicht in den Garten?

Geht nicht. Es regnet.

Was ist mit der Tür rechts neben dem Klo?

Da wohnt mein Schwiegervater.

O-kay, sagte die Hexe, dann bringen wir ihn zu dem. Raucht der?

Nein. Er schreibt Novellen und Gedichte.

Na fabelhaft, kicherte sie, ich glaube, das schadet einem Baby nicht im geringsten.

Also haben wir Dietrich bei seinem Großvater untergebracht, der am Schreibtisch saß und über das Ansinnen bis zur Sprachlosigkeit verwundert war, sehr angenehm, dieser Zustand, denn er verschaffte uns die Möglichkeit, ihm alles zu erklären.

Ja aber, flüsterte er, die Hexe verzückt betrachtend.

Nix aber, sagte sie, sehr verehrter Herr, Sie müssen Ihren Enkel vor einer Meute beschützen! Diese Kerle rauchen und trinken und spielen Jazzplatten und brüllen, weil sie den Jazz überschreien wollen. Das ist für ein Baby einfach ungesund.

Gnädiges Fräulein, sagte er begeistert, abgesehen davon, daß Sie natürlich recht haben, tue ich alles, was Sie wollen! Bitte besuchen Sie mich bald wieder, gnädiges Fräulein!
Ich spürte, daß ich bei dieser Szene eine ganz untergeordnete Rolle spielte, aber das war gleichgültig. Dietrichs Nachtruhe war gesichert, und, soeben gesättigt, würde er seinen Großvater nicht beim Dichten stören. Ich warf einen letzten Blick auf meinen Liebling, und seine Daumenlutscherpose garantierte mir, daß alles gutgehen würde, drum habe ich im engen Korridor die Hexe umhalst und ihr einen Kuß gegeben. Du bist meine Freundin, sagte ich.
Daß ich später, etwa nach Mitternacht eingeschlafen bin, war bestimmt völlig normal. Zwischen den Klängen von Trumbauers Saxophon und den Stimmen der Freunde hörte ich Norma sagen: Laß sie doch. Ich wette, sie ist heute früh um sechs aufgestanden, also ist sie seit achtzehn Stunden auf den Beinen. Wer von euch Unholden kann das von sich behaupten?
An dieser Stelle entschlummerte ich beruhigt, weil ich mich verstanden und verteidigt fühlte. Und dann ein böser Traum – oder?
Das blonde Kind dort, sagte jemand, mag ja ganz lieb sein. Wirklich, ich will dich nicht kränken. Auch sie nicht. Aber was jetzt wichtig ist für dich . . .
Du darfst auch deine jüdische Urgroßmutter nicht vergessen! Es gibt Leute, die schon drauf warten, dich mit ihr hereinzulegen. Und wenn –
Wer da sprach, wußte ich nicht genau. In meinem Halbtraum, meinem Dreiviertelstraum hörte ich leise Musik, es kann etwas von Duke Ellington gewesen sein, und ein Rollkragen und eine Hornbrille schwebten vorbei, dann Amenophis, der seine Königshaube trug und statt des stilisierten Bartes eine quergestreifte Krawatte.
Und wenn du denkst, du könntest nach sieben Semestern mit einem Anhang von Weib und Kind auch nur die geringste Karriere machen –
Ich schlief, ich träumte wohl nur, daß eine wohlbekannte Stimme antwortete: Ich kann sie doch nicht im Stich lassen.

Du läßt sie nicht im Stich. Du gehst weg, für kurze Zeit, drei Semester oder vier – dann kommst du wieder – sei doch kein Idiot – du hast ihr ein Kind gemacht, mehr kannst du jetzt sowieso nicht – Nein, es war nicht Duke Ellington, sondern Spike Hughes, der »Sweet Sorrow Blues«, mit dem schon Herbert versucht hatte, mich für den Jazz zu gewinnen. Irgendwann später verspürte ich den Hauch von einem Kuß auf meiner einen Wange und einen zweiten, etwas nasseren auf der andren. Sollen wir sie ins Bett bringen? Das war Normas Stimme.
Ach wo, sagte Ingolf. Mache ich schon.

Du mußt das nicht so tragisch nehmen, sagte er.
Ich nehme es nicht tragisch! Ich finde es unmöglich.
Eben.
Du hast dich von Peter beschwatzen lassen, weil – weil –
Na, dann sag mir doch mal ganz schlicht, was du dir gedacht hast, wie es mit uns weitergehen soll.
Warum ich? Hast du dir denn nichts gedacht?
Jawohl. Zum Beispiel dies: Ich gehe zum Wintersemester mit Peter ans Herder-Institut nach Riga. Dort ist mein Professor aus Greifswald, der mir das Thema für meine Doktorarbeit gegeben hat, und außerdem ist es dort uninteressant, was für Großmütter ich habe. In drei bis vier Semestern kann ich das Rigorosum machen, dann komme ich zurück und bekomme eine Stellung, und wir fangen zu dritt ein neues Leben an. Wenn wir richtiges Glück haben, sind wir bis dahin die Nazis los, und das bedeutet –
Daß ich zwei Jahre lang mit Dietrich bei meinen Eltern leben muß.
O ja, ich wußte, das war eine subjektive und gradezu kindische Antwort. Ich schämte mich auf der Stelle und fing an zu weinen und schämte mich, daß ich weinte, und machte mit dem Taschentuch aus meinem Gesicht ein geschecktes, unschönes Gebilde. Erst viel später habe ich gelernt, dekorativ zu weinen, es ist nicht leicht. Man muß sich in der Hand haben und, ehrlich leidend, dennoch imstande

sein, die Gesichtszüge nicht vom Schmerz entstellen zu lassen, aber damals, im Jahre 1934 beherrschte ich diese Kunst noch nicht. Ich heulte, kriegte einen roten Kopf und verschwollne Augen, und was ich einzuwenden hatte, war falsch oder mindestens nicht klug.
Schau mal, sagte er, wenn etwas aus mir wird, können wir ein angenehmes Leben führen. Siehst du das ein?
Ich weiß nicht. Nein.
Er zuckte die Achseln. Ich will aber etwas aus mir machen, und zwar weit weg von den Nazis in einer für mich erfreulichen Atmosphäre.
Damit willst du sagen, daß du dich hier nicht wohl fühlst.
Du forderst mich heraus. Also: nein. Ich fühle mich hier nicht wohl.
Ist das meine Schuld?
Ach, du Quatschköpfchen! Natürlich nicht. Komm mal in meine Arme. Sei doch bitte so freundlich, nicht immer alles persönlich zu nehmen ...
So und ähnlich haben wir stundenlang geredet, und das Endergebnis war immer wie der Anfang: Er wollte weg, und ich wollte, daß er hier blieb. Es war September, ein herrlicher Spätsommer; wir verzankten uns und versöhnten uns, und das taten wir alle Tage und Nächte. Schließlich sagte er: Ich mache dir einen Vorschlag, und zwar ganz ernsthaft – du kommst mit. Eine billige Bude, in der wir zusammen wohnen können, finden wir schon. Was sagst du? Nein, daß ich darauf nicht eher gekommen bin! Du stillst Dietrich so schnell wie möglich ab und läßt ihn bei deiner Mutter.
Zunächst blieb mir das Herz fast stehen, vor Freude, ihn nach Riga zu begleiten, und dann blieb es vor Schreck fast stehen, bei dem Gedanken, Dietrich hier zu lassen. Unmöglich! Dann sterbe ich vor Sehnsucht nach ihm, und er stirbt auch, oder mindestens wird er krank, und ich muß mir ewig Vorwürfe machen.
Im Grabe, sagte Ingolf. Denn du bist ja dann schon gestorben.
Da weinte ich, wie üblich, ganz undekorativ, und vergeblich suchte ich unter dem Kopfkissen nach einem Taschentuch. Ingolf stand

auf, wühlte in einer Schublade und reichte mir eine Mullwindel, dann legte er sich zu mir und sagte, daß ich zwar eine blöde, kleine Milchkuh sei, aber trotzdem sehr lieb. Er habe sich schon gedacht, daß ich nicht mitmachen würde. Nun heul mal ein bißchen, und dann versöhnen wir uns wieder. Mein Gott, unser Leben fängt doch erst an. Du tust immer, als wären wir in anderthalb Jahren, wenn ich zurückkomme, schon uralte Leute.

Ja, das befürchte ich auch. Ich fange grade an, mit dir zu leben, und jetzt soll ich schon wieder aufhören. Und daß ich mich von Dietrich nicht trennen kann, ohne zu sterben, das paßt dir nämlich sehr gut.

An dieser heiklen Stelle begann mein ungeheuer kluger Sohn zu quaken. Es war kurz vor zehn, und ich werde ihm nie vergessen, daß er, wie immer, so pünktlich war. Ich stand auf, wickelte ihn aus und ein und nahm ihn an die Brust. Sieh mal, ist er nicht goldig?

Natürlich. Offenbar ist es sein Lebenszweck, goldig zu sein.

Quatsch, sagte ich. Und dann haben wir beide gelacht.

An diesem Abend im September habe ich begriffen, daß es so kommen mußte, habe aufgehört, zu heulen und zu rebellieren, stattdessen Hemden gewaschen und gebügelt, Socken gestopft und Anzüge zur Reinigung gebracht. Du brauchst noch einen zweiten Koffer!

Wozu?

Frag nicht so dumm. Für lange Hosen, Pullover und so. In Lettland ist es im Winter sehr kalt, das habe ich im Lexikon gelesen.

Meine Frau ist nicht nur ein Engel, sagte Ingolf zu seinem Vater, sondern auch eine Hellseherin. Sie weiß, daß ich es im Winter kalt haben werde.

Als er abreiste: Wehe, wenn du heulst!

Ich heulte erst hinterher.

Das einzig Gute an der Trennung, hat er gemeint, sei schließlich, daß wir nicht gleich ein zweites Kind machen könnten.

Ach, er hatte keine Ahnung. Das zweite Kind – wir hatten es schon gemacht. Aber ich hielt den Mund. Warum sollte ich ihm das sagen? Es hätte nichts geändert, nicht das geringste.

Briefe zu schreiben, wenn man keine andre Wahl hat, ist eine tröstliche Beschäftigung. Nach jedem Plumps in den Kasten, dem Blick auf die Uhrzeit wollte ich in Gedanken mitreisen und in Wirklichkeit hierbleiben. Mach deine Sache gut, du Stück Papier von mir! Ein lettischer Briefträger wird dich austragen, ein fremder Mensch, dessen Sprache ich noch nie gehört habe, wird den Brief aus Weimar, geschrieben im Herbst 1934, in seine wahrscheinlich häßliche, schwarze Ledertasche stecken, sich aufs Fahrrad setzen und über die Düna fahren. Hoffentlich passiert nichts auf der Brücke, wo morgens starker Verkehr sein soll. Laß dir nichts anhaben, du Stück Papier von mir! Ingolf wohnt drüben. Die Düna, hat er geschrieben, sei viel größer als er und ich gedacht haben; wenn sie über die Ufer träte oder vereiste, geriete die Stadt in Gefahr. Er könne übrigens schon zehn Worte lettisch, die spräche er vollendet. Und hätte entsetzliche Sehnsucht nach mir.
Na, Gott sei Dank. Schnell antworten, damit sie wach bleibt, die liebe Sehnsucht. Aber vielleicht doch besser noch nichts davon, daß ich beim Arzt gewesen bin und der gesagt hat, am 20. Mai 1935 wäre es wohl so weit. Kommen Sie alle vier bis sechs Wochen, sagte er, Sie stehen ja in meiner Kartei und brauchen nicht lange zu warten. Sie stillen noch? Sieben Monate schon? Dann hören Sie mal auf, und zwar so schnell wie möglich. Meine Sprechstundenhilfe gibt Ihnen eine Tabelle zum Abstillen und Rezepte für die Flaschennahrung. Auf Wiedersehen, und kommen Sie nicht zu kurz vor Weihnachten.
Der war schneller mit mir fertig, als ich mit mir selbst: Ende November, immerhin, noch habe ich Zeit. Daß Ingolf zu Weihnachten nicht kommt, weil er kein Geld hat, weiß ich schon und habe bereits darüber geheult. Muß mir etwas Gescheites ausdenken, wie ich ihm gestehe, daß wir in einem halben Jahr ein zweites Kind haben werden. Erst mal in die Südstraße, Dietrich nicht mitnehmen, vielleicht fragen sie dann – ist etwas los? Er ist doch nicht krank?
Schließlich sind mir nur zwei dürre Sätze eingefallen: Ich bekomme wieder ein Kind. Bin im dritten Monat.

Als das heraus war, wurde mir übel, ich sprang auf und kam erst wieder, nachdem ich meine vorige Mahlzeit erbrochen hatte, Pellkartoffeln mit Petersiliensoße. Meine Mutter gab mir eine Tasse Tee, sie lächelte und hatte, wie sie sagte, mir's schon angesehen, als sie mir vorhin die Haustür öffnete. Sie freute sich schon jetzt, daß ich ihr im Mai (wie flink sie war mit dem Ausrechnen!) den süßen Dietrich für eine Zeit überlassen müßte, ob ich wollte oder nicht. Mein Vater sog etwas zu heftig an seiner Meerschaumpfeife und sagte: Das ist mal wieder ein Rechenexempel, sonst aber ganz in Ordnung. Wir werden auch dieses Kind schon schaukeln. Du ziehst natürlich am besten ins ehemalige Kinderzimmer im ersten Stock – wegen der beiden Südfenster.
Nein, bitte nicht.
Erstaunen, Stirnrunzeln. Du willst doch nicht etwa da draußen bleiben? Im Winter? Bist du nicht gescheit?
Nein, bitte, ich brauche meine Ruhe, schon wegen der Kotzerei. Gleich nach dem Frühstück gehts los. Außerdem bin ich jetzt dort zu Hause. Wenn ich wieder bei euch wohnte, käme ich mir vor wie – wie eine Verlassne. Bei diesen Worten war es schon wieder so weit – ich lief hinaus und warf die Tür zu. Das altvertraute Klosett neben meinem früheren Zimmer nahm den Tee in sich auf, und als ich drei Minuten später mit einigen Tränen der Anstrengung in den Augenwinkeln auf meinen Stuhl sackte, fragte ich matt: Wollt ihr das wirklich jedesmal miterleben?
Beinahe einstimmig erklärten meine Eltern, sie hielten das für ihre Pflicht. Komm du nur! Du kannst auch hier unten wohnen, wenn dir das lieber ist, aber das Zimmer ist fußkalt, du weißt ja.
Ich versprach, das zu beschlafen, hoffend, daß irgendwer oder -was mir zu Hilfe käme oder mir wenigstens eine einleuchtende Ausrede einfiele. Auf dem Heimweg durch den Park fühlte ich mich in meiner soeben verteidigten Einsamkeit melancholisch wohl; Blätter raschelten unter meinen Füßen, und ich versuchte, mir ein Rilke-Gedicht aufzusagen, dessen Anfang ich zwar schön, aber zu pathetisch fand:

»Herr, es ist Zeit, der Sommer war sehr groß,
leg deine Schatten auf die Sonnenuhren
und auf die Fluren laß die Winde los.«

Ich wußte, was mir an den drei Zeilen nicht gefiel und was ihren Reiz ausmachte. Da sprach einer mit einem Gott, an den er vermutlich nicht glaubte, einem aufmerksamen Gott, der zuhörte, wenn seine Christen beteten und sich von diesem Dichter strikte Anweisungen geben ließ. Er bekam sie auch in der nächsten Strophe. Aber die Sprachmelodie der ersten drei Zeilen fand ich unwiderstehlich, ihren Rhythmus und vor allem die Idee, den Reim auf ›Sonnenuhren‹ in der Mitte der dritten Zeile anzubringen; das summte wie Musik in meinem Kopf, ich hätte danach tanzen können. Dennoch war erst die übernächste Strophe ganz nach meinem Sinn:

»Wer jetzt kein Haus hat, baut sich keines mehr.
Wer jetzt allein ist, wird es lange bleiben,
wird wachen, lesen, lange Briefe schreiben
und wird in den Alleen hin und her
unruhig wandern, wenn die Blätter treiben.«

An jenem Abend schrieb ich den Brief nach Riga mit der notwendigen Mitteilung. Ich habe glaubhaft versichert, daß ich das zweite Kind in der Abgeschiedenheit unsres Eintopfzimmers ausbrüten würde, und habe danach ganz ausgezeichnet geschlafen.
Die Wirtschaft mit den Milchflaschen war mir zunächst widerlich. Ich weinte über die Absurdität, Dietrich den Gummisauger in den Mund stopfen zu müssen, den er wieder und wieder hinausbeförderte, bis er merkte, was es damit auf sich hatte, und ich hätte etwas darum gegeben, wenn er mit mir am Frühstückstisch den Porridge hätte essen können. Gut, daß meine Tränen tropfen und trocknen konnten, ohne daß jemand sie sah, daß Dietrich die Flasche schließlich akzeptierte und sogar lernte, die Händchen an sie zu legen, als wäre sie ein Stück von mir. Es schneite. Die vielen Flocken, schräg und in ihrer Zahllosigkeit an meinen Fenstern vorbeitrudelnd, zo-

gen einen riesigen Vorhang zwischen mir und der Welt, von der ich ohnehin nichts wissen wollte. Ich hauste hier, um Dietrich und mich und mein noch unbekanntes Ungebornes am Leben zu erhalten, ein halbes Jahr und nochmal eins, weiter wußte ich vorläufig nichts. Wir durften wenig Geld verbrauchen, hundertfünfzig Reichsmark allmonatlich von meinem Vater, das Badegeld von Elisabeth und im übrigen eine Menge Geduld von mir. Aufs Kotzen verstand ich mich mittlerweile so gut, daß ich gemächlich vom Stuhl oder der Couch aufstehen konnte, wenn ich merkte, daß ich nicht drum herumkam. Der Weg zum Klosett über den winzigen Flur war nicht weit, einziges Hemmnis die zwei Türen, die geöffnet und geschlossen werden mußten, mit fliegenden Händen und dem Würgen in der Kehle; dazu mein komischer Ehrgeiz, vor meinem Schwiegervater zu verbergen, was ich da tat, zwanghaft, fünf- bis sechsmal am Tag.

Momentmal, sagte ich, wenn er bei mir saß und seinen Tee zu trinken vergaß – und ich meinte, mich selbst besiegt zu haben, wenn ich erschöpft, aber ruhig ins Zimmer zurückkam, und er im begonnenen Satz weitersprechen konnte. War die Hexe dabei, legte ich schnell den Finger auf den Mund, damit sie mich nicht verriete. Warum übst du dich im Heldentum? erkundigte sie sich später.

Ich weiß nicht. Nur so.

Die Hexe Annelise ging nun tatsächlich auf die Kunstschule, lernte zeichnen und künstlerisch fotografieren, und sie erzählte von ihren Professoren, kichernd und kopfschüttelnd, so daß ihre weichen, glatten Haare ihr wie eine Gardine das Gesicht überzogen. Der Fotograf, dessen thüringischen Dialekt sie zu unser beider Vergnügen nachahmte, war ein Liebhaber kirchlicher Kunst und alter Schlösser, und er hatte sich eines Tages außer den kostbaren Negativen auch eine lebende Schloßfrau mitgebracht, worüber Lehrer und Schüler sich die Mäuler zerrissen. Was steckt wirklich dahinter, fragte ich, lieben sie sich?

Keine Ahnung, sagte Hexe achselzuckend. Ich bin nicht dabei.

Und der andre? Der Zeichner? Ich sehe ihn manchmal auf der Belvederer Allee, er ist groß und ein bißchen schlampig und hat runde, irgendwie schnuppernde Nasenlöcher, und seine Augen sind immer auf der Suche. Wie ist er?
Er säuft, sagte Annelise. Aber er ist fabelhaft. Er kann mit ein paar Federstrichen einen Menschen zum Tier machen oder ein Tier zum Menschen. Wenn ich nach Hause gehe, die Amalienstraße hinauf, dann sehe ich alle Leute als Pinguine oder Nashörner oder Lamas oder Marabus, und die Bäume über der Friedhofsmauer haben Gesichter und winken mir zu. Manchmal drohen sie mir – dann renne ich und fürchte mich. Aber dich möchte ich nicht als Ziege oder Wildgans malen, sondern ein Madonnenbild aus dir machen, mit Pastellkreiden. Nach Weihnachten, wenn ich einen neuen Farbkasten habe und du noch ein bißchen schöner geworden bist.
Schöner – ich? Hör mal, ich werde jetzt wieder dick und unförmig, und wenn ich Pech habe, bekomme ich auch solche roten Flecken im Gesicht wie das vorige Mal. Ich erinnre mich noch zu gut! Habe nicht mehr in den Spiegel sehen mögen.
Das meine ich nicht, antwortete sie. Du kannst so dick werden, wie du willst, nur zum Friseur gehen darfst du nicht. Die Flecken um die Nase kann ich weglassen, aber den verinnerlichten Blick mußt du bekommen, und die Haare müssen dir bis auf die Schultern hängen. Hach, wird das ein Bild! Deine Eltern werden es mir abkaufen, und das Geld schenke ich dann deinem neuen Kind.
Sie brauchte nicht zu fürchten, daß ich zum Friseur ginge, dazu reichte es nach wie vor nicht. Umstandskleid und Mantel vom vorigen Winter paßten mir noch, nur die Schuhe hatte ich auf den Parkwegen kaputt gelaufen, und ich fragte meinen Oberweimarer Schuster, ob sie noch zu retten seien. Er sagte: Da hilft nur beten (er sagte: bäd'n).
Ich lachte.
Ich hawe gänen Witz gemacht, junge Frau, sagte er ernst. Mir wärn noch viel bäd'n müssen, wenns so weider gähd, nich nur wächen Schuhen. Fangen Se balde an!

Ich zog vor, meine Eltern zu bitten, und bekam ein neues Paar. Sie kosteten achtundzwanzig-fünfzig, und mein Vater bezahlte die Summe ohne Murren, obwohl ich ihm ansehen konnte, daß er sie ungehörig fand. Mach du nur wieder ein so schönes Kind, sagte er, es kann nun mal ein Mädchen sein. Ich habe die kleinen Weiberchen doch so gern.
Aber meine Mutter wußte: Auch diesmal wird es ein Junge. Er soll musikalisch werden, sagte sie, und weil nächstes Jahr Bachs 250. Geburtstag sei, sollten wir ihn Johann Sebastian nennen. In ein paar Jahren wollte sie mit ihm und Dietrich zweistimmig singen.

Riga, Baloaju-Iela, Latvija, so stand auf dem Absender der Briefe, die ich täglich zu bekommen hoffte oder dreimal wöchentlich oder wenigstens zweimal. »Baloaju-Iela«, schrieb Ingolf, »heißt Taubenstraße (Du willst ja immer alles genau wissen), und sie ist einer Weimarer Straße nicht unähnlich, nur daß die Häuser aus Holz sind, bescheiden und gemütlich, Gärten davor oder dahinter. Man heizt – Du wirst es nicht glauben – mit Birkenscheiten. Meine Wirtsleute behaupten, sie täten das den ganzen Winter hindurch, denn ihre Öfen seien auf nichts andres eingerichtet. Mein Gott, sagte ich, wenn es hier mal brennt! Es brennt nicht, sagte mein Hauswirt, der ein Baron ist, jedenfalls nicht bei mir. Ich bin erster Vorsitzender der Feuerversicherung. Mein Baron ist ein bißchen verarmt, aber mit Stil und Selbstbewußtsein, und er sieht ulkig aus; einer seiner Vorfahren muß ein Elch gewesen sein. Er hat eine unscheinbare, liebenswürdige Frau, die er ›mein Täubchen‹ nennt, vier Kinder und zahllose Enkel, die sonntags zum Mittagessen kommen, und alle zusammen haben sie Stephanida, die Köchin, eine Polin, mit der sie ein fabelhaftes Sprachgemisch reden: russisch, polnisch, deutsch und lettisch, wie's grade kommt. Samstag nachmittags ist der Hausherr nicht zu sprechen – warum? Herr Baron Fiße waschen! sagt Stephanida, deren Pflicht es ist, das heiße Wasser ins Schlafzimmer zu schaffen und die abgekühlte Brühe wieder hinaus.

Stephanida ist ein Phänomen, sie arbeitet fast pausenlos. Ohne sie ginge die Familie zugrunde, das weiß sie – die Familie. Ab und zu bekommt die Brave einen Zustand, das bedeutet, daß sie sich in ihrer Kammer einschließt, um dort zu singen und zu beten. Sie spricht, sagt sie, mit ihrem Gott. Wenn es zu lange dauert, das heißt, über eine Hauptmahlzeit hinaus, klopfen ihre Herrschaften umschichtig an die Kammertür und rufen ihr in diesem Sprachgemisch allerlei Liebevolles zu, jedenfalls klingt es so, und es nützt auch etwas: Stephanida antwortet schließlich, daß sie sich jetzt nur noch kämmen müßte, und dann erscheint sie, geläutert, mit frischer Schürze, in der Küche und nimmt ihren Lieblingskochlöffel zur Hand.
Mir steckt sie hin und wieder etwas zu: eine Tasse Suppe, eine Pirogge, ein Blini mit saurem Schmant. Weil ich so dünn bin. Sie kann nicht ertragen, mich so herumlaufen zu sehen – mechte das wahr sein! Verzeihense Herr, was ich sage, aber Ihre Popo is nich! Lieber Herr, Ihre Popo is nich fleischlich!
Lettland, Latvija, seit 1918 (wie Du vielleicht nicht weißt) unabhängige, parlamentarisch-demokratische Republik, ist am 15. Mai 1934 von einem Führer erobert worden, und so bin ich hier vom Regen in die Traufe gekommen. Während wir uns im Goethe-Park gestritten haben, was für unsren Sohn gut wäre, täglich baden oder nur zweimal die Woche, hat hier der Ministerpräsident Ulmanis durch einen Staatsstreich eine nationalistische, autoritäre Regierung gegründet. Zur innerpolitischen Gesundung, so heißt es. Die Bevölkerung soll nicht viel davon gemerkt haben; ein bißchen Pferdegetrappel gegen Morgen, einige Schüsse in die Luft. Niemand ist zu Schaden gekommen. Ulmanis sieht wie ein freundlicher, gemütlicher Landesvater aus, und seine Frau heißt Minna.«
Irgendwann habe ich auch meinem Schwiegervater sagen müssen, daß ich ein Kind erwartete. Schon wieder. Findest du es schlimm?
Nein, im Gegenteil, sagte er, ich finde es natürlich. Um nicht zu sagen – wunderbar! Frauen sind, das war schon immer meine Ansicht, in dieser Beziehung irgendwie genial. Vielleicht ist das auch das

Germanische an dir, etwas ganz Urtümliches nämlich, daß du durchaus zur rechten Zeit . . .
Alle schienen einverstanden zu sein, außer dem, den es am meisten anging. Er schrieb: »Mußte das sein?« und auf dem Papier kränkte mich diese Phrase noch mehr als sonst, eine rhetorische Frage, wie er selbst sagen würde, die man – auch das wußte ich von ihm – nicht zu beantworten braucht. »Bis jetzt sind wir eine Trilogie gewesen«, schrieb er, »drei Zusammengehörige, die eine innere Einheit bilden könnten. Aber vier sind zwei und zwei. Ich sehe uns schon in zwei Parteien aufgespalten, wie so viele Familien es sind und immer mehr sein werden.«
Ich war so enttäuscht, daß ich gar nicht erst zu heulen anfing, sondern mich gleich hingesetzt und eine garstige Antwort geschrieben habe, die ich verbrannte, nochmals schrieb, verbrannte, und die dritte Fassung warf ich in den Papierkorb. Ich war immer noch verstört und unentschlossen, als Henning mich besuchen kam, mit einem Koffergrammophon und geheimnisvoller Miene.
Ich habe was, rief er, du wirst begeistert sein! Aber du siehst nicht gut aus. Soll ich wieder gehen?
Nur die Übelkeit. Du weißt doch.
Prima, sagte er zufrieden. Wenn's weiter nichts ist.
Das Grammophon war im Vergleich zu unsrem, das Ingolf nach Riga mitgenommen hatte, eine Quäkskiste, und was Henning mir vorspielen wollte, waren Songs aus der Dreigroschenoper. In der Südstraße mögen sie sie nicht, sagte er, und sie meinen, weil ich Bach und Mozart spiele, dürfte Weill mir nicht gefallen. Aber du, ich weiß, magst diese Musik. Die Texte sind auch tadellos – ich kann sie schon alle auswendig.
Bei:

»Der Mensch lebt durch den Kopf,
der Kopf reicht ihm nicht aus,«

sind mir dann die Tränen gekommen, und ich war schon nicht mehr wütend, sondern nur noch unglücklich.

»Versuch es nur, von deinem Kopf
lebt höchstens eine Laus!«

Henning war erschrocken und sagte: Junge Junge, du hast doch was. Ist es wegen dem Kind? Habt ihr kein Geld? Also, dumme Frage, ihr habt keins, aber das ist ja nicht neu.

Da habe ich das gemacht, was wir in der Schule petzen nannten, und ich kam mir auch vor wie eine Petze, kindisch und unreif. Der oder die, um den oder die es ging, muß das auch empfunden haben, denn er oder sie puffte mich von innen, ich spürte es deutlich und hörte mitten im Satz zu reden auf.

Was ist?

Ach, ich bin dumm.

Nein, erwiderte Henning, er ist dumm! Laß dir's nicht gefallen. Ich finde es ganz schlicht gemein, so zu reagieren. Und dabei habe ich ihn doch so gern.

Ich auch, sagte ich.

Weißt du was, du schreibst ihm einfach, er soll an eine Quadrille denken, wenn er's schon so mit den Zahlen hat. Quadrille ist was Lustiges und wird von vier Leuten getanzt. Ist das eine Idee? Und jetzt spielen wir weiter, ich seh' schon, du wirst wieder munter. Paß auf: »Ihr Herrn, die ihr uns lehrt, wie man brav leben – und Sünd' und Missetat vermeiden kann –«

Als er ging, sagte er beiläufig, er sei vorgestern beinahe von der Schule geflogen. Aber nur beinahe.

Wie? Das kann doch nicht sein.

Doch, wegen dem ›großen Wilhelmstag‹. Siehst du, da lachst du. Stell dir vor, du sollst einen Klassenaufsatz schreiben ›Warum feiern wir den großen Wilhelmstag‹. Was würdest du machen?

Keine Ahnung. Ganz ohne Vorwarnung? Da wüßte ich auch nichts.

Nicht ganz ohne – Tradition der Schule und so – aber da habe ich nicht zugehört. Habe ja meistens was andres im Kopf.

Und? was hast du geschrieben?

Einen einzigen Satz: ›Das weiß ich nicht, und ich will es auch nicht wissen.‹

Und dann mußtest du zum Direktor.

Nein, erst vor die Lehrerkonferenz. Die waren alle ganz verzweifelt über mich und haben mir leid getan.

Gar keine Angst gehabt, daß du wirklich fliegst?

Nicht ein bißchen! Dann könnte ich doch auf die Musikschule gehen und hätte viel mehr Zeit, auch zum Zeichnen und Geschichtenschreiben. Die blödsinnige Schule –

Und warum bist du doch nicht geflogen?

Weil der Direktor so ein netter Mensch ist. Er hat meinen sogenannten Aufsatz in kleine Stücke gerissen und gesagt: Wir wollen die dumme Sache vergessen. Und nun muß ich weiter zur Schule gehen. Der Mensch lebt durch den Kopf! Servus Urselchen. Ärgre dich nicht mehr über deinen Mann, ich wette, der besinnt sich noch.

Eines Tages im tiefsten Winter fand Annelise mich schön genug und begann, mich zu zeichnen. Manchmal mußte sie über das Gartentor klettern, weil es eingefroren war oder schneeverweht, aber sie kam unverdrossen und ließ mit ihren Farbstiften eine mir völlig unbekannte Person auf dem Zeichenblock entstehen. Der Dichter Dr. W. bewunderte sie und ihre Kunstfertigkeit, stets kam er, um ihr einige Artigkeiten zu sagen, flüsterte mit unnachahmlicher Eindringlichkeit, er wolle nicht stören, und ging auf leisen Sohlen im Zimmer umher. Zwar war, wie er mir im Vertrauen mitgeteilt hatte, dieses Mädchen nicht ganz sein Geschmack, aber liebenswürdig immerhin und so begabt! Schade, daß sie so blaß sei, spitznäsig und viel zu dünn. Er, für seinen Teil, zöge das liebliche, holde Kindweib vor, mit Pfirsichhaut und wallendem Haar, wie Fidus sie malte oder Böcklin oder Ludwig v. Hofmann in seiner besten Zeit. Keine kalte Sinnlichkeit, wie bei Beardsley, auch nicht das Überstilisierte, nein, eine frische Unschuld, noch ohne Erfahrung, aber nicht eckig und auch nicht streng praktisch gekleidet, in Rock und Pullover. Eine

junge Frau müsse wissen, was ihr stehe und ihre weiblichen Formen zur Geltung bringen.
Solche Elfen, habe ich geantwortet, wie du sie haben möchtest, gibt es heute nicht mehr, fürchte ich.
Aber nein, sagte er, ich möchte sie nicht haben! und war auf diese typische Weise verlegen, die etwas mit der Haltung seiner Schultern zu tun hatte. Er sah an seinen langen Beinen hinunter, um sich zu vergewissern, daß seine Röhrenhosen den Ansprüchen einer Elfe nicht genügen würden, und nicht zum ersten Mal versicherte er mir, Käthchen, seine Frau, sei in ihrer Jugend ein so vollkommnes Geschöpf gewesen. Und er könne es immer noch nicht begreifen –
Dann ging er Chopin spielen. Er spielte auch, nach vorheriger Ankündigung, während Annelise mich zeichnete. Er stimuliert mich direkt, sagte sie ernsthaft, ich muß ihm dankbar sein. Ich werde mich vielleicht selbst übertreffen. Überhaupt ein fabelhafter alter Herr, lispelte sie, eifrig strichelnd, und dein Mann ist auch fabelhaft, egal, ob ihr Geld habt, das ist ja nicht das Wesentliche.
Weil sie eine blaue Madonna aus mir machen wollte, drapierte sie jedesmal sorgsam das Seidentuch um meine Schultern, das Torgel mir aus Kairo mitgebracht hatte, und sie zwitscherte vor Entzücken über seine Schönheit. Das ist eine Farbe! die irisiert ja beinahe! Sie ist wie das Meer. Du, der muß dich geliebt haben.
Ach Unsinn.
Doch, du weißt es bloß nicht, du warst so ein Unschuldslamm, das bist du ja heute noch, obwohl du schon das zweite Kind bekommst. Also, gesteh mal, wie war es mit dem reichen Schweden?
Wenn sie nicht grade mit meinen, vielmehr dieser fremden Person Gesichtszügen befaßt war, sondern sich am Haar oder dem Tuch zu schaffen machte, durfte ich reden und erzählte ihr von unsrem Inselleben, damals im Sommer und vor einem Jahr im Winter, und ich versuchte, der Annelise den Verdacht auszureden, Torgel habe die andre ja nur genommen, weil er mich nicht bekommen konnte.
Ja, aber das Tuch!

Das hat er mir nur so mitgebracht, wie andre einen Blumenstrauß oder eine Schachtel Pralinen.
Über seine Herkunft habe ich auch da geschwiegen, allerdings nach kurzem, innerem Schwanken; schließlich wäre es in meiner ziemlich tristen Situation lustig gewesen, dies auszuplaudern, hätte eine Menge Gesprächsstoff gegeben und Spaß für uns beide. Aber irgend etwas hielt mich zurück, möglicherweise nur, daß ich mich damals, vor Jahren, so ernsthaft zum Schweigen entschlossen hatte. Weihnachten war ein Foto aus den verschneiten Schären gekommen: Wie geht es Euch? Wir bekommen ein zweites Kind. Ihr auch?
›Vielleicht hat der dich geliebt‹, hatte auch meine kleine Schwester schon gesagt, und sie behauptete, ich hätte da was versäumt. Ingolf ist ja sehr nett, erklärte sie, wirklich, ich kann ihn leiden, ich finde ihn sogar prima. Aber er hat nichts und ist nichts, und ich sage dir, du hättest den Schweden nehmen sollen.
Und über so was zerbrichst du dir meinen Kopf?
Ich bin schließlich kein Kind mehr, sagte sie ärgerlich. Wir reden in unsrer Klasse jetzt immer von diesen Sachen. Es ist wichtig. Man muß sich rechtzeitig über die Zukunft klar werden, damit man nachher nichts falsch macht. Sieht man ja an dir – schnickerdibix! bist du mir jetzt böse?
Sie fiel mir um den Hals, was wegen meines ziemlich fortgeschrittnen Bauches für uns beide unbequem war.
Wer ihr denn den Floh mit Torgel ins Ohr gesetzt habe, fragte ich.
Niemand. Ich dachte bloß so. Ich denke mir eben manchmal was. Ich hab' dich so mit ihm gesehen, als er dir das Seidentuch mitbrachte. Sag mal ehrlich, hast du was mit ihm gehabt?
Sag du mal ehrlich, was verstehst du unter ›was mit ihm haben‹?
Sie zuckte die Achseln. Man kriegt ja immer nüscht gesagt, erwiderte sie mürrisch.
Welch günstige Gelegenheit: draußen die Winterabenddämmerung, die Stille, die knisternde Glut im Herd, das Summen des Teekessels, der zufriedne Dietrich, der, seinem Korb inzwischen entwachsen, im Gitterbett herumruckelte, durch die Stäbe lugte und versuchte,

sich an ihnen hochzuziehen. Und das Eingeständnis dieser Kleinen, daß sie nichts wisse, ihr Ärger darüber, ach, ich erinnerte mich zu gut, wie mühsam etwas zu erfahren war. Was weiß denn Henning, der vier Jahre älter ist als sie – ob er ihr etwas sagt? Ich fürchte, nein. Er ist, wie die meisten älteren Brüder, mal nett und mal ruppig und hat zuviel andres im Kopf. Ich sollte jetzt mit ihr reden.
Was denkst du? fragte sie. Findest du es nicht blöd?
Du meinst, daß man die wichtigsten Dinge nicht erklärt bekommt.
Schnickerdibix, du verstehst mich, rief sie und fiel schon wieder über meinen Bauch her. Sie mußte kürzlich im Kasperletheater gewesen sein.
Also – wo fange ich an?
Ganz von vorne! Man verliebt sich. Das brauchst du mir allerdings nicht zu erklären, ich kann es schon. Ich liebe seit voriger Woche – nein, das erzähle ich dir später. Also dann: der erste Kuß. Ist der schon gefährlich?
Ja und nein. Gefährlich, weil man immerzu küssen möchte, wenn man erst mal angefangen hat, und das ist praktisch meistens nicht möglich. Ungefährlich, weil – also, ein Kind kriegt man vom Küssen nicht, falls du das meinst.
Weiß ich. So doof bin ich nicht.
Entschuldige.
Schon gut. Wie gehts weiter?
Gru! sagte Dietrich. Grugru! und versuchte, seinen schmalen Kopf durch die Stäbe zu stecken, was glücklicherweise nicht ging.
Es geht bei verschiednen Paaren auch sehr verschieden weiter oder, besser gesagt, es gibt halt keine bestimmten Regeln, wie du zu denken scheinst. Manche Verliebten küssen sich, so oft sie können, sie streicheln einander und umschlingen sich und wissen doch nicht genau, was sie wollen, und manche streiten sich, obwohl sie glauben, sich zu lieben, und gehen wieder auseinander. Aber wenn sie zusammenbleiben, wird das Verhältnis mit der Zeit immer schwieriger, und jetzt, weißt du, verstehe ich die Mutti, warum sie uns nicht

erzählen wollte, wie man's macht. Es ist nämlich nicht leicht.
Waas? Dir hat sie's auch nicht erzählt? Und woher wußtest du?
Ich wußte eben nichts. Ich habe im Lexikon nachgesehen und nicht viel gefunden. Und dann meine Freundin gefragt, und was die sagte, war sehr ungenau. Eine erwachsne Schwester hatte ich leider nicht.
Aber ich habe eine! Nun mal weiter.
Durch das Küssen, Streicheln und Umarmen wird in den Körpern der beiden, die sich lieben, etwas erweckt, das wir Sinnlichkeit nennen, ein unvergleichliches Glücksgefühl, das außerdem mit Sehnsucht verbunden ist. Man sehnt sich sogar nach dem andren, wenn er da ist, man kann nicht genug voneinander bekommen – am liebsten möchte man zusammenwachsen oder sich ineinander verkriechen, und das versucht man schließlich auch.
Na und? geht das?
Es geht eben nur ziemlich begrenzt. Es gibt eine Legende –
Keine Märchen! rief sie. Sag, wie es wirklich ist.
Man versucht also, so nah zusammen zu sein, wie's irgend geht. Man zieht sich aus, weil jeder die Haut des andren fühlen will. Man wird heiß und feucht, man schwitzt vor Aufregung und findet es vielleicht nicht so vollkommen, wie man es sich erträumt hat. Trotzdem, man will! Beide wollen, und das ist zwar nicht immer der Fall, aber – aber wenn es eine richtige Liebe sein soll, dann müssen beide dasselbe wollen und so allein sein, wie möglich, vielleicht sogar im dunklen oder jedenfalls in einem verschlossnen Zimmer, damit man durch niemanden und nichts gestört wird.
Weiter! jetzt wird es ja erst richtig spannend, rief sie und hatte glänzende Augen und rote Backen. Sie hatte sich im Schneidersitz vor mich auf die Erde gesetzt.
Nun können sich zwei Leute, die nackt sind, sehr schön streicheln und aneinander pressen, aber richtig zusammenwachsen können sie nicht, und doch ist es möglich, sich so zu fühlen. Man legt sich hin, weil man meint, sich liegend am besten umschlingen zu können, was übrigens nicht unbedingt stimmt, und die Frau hat das Bedürfnis,

ihre Beine auseinanderzuspreizen, so daß der Mann sich dazwischen legen kann, und dann merken beide, daß es eine Stelle gibt, an der sie doch zusammenwachsen können, für eine gewisse Zeit.
Wo?
Zwischen den Beinen.
Finde ich eklig.
Das meinst du jetzt. Wenn du es machst, findest du es wunderbar.
Nein, rief sie zornig. Das mache ich nie. Ich schwör's dir.
Grugrugru, sagte Dietrich, und sie schrie ihn an: Halt du den Mund!
Dann schämte sie sich und sah demütig zu mir auf.
Du hast mich gefragt, sagte ich. Du wolltest es wissen.
Sie warf sich auf mein Bett, das ich tagsüber mit einer großen Decke und ein paar Kissen zur Couch herrichtete, stand nochmal auf, um ihre Schuhe auszuziehen, legte sich wieder hin, versuchte, ihre glatte Stirn zu kräuseln und sagte: Also ist es doch wahr. Hannelore, diese dumme Ziege hat nämlich was Ähnliches erzählt. Ich finde –
Auf einmal war es still im Zimmer. Dietrich, in einer Ecke seines Gitterbettes, war so abrupt eingeschlafen, wie nur Babys und Katzen es können, die Glut im Herd hatte zu knistern aufgehört, die Schneeflocken, die noch immer schräg an den Fensterscheiben vorbei rieselten, waren an Lautlosigkeit sowieso durch nichts zu übertreffen, und meine Schwester hatte die Arme hinter dem Nacken verschränkt und schwieg. Ihre langen, sehr hübschen Mädchenbeine steckten in unschönen, graubraunen Baumwollstrümpfen, und im Liegen kam sie mir auf einmal nicht mehr so kindlich vor wie sonst.
Dann fragte sie, ob ich einen Handspiegel hätte. Ja, natürlich. Was ist? Willst du dich kämmen?
Ach Quatsch. Nachsehen will ich. Zu Hause geht das doch nicht. Ich müßte mir Muttis Spiegel von ihrem Toilettentisch holen und mich damit auf mein Bett legen und hätte Angst, daß jemand reinkommt, weil wir die Tür nicht abschließen können, du weißt doch, wie es bei uns ist. Ich will jetzt hier bei dir die Stelle sehen, wo –
Selbst mit Hilfe des Handspiegels ist das Unternehmen nicht ein-

fach gewesen. Zuerst war sie ärgerlich, und dann hat sie mit mir gelacht. Auf einmal wurde sie wieder wütend und herrschte mich an, das sei überhaupt nicht komisch. Immerhin beruhigte sie sich, als wir gemeinsam festgestellt hatten, daß die Öffnung, in die ein zukünftiger Mann aus Liebe und, um vorübergehend mit ihr zusammenzuwachsen, sein Wienenntmandasbloß hineinstecken würde, diese Öffnung nämlich nicht dieselbe war, aus der sie Pipi machte. Sie stieß einen Seufzer der Erleichterung aus, gab mir den Handspiegel zurück und wollte jetzt nur noch wissen, ob das Zusammenwachsen denn wirklich schaurig schön sei. Hannelore habe das behauptet.

Ja, sagte ich. Der Ausdruck ist ziemlich treffend.

Wonneschauer, sagte sie, nennt man es so? Und dann hat die Frau den Samen im Bauch?

Nicht unbedingt.

Und woran merkt sie, ob sie ihn gekriegt hat oder nicht?

Sie merkt es erst später. Ich zum Beispiel, wenn ich anfange, mich zu übergeben.

Das fand sie unmenschlich und irgendwie ungerecht, und überhaupt hatte sie jetzt genug davon, obwohl ihr eigentlich immer noch nicht alles klar war. Aber so sei, meinte sie, das Leben – immer viel komplizierter, als sie es haben möchte.

Im März 1935 wurde Dietrich ein Jahr alt, Hitler führte die allgemeine Wehrpflicht ein, und mein Vater sagte: Das war vorauszusehen. Deutschland muß wieder ernst genommen werden in der Welt. Der Führer hat das erkannt. Dieser Mann ist jetzt in seinen besten Jahren, und er weiß, was die Deutschen von ihm erwarten.

Und zu mir: Wenn deine Kinder groß sind, wirst du bestimmt längst eingesehen haben –

Laß doch, unterbrach ihn meine Mutter.

Auch wenn du jetzt nicht – fuhr er hartnäckig fort, und dann mit unterdrücktem Zorn: Ich meine, das ist doch ganz klar! Aber gut, lassen wir das. Du hast jetzt andre Sorgen. Siehst übrigens wohl aus,

viel besser als im Winter, da haben wir uns manchmal Gedanken gemacht.
Ich hatte fertiggebracht, mit Dietrich in unsrem Eintopfzimmer zu bleiben, hatte von Woche zu Woche, von Monat zu Monat triftige Gründe erfunden und andre, weniger triftige, die von meinen Eltern belächelt wurden: Jaja. Bleib du nur dort. Paß auf dich auf. Und wenn etwas ist – du weißt ja, daß du kommen kannst.
Auch jetzt war ich zufrieden, nicht in der Südstraße am Familientisch hören zu müssen, wie gut im neuen Staat die Dinge vorangingen, und daß wir in einer großen Zeit lebten. Glaubt mir, pflegte der Major bei solcher Behauptung auszurufen, ihr werdet eines Tages an mich denken.
Glaubte er sich selbst? Ich hätte lieber in einer kleinen Zeit leben mögen, einer ohne Vierjahresplan und Organisationen, ohne Uniformen, Blechmusik, Obersturmbannführer und Amtswalter, ohne Gleichschaltung und Gleichberechtigungsgeschrei und ohne die Verherrlichung der deutschen Frau, die blond (wie ich), gesund und jung (wie ich), und gebärtüchtig (wie ich) zu sein hatte. Aber sollte ich mich selber hassen? Mich verwandeln? Mir die Haare schwarz färben und keine Kinder bekommen?
Sähnse, sagte mein Oberweimarer Schuster, ich hab's gewußt. Was so richtje Deutsche sin, die gäb'n sich mit hunderttausend Mann nich zefrieden! Un wenn ärscht alle wissen, was ne Knarre is, dann gibts auch Kriech! Bäd'n Se, junge Frau, daß mer heile dervon kommen!
Ich trug meinen schweren Leib auf dem Schlängelweg an der Ilm entlang, quer durch die Wiesen, auf denen verstreut die Krokusse blühten, und hoffte, daß wir noch ein paar Jahre Zeit hätten. Wir könnten eine richtige Familie werden, unsre Söhne (Söhne?) würden sich im Goethepark tummeln oder im Südstraßengarten. Aber dann. Dann der Krieg, und gegen wen auch immer er geführt würde – alle jungen Männer müßten mit. Auch meiner. Und Henning. Meiner wäre womöglich noch nicht lange aus Riga zurück, und ich froh, ihn wieder zu haben und die dumme Angst los zu sein, daß

er uns im Ausland vergäße. Aber um ihn zu behalten, müßte ich eigentlich auf das Zusammenleben mit ihm verzichten, nein, falsch, ich müßte, um sein Leben zu retten, ihn daran hindern, nach Deutschland zurückzukommen: ein Stoff für eine Tragödie. Bin ich etwa eine tragische Figur? Soll ich mich jetzt aufblasen und unsrem Schicksal ins Handwerk pfuschen? Das liegt mir nicht. Das würde schiefgehen. Ich werde abwarten, werde mir befehlen, nicht pessimistisch zu sein, und wenn doch alles so kommt, wie der Schuster sagt und mein Vater uns verheimlicht, dann wird Ingolf Soldat, und ich habe die Pflicht, eine tapfere Frau zu sein, die allein für die Kinder sorgt. Und wenn er auf Urlaub nach Hause kommt, bin ich eben doch die ›Erholung des Kriegers‹ . . .

Irgendwann im April, als es feuchtkalt war und die Kohlen zur Neige gingen, wurde ich krank und bin von meiner Mutter in die Südstraße geholt worden, fast möchte ich sagen, in einem Triumphzug. Endlich hatte sie uns, Dietrich und mich, im ehemaligen Kinderzimmer mit der vertrauten Blumentapete, die ich nicht mochte, dem kleinen, hochgelegnen Fenster nach Osten und den beiden Südfenstern und einer Tür zu ihrem Schlafzimmer.

Siehst du! sagte sie. Ich habe es kommen sehen. Jetzt bleibst du im Bett. Es war höchste Zeit. Keine Sorge, ich mache schon alles, wie du es haben willst.

Ich muß gestehen, es war angenehm. Ich habe danke gesagt, oft, und ich habe mich wohl gefühlt. War ich nicht standhaft gewesen, und sollte Standhaftigkeit nicht gelegentlich belohnt werden? Ich bekam das Frühstück ans Bett und danach den mit einer tadellosen Windelhose geschmückten Dietrich in den Arm, wurde von ihm befreit, wenn er mich mit seinem Gezappel nervös machte, und bekam die Morgenzeitung, wenn der Major sie gelesen hatte und ins Archiv gegangen war. So bin ich mir wie eine Kapitalistin vorgekommen, und während meine liebe, fürsorgliche Mutter mit meinem Sohn spazierenging und dabei vermutlich sogar glücklich war, habe ich versucht, die Zeitung ausführlich zu lesen.

Der Gautag in Erfurt. Auf dem Foto sitzen zahllose uniformierte

Männer, ordentlich ausgerichtet, an langen Tischen, vor sich Notizblöcke und am linken Arm das Hakenkreuz auf weißem Grund. Alle schauen aufmerksam nach dem Gauleiter Saukel, der vorn steht und ihnen wahrscheinlich Richtlinien gibt, ein Ausdruck, den ich nicht leiden kann, seit ich gelernt habe, der Richtung zu mißtrauen.

Die Konferenz in Stresa, ein schwieriges Thema, vom Berichterstatter möglicherweise verharmlost. Wenn ich meinen Vater danach fragte, würde er sagen, daß der Führer auf jeden Fall der stärkere sei und besser wisse, was für den Frieden in Europa getan werden müsse. Mein Schwiegervater wird auf den Anfang vom Ende verweisen, und mein Schuster wird von seiner Kriegsprophezeiung nicht ablassen: Das nützt dänen nun ooch nüscht mähr! Auf dem Foto die Verhandlungspartner im Schloß Borromeo auf der Isola Bella: Der französische Außenminister Laval, Mussolini, der englische Regierungschef MacDonald und der französische Ministerpräsident Flandin. Mussolini lacht, und der neben ihm stehende MacDonald sieht aus, als habe er ihm soeben einen trocknen Witz erzählt. Über Hitler.

Siegerehrung nach einer Ostpreußenfahrt: Der strafpunktfreie Wagenlizenzfahrer (keine Ahnung, was das bedeutet) erhält aus der Hand des Korpsführers Hähnlein die goldene Medaille.

Die wasserbaulichen Anlagen in Thüringen sind in umfangreicher Weise fortgeschritten (sprachlich unmöglich, aber inhaltlich erfreulich). Es handelt sich um einen Gesamtaufwand von 3,9 Millionen. Der Arbeitsdienst hat sich in tatkräftiger Weise an den Flußregulierungen beteiligt. (Ein Dienst, der sich beteiligt! Ich merke schon, ich habe zuviel Zeit. Haarspalterei, würde mein Vater sagen und: Sehr gut für die jungen Leute! Da lernen sie, sich körperlich zu betätigen.)

Ein Artikel über Colonel Lawrence, der im Weltkrieg die siegreiche Erhebung der arabischen Stämme gegen die Türken bewirkte, müßte mich eigentlich interessieren, tut es aber, ehrlich gesagt, nicht. Was war das für einer? Wahres Soldatentum ging ihm über alles? Niemanden schätzte er so hoch wie Clausewitz und Hindenburg? Immerhin, es ging um Petroleum, aber irgendwie kommen in diesem Aufsatz die Engländer so schlecht weg, daß ich mißtrauisch bin und nicht bereit, das Ganze zu glauben.

Einen Fortsetzungsroman gibt es auch. In ihm klopft das Schicksal einem Mann, namens Baron Veltheim, in Rhodesien auf die Schulter, nachdem er seine Frau in London verlassen hat, weil er ihrer überdrüssig geworden war. Nein danke.

Daß Göring die Schauspielerin Emmy Sonnemann heiraten würde, die noch vor zwei Jahren hier am Theater war und in der Cranachstraße gewohnt hat, ist uns schon monatelang zugeflüstert worden. Nun ist es passiert. Drei Bilder: Das hohe Paar im Auto, lachend und blumengeschmückt. Das hohe Paar im Dom, wo beide gehörig würdevoll aussehen, vor ihnen der Reichsbischof, hinter ihnen das Heer der Hochzeitsgäste. Während die Neuvermählten die Domtreppe hinunterschreiten, bilden Fliegeroffiziere mit in der Luft gekreuzten Säbeln ein Ehrenspalier. Müßten sie nicht eigentlich Flugzeuge nehmen, um sie über ihrem Chef zu kreuzen? Wozu haben Flieger solche langen Säbel? Ich weiß schon, um damit groß zu tun. Auch mein Vater hatte so einen, der an seiner Seite fast am Boden schleppte, und nie hat er ihn als Waffe benutzt, obwohl er immerhin bei der Kavallerie gedient hat. Mein Gott, was brauchen Männer doch alles, um zu zeigen, wer sie sind.

Ich versuche, an der Art, wie die Sonnemann die Treppe herabschreitet, zu erkennen, wie sie sich gefühlt haben mag. Ernst und feierlich sieht sie aus, die rechte Hand hat eben noch das Kleid gerafft. Als Schauspielerin war sie gut, und natürlich hat sie gelernt, eine Braut zu spielen, egal, wie ihr zumute war. Sie ist mir nicht unsympathisch gewesen – ich bin ihr oft begegnet, wenn sie an der unteren Südstraße in die Cranachstraße einbog – eine hübsche, ziemlich große Dame, unauffällig gut angezogen. Jetzt wird man von ihr erwarten, daß sie mindestens vier vorbildlich nordische Blondkinder bekommt. Ob sie sich davor ein bißchen fürchtet?

Auf der Rückseite der Göring-Hochzeit – wie respektlos sind doch

Zeitungen – finde ich einen offnen Brief des Botanikers Professor Dr. O.R. an die Freiin v. Freytag-Loringhoven, aus dem hervorgeht, daß der Jenaer Professor und die Vorsitzende des Tierschutzvereins sich schon seit geraumer Zeit brieflich herumstreiten, und zwar über den sprechenden Hund Kurwenal, der inzwischen weltberühmt geworden ist und zum Ehrenmitglied des Pochi-Clubs in Tokio ernannt wurde. Der Professor nimmt Kurwenals Herrin übel, daß sie ihn ›immer gleich versteht‹ und hält, was sie da macht, für ›blanke Willkür‹. Ich finde, Kurwenal ist zu beneiden, denn welcher sprechende Mensch wird von einem andren immer gleich verstanden? Der Professor aber findet ihn bedauernswert wegen ›der vielen tausend Schreie, die das arme Tier in den anderthalb Stunden der Vorführung ausstoßen mußte‹. Wie viele schlagende Argumente er in drei langen Spalten gegen die Hundeausbildung der Freiin v. Freytag vorbringt ist erstaunlich und würde mich, wenn ich sie wäre, am Boden zerstören. Der Hund sei hochintelligent, versichert er, aber seine Herrin mache aus ihm, was sie wolle. Auch das politische Bewußtsein, das sie ihm beigebracht hat, findet er unmöglich und wirft ihr vor, daß Kurwenal damals Hindenburg zum Reichspräsidenten gewählt hätte, mit der Begründung: Weil ich ihn verehrungswürdig finde! Wauwau. Wann kommt das Hundewahlrecht?
Wie gut, daß ich noch einige Tage krank sein darf, meine Nierenentzündung ist noch nicht ganz abgeklungen. Ich kann täglich Zeitung lesen und werde den Hundestreit weiter verfolgen. Bestimmt wird Fräulein v. Freytag, baskenbemützt und energisch, wie sie ist, sich an ihren mit Papieren überhäuften unordentlichen Schreibtisch setzen und eine ordentliche stichhaltige Antwort liefern, in der sie Punkt für Punkt die Anwürfe des Professors widerlegt. Die läßt sich nicht so leicht unterkriegen! Wie Elisabeth ist sie von ihrer Idee besessen (nämlich, daß Hunde nicht nur sprechen, sondern auch denken können), nur daß sie nicht so charmant ist wie die Schwester Nietzsches, und darum fressen ihr die Jenaer Professoren nicht ohne weitres aus der Hand.

Daß ich meinen zweiten Sohn gebar, als der Führer eine seiner großen, staatsmännischen Reden im Reichstag hielt – dreizehn Punkte, um den europäischen Frieden auf Jahre hinaus zu sichern –, das konnte mir so oder so ausgelegt werden. Gehört habe ich die Rede nicht, sie nur unaufmerksam gelesen und gleich wieder vergessen, weil schließlich dieses etwas zu früh geborne Kind, ein bißchen zart, aber gesund, mir unvergleichlich viel wichtiger war als die Tagespolitik. Ein Junge. Meine Mutter freute sich, recht gehabt zu haben, ich aber staunte, wie wenig ähnlich er seinem Bruder war; wie konnte mein Körper in so kurzer Zeit zwei so verschiedne Kinder herstellen? Seine rötliche Haut war überall, besonders am Rücken, mit goldbraunem Flaum überzogen, seinen Kopf bedeckten dunkle, struppige Locken, die ihm in die Stirn wucherten, und auch sein Geschrei war anders als das von Dietrich, heller, fordernder, zorniger, später auch fröhlich schmetternd, jedenfalls unüberhörbar. Ich habe mich nicht eine Sekunde gewundert, daß die ganze Südstraßenfamilie ihn zu lieben versicherte, allen voran allerdings der Major. Sein oft so abweisender Gesichtsausdruck verwandelte sich in freudige Gespanntheit, wenn er diesen kleinen Jungen sah, und ich hoffte, der sei mit der Absicht zur Welt gekommen, seinen Großvater mütterlicherseits am Poltern und Schnauzen zu hindern.
Wir nannten ihn nicht Johann Sebastian, sondern Peter, obwohl der Major erklärte, das sei kein Name für seinen Liebling – aber bitte, ihr seid die Eltern, und wenn er so wird, wie ich ihn mir vorstelle, ist es egal, wie er heißt.
Ingolf hatte zur Geburt telegrafiert: ›Gratuliere, freue mich‹. An diesen drei Worten habe ich mich die nächsten Wochen festgehalten, um endlich das böse ›Muß das sein‹ vom vorigen Herbst zu vergessen. Trotz vieler Briefe, die zwischen Riga und Weimar hin und her gereist waren, konnte ich den Verdacht nicht loswerden, daß der Vater meiner Kinder ein bißchen froh war, nicht bei uns zu sein – nicht jetzt –, und irgendwann im Wochenbett habe ich ganz fürchterlich geheult, so daß mir die Milch zu versiegen drohte. Aber weil

ich nicht nur den Ehrgeiz, sondern auch die Lust hatte, mein zweites Kind so zu ernähren wie das erste, habe ich zu heulen aufgehört und mir einen Teil meiner vorherigen Gelassenheit zurückerworben. Die Gelassenheit während der Schwangerschaft ist etwas ebenso Wunderbares wie Geheimnisvolles – erklären kann ich sie nicht, habe sie aber als Geschenk empfunden, als Gnade, Segen, Schonung und Gunst. Wer beschenkte und begnadete mich da? Wer segnete, schonte und begünstigte mich?
Im Laufe der Sommermonate habe ich mich verändert: Aus Annelises Madonna im blauen Seidentuch wurde wieder eine junge Frau, vor nicht allzu langer Zeit aus der Oberschule entlassen, reif und erfahren immer noch nicht, zwar ein bißchen geschickter, dem Alltag etwas besser gewachsen, ein bißchen skeptischer und dennoch nicht mutlos, auch selbstbewußter, das vor allem, obwohl die ehemaligen Wunschträume ausgeträumt zu sein schienen, und die alten Ägypter waren fern. Selbst Wibiral erwähnte sie nicht mehr in unsren Gesprächen, und Herr v. Frankenberg, der im Winter schwerkrank gewesen war und nun etwas gebrechlich wirkte, sagte mit einem zärtlich-müden Blick auf meine Kinder: Das Liebenswerteste an solchen Babys ist doch immer die Mutter.

Elisabeth, die an ihrem neunundachtzigsten Geburtstag so munter gewesen war, daß sie gleich einen Haufen Pläne für den neunzigsten machte, zu dem sie Hitler einladen und zum Schirmherrn des Archivs erklären wollte, ist am achten November 1935 ganz unerwartet gestorben. Trotz ihrer Vorliebe für Großartiges, für organisierte Feierlichkeit und wirkungsvolles Auftreten, war ihre Krankheit, die zum Tode führte, kurz und unpathetisch: ein bißchen Kopfweh, eine Erkältung, etwas erhöhte Temperatur, weiter nichts. Sie hatte zwei Tage vorher noch nach den Kindern gefragt und meinem Vater aufgetragen, daß sie sie sehen möchte. Diese Kleinen, soll sie gesagt haben, machen mich immer so froh. Darum zog ich ihnen am nächsten Morgen die Wolljäckchen an, die sie ihnen geschenkt hatte, habe Peter in den Wagen gelegt und Dietrich an die Hand genommen und bin mit ihnen zum Archiv hinübergegangen, was lange dauerte, weil Dietrich alle zwei Minuten einen Stein aufheben wollte, um ihn wegzuwerfen. Jedesmal, wenn er sich bückte, fiel er vor Anstrengung fast um, und wenn er seine Balance wieder hatte, sagte er: ft! und schmiß den Stein fort, wobei er erneut aus dem Gleichgewicht kam. Als Tiedemann sagte, die Gnädige könne keinen Besuch empfangen, sie sei nicht wohl – und dazu betrübt mit schiefgelegtem Kopf wackelte, habe ich mich zwar gewundert, aber an Sterben nicht gedacht, darum mir ruhig sein Lamento angehört und ihn getröstet, nicht besonders überzeugend, denn der Gute sorgte sich doch allzu bereitwillig.

Dennoch, schon in der folgenden Nacht, wahrscheinlich während der Morgendämmerung, ohne zu klingeln oder Hilfe zu verlangen, hat Elisabeth Förster, geborne Nietzsche, ihren zielbewußten Geist aufgegeben. Weder Verwandte noch Freunde hatten Gelegenheit, sich um ihr Bett zu versammeln, niemand hat sie letzte Worte sprechen hören, keine Krankenschwester hat sich um sie bemüht, kein Professor ihr Kreislaufspritzen verabreicht. Falls ihre Seele, die sie ihr Leben lang gepflegt hat, wegen vieler kleiner Bosheiten, wegen Heuchelei und Urkundenfälschung vom Teufel geholt worden ist (was ich übrigens nicht glaube), muß das auf eine rücksichtsvolle Weise geschehen sein – so friedlich und unerschrocken hat ihre Leiche im Himmelbett gelegen. Und wer weiß, ob sie es nicht fertiggebracht hat, den Teufel mit ihrem Charme herumzukriegen.

Tiedemann und meine Mutter haben geweint. Wir andren nicht. Der Major hat vermutlich aufgeatmet, leise, unauffällig, ohne Bosheit, aber nicht ohne Grund. Nein, er hat sie nicht zu Tode geärgert, er war gehorsam und fleißig und hat, wie er meinte, das Beste draus gemacht – nun hat er sie überlebt. Er war erst sechzig und noch gesund; nun könnte es, mag er gedacht haben, im Archiv eine andre Luft geben, freieres Arbeiten und etwas mehr Selbständigkeit, auch für ihn. Gesagt hat er das nicht, jedenfalls nicht uns, aber ich meine, ein kleines Lächeln in seinen Mundwinkeln gesehen zu haben, als er herüberkam, am frühen Vormittag, zu ungewöhnlicher Zeit.

Was ist – hast du was vergessen?
Er verbannte das kleine Lächeln und sagte uns, warum er gekommen sei. Aber regt euch doch nicht auf! So zu sterben – ist das nicht ein Glück?
Ihr Glück, daß sie nicht lange krank sein mußte; seines, daß er nichts mehr von ihr zu befürchten hatte – ihren Starrsinn, ihren Ehrgeiz, ihre in Charme verpackten Intrigen, ihre Selbstherrlichkeit gegenüber der Wissenschaft. Was es sonst noch zu fürchten geben würde, hat er in dieser Situation wahrscheinlich noch nicht wahrhaben wollen, auch nicht, was schon im Gange war und nicht mehr aufzuhalten, nicht, wie sehr wir uns schon verändert hatten, wie duckmäuserisch wir geworden waren, mißtrauisch, heuchlerisch und verunsichert. Wir lernten die scheinbare Solidität und äußere Ordnung dieser Zeit verachten, indem wir uns ihr fügten, lange vor dem Krieg und bevor wir wußten, wie furchtbar es noch werden sollte.
Ausgewichen sind wir nur in Gedanken, emigrieren, davon haben wir nur geträumt und gleichzeitig winzige Hoffnungen genährt, daß es möglich sei, hier durchzuhalten. Irgendwann könnte die Vernunft ja siegen, da es doch selbst unter Politikern Einsichtige und Gutwillige gab, die angehört werden könnten, und dann die Winterhilfe und die NSV – waren sie nicht menschenfreundlich und gut? Auch unsre Kinder waren erwünscht, sie wurden nicht nur von uns geliebt, sondern auch gepflegt und gefördert; wenn sie groß sind, dachten wir (und zweifelten nicht daran, daß sie groß würden), sollten sie es besser haben als wir. Das zu hoffen ist uns mit der Zeit immer leichter gefallen, je älter das Reich wurde, das sich das dritte nannte, denn je schlechter es uns ging, desto sicherer waren wir, daß es nur wieder besser werden könnte.

Meine Mutter wurde von ihren Enkeln nicht enttäuscht; sie hat nicht nur mit den Jungen zweistimmig singen können, sondern später auch mit den Mädchen. Vier sangeslustige Kinder hat sie am Klavier um sich versammeln können, und obwohl sie beteuerte, das

nicht anders erwartet zu haben, bin ich sicher, es hat sie gefreut. Eins der Mädchen hat uns eine Menge Sorgen gemacht: es schien weder laufen noch sprechen lernen zu können, wollte nur allein spielen, mochte nicht kauen und nicht auf den Topf gehen. Aber singen! Das ging. Weihnachtslieder mit selbstgemachten Texten: Lie – lillila! lei – lillila! Oder: Lililei – bombombe! Kein verständliches Wort kam aus dieser Kehle, aber jeder Ton hat gestimmt. Wie recht haben meine Eltern gehabt, daß mir, wenn ich Kinder hätte, meine andren Wünsche schließlich nebensächlich sein würden. Nichts sonst wirst du tun wollen, als für sie zu sorgen, hatten sie gesagt – und nichts sonst wirst du tun können, hätten sie hinzufügen müssen, mit der Betonung auf können. Gewiß, ich hatte ihnen ja auch zu diesem Leben verholfen, nein, vielmehr, sie dazu gezwungen, hatte sie ausgestoßen aus der Gebärmutter, in der sie so warm gelegen hatten, so katzenhaft eingerollt, träumerisch und unangefochten. Gewaltsam wurden sie in eine grelle Welt versetzt, die weder sinnvoll noch angenehm war, sondern dauernd von uns und ihnen verlangte, mit Widerlichem fertigzuwerden.
Warum, fragten sie, müssen wir dies tun und das lassen, warum? Warum muß unser Vater die Uniform anziehen, die er nicht leiden kann, und warum muß er sich so weit wegschicken lassen? Wann können alle Soldaten wieder richtige Menschen sein? Warum müssen wir nachts aus dem gemütlichen Bett in den Keller, bloß weil die Sirene heult, und warum heult sie auch am Tage, sogar wenn schönes Wetter ist?
Wenn wir im Keller nicht so viele wären, sagte Peter, könnten wir wenigstens Versteck spielen, aber die andren Leute erlauben das nicht. Sie sitzen immer nur da. Das nächste Mal bleibe ich draußen! Im Garten bei den Apfelbäumen können die Bomber mich nicht sehen.
Aber der Luftdruck, der die Fenster und Türen kaputt stößt, sagte Dietrich, du weißt doch! Der schmeißt dich an die Wand, und du bist Matsch.
Ha, dann nehme ich eine Schaufel und kratze mich wieder ab.

Zuerst lachten sie beide wie toll über den Einfall, aber Dietrich, dessen Lehrerin das mit dem Luftdruck gesagt hatte, besann sich und erklärte, zum Lachen sei das übrigens nicht, und er suchte seine Buntstifte zusammen, um ihn uns aufzuzeichnen in seiner Scheußlichkeit – ein hoher, wehender Unhold war das, ohne Arme und Beine, nur ein paar Krallen wuchsen ihm gräßlich aus den Schultern, und die rote Nase war wie eine Keule. Zum Fenster einstoßen. Auf dem Kopf trug er eine vielzackige Krone.
Warum? fragte eine von den Kleinen. Wenn der ein König wäre, würde er nicht so gemein sein. Ein König ist immer ein guter Mensch.
Dietrich schüttelte den Kopf und färbte die Zacken zitronengelb. Ein König ist auch einer, der Krieg macht.
Und dann klebte er den Luftdruck mit Uhu an die Kellertür.
Dennoch hat der Krieg bei uns oft nur eine geringe Rolle gespielt, stundenlang, tagelang. Ein optimistisch klingender Feldpostbrief war gekommen oder eine Familienerkältung war überstanden, die Sonne schien, wir konnten spazierengehen oder ins Bad; früh auf dem Markt hatte ich Blumenkohl bekommen und einen Korb voll Möhren, oder jemand, der ein Auto hatte, besuchte uns und lud uns alle hinein; oder ein dufter Sommerwind hatte die Wäsche im Garten in ein paar Stunden getrocknet, und beim Hereinholen habe ich die Siegesmeldungen verpaßt – aber wer glaubte die eigentlich noch? Schließlich warteten wir immer nur auf den einen Satz: Über dem Reichsgebiet befinden sich keine feindlichen Flugzeuge.
Wenn Urlauber da waren – das Wort habe ich nie leiden können –, wenn Ehemänner, Brüder und Freunde kamen, Kommißbrot und Speckseiten im Tornister, wurden Feste veranstaltet; wir haben uns nicht geschämt. Wer zu Hause war, hat gefeiert. Wir holten das rote Koffergrammophon aus dem Keller, das, in eine Decke gewickelt, links neben der Kartoffelkiste stand: Was spielen wir zuerst? Macht die Fenster zu und die Ohren auf und ›Do the big apple‹! Wie tut man ihn? Ach, irgendwie. Auf Strümpfen durch alle Zimmer, and now to the right, and now to the left, und paarweise unter dem

Schreibtisch hindurch, alle! So kindisch waren wir, wenn wir Ferien hatten vom Krieg, und wir genierten uns nicht, den ›Grand Terrace Rythm‹ zum Berliner Einzugsmarsch zu erklären. So sagten wir, wird es klingen, wenn die Amerikaner kommen.

Aber so hat es nicht geklungen. An diesem Tag ist es sehr still gewesen. Wir mußten in den Häusern bleiben und haben gegessen, was wir in Küche und Keller hatten, und das bald bereut, weil wir merkten, daß wir im Frieden weniger zu essen haben würden als vorher. Zu frieren brauchten wir zwar nicht, weil der Frühling da war – trotz allem –, und geschlafen haben wir wie die Murmeltiere – trotz allem. Und gewartet. Uns an den letzten Feldpostbriefen festgehalten: Dann und dann war er da und da, und es ist ihm noch ziemlich gut gegangen, jedenfalls nicht ganz schlecht. Wie lebt er jetzt – und wo – und wovon?

Vor den aus dem KZ befreiten Gefangnen haben wir uns anfangs gefürchtet, und ich habe mich geschämt, nicht an sie geglaubt und stattdessen mich selbst bemitleidet zu haben, mich und uns, um nun einsehen zu müssen, wie gut es uns gegangen war, wie wohlgenährt, behütet und ordentlich gekleidet wir waren, im Vergleich. Beklemmend, wenn einer stehenblieb und mit gespenstisch magrer Hand einen in Zeitungspapier gewickelten Batzen Margarine aus der Tasche zog, mit schwarzen, viel zu tief in den Höhlen liegenden Augen mich freundlich ansah und schadhafte Zähne zeigte. Ein Paar Sokken bitte? Oder ein Hemd?

Warum wir so glimpflich davongekommen sind, habe ich mich dann gefragt und weiß nicht, ob ich an Zufall geglaubt habe oder an Glück, an Verdienst jedenfalls nicht und auch nicht an Vorsehung, ein Lieblingswort Hitlers, das für uns einen widerwärtigen Sinn bekommen hatte. Wie weiterleben in den verkommnen Häusern zwischen Ruinen? Wir zählten uns die Brotscheiben in den Mund, zogen Tomaten hinter dem Haus, aßen Brennesselspinat und sammelten Reisig und Tannenzapfen für den Küchenherd. Wir wohnten schon längst nicht mehr neben dem Goethe-Café und auch nicht mehr in der Südstraße, sondern in einer großen, etwas düsteren Parterre-Wohnung mit ehemals schönem Parkettfußboden, wir aßen an einem ovalen Biedermeiertisch aus dem Haushalt meiner Großeltern und lasen unsre Zeit von einer alten Standuhr mit langem Messingpendel und Silbergebimmel. Wir waren fünf und hofften, bald wieder sechs zu sein, eine richtige Familie, und Dietrich sagte: Das kann der uns doch nicht antun, daß er nicht wiederkommt. Wo wir ihn alle so nötig brauchen!

Zwar gab es einen bösen Winter und einen nächsten, noch böseren, wir lernten hungern wie noch nie, und wir froren, trotz der mit Tiedemanns Hilfe in der Nietzsche-Halle geklauten Kohlen. Wir wußten, daß wir auf Henning nicht mehr warten durften, und fürchteten, beide Großväter nicht wiederzusehen – der eine ist von einer Reise nicht zurückgekommen und der andre eines Abends nicht aus dem Archiv – und es war fast unmöglich, den Kindern glaubhafte Erklärungen dafür zu geben. Aber ihren Vater bekamen sie wieder. Der Krieg – wir hatten uns noch nicht abgewöhnt, ihn zu personifizieren – hatte zerstört, zerbombt und zunichte gemacht, und doch konnten wir leben und das Leben mögen, einfach weil wir da waren, weil wir nachts schlafen durften und tags nichts zu fürchten hatten, nicht einmal die fremden Soldaten. Wir sind vielleicht Glückspilze gewesen in dieser Notzeit; kein von den Nazi-Deutschen erklärter Feind hat uns was angetan, kein Drama hat sich bei uns abgespielt, keine Schauergeschichte. Wir kriegten Kakao und Butterschmalz geschenkt oder ein Kochgeschirr mit Grütze, wir latschten in Soldatenstiefeln durch den Schnee, ließen uns von Tiedemann die Kinderschlitten reparieren und sausten hinter der Englischen Kirche zwischen Baumreihen die ›Todesbahn‹ hinunter. Meine Kriegskinder fanden den Ausdruck komisch, und sie sagten: Ihr, als ihr klein wart, wußtet wohl nicht, was Tod ist! Nämlich daß man auf einer Schlittenfahrt nicht stirbt, auch nicht, wenn man hinfällt.

Gewiß, man kann das üben, kann balancieren und lenken und einfach glauben, daß das Leben nicht gefährlich ist, jedenfalls nicht lebensgefährlich, und man kann eine ganze Kindheit hindurch sicher sein, daß einem der Tod noch lange nicht begegnet, sondern erst irgendwann, wenn man entsprechend verhutzelt ist. Auch ich habe mich als Kind wohl sicher gefühlt, sonst hätte ich mich ja gefürchtet, die Bahn mit dem drohenden Namen hinunterzusausen, Todesangst, wieso denn, schließlich ist immer irgend jemand da, der einen beschützt. Als ich auf der Fähre nach Schweden sterben wollte, weil mir übel war, da bin ich eben nicht gut beisammen gewesen, aber sonst hat die Gewißheit, noch lange nicht sterben zu müssen, mich nie verlassen, auch später nicht. Mein Großvater, der hessische Landpfarrer, hätte es Gottvertrauen genannt; mein Vater, der Gott nicht im Munde zu führen pflegte, nannte es Selbstbewußtsein, ich aber habe dem Phänomen gar keinen Namen gegeben – vielleicht war es einfach Naivität.

Der damals im schwedischen Winter noch ungeborne Dietrich war beinahe ein junger Mann, als TT und ich in Kassel zusammensaßen, ein zweifelnder, grübelnder, dichtender, großer Junge, der von uns fort strebte in eine Welt, die es nicht gab, und ›Ihrverstehtmichnicht‹ und ›Achlaßtmichdoch‹ waren seine Lieblingsworte. Ich hätte eine ganze Nacht über ihn reden mögen, freilich auch über jedes meiner andren Kinder eine weitere Nacht, und da Torgel vielleicht ähnliche Bedürfnisse hatte und fünf plus acht dreizehn sind, hätten wir in Kassel siebzehn Nächte über unsre Brut reden können. Aber schließlich mußte ich Sonntagabend wieder in Weimar sein, und er wollte nach Ascona, um seinem reichen Gönner das Geld für diese Kultur-Idee aus der Tasche zu locken. Darum, in notwendiger Beschränkung, haben wir viel Halbwahres und Halbgares geredet, und fast jeder unsrer Sätze hat mit ›Übrigens‹ angefangen.
Daß er ›übrigens‹ eine Vision von Elisabeths Tod habe, sagt Torgel. Vision – das klingt nach Traumbild oder Geistererscheinung – heißt bei ihm aber, daß er sich an etwas erinnert. Pa war so unglücklich über ihren Tod, fährt er fort, und er hat befürchtet, ohne sie könne das Nietzsche-Archiv überhaupt nicht mehr existieren. Was ist? Du siehst mich an, als wüßtest du was andres.
Ich weiß auch was andres, aber ich mag es dir gar nicht sagen.

Jetzt will er wissen, was das bedeutet, und ›übrigens‹ hat er auch dies und das gelesen, er ist ja nicht vom Mond. Mit Pa hat er nicht davon sprechen können. Wir haben die alte Dame zu sehr vergöttert, sagt er, das hätten wir nicht tun sollen. Man muß der Wahrheit ins Auge sehen. Und vielleicht war sie doch keine ganz große Frau.

Obwohl E.F.-N. mit der Zeit für mich eine ferne und sogar unwichtige Figur geworden ist, versuche ich zu erzählen, was ich weiß, wenn auch lückenhaft und ungenau. Daß sie Briefe gefälscht hat, um sich vor der Welt als das liebe, einzige Lama ihres Bruders aufzubauen. Daß sie in den Manuskripten herumgefuhrwerkt hat in ihrem Unverstand, und was sie da angestellt hat, wird man erst nach und nach herausfinden. Von meinem Vater hat sie Verschwiegenheit und preußischen Gehorsam verlangt, die Herausgeber und Professoren zu beherrschen versucht; sie hat sie gekränkt und beschimpft, wenn sie andrer Meinung waren, und alles immer unter dem Motto, daß sie der einzige Mensch war, von dem Fritz sich verstanden fühlte. Sie hat an ihn geglaubt, aber noch mehr an sich selbst, und Geld genommen hat sie von jedem, ob Jude, Faschist oder Nazi, das war ihr egal, dazu hat sie ihre Liebenswürdigkeit und ihren Charme aufgeboten – du hast sie gekannt, sage ich, und wirst dir das vorstellen können.

Die Andeutungen haben genügt. Torgel hat sich schon im Stuhl zurückgelehnt, er schüttelt sich, kneift die Augen zu und zieht die Lippen breit, und ich weiß, es hat ihn erwischt. Gleich wird er anfangen zu zischen wie eine Lokomotive, die Dampf abläßt, es ist so weit, ich erlebe das vertraute Naturmenschengelächter, fast wie in früheren Zeiten, nur leicht gemäßigt, denn es ist schon spät, und wir sind hier nicht in den Stockholmer Schären.

Dann zieht er sein Taschentuch, wischt sich das Gesicht und sagt: Ich bin ein Idiot. Daß ich so lachen mußte! Vielleicht war etwas Dionysisches dabei – zu meiner Entschuldigung gesagt –, ich hoffe, du hast ein bißchen Geduld mit mir. Ist aber gut, daß Ernest das nicht mehr erlebt oder nicht begriffen hat. Er hätte nicht gelacht.

Ich bin anders – mich stößt es noch immer. Wie konnte das passieren? So eine kleine Frau beherrscht so eine Menge Männer, weil sie die Schwester ist? Tut, was sie will? Sagt einfach, daß sie es besser weiß, und alle diese Preußen machen den Rücken krumm? Du mußt zugeben, so was konnte nur in Deutschland passieren.
Dein Pa aber hat sie vergöttert, sage ich ein bißchen ärgerlich.
Nein, er hat sie geliebt. Ich weiß nicht wie – vielleicht nicht so, wie ein Mann eine Frau liebt, weil sie ja schon alt gewesen sind – oder vielleicht doch. Ich weiß noch nicht, wann man aufhört, zu lieben; ich werde ja sehen, eines Tages, wenn ich weiße Haare habe, wie ich dann bin, also, warten wir ab.
Er wischt sich wieder das Gesicht, rülpst leise, schüttelt den Kopf, entschuldigt sich und lacht, aber jetzt nur ein bißchen, und dann ruft er den Ober, um noch eine Flasche Bocksbeutel zu bestellen, er fragt, ob der mir schmeckt – ja natürlich, ja, ihm schmeckt er auch.
Bist du mir böse, daß ich so gelacht habe?
Ach wo.
Pa ist nach Elisabeths Tod nach Deutschland geflogen, sagt er auf einmal ganz ernst. Das letzte Mal, daß er in Deutschland war. Als er wiederkam, hat er kein Wort gesagt. Ist immer nur spazierengegangen und hat geschwiegen, und wir haben ihn nicht gefragt, wir hatten eine große Scheu, weil wir sahen, daß er unglücklich war.
Und deine Vision?
Jaßo, eines Sonntags, als wir zusammen gegessen hatten – damals war ich noch mit Vera zusammen –, da hat er auf einmal angefangen zu reden und uns erzählt, wie er am Flugplatz eine Taxe genommen hat, um in dieses Dorf zu fahren, wo Nietzsche begraben ist und auch das Grab von Elisabeth sein sollte – Name vergessen –, Rökken, ja, danke, ein sehr kleines Dorf, sagte Pa, und die Landschaft hat ihm nicht gefallen, sie war trostlos. Während der Fahrt hat er eine merkwürdige Gestalt über die Felder gehen sehen, dunkel und sehr beweglich, ein großer Vogel mit langen, dünnen Beinen und einem Kleidungsstück, das wie Flügel herumflatterte. In der flachen Gegend hat er ihn lange gesehen, und er ist ihm übermenschlich

groß vorgekommen. Pa hat den Taxifahrer gebeten anzuhalten, wenn er ihn eingeholt habe, und als er die Wagentür geöffnet und den Langbeinigen gefragt hat, ob er auch nach Röcken wolle, hat der ihn unfreundlich angeschaut. Ja, hat er geantwortet, ich gehe zu einer Beerdigung, aber was geht das Sie an, mein Herr!
Er hatte einen ähnlich großen Schnurrbart wie Nietzsche und auch eine hohe Stirn, aber nicht so steil, das sah Pa sofort; er hat sich für den Mann interessiert und die Begegnung eigentümlich gefunden und hat ihn gebeten, zu ihm in den Wagen zu steigen. Aber der sonderbare Mensch, von dem Pa später gedacht hat, daß er vielleicht doch eine Erscheinung gewesen ist, hat den Kopf geschüttelt und geantwortet: Besten Dank, mein Herr. Aber zum Grabe dieser Frau gehe ich zu Fuß! Er hat sich abgewendet, und als er weiterging, hat er ausgesehen wie Don Quijote, der Ritter von der traurigen Gestalt.
Wenn er so ausgesehen hat, sage ich, den habe ich gekannt.
Aber Torgel fragt nicht, wer es war, er hört nicht hin oder will es vielleicht nicht wissen. Er erzählt mir, wie Pa – jetzt auf einmal nennt er ihn Ernest – schließlich, nach Jahren, nicht ungern gestorben ist, beinahe heiter, und daß er zu Lüwla, die ihn pflegte, gesagt hat, er hätte sie eigentlich heiraten sollen, weil sie so treu war und immer da war, aber er habe nicht rechtzeitig daran gedacht. Und Lüwla soll in ihrer trocknen Art geantwortet haben, sie sei ja ohnedies immer da gewesen . . .
Er füllt unsre Gläser, kommt um den Tisch herum, setzt sich neben mich, legt den Arm um meine Schultern und sagt: Aber jetzt sprich du von deinem Vater, der auch meiner war.
Der was?
Ja, da staunst du, ruft er und lacht. Wir sind Geschwister. Soll ich dir mal erklären, warum?
Nicht nötig. Ich weiß das schon so lange, daß ich fast vergessen habe, es zu glauben. Ich wußte es schon damals, als du mir beibringen wolltest, wie man sich liebt.
Wie schade.

Was ist schade?
Alles. Daß wir uns nicht lieben konnten, weil du es wußtest, und daß ich nicht wußte, was du wußtest, und daß du wußtest, daß ich es nicht wußte, und jetzt noch – daß ich dich nicht überraschen konnte. Wir zwei sind doch Kinder oder Enkel Zarathustras, und wir leben im Schatten dieses großen Baumes. Aber du bist beinahe so trocken wie Lüwla. Die hat es übrigens auch gewußt – sie war die Vertraute meiner Mutter.
Wir lachen, wir sind ein bißchen albern vom reichlichen Bocksbeutelgenuß, und wir küssen einander auf beide Wangen wie Politiker, wenn sie sich begrüßen. Danach wird er elegisch und behauptet: So ein Kuckucksei zu sein wie ich, tut aber nicht gut. Es verdirbt den Charakter. Vielleicht wäre ich ein besserer Mensch geworden, wenn ich ein richtiger, ordentlicher Sohn wäre.
Ach was, sage ich. Der warst du ja. Solange Ernest lebte, warst du ein richtiger Sohn. Geerbt hast du auch. Und mit dem Major hättest du dich nicht vertragen, glaube ich.
Warum? War er denn so ein schlimmer Nazi?
Ich weiß nicht. Und müßte es doch wissen. Aber er ist so schweigsam geworden, so verdrossen, so hoffnungslos schwierig, und nach Hennings Tod hat er sich für uns kaum noch interessiert, höchstens für die Kleinen. Sein Leben, nein, das Leben überhaupt, ist ihm nichts mehr wert gewesen.
Er hat sich in seiner eignen Falle gefangen, sagt Torgel.
Er meint das nicht böse, aber antworten kann ich darauf nicht.
Und was ist mit ihm gemacht worden, als er, wie du es nennst, abgeholt wurde?
Das weiß ich nicht.
Was sind diese Deutschen nur für Menschen, sagt er, die bauchige Weinflasche gegen das Licht haltend. Großartig oder schrecklich. Ich finde, sie sind kaum zu glauben. Aber maybe, daß ich auch so geworden wäre, wenn . . .

Zur Malerin des Titelbildes:

BEATE KOSLOWSKI

Das gleichnahmige Titelbild zum Roman "Zarathustras Sippschaft" hat die in Griesheim bei Darmstadt lebende Künstlerin Beate Koslowski in Acryl auf Leinen gemalt.

Mit diesem Bild haben Beate Koslowski und der Kranichsteiner Literaturverlag einen Anfang gesetzt zu einer neuen Kommunikation von Literatur und zeitgenössischer Malerei. Nicht um bloße Illustration geht es, sondern um die eigenständige und eigenwillige Sichtweise der Malerin, die den Text der Autorin mit den ihr zur Verfügung stehenden Mitteln interpretiert.

Beate Koslowski, 1955 in Wiesbaden geboren, absolvierte ein Kunststudium an der Johann-Wolfgang-Goethe-Universität in Frankfurt. 1981 gründete sie gemeinsam mit dem Maler Michael Schlösser die Freie Kunstschule Darmstadt, die sie von 1981 bis 1985 leitete. Die Malerin, deren Bilder seit 1977 in zahlreichen Ausstellungen im In- und Ausland zu sehen waren, ist Mitglied der Künstlergruppe REAL